Obras da autora publicadas pela Editora Record

Como Sophie Kinsella
Fiquei com o seu número
Lembra de mim?
Menina de vinte
Samantha Sweet, executiva do lar
O segredo de Emma Corrigan

Da série Becky Bloom:
Becky Bloom – Delírios de consumo na 5ª Avenida
O chá de bebê de Becky Bloom
Os delírios de consumo de Becky Bloom
A irmã de Becky Bloom
As listas de casamento de Becky Bloom
Mini Becky Bloom

Como Madeleine Wickham
Louca para casar
Quem vai dormir com quem?

SOPHIE KINSELLA

A lua de mel

Tradução
REGIANE WINARSKI

1ª edição

EDITORA RECORD
RIO DE JANEIRO • SÃO PAULO
2013

CIP-BRASIL. CATALOGAÇÃO NA FONTE
SINDICATO NACIONAL DOS EDITORES DE LIVROS, RJ

K64L Kinsella, Sophie, 1969-
A lua de mel / Sophie Kinsella; tradução de Regiane Winarski. – 1. ed. –
Rio de Janeiro: Record, 2013.

Tradução de: Wedding night
ISBN 978-85-01-40457-2

1. Romance inglês. I. Winarski, Regiane. II. Título.

13-05536
CDD: 823
CDU: 821.111-3

Título original em inglês:
WEDDING NIGHT

Copyright © Sophie Kinsella 2013

Texto revisado segundo o novo Acordo Ortográfico da Língua Portuguesa.

Todos os direitos reservados. Proibida a reprodução, no todo ou em parte, através de quaisquer meios. Os direitos morais da autora foram assegurados.

Direitos exclusivos de publicação em língua portuguesa somente para o Brasil adquiridos pela
EDITORA RECORD LTDA.
Rua Argentina, 171 – Rio de Janeiro, RJ – 20921-380 – Tel.: 2585-2000, que se reserva a propriedade literária desta tradução.

Impresso no Brasil

ISBN 978-85-01-40457-2

Seja um leitor preferencial Record.
Cadastre-se e receba informações sobre nossos lançamentos e nossas promoções.

EDITORA AFILIADA

Atendimento e venda direta ao leitor:
mdireto@record.com.br ou (21) 2585-2002.

Para Sybella

PRÓLOGO

Arthur

Jovens! Com sua pressa e preocupação e vontade de ter todas as respostas *agora*. Eles me cansam, os pobres estressadinhos.
Não voltem, eu sempre digo para eles. *Não voltem.*
A juventude ainda está onde você a deixou e é lá que deve ficar. Qualquer coisa que valha a pena ser levada na jornada da vida já vai estar com você.
Há vinte anos eu digo isso, mas eles escutam? Escutam nada. Lá vem mais um agora. Ofegando e bufando quando chega ao alto da colina. Trinta e tantos anos, eu diria. Bastante atraente com o céu azul ao fundo. Se parece um pouco com um político. Eu disse isso mesmo? Talvez astro de cinema.
Não me lembro do rosto dele do passado. Não que isso queira dizer alguma coisa. Atualmente, quase nem me lembro do meu próprio rosto quando tenho um vislumbre no espelho. Consigo ver o olhar desse sujeito avaliando o ambiente, me observando, sentando-se em minha cadeira sob minha oliveira favorita.
— Você é o Arthur? — pergunta ele abruptamente.
— Na mosca.

Eu o examino com atenção. Parece abastado. Está usando uma daquelas camisas polo de grife. Provavelmente a fim de alguns uísques duplos.

— Você deve querer um drinque — ofereço de maneira agradável. Sempre ajuda levar a conversa na direção do bar desde cedo.

— Não quero um drinque — diz ele. — Quero saber o que aconteceu.

Não consigo deixar de sufocar um bocejo. Tão previsível. Ele quer saber o que aconteceu. Outro banqueiro de investimentos em crise de meia-idade, voltando à cena da juventude. A cena do crime. Deixe onde *estava*, eu quero responder. Dê meia-volta. Volte para sua vida adulta e problemática, porque você não vai resolver nada aqui.

Mas ele não acreditaria em mim. Eles nunca acreditam.

— Querido rapaz — digo com gentileza. — Você cresceu. Foi isso que aconteceu.

— Não — nega ele com impaciência e esfrega a testa suada. — Você não entende. Estou aqui por um motivo. Me escute. — Ele se aproxima alguns passos, uma altura e forma impressionantes contra o sol, com o belo rosto tomado de determinação. — Estou aqui por um motivo — repete ele. — Eu não ia me envolver, mas não consigo evitar. Tenho que fazer isso. Preciso saber *o que exatamente aconteceu...*

1
Lottie

Vinte dias antes

Comprei um anel de noivado para ele. Será que foi um erro? Não é um anel *de garota*. É um aro simples com um pequenino diamante, que o cara da loja me convenceu a incluir. Se Richard não gostar do diamante, sempre pode girar o anel. Ou não usar. Guardar na mesa de cabeceira ou em uma caixa, sei lá.

Ou eu poderia devolver e nunca falar sobre isso. Na verdade, estou perdendo a confiança quanto ao anel a cada minuto, mas me senti mal por ele não ter nada. Homens não se dão muito bem em pedidos de casamento. Eles precisam planejar o momento, precisam se apoiar em um joelho, precisam fazer a pergunta *e* precisam comprar um anel. E o que nós temos que fazer? Dizer "sim".

Ou "não", obviamente.

Eu me pergunto que proporção de pedidos de casamento termina em "sim" e que proporção termina em "não". Abro a boca automaticamente para compartilhar esse pensamento com Richard, mas fecho-a depressa. *Idiota.*

— Perdão? — Richard levanta o olhar.

— Nada! — Dou um sorriso largo. — É só... um ótimo cardápio!

Eu me pergunto se ele já comprou um anel. Não me importo se tiver comprado ou não. Por um lado, é incrivelmente romântico se ele tiver comprado. Por outro, é incrivelmente romântico escolhermos juntos.

Saio ganhando de qualquer jeito.

Tomo um gole de água e sorrio com amor para Richard. Ocupamos uma mesa de canto com vista para o rio. É um restaurante novo na The Strand, pouco depois do Savoy. Todo em mármore preto e branco, e com candelabros vintage e cadeiras verde-claras com botões no estofamento. É elegante, mas não espalhafatoso. O lugar perfeito para um pedido de casamento no horário do almoço. Estou usando uma blusa branca simples ao estilo futura noiva, uma saia estampada, e gastei um pouco mais com meias sete oitavos de qualidade, do tipo que não precisa de cinta-liga, para o caso de decidirmos consolidar o pedido mais tarde. Nunca usei meias sete oitavos antes. Mas também nunca fui pedida em casamento.

Aah, talvez ele tenha reservado um quarto no Savoy.

Não. Richard não é exagerado assim. Ele jamais faria um gesto ridículo e desproporcional. Um bom almoço, sim; um quarto de hotel caro demais, não. E respeito isso.

Ele parece nervoso. Está mexendo nas abotoaduras, verificando o celular e girando a água no copo. Quando me vê observando-o, ele também sorri.

— E aí?

— E aí?

É como se estivéssemos falando em código, dando voltas ao redor do verdadeiro assunto. Mexo no guardanapo e ajeito a cadeira. Essa espera é insuportável. Por que ele não acaba logo com isso?

Não, eu não quis dizer "acabar logo com isso". É claro que não. Não é uma vacina. É... Bem, o que é? É um começo. Um primeiro passo. Nós dois embarcando em uma grande aventura juntos. Porque queremos encarar a vida como uma equipe. Porque não conseguimos pensar em outra pessoa com quem preferiríamos compartilhar a jornada. Porque eu o amo e ele me ama.

Já estou ficando com os olhos úmidos. Não tem jeito. Estou assim há dias, desde que me dei conta do que ele estava pretendendo.

Ele é bem severo, o Richard. Estou falando de uma maneira boa e amorosa. Ele é direto e objetivo, e não faz joguinhos. (Graças a *Deus*.) Nem elabora grandes surpresas do nada. No meu último aniversário, ele começou, muito tempo antes, a dar pistas de que o presente dele seria uma viagem surpresa, o que foi o ideal, porque eu sabia que tinha que pegar minha maleta e colocar algumas coisas dentro.

Só que, no final, ele me pegou *sim* de surpresa, porque o presente não foi um fim de semana fora, como eu tinha previsto. Foi uma passagem de trem para Stroud, que ele mandou entregar em minha mesa sem aviso, no meu aniversário no meio da semana. Ele tinha combinado em segredo com meu chefe de eu tirar dois dias de folga, e quando cheguei a Stroud, um carro me levou até um adorável chalé Cotswold, onde ele estava esperando com a lareira acesa e um tapete de pele de carneiro em frente ao fogo. (Hummm. Vamos apenas dizer que sexo em frente a uma lareira acesa é *a melhor coisa do mundo*. Menos quando aquela centelha idiota voou e queimou minha coxa. Mas não importa. Foi só um pequeno detalhe.)

Assim, desta vez, quando ele começou a dar pistas, mais uma vez elas não foram exatamente indicações sutis. Eram mais sinais enormes, como placas na estrada: *Vou pedir você em casamento em breve.* Primeiro, ele marcou a data de hoje e chamou de "almoço especial". Em seguida, falou sobre uma "pergunta importante" que tinha que me fazer e deu uma piscadela leve (que fingi não perceber, é claro). Depois, começou a me provocar perguntando se gosto do sobrenome dele, Finch. (Acontece que eu gosto. Isso não quer dizer que não vou sentir falta de ser Lottie Graveney, mas vou ser bem feliz como Sra. Lottie Finch.)

Eu quase desejo que ele tivesse sido mais discreto e que o pedido acabasse sendo surpresa. Mas, por outro lado, pelo menos pude fazer as unhas.

— E então, Lottie, você já decidiu? — Richard ergue o olhar para mim com aquele seu sorriso caloroso, e meu estômago gira. Só por um instante, achei que ele estava sendo espertinho e que *esse* era o pedido.

— Hum... — Eu baixo o olhar para esconder minha confusão.

É claro que a resposta vai ser "sim". Um grande e alegre "sim". Ainda mal consigo acreditar que chegamos a esse ponto. Casamento. Estou falando de casamento! Nestes três anos em que Richard e eu estamos juntos, evitei deliberadamente as perguntas sobre casamento, compromisso e todos os assuntos associados (filhos, casas, sofás, plantas). Nós moramos mais ou menos juntos na casa dele, porém ainda tenho meu apartamento. Somos um casal, mas no Natal cada um vai para a casa de sua família. É *nesse* ponto que estamos.

Depois de cerca de um ano, eu sabia que éramos um bom casal. Sabia que o amava. Eu o tinha visto em seus melhores momentos (na viagem surpresa de aniversário, reforçada pela ocasião em que passei com o carro por cima do pé dele sem querer e ele não gritou comigo) e nos piores (em que se recusara obstinadamente a não pedir instruções para achar o caminho até Norfolk, com o GPS quebrado. Levamos 6 horas). E eu ainda queria ficar com ele. Eu o *tinha*. Richard não é do tipo exibicionista. É comedido e decidido. Às vezes parece que ele não está nem ouvindo, mas ganha vida tão de repente que você se dá conta de que ele estava alerta o tempo todo. Como um leão, meio adormecido debaixo de uma árvore, mas pronto para o ataque. Enquanto eu sou mais gazela, saltitando por aí. Nós nos complementamos. É a natureza.

(Não no sentido de cadeia alimentar, obviamente. Em um sentido *metafórico*.)

Assim, depois de um ano eu sabia que ele era O Cara. Mas também sabia o que aconteceria se eu desse um passo em falso. Em minha experiência, a palavra "casamento" é como uma enzima. Ela provoca todos os tipos de reação em um relacionamento, a maioria do tipo que leva ao fim.

Veja o que aconteceu com Jamie, meu primeiro namorado firme. Estávamos felizes juntos havia quatro anos e eu por acaso comentei que meus pais se casaram com a mesma idade que nós tínhamos (26 e 23). Só isso. Um comentário. Por causa disso, ele teve um chilique e disse que precisávamos "dar um tempo". Um tempo de quê? Até aquele momento, estávamos bem. Portanto, ficou claro que ele precisava de um tempo *do risco de ouvir a palavra "casamento" de novo*. Ficou claro que essa era uma preocupação tão grande que ele não conseguia nem me ver, por medo de minha boca começar a formular aquela palavra de novo.

Antes de o "tempo" ter acabado, ele estava com aquela ruiva. Não me importei, porque naquela altura eu já tinha conhecido Seamus. Seamus, com sua voz sexy e sotaque irlandês. E nem *sei* o que deu errado com ele. Ficamos apaixonados por um ano (apaixonados loucos, fazendo sexo a noite toda e sem nos importarmos com mais nada na vida), até que de repente começamos a brigar todas as noites. Fomos de eufóricos a exaustivos em 24 horas. Foi horrível. Depois de excessivas reuniões de Estado sobre "Para onde estamos indo?" e "O que queremos desse relacionamento?", ficamos esgotados. Ficamos mais um ano nos arrastando, e quando olho para trás, parece que aquele segundo ano é uma mancha grande, negra e infeliz na minha vida.

Depois, foi Julian. Também durou dois anos, mas nunca *decolou* de verdade. Era um esqueleto de relacionamento. Acho que nós dois estávamos trabalhando demais. Eu tinha acabado de começar na Blay Pharmaceuticals e viajava pelo país. Ele estava tentando se tornar sócio na firma de contabilidade. Não sei nem se rompemos propriamente, só nos distanciamos. Ainda nos encontramos de vez em quando, como amigos, e é a mesma coisa para os dois: não sabemos bem quando tudo começou a dar errado. Ele até me chamou para sair há um ano, mais ou menos, mas tive que dizer que tinha namorado e que estava feliz. Estava falando de Richard. O sujeito que amo de verdade. O sujeito sentado à minha frente com uma aliança no bolso (talvez).

Richard é mais bonito que todos os meus outros namorados. (Talvez minha opinião seja tendenciosa, mas eu o acho lindo.) Ele trabalha muito, como analista de mercado, mas não é obcecado. Não é tão rico quanto Julian, mas quem liga? É cheio de energia e engraçado e tem uma gargalhada vibrante que me lava a alma, independentemente do meu estado de espírito. Ele me chama de "Margarida" desde que fizemos um piquenique e fiz uma coroa de margaridas. Às vezes ele perde a paciência com as pessoas, mas não tem problema. Ninguém é perfeito. Quando avalio nosso relacionamento, não vejo uma mancha negra, como vejo com Seamus, nem um espaço em branco, como vejo com Julian; vejo um vídeo brega de música. Uma montagem com céu azul e sorrisos. Momentos felizes. Intimidade. Gargalhadas.

E agora estamos chegando ao clímax. A parte em que ele se ajoelha, respira fundo…

Estou tão nervosa por ele. Quero que tudo corra lindamente. Quero poder contar para os nossos filhos que me apaixonei pelo pai deles de novo no dia em que ele me pediu em casamento.

Nossos filhos. Nossa casa. Nossa vida.

Enquanto entrego minha mente às imagens, sinto uma libertação dentro de mim. Estou pronta para isso. Tenho 33 anos e estou pronta. Durante toda a minha vida adulta, eu fugi do assunto casamento. Minhas amigas também. É como se houvesse um cordão de isolamento de cena do crime ao redor da área toda: NÃO ENTRE. Você não cruza esse limite porque, se cruzar, fica azarada e seu namorado dá um fora em você.

Mas agora, não há nada para dar azar. Consigo *sentir* o amor fluindo entre nós, por cima da mesa. Quero segurar as mãos de Richard. Quero envolvê-lo em meus braços. Ele é um homem tão maravilhoso. Tenho tanta sorte. Em quarenta anos, quando estivermos enrugados e grisalhos, vamos andar pela The Strand de mãos dadas e nos lembrar de hoje, agradecendo a Deus por termos nos encontrado. Quais eram as chances nesse mundo repleto de estranhos? O amor é tão aleatório. *Tão* aleatório. É um milagre, na verdade...

Ah, Deus, estou piscando para conter as lágrimas...

— Lottie? — Richard reparou nos meus olhos úmidos. — Ei, Margaridinha. Você está bem? O que houve?

Apesar de eu ser mais sincera com Richard do que já fui com qualquer outro namorado, acho que é uma boa ideia não revelar *todo* meu processo de pensamento para ele. Fliss, minha irmã mais velha, diz que eu penso em tecnicolor hollywoodiano e que tenho que lembrar que as outras pessoas não conseguem ouvir os violinos.

— Me desculpe! — Eu seco os olhos. — Não é nada. Eu só queria que você não tivesse que ir.

Richard vai voar amanhã para um trabalho em São Francisco. Serão três meses (podia ser pior), mas vou sentir muita saudade dele. Na verdade, só a ideia de que terei um casamento para planejar é que está me distraindo.

— Querida, não chore. Não consigo suportar. — Ele estica as mãos e segura as minhas. — Vamos nos falar pelo Skype todos os dias.

— Eu sei. — Aperto as mãos dele. — Vou estar esperando.

— Mas é *bom* você lembrar que, se eu estiver no escritório, todo mundo poderá ouvir o que você diz. Até meu chefe.

Só um pequeno brilho nos olhos revela que ele está brincando comigo. Na última vez que viajou e usamos o Skype, comecei a dar conselhos para ele de como lidar com o pesadelo de chefe, mas tinha esquecido que Richard estava em um escritório amplo e que o pesadelo de chefe podia passar por ele a qualquer minuto. (Por sorte, não passou.)

— Obrigada pela dica. — Eu dou de ombros, tão impassível quanto ele.

— Eles também conseguem ver você. Então é melhor não ficar *completamente* nua.

— Não *completamente* — concordo. — Talvez só com sutiã e calcinha transparentes. Coisa simples.

Richard sorri e aperta minhas mãos com mais força.

— Amo você. — A voz dele está baixa, calorosa e melosa. Eu nunca, nunca vou me cansar de ouvi-lo dizer isso.

— Eu também.

— Na verdade, Lottie... — Ele limpa a garganta. — Tenho uma coisa pra te perguntar.

Minhas entranhas parecem que vão explodir. Meu rosto é uma careta de expectativa enquanto meus pensamentos rodopiam com violência. *Ah, Deus, ele vai fazer... Minha vida toda muda aqui... Concentre-se, Lottie, saboreie o momento... Merda! Qual é o problema da minha perna?*

Olhei para baixo horrorizada.

Quem criou essas meias sete oitavos que não precisam de cinta-liga é mentiroso e vai para o inferno, porque uma delas *não* ficou firme no lugar. Ela escorregou até o joelho e tem uma tira de plástico "adesivo" nojenta pendurada ao redor da minha panturrilha. Isso é horrível.

Não posso ser pedida em casamento assim. Não posso passar o resto da vida olhando para trás e pensando: *Foi um momento tão romântico, pena que a meia caiu.*

— Me desculpe, Richard — interrompi. — Só um segundo.

Me abaixo discretamente e puxo a meia para cima, mas o tecido fino rasga na minha mão. Que ótimo. Agora tenho o plástico e pedaços de náilon decorando minha perna. Não consigo acreditar que meu pedido de casamento está sendo destruído por um par de meias. Eu devia ter vindo sem meias.

— Tudo bem? — Richard parece um pouco perplexo quando surjo de baixo da mesa.

— Preciso ir ao toalete — murmuro. — Sinto muito. Desculpe. Podemos fazer uma pausa? Só por um nanossegundo?

— Você está bem?

— Estou ótima. — Estou vermelha de constrangimento. — Tive... um imprevisto com a roupa. Não quero que você veja. Você pode olhar pro outro lado?

Richard desvia o olhar obedientemente. Empurro a cadeira para trás e saio andando depressa pelo salão, ignorando os olhares de outras pessoas que estão almoçando. Não faz sentido tentar disfarçar. É uma meia caída.

Entro pela porta do toalete feminino, arranco o sapato e a meia idiota, e depois me olho no espelho com o coração disparado. Não consigo acreditar que acabei de fazer uma pausa no meu pedido de casamento.

Sinto como se o tempo tivesse parado. Como se aquilo tudo fosse um filme de ficção científica e Richard estivesse em suspenso, e eu pudesse ter todo o tempo do mundo para pensar se quero me casar com ele.

Coisa de que obviamente não preciso, porque a resposta é: sim.

Uma garota loura, usando uma faixa de cabelo de miçangas, se vira para olhar para mim, com o lápis de contorno labial na mão. Devo estar um pouco estranha, parada e imóvel com um sapato e uma meia na mão.

— Tem uma lixeira ali. — Ela indica com a cabeça. — Você está bem?

— Estou. Obrigada. — De repente, tenho a necessidade de compartilhar a importância da ocasião. — Meu namorado está no meio do pedido de casamento!

— Não *acredito*. — Todas as mulheres em frente ao espelho se viram para olhar para mim.

— O que você quer dizer com "no meio"? — pergunta uma ruiva magra de rosa, com a testa franzida. — O que ele disse? "Você quer..."?

— Ele começou, mas tive uma catástrofe com a meia. — Balanço a meia sete oitavos. — Então fizemos uma pausa.

— Uma *pausa*? — diz alguém com incredulidade.

— Bem, eu voltaria pra lá rapidamente — diz a ruiva. — Você não quer que ele tenha a chance de mudar de ideia.

— Que legal! — diz a garota loura. — Podemos ver? Posso te filmar?

— A gente podia colocar no YouTube! — sugere a amiga dela. — Ele contratou um flashmob, alguma coisa assim?

— *Acho* que não...

— Como isso funciona? — Uma mulher idosa de cabelos prateados interrompe nossa conversa imperiosamente. Ela está balançando as mãos com irritação debaixo do dispenser automático de sabonete. — Por que inventam essas máquinas? Qual é o problema do sabonete em barra?

— Olha, é assim, tia Dee — diz a ruiva com voz tranquilizadora. — Suas mãos estão altas demais.

Tiro o outro sapato e a meia, e como já estou aqui, vou até o hidratante de mãos para passar nas pernas. Não quero voltar e pensar: *Era um momento tão romântico, pena que meus tornozelos estavam ressecados.* Em seguida, pego meu celular. *Preciso* mandar uma mensagem de texto para Fliss. Digito rapidamente:

Ele vai fazer!!!

Um momento depois, a resposta dela aparece na minha tela.

Não me diga que vc está mandando um torpedo no meio do pedido!!!

No toalete. Respirando um momento.

Demais!!! Vcs são um ótimo casal. Dá um beijo nele por mim. bjs

Pode deixar! Conversamos depois bjs

— Quem é ele? — diz a loura quando guardo o celular. — Vou ter que olhar! — Ela sai do toalete feminino e volta alguns segundos depois. — Aah, eu vi. O cara moreno no canto? É demais. Ei, seu rímel manchou. — Ela me passa uma caneta removedora de maquiagem. — Quer dar uma ajeitadinha rápida?
— Obrigada. — Sorrio agradavelmente para ela e começo a apagar as pequenas marcas pretas abaixo dos olhos. Meus cabelos castanhos ondulados estão presos em um coque banana, e de repente me pergunto se deveria soltá-los para que caiam sobre meus ombros para o grande momento.
Não. Brega demais. Acabo puxando algumas mechas e as enrolo junto ao rosto enquanto avalio o resto. Batom: um belo tom de coral. Sombra: cinza cintilante para acentuar meus olhos azuis. Blush: com sorte, não vai precisar de retoque, pois estarei ruborizada de empolgação.

— Queria que o *meu* namorado me pedisse em casamento — diz uma garota vestida de preto, de cabelos compridos, me observando com melancolia. — Qual é o segredo?

— Sei lá — respondo, desejando poder ajudar mais. — Já estamos juntos faz um tempo, sabemos que somos compatíveis e nos amamos.

— Mas meu namorado e eu também! Moramos juntos, o sexo é ótimo, tudo é bom.

— Não o pressione — diz a garota loura com sabedoria.

— Falo no assunto tipo uma vez por *ano*. — A garota de cabelos compridos parece muito infeliz. — E ele fica nervoso e paramos de falar. O que devo fazer? Me mudar? Já se passaram seis anos.

— *Seis anos?* — A mulher idosa levanta o olhar das mãos que estava secando. — Qual é o seu problema?

A garota de cabelos compridos fica vermelha.

— Não tenho *problema* nenhum — diz ela. — Eu estava tendo uma conversa particular.

— Particular nada. — A senhora idosa faz um gesto brusco indicando o banheiro feminino. — Todo mundo está ouvindo.

— Tia Dee! — A ruiva parece constrangida. — *Shhh!*

— Não me venha fazer shhh, Amy! — A idosa olha para a garota de cabelos compridos com os olhos brilhando. — Os homens são como criaturas da selva. Assim que encontram a caça, eles a comem, viram pro lado e dormem. Bem, você entregou a caça pra ele no prato, não foi?

— Não é simples assim — diz a garota de cabelos compridos com ressentimento.

— Na minha época, os homens se casavam porque queriam sexo. Era uma grande motivação! — A senhora idosa dá uma gargalhada brusca. — Vocês garotas querem dormir junto, morar junto e *depois* a aliança de noivado. Está tudo ao contrário. — Ela pega a bolsa. — Venha, Amy! O que você está esperando?

Amy nos lança um olhar desesperado pedindo desculpas e desaparece do banheiro com a tia. Trocamos olhares com sobrancelhas erguidas. Que louca.

— Não se preocupe — digo para acalmá-la, e aperto seu braço. — Tenho certeza de que as coisas vão se ajeitar pra você.

— Quero espalhar a alegria. Quero que *todo mundo* tenha a sorte que Richard e eu temos: de encontrar a pessoa perfeita e saber disso.

— Sim. — Ela faz um esforço óbvio para se recompor. — Vamos torcer. Desejo uma vida muito feliz pra vocês dois.

— Obrigada! — Devolvo a caneta removedora de maquiagem para a garota loura. — Lá vou eu! Me desejem sorte!

Saio do toalete feminino e observo o restaurante movimentado, me sentindo como se tivesse acabado de apertar a tecla "play". Ali está Richard, sentado exatamente na mesma posição de quando saí. Ele não está nem olhando o celular. Deve estar tão concentrado no momento quanto eu. O momento mais especial das nossas vidas.

— Me desculpe. — Eu me sento na cadeira e dou a ele o meu sorriso mais amoroso e receptivo. — Vamos continuar de onde paramos?

Richard sorri para mim, mas percebo que ele perdeu um pouco do impulso. Talvez precisemos voltar ao ritmo gradualmente.

— É um dia tão especial — digo de maneira encorajadora. — Você não sente?

— Sem dúvida — concorda ele.

— Este restaurante é lindo. — Faço um gesto indicando o salão. — O lugar perfeito para... uma conversa importante.

Deixo as mãos sobre a mesa de maneira casual e, como eu pretendia, Richard as segura. Ele inspira fundo e franze a testa.

— Falando nisso, Lottie, tem uma coisa que eu queria perguntar. — Quando nossos olhos se encontram, meu rosto se franze um pouco. — Acho que não vai ser uma *grande* surpresa...

Ah Deus, ah Deus, é agora.

— Sim? — Minha voz é um gritinho nervoso.

— Aceitam pão?

Richard leva um susto e eu levanto a cabeça de repente. Um garçom se aproximou tão silenciosamente que nenhum de nós dois reparou. Quase antes de eu perceber, Richard solta minha mão e está falando sobre pão preto. Quero dar um tapa na cesta de frustração. O garçom não conseguiu *perceber*? Eles não são treinados para identificar um quase pedido?

Noto que Richard perdeu o rumo. Garçom idiota, *idiota*. Como ele ousa estragar o grande momento do meu namorado?

— E então — digo de maneira encorajadora, assim que o garçom se afasta. — Você tinha uma pergunta?

— Bem. Sim. — Ele se concentra em mim e respira fundo, depois sua expressão muda de novo. Eu me viro surpresa e vejo que *outro* maldito garçom surgiu. Bem, para ser justa, acho que é isso que se espera em um restaurante.

Nós fazemos o pedido (mal percebo o que escolho) e o garçom some. Mas outro vai voltar a qualquer minuto. Sinto mais pena de Richard do que nunca. Como ele vai conseguir fazer o pedido nessas circunstâncias? Como os homens *conseguem*?

Não consigo evitar um sorrisinho sarcástico.
— Não é o seu dia.
— Não mesmo.
— O garçom das bebidas vai chegar a qualquer momento — observo.
— Parece o Piccadilly Circus aqui. — Ele revira os olhos com sofrimento e tenho uma sensação calorosa de cumplicidade. Estamos nisso juntos. Quem liga se ele vai fazer o pedido? Quem liga se o momento não for perfeito? — Quer pedir champanhe? — pergunta ele.
Não consigo deixar de dar um sorriso de compreensão.
— Não seria um pouco... *prematuro*, talvez?
— Bem, depende. — Ele levanta as sobrancelhas. — É melhor você me dizer.
A mensagem subliminar é tão óbvia. Não sei se quero gargalhar ou abraçá-lo.
— Bem, nesse caso... — Faço uma pausa deliciosa, esticando-a por nós dois. — Sim. Minha resposta seria sim.
Richard relaxa as sobrancelhas e consigo ver a tensão sumindo do corpo dele. Ele achou mesmo que eu poderia dizer não? Ele é tão modesto. É um homem tão carinhoso. Ah, Deus. Vamos nos casar!
— De todo coração, Richard, sim — acrescento para dar ênfase, com a voz repentinamente trêmula. — Você precisa saber o quanto isso significa pra mim. É... Não sei o que dizer.
Os dedos dele apertam os meus, e é como se tivéssemos nosso código particular. Quase sinto pena dos outros casais que precisam dizer as coisas às claras. Eles não têm a ligação que temos.
Por um momento, ficamos apenas em silêncio. Consigo sentir uma nuvem de felicidade nos cercando. Quero que essa

nuvem fique no mesmo lugar para sempre. Consigo nos ver no futuro, pintando uma casa, empurrando um carrinho, decorando uma árvore de Natal com nossos filhos pequenos... Os pais dele talvez queiram ficar para passar o Natal conosco, e por mim está ótimo, porque *amo* mesmo os pais dele. Na verdade, a primeira coisa que vou fazer quando anunciarmos isso é ir ver a mãe dele em Sussex. Ela vai adorar ajudar no casamento, pois eu nem tenho mãe para fazer isso comigo.

Tantas possibilidades. Tantos planos. Uma vida tão gloriosa para vivermos juntos.

— E aí — digo depois de um tempo, massageando delicadamente os dedos dele. — Satisfeito? Feliz?

— Não podia estar mais feliz. — Ele acaricia minha mão.

— Pensei nisso durante uma eternidade. — Eu suspiro com satisfação. — Mas nunca pensei... Você não pensa, pensa? Tipo... como vai *ser*? Como vamos nos *sentir*?

— Sei o que você quer dizer.

— Sempre vou me lembrar desse salão. Sempre vou me lembrar da forma como você está me olhando agora. — Aperto a mão dele com mais força.

— Eu também — concorda ele simplesmente.

O que amo no Richard é que ele consegue dizer tanto com apenas um olhar de lado ou uma inclinação de cabeça. Ele não precisa falar muito, porque sou capaz de compreendê-lo facilmente.

Vejo a garota de cabelos compridos nos observando do outro lado do salão e não consigo deixar de sorrir para ela. (Não é um sorriso de triunfo, porque isso seria insensibilidade. Um sorriso humilde e agradecido.)

— Desejam algum vinho, senhor? *Mademoiselle*? — O sommelier se aproxima e dou um sorriso largo para ele.

— Acho que precisamos de champanhe.

— *Absolument*. — Ele sorri para mim. — Champanhe da casa? Temos também um ótimo Ruinart para ocasiões especiais.

— Acho que o Ruinart. — Não consigo resistir à vontade de compartilhar nossa alegria. — É um dia muito especial! Acabamos de ficar noivos!

— *Mademoiselle!* — O rosto do sommelier se abre em um sorriso largo. — *Félicitations!* Senhor, meus parabéns! — Ambos nos viramos para Richard. Mas, para minha surpresa, ele não está entrando no espírito do momento. Está me olhando como se eu fosse algum tipo de espectro. Por que ele parece tão apavorado? Qual é o problema?

— O que... — A voz dele está estrangulada. — O que você quer dizer?

De repente, me dou conta do que o perturba. É claro. Eu sempre estrago tudo me adiantando.

— Richard, me desculpe. Você queria contar para os seus pais primeiro? — Eu aperto a mão dele. — Entendo perfeitamente. Não vamos contar pra mais ninguém, prometo.

— Contar o quê? — Ele está com os olhos arregalados e vidrados. — Lottie, não estamos noivos.

— Mas... — Olho para ele com insegurança. — Você acabou de me pedir em casamento. E eu disse sim.

— Não pedi! — Ele arranca a mão da minha.

Certo, um de nós está ficando louco aqui. O sommelier recuou demonstrando tato, e consigo vê-lo afastando o garçom com o cesto de pão, que estava se aproximando de novo.

— Lottie, sinto muito, mas não faço ideia do que você está falando. — Richard enfia as mãos nos cabelos. — Não mencionei casamento, nem noivado, nem nada.

— Mas... mas era disso que você estava falando! Quando pediu o champanhe e me disse "É melhor você me dizer", e eu respondi "De todo coração, sim". Foi sutil! Foi lindo!

Eu o observo, desejando que ele concorde; desejando que sinta o que sinto. Mas ele só parece desnorteado, e sinto uma pontada repentina de medo.

— *Não...* foi isso que você quis dizer? — Minha garganta está tão apertada que mal consigo falar. Não consigo acreditar que isso esteja acontecendo. — Você não pretendia me pedir em casamento?

— Lottie, eu *não* te pedi em casamento! — diz ele com vigor. — Ponto final!

Ele precisa exclamar tão alto? Cabeças interessadas estão se levantando para todos os lados.

— Tudo bem! Entendi! — Esfrego o nariz com o guardanapo. — Não precisa contar pro restaurante todo.

Ondas de humilhação percorrem meu corpo. Estou rígida de infelicidade. Como posso ter entendido tão errado?

E se ele não estava me pedindo em casamento, então *por que* não estava me pedindo em casamento?

— Não entendo. — Richard está falando praticamente sozinho. — Nunca falei nada, nunca discutimos o assunto...

— Você disse um monte de coisas! — Dor e indignação jorram de mim. — Você disse que estava organizando um "almoço especial".

— É especial! — diz ele na defensiva. — Vou pra São Francisco amanhã.

— E você me perguntou se eu gostava do seu sobrenome! Seu *sobrenome*, Richard!

— Estávamos fazendo uma pesquisa de brincadeira no escritório! — Richard parece perplexo. — Era só uma conversa sem importância.

— E você disse que tinha que me fazer uma "grande pergunta".

— Não uma grande pergunta. — Ele balança a cabeça. — Uma pergunta.

— Eu ouvi "grande pergunta".

Faz-se um silêncio terrível entre nós. A nuvem de felicidade sumiu. O tecnicolor de Hollywood e os violinos sumiram. O sommelier coloca cuidadosamente uma carta de vinhos no canto da mesa e se afasta rapidamente.

— O que é então? — Eu acabo por dizer. — Essa pergunta tão importante de tamanho médio?

Richard parece encurralado.

— Não é importante. Deixa pra lá.

— Vamos lá, me conta!

— Tá, tudo bem — diz ele. — Eu ia perguntar o que eu devia fazer com minhas milhas. Achei que podíamos planejar uma viagem.

— Milhas? — Não consigo evitar o tom ferino. — Você reservou uma mesa especial e pediu champanhe pra falar de *milhas*?

— Não! Quero dizer... — Richard faz uma careta. — Lottie, me sinto péssimo quanto a tudo isso. Eu não fazia a menor ideia...

— Mas acabamos de ter uma maldita conversa sobre estarmos noivos! — Consigo sentir as lágrimas surgindo de novo. — Eu estava acariciando sua mão e dizendo o quanto eu estava feliz e o quanto pensava nesse momento há séculos. E você estava concordando comigo! Do que você *pensou* que eu estava falando?

Os olhos de Richard estão em movimento como se em busca de uma rota de fuga.

— Pensei que você estivesse... você sabe. Falando de coisas.

— Falando de coisas? — Eu olho para ele. — O que você quer dizer com "falando de coisas"?

Richard parece ainda mais desesperado.

— A verdade é que nem sempre sei do que você está falando — diz ele, em uma onda repentina de confissões. — Então, às vezes eu só... vou concordando com a cabeça.

Concordando com a cabeça?

Olho para ele em estado de choque. Pensei que tivéssemos um laço especial, único e silencioso de compreensão. Pensei que tivéssemos um código particular. E o tempo todo ele só estava concordando com a cabeça.

Dois garçons colocam saladas à nossa frente e rapidamente se afastam como se percebessem que não estamos no clima para conversas. Pego o garfo e volto a colocá-lo na mesa. Richard nem parece ter reparado no prato.

— Comprei um anel de noivado pra você — digo, rompendo o silêncio.

— Ah, Deus. — Ele esconde a cabeça nas mãos.

— Não tem problema. Eu devolvo.

— Lottie. — Ele parece torturado. — Precisamos...? Vou viajar amanhã. Não podemos mudar de assunto?

— Mas você vai querer se casar *algum dia*? — Quando faço a pergunta, sinto uma profunda angústia. Um minuto atrás, pensei que estivesse noiva. Eu tinha corrido uma maratona. Estava passando pela linha de chegada, com os braços levantados de euforia... Agora estou de volta à linha de partida, amarrando os tênis, me perguntando se a corrida vai mesmo acontecer.

— Eu... Deus, Lottie. Não sei. — Ele parece encurralado. — Quero dizer, sim. Acho que sim. — Os olhos dele se movem de um lado para o outro, cada vez mais. — Talvez. Você sabe. Um dia.

Bem. Não dava para ter um sinal mais claro. Talvez ele queira se casar com outra pessoa um dia. Mas não comigo.

E de repente, um desespero desolador toma conta de mim. Eu acreditava de coração que ele era O Cara. Como pude errar tanto? Sinto que não posso mais confiar em mim mesma para nada.

— Certo. — Olho para minha salada por alguns momentos, passando os olhos por folhas e fatias de abacate e sementes de romã, tentando organizar os pensamentos. — A questão, Richard, é que eu *quero* me casar. Quero um casamento, filhos, uma casa... o pacote completo. E queria com você. Mas o casamento é uma coisa bilateral. — Faço uma pausa, respirando pesadamente, mas determinada a manter a compostura. — Então, acho que é bom sabermos a verdade mais cedo, e não mais tarde. Obrigada por isso, pelo menos.

— Lottie! — diz Richard alarmado. — Espere! Isso não muda nada...

— Muda tudo. Estou velha demais pra ficar em uma lista de espera. Se não vai acontecer entre nós, prefiro saber agora e seguir em frente. Sabe? — Tento sorrir, mas meus músculos da felicidade pararam de funcionar. — Divirta-se em São Francisco. Acho melhor eu ir. — Lágrimas se equilibram em meus cílios. Preciso ir embora rapidamente. Vou voltar para o trabalho e verificar a apresentação de amanhã. Eu tinha tirado a tarde de folga, mas que sentido faz? Não vou ligar para as minhas amigas para dar a boa notícia, afinal.

Quando estou saindo, sinto a mão de alguém segurando meu braço. Viro-me em choque e vejo a garota loura, com a faixa de cabelo de miçangas, olhando para mim.

— O que aconteceu? — pergunta ela animada. — Ele te deu um anel?

A pergunta dela é como uma faca perfurando meu coração. Ele não me deu um anel e nem é mais meu namorado. Mas eu preferiria morrer a admitir isso.

— Na verdade... — Levanto o queixo com orgulho. — Na verdade, ele me pediu em casamento, mas eu disse "não".

— Ah. — Ela leva a mão à boca.

— Isso mesmo. — Atraio a atenção da garota de cabelos longos, que está concentrada na mesa ao lado. — Eu disse "não".

— Você disse *"não"*? — Ela parece tão incrédula que sinto uma pontada de indignação.

— Disse! — Olho para ela com expressão desafiadora. — Eu disse "não". Não éramos certos um para o outro, então tomei a decisão de terminar. Apesar de ele querer mesmo casar comigo e ter filhos e um cachorro e tudo.

Consigo sentir olhares curiosos nas minhas costas e me viro para encarar mais pessoas ainda, ouvindo com excitação. Será que o maldito *restaurante* inteiro está nessa agora?

— Eu disse "não"! — Minha voz está se elevando com a aflição. — Eu disse "não". *Não!* — Eu falo alto para Richard, que ainda está sentado à mesa, com uma expressão atônita. — Sinto muito, Richard. Sei que você está apaixonado por mim e sei que estou partindo seu coração agora. Mas a resposta é "não"!

E, sentindo-me um pouquinho melhor, saio a passos largos do restaurante.

Volto para o trabalho e encontro minha mesa lotada de bilhetes. O telefone deve ter tocado loucamente enquanto estive fora. Sento-me e dou um longo suspiro. Ouço uma tosse. Kayla, minha estagiária, está de pé na porta da minha pequena sala. Ela é a estagiária mais empolgada que já vi. Escreveu dos dois lados de um cartão de Natal dizendo o quanto eu era um exemplo inspirador e que ela jamais teria feito estágio na Blay Pharmaceuticals se não fosse pela palestra que dei na Bristol University. (Foi *mesmo* uma boa palestra, devo admitir. No estilo dos melhores discursos de recrutamento de empresas farmacêuticas.)

— Como foi o almoço? — Os olhos dela estão brilhando.

Meu coração despenca. *Por que* contei para ela que Richard ia me pedir em casamento? Eu estava tão confiante. Ganhei uma dose nova de energia ao ver o entusiasmo dela. Senti-me uma supermulher completa.

— Foi bom. Bom. Era um ótimo restaurante. — Começo a mexer nos papéis na minha mesa, como se estivesse procurando uma informação vital.

— E então, você está noiva?

As palavras dela são como suco de limão sobre pele ferida. Ela não tem finesse? Não se pergunta diretamente para a chefe: "Você está noiva?" Principalmente se ela não está com um anel enorme e novinho em folha, o que obviamente não estou. Eu talvez use isso na avaliação dela. *Kayla tem dificuldade em trabalhar dentro do limite certo.*

— Bem. — Eu limpo meu casaco para ganhar tempo e para engolir o bolo que sinto na garganta. — Na verdade, não. Na verdade, achei melhor não.

— É mesmo? — Ela parece confusa.

— É. — Mexo a cabeça afirmativamente várias vezes. — Sem dúvida. Cheguei à conclusão de que, neste momento da minha vida, da minha carreira, não era um gesto inteligente.

Kayla parece arrasada.

— Mas... vocês ficavam tão bem juntos.

— Bem, essas coisas não são tão simples quanto parecem, Kayla. — Mexo nos papéis mais rapidamente.

— Ele deve ter ficado arrasado.

— Bastante — digo depois de uma pausa. — É. Bem arrasado. Na verdade... ele chorou.

Posso dizer o que eu quiser. Ela nunca mais verá o Richard. *Eu* provavelmente nunca mais vou vê-lo. E, como um golpe no estômago, a enormidade da verdade me atinge de novo. Acabou. Fim. Tudo. Nunca mais vou fazer sexo com ele. Nunca mais vou acordar com ele. Nunca mais vou abraçá-lo. De alguma forma, é isso que me faz querer chorar, mais que qualquer coisa.

— Deus, Lottie, você é tão inspiradora. — Os olhos de Kayla estão brilhando. — Saber que uma coisa é ruim pra sua carreira e ter a coragem de firmar o pé e dizer "Não! Não *vou* fazer o que todo mundo espera".

— Exatamente — concordo de forma desesperada. — Eu estava firmando o pé por todas as mulheres.

Meu queixo está tremendo. Preciso concluir essa conversa agora, antes de as coisas darem muito errado e eu cair no choro na frente da estagiária.

— Algum recado importante? — Passo os olhos pelos bilhetes sem vê-los.

— Um do Steve sobre a apresentação de amanhã, e um cara chamado Ben ligou.

— Ben quem?

— Só Ben. Ele disse que você saberia.

Ninguém se chama "Só Ben". Deve ser algum estudante ousado que conheci em alguma palestra de recrutamento, tentando ganhar espaço na empresa. Não estou com paciência para isso.

— Tudo bem. Vou repassar minha apresentação. — Clico o mouse sem parar em pontos aleatórios da tela até ela ir embora. Respiro fundo. Queixo firme. Siga em frente. Siga em frente, siga em frente, siga em frente.

O telefone toca e atendo com um gesto autoritário.

— Charlotte Graveney.

— Lottie! Sou eu!

Luto contra o instinto de desligar o telefone.

— Ah, oi, Fliss. — Eu engulo em seco. — Oi.

— Como você *está*?

Consigo ouvir o tom provocador na voz dela e me xingo com amargura. Eu não devia ter mandado uma mensagem de texto do restaurante.

É a pressão. Toda essa pressão horrível. Por que compartilhei minha vida amorosa com minha irmã? Por que contei para ela que estava namorando Richard? Não devia nem tê-lo apresentado. Menos ainda ter falado sobre pedidos de casamento.

Na próxima vez que eu conhecer um homem, não vou contar *nada para ninguém*. Nada. Zero. Não até estarmos felizes e casados por uma década, com três filhos e depois de renovarmos os votos de casamento. Só então vou mandar uma mensagem de texto pra Fliss dizendo: "Adivinha? Conheci uma pessoa! Ele parece legal!"

— Ah, estou bem. — Consigo usar um tom leve e sério. — E você?

— Tudo bem por aqui. E então...?

Ela deixa a pergunta em aberto. Sei exatamente o que ela quer dizer. Ela quer dizer: *E então, você está usando um anel enorme de diamante e fazendo brinde com Bollinger enquanto Richard chupa seus dedos do pé em alguma suíte incrível de hotel?*

Sinto uma pontada de dor aguda. Não consigo falar sobre isso. Não consigo suportar a pena dela. Preciso encontrar outro assunto. Qualquer assunto. Rápido.

— E aí. Então. — Tento parecer alegre e indiferente. — Então. Hum. Na verdade, eu estava pensando. Eu devia mesmo fazer aquele mestrado em teoria da administração. Você sabe que eu sempre quis fazer. O que estou esperando, afinal? Eu poderia tentar em Birkbeck, e fazer no meu tempo livre. O que você acha?

2
Fliss

Ah, Deus. Quero chorar. Deu errado. Não sei como, mas deu errado.

Todas as vezes que um dos relacionamentos de Lottie termina, ela imediatamente fala sobre fazer mestrado. É como uma reação pavloviana.

— Acho que posso até fazer doutorado, sabe? — Ela está dizendo, com um tremor remoto na voz. — Quem sabe fazer pesquisa no exterior.

Lottie poderia enganar outra pessoa qualquer, mas não a mim. Não a irmã dela. Ela está mal.

— Certo — digo. — Sim. Doutorado no exterior. Boa ideia!

Não faz sentido pressioná-la para ouvir detalhes nem perguntar diretamente o que aconteceu. Lottie tem seu processo distinto de lidar com rompimentos. Ela não pode ser apressada, e você *não* pode expressar qualquer solidariedade. Aprendi isso da maneira mais difícil.

Houve a vez em que ela rompeu com Seamus. Ela chegou à minha porta com uma caixa de sorvete e olhos vermelhos, e cometi o erro de perguntar "O que aconteceu?", o que a fez explodir como uma granada. "Meu Deus, Fliss! Não posso trazer sorvete pra minha irmã sem ser interrogada? Talvez eu só queira passar um tempo com minha irmã. Talvez a vida não gire ao redor de namorados. Talvez eu só queira... reavaliar minha vida. Fazer um mestrado."

Houve a vez em que Jamie deu o fora nela e cometi o erro de dizer: "Ah Deus, Lottie, pobrezinha."

Ela me eviscerou. "Pobrezinha? O que você quer dizer com pobrezinha? Fliss, você está com pena de mim porque não tenho homem? Pensei que você fosse *feminista*." Ela descontou todo o sofrimento em mim em um longo discurso, e no final eu praticamente precisava de um transplante de ouvido.

Por isso, agora eu ouço em silêncio enquanto ela fala como pretende explorar seu lado mais acadêmico há *séculos*, e que muitas pessoas não valorizam sua inteligência, e que seu orientador a inscreveu para concorrer a um prêmio na universidade, eu sabia disso? (Sim, eu sabia. Ela mencionou logo depois que terminou com Jamie.)

Ela acaba ficando em silêncio. Eu não respiro. Acho que podemos estar chegando ao X do problema.

— Aliás, Richard e eu não estamos mais juntos — diz ela de um jeito indiferente, como quem larga alguma coisa que segurava com as pontas dos dedos.

— Ah, é? — Uso o mesmo tom que ela. Poderíamos estar falando sobre um subenredo da novela *EastEnders*.

— É, nós terminamos.

— Sei.

— Não estava dando certo.

— Ah. Bem. É mesmo... — Estou ficando sem monossílabos anódinos. — Quero dizer, é...

— Sim. É uma pena. — Ela faz uma pausa. — De certa forma.

— Certo. Então, ele...? — Estou pisando em ovos aqui. — Quero dizer, você não...?

Que merda que deu errado se uma hora atrás ele estava no meio de um maldito pedido de casamento?, era o que eu queria perguntar.

Nem sempre confio na versão de Lottie para os eventos. Às vezes, ela é muito deslumbrada. Vê o que quer ver. Mas eu juro de coração que acreditava tanto quanto ela que Richard estava planejando pedi-la em casamento.

E agora, não só eles não estão noivos, mas *terminaram*? Não consigo deixar de sentir um choque profundo. Passei a conhecer bem Richard, e ele é legal. O melhor que ela já namorou, se quiser saber. (Isso ela já me perguntou muitas vezes, em geral à meia-noite, em momentos de fúria, me interrompendo antes de eu terminar para anunciar que o amava *independentemente* do que eu penso.) Ele é robusto, gentil, bem-sucedido. Sem ressentimento, sem bagagem emocional. Bonito, mas não vaidoso. E apaixonado por ela. É a questão principal. Na verdade, a única. Eles têm aquela energia de casais bem-sucedidos. Têm aquela ligação. É o jeito como falam, como brincam, o jeito como se sentam juntos, sempre com o braço dele delicadamente ao redor dos ombros dela, e os dedos brincando com seus cabelos. É o jeito como eles parecem estar indo em direção às mesmas coisas, seja sushi, para comer em casa, ou férias no Canadá. Eles têm união. Dá para ver. Ao menos, eu vejo.

Correção: eu via. Então, por que *ele* não viu?

Idiota, sujeito imbecil. O que exatamente ele está esperando encontrar em uma companheira? Qual é o problema com a minha irmã? Ele pensa que ela o está impedindo de ter um romance com uma supermodelo de um metro e oitenta?

Alivio a raiva jogando um pedaço de papel amassado com agressividade na lixeira. Um momento depois, me dou conta de que preciso daquele papel. Droga.

O telefone ainda está em silêncio. Consigo sentir a infelicidade de Lottie emanando da linha. Ah, Deus, não consigo suportar isso. Não me importa o quanto o pavio dela é curto, eu *tenho* que saber um pouco mais. É loucura. Em um minuto, eles vão se casar, no outro estamos no Primeiro Estágio do Processo de Rompimento da Lottie, não ultrapasse.

— Pensei que você tivesse dito que ele tinha uma "grande pergunta" — falo com o máximo de tato possível.

— Sim. Bem. Ele mudou a história dele — diz ela com uma voz determinada e indiferente. — Disse que não era uma "grande pergunta". Era uma "pergunta".

Faço uma careta. Isso é ruim. Uma grande pergunta não é uma variação de uma pergunta. Não é nem um subconjunto.

— E qual era a pergunta?

— Era sobre milhas aéreas, na verdade — diz ela sem inflexão na voz.

Milhas aéreas? Ai. Consigo imaginar como *isso* desceu. Ian Aylward está na minha sala agora, reparo de repente. Está gesticulando com energia. Sei o que ele quer. O discurso da cerimônia de premiação daquela noite.

— Está pronto — respondo, apenas movendo os lábios, uma mentira deslavada, e aponto para o meu computador, tentando sugerir que a tecnologia está atrasando a chegada. — Vou mandar por e-mail. *E-mail.*

Ele acaba indo embora. Olho para o relógio e meu coração se acelera um pouco. Tenho precisamente dez minutos para ouvir e apoiar Lottie, escrever o resto do discurso e ajeitar a maquiagem.

Não, nove minutos e meio.

Sinto outra pontada de ressentimento em relação a Richard. Se ele realmente precisava partir o coração da minha irmã, não podia ter escolhido um dia que *não fosse* o mais insanamente ocupado do ano para mim? Abro depressa o documento do discurso na tela e começo a digitar.

Concluindo, eu gostaria de agradecer a todos aqui hoje. Tanto os que ganharam prêmios como os que estão trincando os dentes de raiva. Consigo ver vocês! (Pausa para as gargalhadas.)

— Lottie, você sabe que é a noite do nosso grande evento de premiação — digo com culpa. — Vou ter que desligar em cinco minutos. Se eu pudesse ir até aí, você sabe que eu iria agora mesmo.

Tarde demais. Percebo que cometi um erro hediondo. Expressei solidariedade. Ela se vira contra mim, como esperado.

— Vir até aqui? — diz ela com fúria. — Você não precisa vir aqui! O que é, você acha que estou chateada por causa de Richard? Acha que minha vida gira em torno de um homem? Eu nem estava *pensando* nele. Só queria contar meus planos de fazer mestrado. Só isso.

— Eu sei. — Recuo. — Claro que sim.

— Quem sabe tem algum programa de intercâmbio nos Estados Unidos. De repente, vou ver em Stanford...

Ela continua a falar e eu digito cada vez mais rápido. Fiz esse discurso seis vezes antes. São as mesmas palavras todos os anos, em ordem diferente.

A indústria hoteleira continua a inovar e inspirar. Fico boquiaberta com as realizações e inovações que vemos em nossa indústria.
Não. Merda. Aperto o botão de apagar e tento de novo.
Fico boquiaberta com as realizações e avanços que minha equipe de críticos e eu testemunhamos ao redor do mundo.
Sim. "Testemunhamos" dá um belo toque de seriedade à ocasião. Quase dá para pensar que passamos um ano envolvidos com uma série de profetas sagrados em vez das garotas bronzeadas de Relações Públicas, com seus saltos agulha, nos mostrando as mais novas tecnologias para secadores de toalhas de piscina.
Meus agradecimentos vão para Bradley Rose, como sempre...
Agradeço a Brad primeiro? Ou a Megan? Ou a Michael?
Vou esquecer alguém. Sei que vou. É a lei dos discursos de agradecimento. Você esquece uma pessoa vital, depois volta a pegar o microfone para gritar o nome dela com a voz aguda, mas ninguém está ouvindo. Aí, você precisa procurá-la e passar uma horrenda meia hora agradecendo pessoalmente. Ambos sorriem, mas acima da cabeça dela, em um balão de pensamento, flutuam as palavras: "Você esqueceu que eu existia."
Meus agradecimentos vão para todos que organizaram esta cerimônia de premiação, todos que não organizaram esta cerimônia de premiação, para toda a minha equipe, nossos familiares, todas as 7 bilhões de pessoas no planeta, Deus/Alá/Outro...
— ... Vejo isso como uma coisa positiva. De verdade, Fliss. É minha chance de reconfigurar minha vida, sabe? Eu *precisava* disso.
Arrasto minha atenção de volta para o telefone. A recusa de Lottie em admitir que alguma coisa está errada é uma das qualidades mais cativantes dela. A coragem resoluta é tão comovente que me faz querer abraçá-la.

Mas, de certa forma, também me faz querer arrancar meus cabelos. Dá vontade de gritar *Pare de falar sobre esses malditos mestrados! Admita que está magoada!*

Porque sei como é. Já vi isso antes. Todos os rompimentos são iguais. Ela começa toda corajosa e otimista. Recusa-se a admitir que qualquer coisa esteja errada. Passa dias, talvez semanas, sem hesitar, com um sorriso grudado no rosto, e as pessoas que não a conhecem dizem: "Uau, Lottie lidou tão bem com o rompimento!"

Até que a reação atrasada acontece. E acontece todas as vezes. Na forma de um gesto impulsivo, absurdo e completamente imbecil que a deixa eufórica por cerca de cinco minutos. Cada vez é uma coisa diferente. Uma tatuagem no tornozelo; um corte de cabelo radical; um apartamento caro demais em Borough que depois precisou ser vendido, com prejuízo financeiro. Participação em uma seita. Um piercing "íntimo" que infeccionou. Esse foi o pior.

Não, mudei de ideia, a seita foi pior. Arrancaram 600 libras dela e, mesmo depois disso, ela ainda falava sobre "iluminação". Malditos cruéis e parasitas. Acho que eles andam por Londres farejando quem levou um pé na bunda.

Só depois do período eufórico é que Lottie desaba. E *aí* vem o choro e os dias sem trabalhar e "Fliss, por que você não me impediu?". E "Fliss, odeio essa tatuagem!". E "Fliss, como vou ao ginecologista agora? Estou com tanta vergonha! O que vou fazeeeeer?"

Em segredo, chamo esses atos imbecis pós-rompimento de Escolhas Infelizes, que é uma expressão que nossa mãe usava muito quando estava viva. Cobria qualquer coisa, desde um par de sapatos de gosto duvidoso, usado por um convidado para jantar, à decisão de meu pai de transar com uma rainha da beleza sul-africana. "Escolha infeliz", murmurava ela com aquele olhar glacial, e nós, ainda crianças, agradecíamos a nossa sorte de não termos feito tais escolhas.

Não costumo sentir saudade da minha mãe. Mas algumas vezes desejo que houvesse outra pessoa da família para quem eu pudesse ligar, para me ajudar a catar os caquinhos da vida de Lottie. Meu pai não conta. Primeiro de tudo, ele mora em Johanesburgo. E segundo, se não for um cavalo ou alguém oferecendo um copo de uísque, ele não está interessado.

Neste momento, ao ouvir Lottie falar sem parar sobre licenças sem remuneração, meu coração despenca. Consigo sentir a aproximação de outra Escolha Infeliz. Está por aí, em algum lugar. Sinto como se estivesse observando o horizonte, protegendo os olhos com a mão, me perguntando de onde o tubarão vai surgir e agarrar o pé dela.

Eu queria que ela xingasse, reclamasse e jogasse objetos. Eu poderia relaxar depois, porque a loucura estaria fora do organismo dela. Quando terminei com Daniel, xinguei-o de forma obscena por duas semanas inteiras. Não foi bonito. Mas pelo menos não entrei para uma seita.

— Lottie... — Eu esfrego a cabeça. — Você sabe que vou viajar de férias amanhã e ficar duas semanas fora?

— Ah, sei.

— Você vai ficar bem?

— Claro que vou ficar *bem*. — O tom mordaz volta. — Vou comer uma pizza e tomar uma boa garrafa de vinho hoje. Estou querendo fazer isso faz tempo, na verdade.

— Bem, divirta-se. Só não afogue as mágoas.

É outra das frases de nossa mãe. Tenho uma lembrança repentina dela de terninho branco, calça justa e sombra verde com purpurina. "Afogando as mágoas, queridas." Sentada naquele bar, na casa que tivemos em Hong Kong, segurando um Martini enquanto Lottie e eu olhávamos, com nossos vestidos cor-de-rosa combinando, vindos direto da Inglaterra.

Depois que ela saía, repetíamos a expressão uma para a outra como uma espécie de religião. Eu pensava que aquele era um brinde geral, como "Manda tudo pra dentro", e choquei uma amiga de escola muitos anos depois, em um almoço de família, ao levantar o copo e dizer: "Bem, afoguem as mágoas, pessoal."

Agora, usamos quando queremos dizer "ficar podre de bêbado de forma constrangedora".

— *Não* vou afogar as mágoas, obrigada — responde Lottie, parecendo ofendida. — E até parece que você pode falar, Fliss.

Posso ter bebido vodca demais depois que Daniel e eu terminamos e posso ter feito um longo discurso para uma plateia de frequentadores de um restaurante especializado em curry. É verdade.

— Pois é. — Eu suspiro. — Nos falamos em breve.

Desligo o telefone, fecho os olhos e dou uns dez segundos para meu cérebro reiniciar e encontrar o foco. Preciso esquecer a vida amorosa de Lottie. Preciso me concentrar na cerimônia de premiação. Preciso terminar meu discurso. Agora. Vamos.

Abro os olhos e digito rapidamente uma lista de pessoas a quem agradecer. Ocupa dez linhas, mas é melhor prevenir do que remediar. Mando por e-mail para Ian com o assunto "Discurso! Urgente!" e dou um pulo da mesa.

— Fliss! — Quando saio da minha sala, Celia se lança sobre mim. Ela é uma de nossas freelancers mais produtivas e tem pés de galinha que são marcas registradas de um crítico profissional de spas. A crença é que os tratamentos em spas anulam os danos causados pelo sol, mas acho que a tendência é acontecer o contrário. Deviam parar de criar spas na Tailândia. Deviam situá-los em países frios do norte, sem a luz do dia.

Humm. Será que tem assunto aí?

Digito rapidamente no BlackBerry: *Spa com zero de luz do dia?*, depois levanto o olhar.

— Tudo bem?

— O Grúfalo está aqui. Parece furioso. — Ela engole em seco. — Acho que é melhor eu ir embora.

O Grúfalo é o apelido de Gunter Bachmeier no mundo financeiro. Ele é dono de uma cadeia de dez hotéis de luxo, mora na Suíça e tem um metro de circunferência abdominal. Eu sabia que ele tinha sido convidado para hoje, mas supus que não viria. Não depois de nossa crítica do novo hotel e spa em Dubai, o Palm Stellar.

— Está tudo bem. Não se preocupe.

— Não diz pra ele que fui eu. — A voz de Celia está tremendo.

— Celia. — Eu a seguro pelos ombros. — Você está segura da sua crítica, certo?

— Certo.

— Então. — Tento passar força para ela, mas ela parece apavorada. É incrível como alguém que escreve um texto tão selvagem e espirituoso descascando um serviço seja pessoalmente tão gentil e sensível.

Humm. Será que tem assunto aí?

Eu digito: *Conhecer os críticos pessoalmente?? Perfis??*

Em seguida, apago. Nossos leitores não querem conhecer os críticos. Não querem saber que "CBD" mora em Hackney e é um poeta de talento nas horas vagas. Eles só querem saber que a enorme quantia de dinheiro que estão dispostos a pagar vai comprar toda a luz do sol/neve, praias brancas/montanhas, solidão/lindas pessoas, algodão egípcio/redes, *haute cuisine*/ sanduíches caros no prato que eles exigem de um hotel cinco estrelas.

— Ninguém sabe quem é "CBD". Você está em segurança.
— Dou um tapinha no braço dela. — Tenho que correr. — Já estou seguindo pelo corredor. Sigo para o átrio central e olho ao redor. É um saguão alto, arejado, com o dobro de um pé-direito normal, o único ambiente realmente impressionante na Pincher International. E todos os anos, nossos subeditores, cujos escritórios estão lotados, sugerem que ele seja transformado em uma área para mais escritórios. Mas o local ganha vida na festa de premiação. Observo tudo e marco os itens em minha lista mental. Enorme bolo de pasta americana no formato de capa de revista que ninguém vai comer: ok. Equipe do bufê arrumando taças: ok. Mesa de troféus: ok. Ian, da área de TI, está agachado ao lado do palco, mexendo no teleprompter.

— Tudo bem? — Eu corro até lá.
— Excelente. — Ele se levanta. — Carreguei o discurso. Quer fazer a passagem de som?

Subo no palco, ligo o microfone e olho para o teleprompter.
— Boa noite! — Eu levanto a voz. — Sou Felicity Graveney, editora da *Pincher Travel Review*, e gostaria de lhes dar boas-vindas à nossa vigésima terceira cerimônia anual de premiação. E *que* ano foi este.

Consigo ver pela sobrancelha sardônica de Ian que vou ter que parecer um pouco mais animada que isso.

— Cale a boca — digo, e ele sorri. — Tenho 18 prêmios pra apresentar...

E é coisa demais. Todos os anos, temos uma briga sobre quais descartar, mas acabamos não descartando nenhum.

— Blá-blá… certo, tudo bem. — Eu desligo o microfone. — Te vejo depois.

Enquanto atravesso o corredor apressadamente, vejo Gavin, nosso editor, na extremidade mais distante. Ele está conduzindo um homem inconfundível de um metro de circunferência de barriga para o elevador. Enquanto observo, o Grúfalo se vira e lança um antissorriso ameaçador para mim. Ele levanta quatro dedos gorduchos, e ainda está fazendo o gesto quando a porta se fecha.

Sei o que isso quer dizer e não vou me deixar intimidar. E daí que o hotel dele recebeu quatro estrelas de nós em vez de cinco? Ele devia ter feito um hotel melhor. Devia ter investido em mais areia para cobrir a base de concreto da "premiada praia criada pelo homem" e tentado contratar uma equipe menos arrogante.

Sigo para o toalete feminino, observo meu reflexo e faço uma careta. Às vezes fico genuinamente chocada com a minha versão no espelho. Sou mesmo *tão* diferente da Angelina Jolie? Quando foi que essas sombras apareceram debaixo dos meus olhos? Tudo em mim é escuro demais, decido de repente. Meus cabelos, minhas sobrancelhas, minha pele amarelada. Preciso branquear alguma coisa. Ou talvez tudo. Deve existir um spa em algum lugar que tenha um tanque de branqueamento completo. Só um mergulho rápido, e mantenha a boca aberta para usar a opção de branqueamento dental.

Humm. Será que tem assunto aí? Digito *Branqueamento?* no BlackBerry, depois ataco tudo que posso com pincéis. Concluo a maquiagem aplicando uma camada generosa de batom Nars Red Lizard. Uma coisa: fico muito bem de batom. Talvez escrevam na minha lápide. Aqui jaz *Felicity Graveney. Ela ficava muito bem de batom.*

Saio do banheiro, verifico as horas e clico em "Daniel" na discagem rápida enquanto ando. Ele sabe que vou ligar agora, discutimos o horário, ele vai atender, tem que atender. Vamos, Daniel, atenda… Onde você está?

Caixa postal.

Imbecil.

Com Daniel, sou capaz de ir de calma a furiosa em sessenta segundos.

O bipe soa e inspiro.

— Você não está aí — digo com calma elaborada, andando na direção da minha sala. — É uma pena, porque tenho que estar em um evento mais tarde, e você sabia porque falamos sobre isso. Várias vezes.

Minha voz está trêmula. Não posso permitir que ele me afete. Deixa pra lá, Fliss. O divórcio é um processo, e isso é um processo, e somos todos parte do Tao. Ou do Zen. Sei lá. Aquela coisa da qual falavam todos os livros que ganhei com a palavra "Divórcio" escrita na capa, acima de um círculo ou da imagem de uma árvore.

— Enfim. — Respiro fundo. — Será que você pode deixar Noah ouvir esta mensagem? Obrigada.

Fecho os olhos rapidamente e lembro a mim mesma que não estou mais falando com Daniel. Tenho que afastar o rosto repulsivo dele da minha mente. Estou falando com o rostinho que ilumina minha vida. O rosto que, por mais improvável que possa parecer, faz o mundo continuar fazendo sentido. Imagino a franja desgrenhada dele; os olhos cinza enormes; as meias da escola emboladas nos tornozelos. Encolhido no sofá na casa de Daniel, com Macaco debaixo do braço.

— Querido, espero que você esteja se divertindo muito com o papai. Te vejo logo, tá? Vou tentar ligar mais tarde, mas se não conseguir, boa noite e te amo.

Estou quase na porta do meu escritório agora. Tenho várias coisas para fazer, mas não consigo evitar ficar falando o máximo possível, até o bipe me mandar cuidar da minha vida.

— Boa noite, querido. — Pressiono o aparelho contra minha bochecha. — Tenha lindos sonhos, tá? Boa noite.

— Boa noite — responde uma voz familiar, e quase tropeço nos meus Manolo de festa.

O que foi isso? Estou tendo alucinações? Ele desligou a caixa postal? Olho para o celular para ter certeza, dou uma batidinha na palma da mão e coloco na orelha de novo.

— Alô? — digo com cautela.

— Alô! Alô-alô-alô…

Ah, meu Deus. Aquela voz não está vindo do telefone. Está vindo de…

Entro correndo pela porta da minha sala, e ali está ele. Meu filho de 7 anos. Sentado na poltrona que ofereço às visitas.

— Mamãe! — grita ele com prazer.

— Uau. — Estou quase sem palavras. — Noah. Você está aqui. Na minha sala. Isso é… Daniel? — Eu me viro para o meu ex-marido, que está de pé em frente à janela, folheando uma edição antiga da revista. — O que está acontecendo? Pensei que Noah estaria tomando chá agora. Na sua casa. — Acrescento com ênfase: — Como combinamos.

— Mas não estou — diz Noah com triunfo.

— Sim! Consigo ver isso, querido! E então... Daniel? — Meu sorriso se espalha por todo meu rosto. A regra geral é: quanto mais sorrio para Daniel, mais estou com vontade de enfiar uma faca nele.

Não consigo deixar de examinar as feições dele com olhar crítico, apesar de ele não ter mais nada a ver comigo. Ele ganhou alguns quilos. Está com uma camisa nova de listras finas. Não usa nada no cabelo. Grande equívoco, o cabelo está ralo e desgrenhado agora. Talvez Trudy goste assim.

— Daniel? — repito.

Ele não diz nada, só dá de ombros como se tudo fosse óbvio e palavras fossem supérfluas. Aquele movimento de ombros é novidade. É um gesto pós-eu. Quando estávamos juntos, os ombros dele ficavam sempre caídos. Agora, ele dá de ombros. Usa uma pulseira da cabala por baixo da manga do terno. Rechaça confrontos como se fosse feito de borracha. O senso de humor dele foi substituído por um senso de moralismo. Ele não brinca mais; ele declara.

Não consigo acreditar que fazíamos sexo. Não consigo acreditar que produzimos Noah juntos. Talvez eu esteja em *Matrix* e vá acordar e encontrar uma coisa que faz *muito* mais sentido, como estar esse tempo todo deitada em um tanque ligada a eletrodos, por exemplo.

— Daniel? — Meu sorriso está fixo.

— Concordamos que Noah passaria a noite com você. — Ele dá de ombros de novo.

— *O quê?* — Eu o encaro boquiaberta. — Não combinamos, não. É a sua noite.

— Tenho que ir pra Frankfurt hoje. Mandei um e-mail.

— Não mandou, não.

— Mandei.

— Não mandou! Você *não* me mandou um e-mail.

— Combinamos que eu deixaria Noah aqui.

Ele está muito calmo, como só Daniel consegue ficar. Eu, por outro lado, estou prestes a ter um ataque de nervos.

— Daniel. — Minha voz está tremendo pelo esforço de não esmagar a cabeça dele. — Por que eu teria concordado em ficar com Noah aqui se vou apresentar uma cerimônia de premiação? Por que eu teria feito isso?

Daniel dá de ombros de novo.

— Estou indo para o aeroporto. Ele já comeu alguma coisa. Aqui está a mochila. — Ele coloca a mochila de Noah no chão. — Tudo bem, Noah? Mamãe vai ficar com você hoje, sortudo.

Não tenho como escapar disso.

— Que ótimo! — Sorrio para Noah, que olha para nós dois com ansiedade. Parte meu coração ver os olhos enormes dele. Uma criança dessa idade não deveria se preocupar com nada. — Que sorte a minha! — Mexo no cabelo dele para tranquilizá-lo. — Com licença, volto em um momento...

Ando pelo corredor até o toalete feminino. Está vazio, o que é uma coisa boa, porque não consigo mais me controlar.

— ELE NÃO ME MANDOU PORRA NENHUMA DE E-MAIL! — Minha voz ecoa nos cubículos. Estou ofegante quando observo meus olhos no espelho. Sinto-me dez por cento melhor. O bastante para sobreviver à noite.

Ando calmamente até minha sala e encontro Daniel colocando o casaco.

— Bem, faça uma boa viagem, ou o que quer que seja. — Eu me sento, abro a caneta-tinteiro e escrevo *Parabéns!*, no cartão de um buquê que será entregue para o grande vencedor (aquele novo resort e spa em Marrakesh). *Com desejos de felicidades de Felicity Graveney e toda a equipe.*

Daniel ainda está na minha sala. Consigo senti-lo por perto. Ele tem alguma coisa a dizer.

— Ainda está aí? —Levanto os olhos.

— Só mais uma coisa. — Ele me observa com aquela expressão moralista de novo. — Tenho mais algumas observações a fazer sobre o acordo.

Por um momento, fico tão surpresa que não consigo reagir.

— O q-quê? — Consigo dizer por fim.

Ele não pode fazer mais observações. Terminamos essa parte. Estamos prontos para assinar. Acabou. Depois de um caso no tribunal e duas apelações e um milhão de cartas de advogados. Acabou.

— Eu estava conversando com Trudy. — Ele abre as mãos de novo. — Ela levantou alguns problemas interessantes.

De jeito nenhum. Quero dar um tapa em Daniel. Ele *não* pode falar sobre o nosso divórcio com Trudy. É nosso. Se Trudy quiser um divórcio, pode se casar com ele primeiro. Vamos ver se vai gostar.

— Só duas coisinhas. — Ele coloca uma pilha de papéis na mesa. — Leia.

Leia. Como se estivesse recomendando um bom livro de mistério.

— Daniel. — Sinto-me como uma chaleira quase fervendo. — Você não pode começar a arrumar mais coisa agora. O divórcio *acabou*. Já falamos sobre tudo.

— Não é mais importante fazer tudo certo?

Ele parece reprovar, como se eu estivesse sugerindo que aceitássemos um divórcio improvisado e malpreparado. Um divórcio sem esforço. Montado com cola quente em vez de costurado à mão.

— Estou feliz com nossos acordos — digo com voz tensa, apesar de "feliz" não ser a palavra certa. "Feliz" seria *não* encontrar os rascunhos das cartas de amor dele para outra mulher enfiadas na mala, onde qualquer pessoa em busca de chiclete as encontraria.

Cartas de amor. Estou falando de cartas de amor! Ainda não consigo acreditar que ele escreveu cartas de amor para outra mulher, e não para a própria esposa. Não consigo acreditar que ele escreveu poesia de conteúdo explicitamente sexual, ilustrada com desenhos. Fiquei genuinamente chocada. Se ele tivesse escrito aqueles poemas para mim, talvez tudo tivesse sido diferente. Talvez eu tivesse percebido o louco narcisista que ele era *antes* de me casar.

— Bem. — Ele dá de ombros de novo. — Talvez eu tenha uma visão mais distanciada. Talvez você esteja perto demais.

Perto demais? Como posso estar perto demais do meu próprio divórcio? Quem é esse idiota falso e emocionalmente atrasado? E como ele entrou na minha vida? A frustração me faz respirar tão rápido que sinto que se me levantasse agora, poderia apostar corrida com Usain Bolt e arrancar dinheiro dele.

E então, acontece. Não *quero* exatamente que aconteça. Meu pulso se move rapidamente e pronto, há seis pontinhos de tinta em fila na camisa dele e uma bolha de felicidade no meu peito.

— O que foi isso? — Daniel olha para a camisa e para mim, estupefato. — É tinta? Você *balançou sua caneta na minha direção?*

Olho para Noah para ver se ele testemunhou a decadência da mãe, capaz de um comportamento tão infantil. Mas ele está perdido em um mundo bem mais maduro do *Capitão Cueca*.

— Escorregou — digo com inocência.

— Escorregou. Você tem 5 anos? — O rosto dele vira uma máscara de desprezo e ele limpa a camisa, o que só faz espalhar um dos pontos de tinta. — Eu poderia ligar pro meu advogado por causa disso.

— Vocês poderiam discutir a responsabilidade dos pais, seu assunto favorito.

— Engraçado.

— Não é. — Meu humor de repente fica sóbrio. Estou cansada de agir olho por olho. — Não é mesmo.

Olho para nosso filho, que está inclinado sobre o livro, tremendo de tanto rir de alguma coisa. O short está embolado e, em seu joelho, há um rosto desenhado de caneta com uma seta apontando para cima e SOU UM SUPER-HERÓI escrito em letras trêmulas. Como Daniel pode pular fora assim? Ele não o vê há 15 dias; nunca liga para conversar com o filho. É como se Noah fosse um hobby para o qual ele comprou todo o equipamento e chegou ao nível básico, mas depois decidiu que não gosta tanto assim e que devia experimentar escalada.

— Não é mesmo — repito. — Acho melhor você ir embora.

Nem levanto o olhar quando ele sai. Puxo uma pilha idiota de papéis na minha direção, mexo neles, zangada demais para ler qualquer palavra, depois abro um documento no computador e digito furiosamente:

D chega à minha sala, deixa N comigo sem avisar, contrariando o acordo. Nada prestativo. Deseja levantar mais questões sobre o acordo do divórcio. Se recusa a discutir racionalmente.

Solto o pen drive que fica em uma corrente ao redor do meu pescoço e salvo o arquivo atualizado nele. Meu pen drive é meu objeto de conforto. O dossiê inteiro está nele; toda a terrível história com Daniel. Eu o recoloco no pescoço, depois ligo para Barnaby, meu advogado.

— Barnaby, você não vai acreditar — digo assim que a chamada cai na caixa postal. — Daniel quer modificar o acordo *de novo*. Você pode me ligar?

Olho para Noah com ansiedade para ver se ele me ouviu. Mas ele está rindo de alguma coisa no livro. Vou ter que entregá-lo para minha secretária; ela já me ajudou com cuidados infantis de emergência antes.

— Venha. — Eu me levanto e mexo no cabelo dele. — Vamos procurar Elise.

É bem fácil evitar pessoas em festas se você é a anfitriã. Há sempre uma desculpa para se afastar da conversa assim que vê uma camisa rosa listrada, com um metro de circunferência na barriga, se aproximando de você. ("Sinto *muito*, *preciso* cumprimentar o gerente de marketing do Mandarim Oriental, já volto…")

A festa começou há meia hora e já consegui evitar o Grúfalo completamente. O fato de ele ser tão grande e o átrio estar tão lotado ajuda. Todas as vezes que ele chega a um metro de distância, ando na direção oposta, saio do lugar ou, em desespero, entro no toalete feminino, e consigo fazer com que tudo pareça perfeitamente natural.

Droga. Quando saio do toalete, ele está me esperando. Gunter Bachmeier está de pé no corredor, observando a porta do banheiro.

— Ah, oi, Gunter — digo tranquilamente. — Que alegria ver você. Estava mesmo querendo saber das novidades…

— Focê *estafa* me efitando — afirma ele de forma severa e gutural.

— Que besteira! Está gostando da festa? — Eu me obrigo a colocar a mão no braço carnudo dele.

— Focê difamou meu hotel nofo.

Ele pronuncia "difamou" com um som intenso, fricativo. "Diffffamou." Estou impressionada de ele conhecer a palavra. Eu jamais saberia o equivalente de "difamou" em alemão. Meu alemão só vai até *"Taxi, bitte?"*

— Gunter, você está exagerando. — Dou um sorriso agradável. — Uma crítica de quatro estrelas não é... difamação. — Difamatória? Difamadora? — Lamento que a crítica não tenha conseguido dar cinco estrelas...

— Focê não fez a crrítica do meu hotel pessoalmente. — Ele está vibrando de raiva. — Mandou uma amadorra. Focê me trratou com desrrrrespeito!

— Não, não trratei! — respondo antes de conseguir evitar. — Quero dizer... trratei. Tratei. — Meu rosto está pegando fogo. — Não tratei.

Eu não pretendia fazer isso, mas tenho um terrível hábito de bancar o papagaio. Imito vozes e sotaques sem querer. Agora Gunter está me olhando com mais raiva ainda.

— Tudo bem, Felicity? — Gavin, nosso editor, aparece de repente. Consigo ver o radar dele em ação e entendo o motivo. No ano passado, Grúfalo pagou por 24 anúncios de página dupla. Grúfalo ajuda a nos sustentar. Mas não posso dar cinco estrelas na crítica ao hotel dele só porque ele pagou por alguns anúncios. Cinco estrelas em uma crítica no *Pincher Travel Review* não é pouca coisa.

— Eu só estava explicando para Gunter que mandei uma das nossas melhores freelancers pra fazer a crítica do hotel dele — digo. — Sinto muito se ele não ficou feliz, mas...

— Focê defia terr ido em pessoa. — Gunter cuspe as palavras com desdém. — Onde está sua crrrredibilidade, Felicity? Onde está sua rrrreputação?

Quando ele sai, fico secretamente abalada. Levanto o olhar para Gavin com o coração disparado.

— Bem! — Tento parecer alegre. — Que exagero.

— Por que você não cobriu o Palm Stellar? — Gavin está franzindo a testa. — Você faz a crítica de todos os maiores lançamentos. Esse sempre foi o combinado.

— Decidi mandar Celia Davidson — digo com vivacidade. — Ela é ótima redatora.

— Por que você não cobriu o Palm Stellar? — repete ele, como se não tivesse me ouvido.

— Estavam acontecendo umas coisas com... com... — Eu limpo a garganta, sem querer dizer a palavra. — Coisas pessoais.

Observo Gavin compreender de repente.

— Seu divórcio?

Não consigo me fazer responder. Giro o relógio no pulso, como se estivesse repentinamente interessada no mecanismo.

— Seu divórcio? — A voz dele se aguça de maneira ameaçadora. — *De novo?*

Minhas bochechas estão quentes de constrangimento. Sei que meu divórcio assumiu proporções épicas ao estilo *O Senhor dos Anéis*. Sei que está ocupando mais tempo meu de trabalho do que deveria. Sei que vivo jurando para Gavin que acabou e ficou para trás.

Mas eu não tenho culpa. E não é nada *divertido*.

— Eu estava conversando com um advogado especialista que mora em Edimburgo — acabo por admitir. — Tive que ir até lá, ele é bastante ocupado.

— Felicity. — Gavin sinaliza para que eu o acompanhe até um lado do corredor, e ao ver seu sorriso comprimido, meu estômago se revira. É o sorriso que ele usa para cortar salários e orçamentos, dizer para as pessoas que infelizmente a revista está passando por cortes e pedir de modo bastante gentil que deixem o local. — Felicity, ninguém poderia ser mais solidário ao seu problema do que eu. Você sabe disso.

Ele é um tremendo mentiroso. O que sabe sobre divórcio? Ele tem esposa e amante, e nenhuma das duas parece se importar com a outra.

— Obrigada, Gavin. — Sinto-me forçada a dizer.

— Mas você não pode deixar o divórcio atrapalhar seu trabalho nem a reputação da Pincher International — censura ele. — Entendeu?

De repente, pela primeira vez, sinto-me realmente apreensiva. Sei, por experiência própria, que Gavin começa a invocar "a reputação da Pincher International" quando está pensando em demitir alguém. É um aviso.

Também sei que a única maneira de lidar com ele é me recusar a admitir qualquer coisa.

— Gavin. — Eu me empertigo o máximo que consigo e finjo um ar de dignidade. — Quero deixar uma coisa *bem* clara. — Faço uma pausa, como se fosse David Cameron na Sessão de Perguntas ao Primeiro-Ministro. — *Bem* clara. Se tem uma coisa que *nunca* faço é deixar minha vida pessoal afetar meu trabalho. Na verdade...

— Pou! — Um grito agudo me interrompe. — Ataque laser!

Meu sangue congela. Não pode ser...

Ah, *não*.

Um som familiar de ra-tá-tá invade meus ouvidos. Balas de plástico laranja voam pelo ar, batendo nos rostos das pessoas e caindo em taças de champanhe. Noah está correndo pelos corredores na direção do átrio, rindo alto e disparando ao redor com a arma Nerf automática. Merda. Por que não olhei a mochila dele?

— Para! — Corro atrás de Noah, seguro-o pela gola e arranco a arma de plástico das mãos dele. — Para com isso! Gavin, me desculpe — acrescento sem fôlego. — Daniel devia cuidar de Noah hoje, mas me deixou nessa situação delicada e... Merda! Ai!

Na minha agitação, apertei algum botão na arma Nerf, e ela está disparando mais balas, como uma coisa saída de *Cães de aluguel*, direto no peito de Gavin. *Estou massacrando meu chefe com uma arma automática* pisca na minha mente. *Isso não vai ficar bem na minha avaliação*. O fluxo de balas atinge o rosto dele, que começa a balbuciar, apavorado.

— Me desculpe! — Eu largo a arma no chão. — Eu não queria disparar...

Com um tremor, reparo em Gunter a três metros de distância. Há três balas laranja alojadas nos tufos brancos de seu cabelo e uma dentro de sua bebida.

— Gavin. — Engulo em seco. — Gavin. Não sei o que dizer...

— Foi minha culpa — interrompe Elise rapidamente. — Eu estava cuidando de Noah.

— Mas ele não deveria estar aqui no escritório — observo.

— Então, a culpa é *minha*.

Nós duas nos viramos para Gavin como se estivéssemos esperando o veredito dele. E ele só observava a cena, balançando a cabeça.

— Vida pessoal. Trabalho. — Ele junta as mãos. — Fliss, você precisa se organizar.

Meu rosto está quente de humilhação enquanto empurro um Noah reclamão para minha sala.

— Mas eu estava *ganhando*! — resmunga ele sem parar.

— Me desculpe. — Elise coloca as mãos na cabeça. — Ele disse que era a brincadeira favorita dele.

— Não tem problema. — Dou um sorriso para ela. — Noah, não brincamos com armas Nerf no escritório da mamãe. *Nunca*.

— Vou procurar alguma coisa pra ele comer — diz Elise. — Fliss, você precisa voltar logo pra festa. Vai. Agora. Vai ficar tudo bem. Vem, Noah.

Ela empurra Noah porta afora e sinto cada célula do meu corpo pesar.

Elise está certa. Preciso voltar logo, entrar lá, pegar as balas Nerf, pedir desculpas, fazer um charme e transformar esta noite no evento refinado e profissional que sempre foi.

Mas estou tão *cansada*. Sinto que poderia dormir agora mesmo. O tapete debaixo da minha mesa parece o lugar perfeito para eu me encolher.

Afundo na cadeira assim que o telefone toca. Vou atender só essa chamada. Talvez seja alguma notícia animadora.

— Alô?

— Felicity? É Barnaby.

— Ah, Barnaby. — Eu me sento ereta, energizada. — Obrigada por retornar a ligação. Você não vai acreditar no que Daniel acabou de fazer. Ele tinha concordado em ficar com Noah hoje, mas me deixou numa situação complicada. E agora ele diz que quer rever o acordo! A gente pode até ir parar de novo no tribunal!

— Fliss, calma. Fica fria. — responde Barnaby com o jeito lento, típico de Manchester. Várias vezes desejo que Barnaby fale um pouco mais rápido. Principalmente porque o pago por hora. — Vamos resolver. Não se preocupe.

— Ele é tão *frustrante*.

— Eu sei. Mas você não deve se estressar. Tente esquecer. Ele está brincando?

— Anotei o incidente. Posso te passar por e-mail. — Mexo no pen drive pendurado na corrente. — Quer que eu mande agora?

— Fliss, já falei, você não precisa fazer um dossiê com cada incidente.

— Mas eu quero! Isso é que é "comportamento irracional". Se colocarmos tudo isso no caso, se o juiz *soubesse* como ele era...

— O juiz sabe como ele é.

— Mas...

— Fliss, você está tendo a Fantasia do Divórcio — diz Barnaby tranquilamente. — O que já falei sobre a Fantasia do Divórcio?

Silêncio. Odeio o jeito que Barnaby tem de ler minha mente. Eu o conheço desde a faculdade, e apesar de ele custar uma nota mesmo fazendo um precinho camarada entre amigos, nunca pensei em procurar mais ninguém. Agora ele está esperando que eu responda, como um professor em sala de aula.

— A Fantasia do Divórcio nunca vai acontecer — acabo por murmurar, olhando para as unhas.

— *A Fantasia do Divórcio nunca vai acontecer* — repete ele com ênfase. — O juiz nunca vai ler um dossiê de 200 páginas sobre os defeitos de Daniel em voz alta no tribunal, enquanto uma multidão olha com desprezo para o seu ex-marido. Ele nunca vai começar as considerações finais dizendo: "Sra. Graveney, você é uma santa por ter aguentado um nojento tão cruel, e assim, eu lhe dou tudo o que quiser."

Não consigo deixar de ficar vermelha. Essa é minha Fantasia de Divórcio. Só que na minha versão, a plateia também joga garrafas em Daniel.

— Daniel nunca vai admitir estar errado — prossegue Barnaby, incansável. — Nunca vai ficar de pé na frente do juiz chorando e dizendo: "Fliss, me perdoe." Os jornais jamais vão relatar seu divórcio com a manchete *O merda admite toda a merda que fez em pleno tribunal*.

Não consigo evitar uma risada roncada.

— Sei disso.

— Sabe, Fliss? — Barnaby parece cético. — Tem certeza disso? Ou ainda está esperando que ele acorde um dia e se dê conta de todas as coisas ruins que fez? Porque você precisa entender, Daniel nunca vai se dar conta de nada. Nunca vai confessar ser um péssimo ser humano. Eu poderia passar mil horas nesse caso, e mesmo assim isso nunca aconteceria.

— Mas é tão injusto. — Consigo sentir um bolo de frustração na boca do meu estômago. — Ele *é* um ser humano terrível.

— Eu sei. Ele é um merda. Então não perca tempo com ele. Elimine-o definitivamente da sua vida. Pronto.

— Não é fácil assim — murmuro depois de uma pausa. — Ele é o pai do meu filho.

— Eu sei — diz Barnaby com mais gentileza. — Não falei que era fácil.

O silêncio se prolonga por um tempo. Olho para o relógio da minha sala, observando a porcaria do ponteiro de plástico girar. Por fim, me abaixo e apoio a cabeça no braço dobrado.

— Deus, divórcio.

— É, divórcio — diz Barnaby. — A maior invenção da humanidade.

— Eu queria poder só... sei lá. — Suspiro pesadamente. — Balançar uma varinha de condão e fazer com que nosso casamento nunca tivesse acontecido. Menos Noah. Eu ficaria com Noah, e o resto teria sido um sonho ruim.

— Você quer uma anulação, é isso que você quer — diz Barnaby com alegria.

— Anulação? — Olho para o telefone com desconfiança. — Isso existe?

— Existe, sim. Significa que o contrato é nulo e inválido. O casamento nunca existiu. Você ficaria surpresa com a quantidade de clientes que pedem uma.

— Eu posso conseguir uma?

A ideia me atrai. Talvez haja uma forma barata e fácil de resolver isso, uma forma que não vi antes. *Anulação*. Nulo e inválido. Gosto *muito* do som disso. Por que Barnaby nunca mencionou?

— Só se Daniel fosse bígamo — diz Barnaby. — Ou tivesse obrigado você a se casar. Ou se nunca tivessem consumado o casamento. Ou se um de vocês fosse mentalmente incapaz na época.

— Eu! — exclamo imediatamente. — Estava louca só de *pensar* em me casar com ele.

— É o que todos dizem. — Ele ri. — Não vai rolar, infelizmente.

Minha fagulha de esperança morre lentamente. Droga. Eu queria que Daniel *tivesse sido* bígamo agora. Queria que uma esposa de chapéu mórmon aparecesse e dissesse "Cheguei primeiro!" e me salvasse de todo esse problema.

— Acho que vamos ter que seguir com o divórcio — acabo por dizer. — Obrigada, Barnaby. É melhor eu ir antes que você me cobre mais 30 mil dólares só por dizer oi.

— É isso aí. — Barnaby nunca parece nem remotamente ofendido, não importa o que eu fale. — Só mais uma coisa: você ainda vai pra França, certo?

— Vou. Amanhã.

Noah e eu vamos passar duas semanas na Côte d'Azur. Na cabecinha dele, é nossa viagem de feriado de Páscoa. Na minha, vou fazer a crítica de três hotéis, seis restaurantes e um parque de diversões. Vou trabalhar no laptop todas as noites até tarde, mas não posso reclamar.

— Fiz contato com meu velho amigo Nathan Forrester. Aquele sobre quem te falei. Que mora em Antibes. Vocês deviam se encontrar enquanto estiver lá, tomar um drinque.

— Ah. — Sinto meu ânimo ressurgir. — Tudo bem. Parece legal.

— Vou te mandar os detalhes por e-mail. Ele é um cara legal. Joga muito pôquer, mas não use isso contra ele.

Um jogador de pôquer residente no sul da França. Parece intrigante.

— Pode deixar. Obrigada, Barnaby.

— Foi um prazer. Tchau, Fliss.

Desligo o telefone e ele imediatamente toca de novo. Barnaby deve ter se esquecido de alguma coisa qualquer.

— Oi, Barnaby?

Silêncio, exceto por uma respiração rápida e pesada. Humm. Será que Barnaby apertou o botão de rediscagem sem querer enquanto beijava a secretária? Mas enquanto penso nisso, percebo que sei quem é. Reconheço a respiração. E consigo ouvir "I Try", de Macy Gray, tocando baixinho ao fundo: uma faixa clássica da trilha sonora de rompimento de Lottie.

— Alô? — repito. — Lottie? É você?

Mais respiração pesada, desta vez ruidosa.

— Lottie? Lotts?

— Ah, Fliss... — Ela explode em um choro gigantesco. — Pensei mesmo... mesmo, que ele ia me pedir em casamentooooooo...

— Ah, Deus. Ah, Lottie. — Aninho o telefone desejando que fosse ela. — Lottie, querida.

— Passei três anos inteiros com ele e pensei que ele me amasse e quisesse bebêêêêêês... Mas ele não queria! Não queria! — Ela está chorando com a mesma amargura de Noah quando arranha o joelho. — E o que vou fazer agora? Tenho trinta e trêêêêês. — Ela está soluçando agora.

— Trinta e três não é nada — digo rapidamente. — Nada! E você é uma pessoa linda e adorável.

— Até comprei um aneeeeeel pra ele...

Ela comprou um anel pra ele. Eu olho para o telefone. Ouvi direito? *Ela* comprou um *anel* pra ele?

— Que tipo de anel? — Não consigo deixar de perguntar.

Imagino-a dando para Richard uma safira cintilante dentro de uma caixa.

Por favor, não diga que deu a ele uma safira cintilante dentro de uma caixa.

— Só... você sabe. — Ela funga na defensiva. — Um anel. Um anel masculino de noivado.

Um anel masculino de noivado? Não. Hã-hã. Não existe.

— Lotts — começo a falar com cuidado. — Tem certeza de que Richard é do tipo que usa anel de noivado? Será que foi *isso* que o chateou?

— Não teve nada a ver com o anel! — Ela explode em lágrimas de novo. — Ele nem viu o anel! Eu queria não ter comprado aquela porcaria! Mas achei que seria justo! Porque pensei que ele tinha comprado um pra miiiiiiiim!

— Tudo bem! — digo rapidamente. — Me desculpa!

— Não tem problema. — Ela se acalma um pouco. — *Me desculpa*. Não quero dar chilique...

— Não seja boba. Pra que estou aqui, afinal?

É horrível ouvi-la tão chateada. É claro que é. Apavorante. Mas secretamente não consigo deixar de sentir um pouco de alívio também. A fachada despencou. A negação rachou. Isso é *bom*. É um *progresso*.

— De qualquer modo, já decidi o que fazer e me sinto bem melhor. Tudo faz sentido, Fliss. — Ela assoa o nariz, fazendo muito barulho. — Sinto que tenho um propósito. Um plano. Um objetivo.

Minhas orelhas tremem. Oh-oh. Um "objetivo". É um dos termos pós-rompimento que disparam meu alarme. Junto com "projeto", "mudança de rumo" e "um amigo novo incrível".

— Certo — digo com cautela. — Ótimo! Então, hum, qual é seu objetivo?

Minha mente já avalia as possibilidades. Que não seja outro piercing. Nem outra compra louca de imóvel. Já a convenci tantas vezes a não largar o emprego, não é possível que seja isso de novo, não é?

Que não seja uma mudança para a Austrália.

Que não seja perder 5 quilos. Porque 1) ela já é magra, e 2) em sua última dieta, ela me fez ser sua "companheira" e me instruiu a ligar a cada meia hora e dizer "Siga o plano, sua vaca gorda", e acabou reclamando quando me recusei.

— O que é então? — Eu a pressiono da maneira mais delicada que consigo, com o corpo todo tenso de medo.

— Vou pegar o primeiro voo para São Francisco, surpreender Richard e pedi-lo em casamento!

— *O quê?* — Quase deixo o telefone cair. — Não! Péssima ideia!

O que ela está planejando fazer, entrar em um rompante na sala dele? Esperar na porta do apartamento? Ajoelhar-se e dar para ele o dito anel "masculino" de noivado? Não posso deixar isso acontecer. Ela vai ser humilhada, vai ficar arrasada e *eu vou* ter que catar os pedaços depois.

— Mas eu o amo! — Ela parece muito animada. — Eu o amo muito! E se ele não consegue ver que fomos feitos um para o outro, é claro que eu tenho que *mostrar* pra ele! Claro que *eu* devo dar esse passo, não é? Estou no site da Virgin Atlantic agora. Devo comprar Econômica Premier? Você me consegue um desconto?

— Não! *Não* faça reserva em um voo pra São Francisco — digo no tom mais firme e autoritário que consigo. — Feche o computador. Saia da internet.

— Mas...

— Lottie, encare — digo com mais delicadeza. — Richard teve a chance dele. Se ele quisesse se casar, já estaria acontecendo.

Sei que o que estou dizendo é duro. Mas é verdade. Os homens que querem se casar pedem as mulheres em casamento. Não é preciso ler os sinais. Eles pedem em casamento, esse é o sinal.

— Mas ele não se *dá conta* de que quer se casar! — diz ela com ansiedade. — Só precisa ser *persuadido*. Se eu der um *empurrãozinho*...

Empurrãozinho? É mais uma cotovelada nas costelas.

Tenho uma visão repentina de Lottie arrastando Richard em direção ao altar pelos cabelos e faço uma careta. Sei exatamente como essa história termina. Termina no escritório de Barnaby Rees, advogado de família, a quinhentas pratas pela primeira consulta.

— Lottie, escuta — digo com severidade. — E escuta bem. Você não quer se casar se não tiver menos de duzentos por cento de certeza de que vai dar certo. Não, que seja *seiscentos* por cento. — Olho com ressentimento para as últimas exigências de Daniel sobre o divórcio. — Acredite. Não vale a pena. Já passei por isso e... Bem, é horrível.

Silêncio do outro lado da linha. Conheço Lottie muito bem. Consigo praticamente *ver* a imagem perfeita que ela fazia do pedido, na ponte Golden Gate, derretendo.

— Pense bem primeiro, pelo menos — digo. — Não se precipite. Algumas semanas não vão fazer diferença.

Estou prendendo a respiração e cruzando os dedos.

— Tudo bem — concorda Lottie depois de um tempo, parecendo desamparada. — Vou pensar no assunto.

Pisco estupefata. Eu consegui. Consegui mesmo! Pela primeira vez na minha vida, impedi uma das Escolhas Infelizes de Lottie antes que acontecesse. Exterminei a infecção antes que ela pudesse se espalhar.

Talvez ela esteja ficando mais racional com a idade.

— Vamos sair pra almoçar — sugiro para alegrá-la. — Eu pago. Assim que eu voltar das férias.

— É, isso seria bom — diz Lottie com voz baixa. — Obrigada, Fliss.

— Se cuida. A gente se fala.

Ela desliga e expiro minha frustração em um gemido, embora eu não saiba com quem estou mais frustrada. Richard? Daniel? Gavin? Gunter? Todos os homens? Não, não *todos* os homens. Talvez todos menos várias exceções honoráveis, a saber: Barnaby, meu adorável leiteiro Neville, o Dalai Lama, obviamente...

Meus olhos se fixam no meu reflexo na tela do computador e me inclino para a frente, horrorizada. Estou com uma bala Nerf presa no cabelo.

Que ótimo.

3
Lottie

Não dormi a noite toda.

As pessoas dizem isso, mas o que querem dizer é: acordei algumas vezes, fiz uma xícara de chá e voltei para a cama. Mas eu *realmente* não dormi a noite toda. Contei cada hora que passava.

Por volta da uma hora da madrugada, eu tinha chegado à conclusão de que Fliss está completamente enganada. Por volta de uma e meia, eu já tinha encontrado um voo para São Francisco. Por volta das duas, eu tinha escrito o discurso perfeito, apaixonado e amoroso de pedido de casamento, incluindo falas de Shakespeare, Richard Curtis e Take That. Por volta das três, eu já tinha me filmado lendo-o (onze tomadas). Por volta das quatro, eu já tinha me assistido e percebido a terrível verdade: Fliss está certa. Richard nunca vai dizer sim. Só vai se apavorar. Principalmente se eu fizer o discurso. Por volta das cinco, eu já tinha comido todo o sorvete de praliné com creme. Por volta das seis, eu já tinha comido todo o sorvete Phish Food. E agora estou encolhida em uma cadeira de plástico, me sentindo enjoada e arrependida de tudo.

Uma pequena parte de mim ainda se pergunta se cometi o maior erro da minha vida ao largar Richard. Se eu tivesse ficado com ele, mordido a língua e não tivesse mencionado a palavra casamento, será que nosso relacionamento teria dado certo? De alguma forma?

Mas o resto de mim é mais racional. As pessoas dizem "as mulheres funcionam à base de intuição, e os homens, de lógica", mas estão falando besteira. Estudei lógica na faculdade, muito obrigada. *Sei* como ela funciona. A=B, B=C, portanto, A=C. E o que poderia ser mais lógico que o seguinte argumento, isento e sucinto?

Premissa Um: Richard não tem intenção de me pedir em casamento, ele deixou isso bem claro.

Premissa Dois: quero me casar e ter um compromisso, e com sorte, um dia, um bebê.

Conclusão: portanto, não estou destinada a ficar com Richard. Assim, preciso ficar com outra pessoa.

Outra Conclusão: portanto, fiz a coisa certa ao terminar com ele.

Mais Outra Conclusão: portanto, preciso encontrar outro homem que *queira* ter uma vida comigo e *não* fique com aquele olhar arregalado e vidrado ao ouvir a palavra casamento, como se fosse uma ideia apavorante. Alguém que perceba que se uma pessoa passa três anos com você, talvez *esteja* pensando em compromisso e filhos e um cachorro e… e… em decorar a árvore de Natal juntos… e por que essa é uma perspectiva tão ruim? Por que é tão impensável e proibida de ser mencionada? Quando todo mundo diz que somos um belo casal e estamos muito felizes juntos, e até sua própria *mãe* sugere que nós nos mudemos para perto deles, Richard?

Certo, talvez não esteja sucinto. Nem isento.

Tomo um gole de café e tento acalmar os nervos. Vamos dizer que eu esteja sendo tão calma e lógica quanto era de se esperar diante das circunstâncias: tive que pegar o trem das sete e nove para Birmingham, sem ter dormido e sem nenhum exemplar do *Metro*; todos já tinham acabado. Sem contar que estou prestes a fazer uma palestra de recrutamento para centenas de estudantes em um auditório com cheiro de couve-flor gratinada.

Estou com meu colega Steve na sala que fica na lateral do auditório, e ele está debruçado sobre seu café, parecendo tão alegre quanto eu. Costumamos fazer muitas palestras de recrutamento juntos, somos uma dupla dinâmica. Ele cuida do lado científico; e eu cuido de assuntos gerais. A ideia é que ele deixe os estudantes impressionados com o quanto nosso departamento de pesquisa e desenvolvimento é de vanguarda. E eu garanto a eles que serão bem-cuidados, que as carreiras serão excitantes e que não estão se vendendo.

— Biscoito? — Steve me oferece um Bourbon.

— Não, obrigada. — Eu estremeço. Já entupi meu corpo de gorduras trans e aditivos suficientes.

Talvez eu devesse ir para um campo de treinamento radical. Todo mundo diz que correr muda a vida e dá uma nova perspectiva. Eu devia ir para algum retiro em que você só corre e toma bebidas isotônicas. Na montanha. Ou no deserto. Alguma coisa difícil e desafiadora.

Ou participar do Iron Woman. *Isso.*

Pego meu BlackBerry e estou prestes a procurar no Google *campo de treinamento radical iron woman* quando a orientadora vocacional entra pela porta. Jamais fomos àquela faculdade, por isso só conheci Deborah hoje. Para ser bem sincera, ela é estranha. Nunca conheci alguém tão tenso e irrequieto.

— Tudo certo? Vamos começar em uns dez minutos. Sejam breves. Eu seria. — Ela está assentindo com nervosismo. — Bem breve. Simples e breve.

— Podemos conversar com os alunos depois então — digo, tirando uma pilha de livretos intitulados *Por que trabalhar na Blay Pharmaceuticals?* da bolsa.

— Certo. — Os olhos dela não param. — Bem... como falei, eu faria uma palestra simples e breve.

Sinto uma tentação de responder a ela: "Viemos de Londres pra isso!" Pelo amor de Deus. A maioria dos orientadores vocacionais *adora* o fato de aceitarmos perguntas.

— E então, o padrão normal? — pergunto para Steve. — Eu, você, clipe um, eu, você, clipe dois, perguntas? — Ele assente, e eu entrego o DVD para Deborah. — Vou dar um sinal. Vai ser bem óbvio.

O DVD de recrutamento é a pior parte da nossa apresentação. Foi filmado como um vídeo de música dos anos 1980, com iluminação ruim, música eletrônica ruim, e pessoas com cortes de cabelo ruins parecendo constrangidas enquanto fingiam estar em uma reunião. Mas custou cem mil pratas, então temos que usá-lo.

Deborah some para preparar o DVD e eu me recosto na cadeira, tentando relaxar. Mas minhas mãos ficam se retorcendo. Não sei o que há de errado comigo. Tudo parece horrível. Para onde deve seguir a minha vida? Qual é a minha direção? O que estou fazendo?

E isso *não* é por causa de Richard, aliás. Não tem relação nenhuma. É simplesmente minha vida. Preciso... não sei. De uma nova direção. De uma nova energia.

Tem um livro em uma cadeira ali perto e eu estico a mão para pegá-lo. Chama-se *O princípio reverso: mude sua estratégia de negócios para sempre*, e tem "10 milhões de exemplares vendidos" impresso na capa.

Sinto uma pontada de frustração comigo mesma. Por que não leio mais livros de negócios? É *aí* que minha vida está errada. Não me dediquei o suficiente à carreira. Folheio o livro, tentando absorver as informações o mais rapidamente que consigo. Ele possui vários diagramas com setas que apontam em uma direção, dão a volta e vão para a outra. Claramente, a mensagem é: reverta a seta. Isso eu entendi em dois segundos. Devo ter um talento natural.

Talvez eu devesse ler todos esses livros e me tornar especialista. Talvez eu devesse estudar na Harvard Business School. Tenho uma imagem repentina de mim em uma biblioteca, enchendo o cérebro de princípios de administração. Voltando para a Inglaterra para dirigir uma empresa FTSE 100. Meu mundo seria repleto de ideias e estratégia. Intelectual, de concepções de alto nível.

Estou jogando *alunos estrangeiros em Harvard* no Google quando Deborah reaparece.

— Os alunos já devem estar esperando — diz ela, engolindo em seco e parecendo desesperada.

— Ah, ok. — Volto minha atenção para ela. Qual é o *problema* dessa mulher? Talvez tenha começado recentemente neste trabalho, ou seja, esta seria a primeira apresentação de recrutamento dela. Talvez por isso esteja tão tensa.

Reaplico gloss labial, tentando evitar olhar meus olhos injetados. Com aparência suicida, Deborah desaparece pela porta dupla que leva ao palco. Consigo ouvir sua voz indistinta acima do burburinho. Depois de alguns momentos, há uma rodada de aplausos, e cutuco Steve, que acabou de morder um croissant. Típico.

— Vamos! É a nossa vez!

Ao entrar no pequeno palco e ver nossa plateia, não consigo evitar minha surpresa.

Quando se faz recrutamento para uma empresa científica, você se acostuma com estudantes de cabelos sujos, sem se barbear, com bolsas debaixo dos olhos, e que andam devagar. Mas esse grupo é impressionante. Há um amontoado de garotas imaculadas na frente, com cabelos longos e brilhantes, unhas bem-feitas e maquiagem. Atrás delas há um grupo de caras em ótima forma, com as camisetas esticadas sobre os músculos. Não consigo falar de tanta surpresa. Que tipo de laboratórios existem ali? Laboratórios com esteiras junto aos equipamentos?

— Eles parecem ótimos! — murmuro entusiasmada para Deborah. — Nota máxima pela apresentação.

— Bem… nós os aconselhamos a se esforçarem — diz ela, ficando vermelha antes de sair rapidamente. Olho para Steve, que está observando as meninas bonitas como se nem conseguisse acreditar na sorte que tem.

— Sejam bem-vindos! — Sigo para a frente do palco. — Obrigada pela presença. Meu nome é Lottie Graveney e estou aqui para conversar com vocês sobre a escolha de uma carreira na Blay Pharmaceuticals. Vocês devem nos conhecer melhor pela grande quantidade de produtos que vendemos nas farmácias, desde os variados analgésicos Placidus até nosso campeão de vendas, o creme para bebês Sincero. Mas uma carreira conosco é bem mais que isso…

— É uma carreira *empolgante*. — Steve praticamente me tira do caminho com uma cotovelada. — Sim, vai desafiar vocês, mas também vai *eletrizar* vocês. Estamos trabalhando na vanguarda de pesquisas pioneiras e queremos levá-los nessa aventura conosco.

Olho para ele com raiva. Patético. Em primeiro lugar, não é esse o roteiro. Depois, de onde veio essa voz falsa e "sexy"? Por fim, ele agora está dobrando as mangas da camisa, como se fosse alguma espécie de Indiana Jones durão das pesquisas farmacêuticas. Ele não devia fazer isso. Os antebraços dele são brancos e cobertos de veias.

— Se vocês quiserem uma vida de aventuras... — Ele faz uma pausa estratégica e praticamente rosna. — Então, o lugar para começar é aqui.

Ele está voltado para uma garota na fileira da frente, cuja camisa branca está desabotoada e revela um decote profundo e bronzeado. Ela tem cabelos louros e compridos e grandes olhos azuis, e parece anotar cada palavra que ele diz.

— Vamos mostrar o DVD, Steve — digo alegremente, arrastando-o para longe antes que ele acabe babando nela. As luzes são diminuídas e o primeiro clipe do nosso DVD começa a passar na tela atrás de nós.

— Pessoal inteligente — sussurra Steve ao se sentar ao meu lado. — Estou impressionado.

Impressionado com o quê? O tamanho de sutiã que ela usa?

— Ainda não dá pra saber se são inteligentes — comento. — Ainda não conversamos com eles.

— Dá pra ver nos olhos deles — diz Steve casualmente. — Já trabalho com isso há tempo suficiente pra reconhecer potencial quando vejo. Aquela garota loura na frente parece promissora. *Muito* promissora. Devíamos conversar com ela sobre o programa de bolsas. Trazê-la pra nós antes que outras empresas farmacêuticas a descubram.

Pelo amor de Deus. Daqui a pouco ele vai oferecer a ela um contrato com valores de seis dígitos.

— Vamos dar a *todos* as informações sobre o programa de bolsas — digo severamente. — E talvez você devesse tentar não dirigir todos os comentários pros peitos dela.

A luz se acende e Steve vai para o centro do palco, arregaçando ainda mais as mangas como se estivesse prestes a cortar lenha e construir um chalé sozinho com ela.

— Vou dividir com vocês alguns dos mais novos avanços que fizemos e os que esperamos alcançar no futuro. Talvez com a sua ajuda. — Ele pisca para a garota loura, e ela sorri educadamente em resposta.

Na tela, aparece a imagem de uma complicada molécula.

— Vocês todos devem conhecer o fluoreto de poli-hidrogênio ônio. — Steve indica a tela com um cursor, mas para. — Antes de eu continuar, seria útil saber o que vocês estudam. — Ele olha ao redor. — Deve haver bioquímicos aqui, obviamente...

— Não importa o que eles estudam! — interrompe Deborah rispidamente antes que qualquer pessoa consiga responder. Para minha surpresa, ela se levantou da cadeira e está indo para o palco. — Não importa o que eles estudam, não?

Ela está tensa como uma mola. O que está acontecendo?

— É uma orientação útil — explica Steve. — Se todos os bioquímicos puderem levantar as mãos...

— Mas vocês aceitam alunos de todas as áreas. — Ela o interrompe de novo. — É o que diz nos folhetos. Então é irrelevante, não?

Ela parece em pânico. Eu *sabia* que tinha alguma coisa errada.

— Tem algum bioquímico aqui? — Steve está olhando para o auditório silencioso, confuso. Normalmente, pelo menos metade da nossa plateia é composta de bioquímicos.

Deborah está pálida.

— Posso falar com vocês? — diz ela por fim e nos chama desesperadamente para um canto. — Infelizmente... — A voz dela treme. — Houve um erro. Mandei o e-mail para o grupo errado de alunos.

Então é isso. Ela deixou os bioquímicos de fora. Que idiota. Mas ela parece tão perturbada que decido ser gentil.

— Temos a mente aberta — digo para tranquilizá-la. — Não estamos interessados só em bioquímicos. Também recrutamos formados em física, biologia, administração... O que esses alunos estudam?

Silêncio. Deborah está mordendo o lábio furiosamente.

— Estética — murmura ela por fim. — A maioria é de maquiadores. E alguns são dançarinos.

Maquiadores e dançarinos?

Estou tão aturdida que não consigo responder. Não é surpresa eles serem tão lindos e estarem em tão boa forma. Dou uma olhada em Steve, e ele parece tão decepcionado que tenho vontade de rir.

— Que pena — digo de forma inocente. — Steve achou que o grupo parecia muito promissor. Queria oferecer bolsas de pesquisa científica a todos. Não foi, Steve?

Ele me olha com desprezo e raiva e parte para cima de Deborah.

— Que *merda* que está acontecendo aqui? Por que estamos dando palestra sobre carreira em pesquisa farmacêutica pra um auditório cheio de malditos maquiadores e dançarinos?

— Sinto muito! — Deborah parece querer chorar. — Quando percebi o que tinha feito, era tarde demais. Me deram a missão de atrair mais empresas de prestígio, e vocês são tão renomados que não pude suportar a ideia de cancelar.

— *Alguém* aqui quer trabalhar com pesquisa farmacêutica? — Steve está se dirigindo ao auditório.

Ninguém levanta a mão. Não sei se quero rir ou chorar. Acordei às seis da manhã para estar aqui. Não que eu estivesse dormindo, mas mesmo assim.

— Então, o que vocês estão *fazendo* aqui? — Steve parece que vai explodir.

— Temos que participar de dez seminários sobre carreiras pra conseguir o crédito em Pesquisa Profissional — diz uma garota com um rabo de cavalo que balança.

— Jesus Cristo. — Steve pega o paletó nas costas da cadeira. — Eu *não* tenho tempo pra isso. — Quando ele sai do auditório batendo os pés, sinto vontade de fazer a mesma coisa. Nunca conheci ninguém tão incompetente quanto Deborah.

Mas, por outro lado, ainda há um auditório cheio de alunos me olhando. Todos precisam de uma carreira, mesmo não sendo em pesquisa farmacêutica. E vim de Londres. Não vou me virar e ir embora.

— Muito bem. — Pego o controle remoto da mão de Deborah, desligo o DVD e ando para o centro do palco. — Vamos recomeçar. Não trabalho na indústria estética nem na área de dança. Não faz muito sentido eu dar conselhos sobre isso.

Mas eu *contrato* pessoas. Então, que tal eu tentar dar alguns conselhos gerais? Vocês têm alguma pergunta?

O silêncio é absoluto. E então uma garota de jaqueta de couro levanta a mão com hesitação.

— Você pode olhar meu CV e dizer se está bom?

— É claro. Ótima ideia. Alguém mais quer que eu olhe o CV?

Uma infinidade de braços se levanta. Nunca vi uma seleção de unhas tão bem-cuidadas em mãos erguidas.

— Certo. Formem uma fila. Vamos fazer isso.

Duas horas depois, eu tinha olhado os CVs de uns trinta alunos. (Se Deborah for a orientadora de CV deles, então deveria ser demitida. É tudo que digo.) Fiz uma sessão de perguntas e respostas sobre aposentadoria e declaração de imposto de renda, e leis sobre trabalhadores autônomos. Dei todos os conselhos que acho que podem ajudar esse pessoal. E em troca, aprendi muito sobre várias áreas que eu desconhecia completamente, como: 1) Como se faz uma pessoa parecer ferida em um filme; 2) Que atriz que participa de uma filmagem em Londres parece ser um amor, mas na verdade é uma grossa com o maquiador; e 3) Como se faz um *grand jeté* (falhei nessa parte).

Agora abri espaço para qualquer assunto, e uma garota pálida com mechas rosa no cabelo está falando sobre o custo do esmalte Shellac e como é difícil ter lucro se você quiser abrir um salão de beleza próprio. Estou ouvindo e tentando fazer comentários úteis, mas minha atenção é constantemente atraída para outra garota, sentada na segunda fila. Seus olhos estão vermelhos e ela não falou nada, mas fica mexendo no celular, assoando o nariz e passando um lenço de papel nos olhos.

Houve um momento, durante as perguntas e respostas, em que um lenço de papel me teria sido bastante útil. Eu falava sobre o direito a férias, e isso trouxe de volta a angústia toda. Estava guardando tempo de férias. Três semanas. Pensei que precisaríamos para a lua de mel. Até encontrei um lugar incrível em Santa Lúcia…

Não Lottie. *Não* caia nessa. Siga em frente. Siga em frente, siga em frente. Pisco com força e direciono o foco para a garota de cabelo rosa.

— … Você acha que eu deveria me dedicar a sobrancelhas? — diz ela com expressão ansiosa.

Ah, Deus, eu não estava prestando atenção. Como chegamos a sobrancelhas? Estou quase pedindo para ela repetir os pontos principais para que todos possam entender melhor (é sempre uma boa saída) quando a garota na segunda fila dá um soluço choroso alto. Não posso mais ignorá-la.

— Oi — digo com gentileza, acenando para atrair a atenção dela. — Com licença. Você está bem?

— Cindy terminou com o namorado. — A amiga passa um braço protetor ao redor dos ombros dela. — Ela pode ir embora?

— É claro! — respondo. — Sem dúvida!

— Mas ela vai receber o crédito? — pergunta outra amiga com ansiedade. — Porque ela já repetiu em um módulo.

— É tudo culpa *dele* — diz a primeira amiga com raiva, e umas dez garotas assentem concordando, murmurando coisas como "É *mesmo*" e "Punheteiro" e "Ele nem sabe fazer olho esfumado".

— Ficamos dois anos juntos. — A garota pálida dá outro soluço. — Dois anos inteiros. Fiz metade dos trabalhos de faculdade dele. E agora ele vem com um papo de "Preciso me concentrar na minha carreira". Pensei que ele quisesse ficar comiiiiigo. — Ela desaba em um choro prolongado e olho para as lágrimas dela com lágrimas surgindo nos meus. Conheço a dor dela. *Conheço.*

— É claro que você vai ganhar o crédito — digo calorosamente. — Na verdade, vou fazer uma recomendação especial por ter participado, quando está claramente em um momento delicado.

— Vai mesmo? — Cindy dá um sorriso hesitante. — De verdade?

— Mas você precisa me ouvir, tá? Você precisa me ouvir.

Estou sentindo uma vontade cada vez maior de me desviar do assunto. De falar da verdade universal, não de aposentadoria, não de imposto de renda, mas de amor. Ou de não amor. Ou do limbo em que nós duas estamos. Sei que não é minha área, mas essa garota precisa saber. *Precisa* saber. Meu coração bate com força. Sinto-me nobre e inspiradora, como Helen Mirren ou Michelle Obama.

— Deixa eu te dizer uma coisa — começo. — De mulher pra mulher. De profissional pra profissional. De ser humano pra ser humano. — Meus olhos se fixam nos dela com intensidade. — Não deixe um rompimento arruinar sua vida. — Eu me sinto tão energizada. Tão segura. Estou muito entusiasmada com minha mensagem. — Você é forte. — Estico um dedo. — É independente. Tem sua própria vida e *não precisa dele*. Certo?

Espero até que ela sussurre:

— Certo.

— Todos nós passamos por rompimentos. — Levanto a voz para alcançar todo o auditório. — A resposta não é chorar. A resposta não é comer chocolate nem planejar vingança. Você precisa seguir em frente. Todas as vezes que passei por um fim de namoro, sabe o que fiz? Tomei um rumo novo na vida. Arrumei um novo e excitante projeto. Mudei meu visual. Mudei de casa. Porque *eu* mando na minha vida, obrigada. — Bato com o punho na palma da mão. — Não um cara que não sabe nem fazer olho esfumado.

Duas garotas começam a aplaudir, e a amiga de Cindy grita em apoio.

— Foi o que eu falei! Ele é desperdício de espaço!

— *Chega* de chorar — digo enfaticamente. — *Chega* de lenços de papel. *Chega* de olhar o celular pra ver se ele ligou. *Chega* de encher a cara de chocolate. Siga em frente com a vida. Novos horizontes. Se eu consigo, você consegue.

Cindy está me olhando boquiaberta, como se eu lesse pensamentos.

— Mas você é forte — diz ela, engolindo em seco. — Você é incrível. Não sou como você. Não vou ser nunca, nem quando chegar à sua idade.

Ela está me olhando tão maravilhada que não consigo deixar de me emocionar, embora ela não precisasse se comportar como se eu fosse um dinossauro. Afinal, só tenho 33 anos, não 100.

— *É claro* que vai — digo com confiança. — Sabe, fui como você um dia. Era bastante tímida. Não tinha ideia do que ia fazer na vida, nem de qual era meu potencial. Eu era uma garota de 18 anos vagando por aí. — Consigo sentir meu Discurso Motivacional para Todos os Propósitos se aproximando. Será que tenho tempo para ele? Olho para o relógio. Tenho o tempo certo. Para a versão curta. — Eu estava perdida. Exatamente como você se sente agora. Mas aí, tive meu ano de pausa.

Contei essa história muitas, muitas vezes. Em eventos estudantis, em seminários de coesão de equipe, em sessões preparatórias para funcionários que sairiam de licença. Nunca me canso de falar sobre isso, e sempre me deixa empolgada.

— Tive meu ano de pausa — repito — e minha vida toda mudou. Eu mudei como pessoa. Uma noite essencial me transformou. — Dou alguns passos para a frente e olho para Cindy. — Sabe qual é minha teoria de vida? Todos temos momentos especiais de definição que nos colocam em um caminho. Tive meu maior momento de definição no meu ano de pausa. Você só precisa ter seu grande momento. E vai ter.

— O que aconteceu? — Ela está ansiosa, assim como os outros. Consigo até ver alguém desligando o iPod.

— Eu estava em uma pensão em Ikonos — explico. — É uma ilha grega. Estava lotada de viajantes na mesma situação que eu, e fiquei lá o verão inteiro. Era um lugar mágico.

Cada vez que conto essa história, tenho as mesmas lembranças. De acordar todas as manhãs com o sol grego tocando minhas pálpebras. Da sensação da água do mar na pele queimada pelo sol. De biquínis pendurados para secar em janelas de madeira com a tinta descascando. De areia nas minhas alpargatas gastas. De sardinhas frescas, grelhadas na praia. De música e dança todas as noites.

— Enfim. Uma noite, aconteceu um incêndio. — Eu me obrigo a voltar para o presente. — Foi horrível. A pensão estava lotada. Todos estavam presos lá dentro e foram então para a varanda do andar de cima, mas ninguém conseguia descer. Eles gritavam, não havia nem extintores de incêndio...

Cada vez que me lembro daquela noite, tenho o mesmo flashback: o momento em que o teto caiu. Consigo ouvir o som trovejante e os gritos. Consigo sentir o cheiro da fumaça.

O auditório está completamente silencioso enquanto eu falo.

— Eu estava em um local privilegiado. A casa da árvore. Conseguia ver pra onde as pessoas deviam ir. Dava pra pular pela lateral da varanda pro telhado de um chiqueiro de bodes, só que ninguém percebeu. Todo mundo estava em pânico. Assim, assumi o controle. Comecei a orientar as pessoas. Pra ser ouvida, tive que gritar, balançar os braços e pular como uma louca, mas alguém acabou reparando em mim, e então todos começaram a prestar atenção. As pessoas seguiram minhas instruções. Todo mundo pulou da varanda pro telhado do chiqueiro e, um a um, todos se salvaram. Foi a primeira vez na vida que percebi que poderia ser uma líder. Poderia fazer diferença.

O auditório está completamente parado.

— Ah, meu Deus — diz Cindy enquanto recupera a respiração. — Quantas pessoas?

— Dez? — Eu dou de ombros. — Doze?

— Você salvou 12 vidas? — Ela parece impressionada.

— Ah, quem sabe? — Tento aliviar o clima. — Tenho certeza de que elas teriam sido salvas de qualquer jeito. A questão é que *percebi* uma coisa sobre mim mesma. — Uno as mãos em frente ao peito. — Daquele momento em diante, tive confiança para ir atrás de tudo que eu queria. Eu mudei de curso, mudei todas as minhas ideias. Posso dizer honestamente que tudo começou naquele momento. Foi meu grande momento de definição. Foi quando me tornei a pessoa que sou. E todos vocês vão ter seus momentos de definição. Sei que vão.

Sempre revivo o momento e me sinto realizada quando conto aquela história. Foi tão apavorante. Eis a parte que jamais conto: o quanto fiquei com medo e em pânico, gritando ao vento, desesperada para ser ouvida, sabendo que tudo dependia de mim. Assoo o nariz e sorrio para os rostos silenciosos. *Eu fiz a diferença.* Esse mantra me acompanhou durante todos esses anos. *Eu fiz a diferença.* Independentemente das besteiras ou burrices que faço, *eu fiz a diferença.*

O silêncio se espalha pelo auditório. E a garota loura da fila da frente fica de pé.

— Você é a melhor orientadora vocacional que tivemos. Não é? — Para meu espanto, ela puxa uma onda de aplausos. Algumas garotas até dão gritinhos.

— Tenho certeza de que não sou — digo rapidamente.

— É, sim — insiste ela. — Você é demais. Podemos agradecer da maneira adequada?

— De nada, imagina. — Sorrio educadamente. — Foi um prazer estar aqui, e boa sorte com as carreiras de vocês...

— Não é o que quero dizer. — Ela se aproxima do palco com um conjunto enorme de pincéis apontados para mim. — Sou Jo. Quer uma transformação?

— Ah. — Eu hesito e olho para o relógio. — Não posso. É muita gentileza de sua parte...

— Não leve pro lado pessoal — diz Jo com delicadeza —, mas você precisa. Seus olhos estão inchados. Você dormiu direito na noite de ontem?

— Ah. — Eu fico rígida. — Sim. Dormi sim, obrigada. Dormi bastante. Pra caramba.

— Bem, então você precisa usar um creme para os olhos diferente. O que você usa não está funcionando. — Ela olha com atenção para o meu rosto agora. — E seu nariz está vermelho. Você não andou... chorando?

— *Chorando?* — Tento não parecer defensiva demais. — É claro que não!

Jo me acompanhou até uma cadeira de plástico e está dando tapinhas delicados na pele ao redor dos meus olhos. Ela inspira, como um construtor avaliando o duvidoso trabalho de reforma feito por outra pessoa.

— Sinto muito, mas sua pele está em péssimo estado. — Ela chama duas amigas, que fazem expressões igualmente consternadas ao verem meus olhos.

— Aah, que péssimo.

— Seus olhos estão vermelhos!

— Bem, não faço ideia do que seja. — Procuro dar um sorriso tranquilizador. — Nenhuma. Nenhuma mesmo.

— Você deve ter alergia a alguma coisa! — diz Jo num momento de inspiração repentina.

— É. — Eu me agarro à ideia. — Deve ser isso. Alergia.

— Que marca de maquiagem você usa? Pode me mostrar?

Estico a mão para pegar a bolsa e tento abrir o zíper, mas está emperrado.

— Me deixa tentar — diz Jo, e estica a mão antes que eu possa impedi-la. *Merda*. Não quero que ninguém veja a enorme barra de chocolate Galaxy que comprei na WH Smith de manhã e da qual consumi metade enquanto esperava Steve (momento de fraqueza).

— Pode deixar — eu digo, e pego a bolsa de volta. Mas a mão dela já está puxando o zíper, e de alguma forma o conteúdo é todo remexido e balançado, e antes que eu possa evitar, a barra de chocolate é lançada para fora da bolsa, com uma garrafa miniatura de vinho branco quase no final (outro momento de fraqueza). E os restos de uma foto rasgada de Richard (mais um momento de fraqueza).

— Me desculpe! — diz Jo horrorizada, juntando os pedaços.
— Me desculpe! O que...? — Ela olha com mais atenção. — Isso é uma foto? O que *aconteceu* com ela?

— Aqui está seu chocolate — diz outra garota, entregando a barra para mim.

— E acho que isso deve ser um velho cartão de amor, não? — diz a amiga dela, pegando um pedaço queimado de cartão com purpurina. — Mas parece que foi... queimado?

Fiz isso com um fósforo em um copo de café, no Costa, antes de me mandarem parar. (Momento supremo de fraqueza.)

Os olhos de Richard me encaram de um fragmento de foto, e sinto minhas entranhas estremecerem com uma dor repentina. Percebo alguns olhares de compreensão entre as garotas, mas não tenho palavras. Não consigo encontrar uma forma nobre e inspiradora de sair da situação. Jo se vira e observa meus olhos vermelhos de novo. Em seguida, ela ganha vida e começa a colocar tudo de volta na minha bolsa.

— De qualquer modo — diz ela bruscamente —, a coisa *mais* importante é te deixar com aparência fabulosa. Isso vai mostrar... O que quer seja... — Ela pisca para mim. — A seja lá quem for. Pode demorar um pouco. Você está pronta?

Essa é a resposta. Não sei qual é a pergunta, mas *essa* é a resposta. Estou sentada em uma cadeira com os olhos fechados, em um estado de quase êxtase enquanto minha nova melhor amiga Jo e as amigas passam pincéis no meu rosto e aplicam lápis. Elas passaram base e colocaram rolinhos nos meus cabelos, e ficam mudando de ideia sobre qual visual dar aos meus olhos, mas nem estou ouvindo direito. Estou em transe. Não ligo se vou me atrasar na volta para o trabalho. Estou fora do ar. Fico adormecendo e acordando, e minha mente é uma confusão de sonhos, cores e pensamentos.

Todas as vezes que me vejo pensando em Richard, afasto a mente disso. Siga em frente. Siga em frente, siga em frente. Vou ficar bem, vou ficar ótima. Só preciso seguir meus próprios conselhos. Encontrar uma nova missão. Um novo caminho. Alguma coisa em que me *concentrar*.

Talvez eu redecore meu apartamento. Ou quem sabe eu deva começar a praticar alguma arte marcial. Eu poderia fazer um treinamento intensivo e ficar super em forma. Cortar todo o cabelo e ficar com bíceps incríveis que nem a Hilary Swank.

Ou fazer um piercing no umbigo. Richard odeia umbigos com piercing. É isso que devo fazer.

Ou quem sabe viajar. Por que não viajo mais?

Meus pensamentos voltam para Ikonos. *Foi* um verão incrível, até que o incêndio aconteceu e a polícia chegou e tudo virou caos. Eu era tão jovem. Era tão *magra*. Vivia de short jeans cortado e com a parte de cima do biquíni. Tinha contas no cabelo. E tinha Ben, claro, meu primeiro namorado de verdade. Meu primeiro relacionamento. Com cabelo escuro e olhos azuis, e cheiro de suor, sal e Aramis. Deus, quanto sexo nós fazíamos? Três vezes por dia, pelo menos. E quando não estávamos fazendo sexo, estávamos pensando em sexo. Era uma loucura. Como uma droga. Ele foi o primeiro cara por quem senti tanto tesão que tive vontade de...

Espera. Espera um minuto.

Ben?

Meus olhos se abrem de repente e Jo grita com consternação:

— Fica parada!

Não era possível. Claro.

— Desculpa. — Eu pisco, tentando permanecer composta. — Na verdade... podemos fazer uma pausa? Preciso fazer uma ligação.

Eu me viro, procuro meu celular e digito o número de discagem rápida de Kayla, dizendo para mim mesma para não ser burra. Não pode ser ele. Não é ele.

Obviamente não é ele.

— Lottie, oi — diz a voz de Kayla. — Tudo bem?

Por que ele teria me ligado depois de tanto tempo? Quinze anos se passaram, caramba. Não nos falamos desde... Bem. Desde aquela época.

— Oi, Kayla. Eu só queria o número daquele tal de Ben. — Tento parecer relaxada. — O que ligou ontem quando eu tinha saído, lembra?

Por que estou apertando os dedos?

— Ah, sim. Espere... Aqui está. — Ela dita um número de celular. — Quem é?

— Eu... não sei ao certo. Você tem certeza de que ele não deixou o sobrenome?

— Não, só Ben.

Desligo e olho para o número. Só Ben. *Só Ben.*

É um estudante ousado, digo para mim mesma com firmeza. É um orientador vocacional que acha que vou me lembrar dele só pelo primeiro nome. É Ben Jones, meu vizinho, ligando para o meu trabalho por algum motivo. Quantas pessoas chamadas Ben existem? Uns cinco zilhões. Precisamente.

Só Ben.

Mas essa é a questão. É por isso que minha respiração está um pouco curta e estou sentada instintivamente ereta, de forma mais atraente. Quem se identificaria assim, *exceto* meu antigo namorado?

Digito o número, fecho bem os olhos e espero. O telefone toca. De novo. E de novo.

— Benedict Parr. — Há uma pausa. — Alô? Aqui é Benedict Parr. Quem é?

Não consigo falar. Meu estômago está fazendo uma dancinha. É ele.

4
Lottie

A primeira coisa a dizer é que estou incrível.
A segunda coisa é que não vou dormir com ele.
Não. De jeito nenhum. Não vou mesmo.
Apesar de estar pensando nisso o dia todo. Apesar de estar ficando nervosa só com a lembrança dele. De como era. De como éramos. Sinto-me surreal e meio tonta. Não consigo acreditar que vou vê-lo. Depois de tanto tempo. Ben. Caramba, *Ben*.
Ouvir a voz dele foi como uma espécie de gatilho para uma viagem no tempo. Fui transportada imediatamente para aquela mesinha bamba da qual nos apropriávamos todas as noites. Rodeados de oliveiras. Meus pés descalços no colo dele. Uma lata de Sprite gelado. Eu tinha me esquecido do meu vício em Sprite até aquele momento.
Desde então, lembranças e imagens ressurgiram o dia todo, algumas vagas e algumas completas. Os olhos dele. O cheiro. Ele sempre foi tão *intenso*. É disso que mais me lembro. Da intensidade dele. Ben me fazia sentir como se fôssemos as estrelas do nosso próprio filme; como se nada importasse além de nós

e do momento. Tudo remetia às *sensações*. A sensação dele. Do sol e do suor. Do mar e da areia. Da pele e da pele. Tudo era quente e intenso e... incrível.

E isso, 15 anos depois, isso é... bem, bizarro. Olho para o relógio e sinto um estremecimento de ansiedade. Chega de enrolar em lojas. É hora de ir.

Vamos nos encontrar em um novo restaurante de frutos do mar em Clerkenwell que tem recebido boas críticas. Aparentemente, Ben trabalha ali perto, fazendo alguma coisa qualquer. Não perguntei, o que foi idiotice, então tive que recorrer a uma busca apressada no Google quando cheguei de volta ao trabalho. Não consegui encontrá-lo no Facebook, mas havia um site sobre uma empresa de papel da qual ele parece ser o diretor. Fico meio surpresa. Ele queria ser ator quando estávamos juntos, mas acho que não deu certo. Ou talvez ele tenha mudado de ideia. Não conversávamos muito sobre carreiras e empregos na época. Estávamos interessados em sexo e em como íamos mudar o mundo.

Mas me *lembro* de muitas discussões de madrugada sobre Brecht, que ele estava lendo, e Tchekhov, que eu estava lendo. E aquecimento global. E filantropia. E política. E eutanásia. Éramos meio como alunos de ensino médio questionadores, agora que penso no assunto. Um pouco empolgados. Mas é justo. Tínhamos acabado de sair do ensino médio.

Eu me aproximo do restaurante, equilibrada em meus saltos altos novos, sentindo o cabelo balançar ao redor dos meus ombros e admirando minhas unhas impecáveis. Assim que Jo e as amigas souberam que eu ia sair com um ex-namorado, elas se dedicaram a um outro nível de atividade. Fizeram minhas unhas. Tingiram minhas sobrancelhas. Até ofereceram uma depilação de virilha.

É claro que eu não precisava disso. Eu já tinha ido ao salão três dias antes para me preparar para o sexo quente e feliz do pós-pedido de Richard, e que bem isso me fez? Um desperdício *total* de dinheiro.

Sinto uma pontada dolorosa e humilhante. Eu devia mandar a conta do salão para ele. Devia mandar para São Francisco, com uma carta cheia de dignidade dizendo apenas *Prezado Richard, quando você receber esta carta...*

Não. Pare, Lottie. *Não* pense em Richard. *Não* invente uma carta cheia de dignidade. Siga em frente. Siga em frente, siga em frente.

Seguro a bolsa *clutch* com mais força, mentalizando. Tudo tem um propósito. Tudo segue um padrão. Em um minuto, estou na maré baixa. No seguinte, Ben faz contato comigo. É a sorte. É o destino.

Mas *não* vou dormir com ele.

Não. Não vou.

Quando chego à entrada do restaurante, pego o espelhinho de bolsa e verifico como estou pela última vez. Minha nossa. Havia me esquecido de como estou incrível. Minha pele parece radiante. Estou com maçãs novas e lindíssimas, que Jo de alguma forma inventou com o blush e o iluminador. Meus lábios parecem frescos e cheios. Em resumo: estou linda.

Estou o oposto daquele cenário de pesadelo no qual você dá de cara com o ex-namorado só de pijama e com enxaqueca. Estou no cenário dos sonhos. Nunca estive tão bonita na vida, e tenho certeza de que jamais voltarei a ficar, a não ser que contrate dez maquiadores. Este é meu ponto alto no que diz respeito à aparência.

Com o pequeno estímulo na confiança, abro a porta do restaurante e sou recebida pelo aroma caloroso e convidativo de alho e frutos do mar. Há bancos de couro e um enorme candelabro e o tipo certo de burburinho. Nada exagerado e desagradável, apenas civilizado e simpático. Um barman está preparando coquetéis no bar, e tenho um desejo momentâneo e pavloviano de tomar um mojito.

Não vou encher a cara, decido rapidamente. Não vou dormir com ele *e* não vou encher a cara.

O maître se aproxima. É agora.

— Vim me encontrar com... um amigo. Ele fez reserva. Benedict Parr?

— É claro. — O maître me conduziu por um caminho sinuoso pelo restaurante, passando por umas dez mesas nas quais possíveis candidatos estão sentados com rostos virados. Cada vez que passo por um, meu estômago pula de apreensão. É ele? É ele? Que não seja *aquele*...

Ah, Deus! Eu quase grito. Ali está ele, se levantando da cadeira. Fique calma. Sorria. Isso é tão, tão, *tão* surreal.

Meus olhos o exploram, registrando detalhes em velocidade máxima, como se eu estivesse na Olimpíada "Avalie seu Ex". Camisa estampada ligeiramente gasta, como assim? Ele é mais alto do que eu me lembrava. Mais magro. O rosto está mais fino e o cabelo, escuro e ondulado, está curto agora. Ninguém jamais imaginaria que ele já teve cachos de um deus grego. Tem um furo na orelha onde antes ficava o brinco.

— Bem... oi — cumprimentei.

Fico satisfeita com o quanto pareço sutil. Principalmente porque uma bolha de empolgação está crescendo dentro de mim agora que o vi direito. Olha só ele! É lindo! Como era antes, mas melhor. Mais crescido. Menos desajeitado.

Ele se inclina para me dar um beijo. Nas duas faces, adulto e civilizado. Em seguida, ele recua e me observa.

— Lottie. Você está... incrível.

— Você também está muito bem.

— Você não envelheceu um dia sequer!

— Nem você!

Estamos sorrindo um para o outro com uma espécie de alegria impressionada, como alguém que ganhou uma rifa e apareceu para buscar uma duvidosa caixa de bombons como prêmio, mas descobriu que na verdade são mil libras em dinheiro. Não conseguimos acreditar na nossa sorte.

Vamos pensar bem: muita coisa pode mudar em um homem depois dos 30. Ben poderia estar com qualquer aparência. Poderia ter ficado careca. Poderia estar barrigudo e curvado. Poderia ter desenvolvido algum tipo de tique irritante.

E deve estar olhando para mim e pensando: *Graças a Deus ela não botou silicone nos lábios/ficou grisalha/ganhou 30 quilos.*

— E então. — Ele faz um gesto encantador para minha cadeira, e eu me sento. — Como foram os últimos 15 anos?

— Bons, obrigada. — Dou uma gargalhada. — E os seus?

— Não posso reclamar. — Ele me olha nos olhos com o mesmo sorriso malicioso de sempre. — Certo, acabamos de recapitular o tempo que passamos distantes. Quer uma bebida? *Não* me diga que é abstêmia agora.

— Está brincando? — Abro o cardápio de coquetéis e sinto um tremor de expectativa. Vai ser uma ótima noite. Já sei que vai. — Vamos ver o que tem aqui.

Duas horas depois, estou toda formigando. Estou eufórica. Sinto-me como um atleta com energia total. Sinto-me como uma convertida que descobriu a religião. É isso. *É isso.* Ben e eu somos incríveis juntos.

Certo, não fui fiel à minha resolução em relação ao álcool. Mas foi uma resolução ridícula, míope e idiota. Jantar com um ex-namorado é uma situação potencialmente tensa e complicada. Poderia ter sido constrangedor. Na verdade, depois de alguns coquetéis, estou tendo a melhor noite da minha vida.

O incrível é o quanto Ben e eu somos *sintonizados*. É como se estivéssemos continuando do mesmo ponto onde paramos, como se a última década e meia não tivesse acontecido. Temos 18 anos de novo. Somos jovens e ávidos. Compartilhando ideias loucas e piadas bobas, e querendo explorar tudo que o mundo tem a oferecer. Ben imediatamente começou a me contar sobre uma peça que viu na semana anterior, e contei sobre uma exposição de arte em Paris (não mencionei que Richard me levou), e nossa conversa decolou a partir disso. Há tanto a ser dito. Tantas lembranças.

Não cumprimos a lista tediosa de quem, o que e quando. Não falamos sobre detalhes de emprego, relacionamentos anteriores, nenhuma dessas merdas chatas. É tão revigorante não ouvir as palavras "E aí, o que você faz?" ou "Você mora em casa ou apartamento?" ou "Você recebe pensão?". É tão libertador.

Sei que ele é solteiro. Ele sabe que sou solteira. É a única atualização da qual precisamos.

Ben bebeu bem mais do que eu. Ele também se lembra de muito mais do que eu sobre nossa época na Grécia. Tem lembranças claras de coisas que eu tinha enterrado. Eu havia me esquecido do torneio de pôquer, daquele barco de pesca que afundou e da noite em que jogamos tênis de mesa com aqueles dois caras australianos. Mas, assim que Ben as menciona, elas voltam para minha mente com um brilho vívido.

— Guy e... — Estou franzindo o nariz, tentando lembrar. — Guy e... qual era o nome dele... ah, sim, *Bill*!

— Bill! — Ben dá uma risadinha e bate na minha mão. — É claro. Big Bill.

Não consigo acreditar que não me lembrei de Big Bill sequer uma vez em todos esses anos. Ele parecia um urso. Sentava-se no canto do terraço, tomando cerveja e pegando sol. Tinha mais piercings do que eu já tinha visto na vida. Aparentemente, foi ele quem colocou todos, com uma agulha. Ele tinha uma namorada bem legal, chamada Pinky, e assistimos e gritamos quando ele furou o umbigo dela.

— As lulas. — Fecho os olhos brevemente. — Nunca provei lulas como aquelas na vida.

— E os pores do sol — diz Ben. — Lembra-se deles?

— Nunca vou esquecer.

— E Arthur. — Ele sorri com a recordação. — Que figura.

Arthur era o dono da pensão. Nós o idolatrávamos e acreditávamos em tudo que ele dizia. Ele era o cara mais experiente que eu já havia conhecido, com 50 e poucos anos ou até mais, e já tinha feito de tudo, desde estudar em Harvard a fundar a própria empresa e falir, velejar ao redor do mundo e acabar em Ikonos, onde se casou com uma garota local. Ele se sentava todas as noites sob as oliveiras, fumando um baseado, e contava às pessoas sobre uma ocasião em que almoçou com Bill Clinton e recusou a proposta de emprego que ele lhe fez. Tinha vivido tantas aventuras. Era tão *sábio*. Consigo me lembrar de ter ficado bêbada uma noite e chorado no ombro dele, e de ele me acariciando e dizendo coisas incríveis. (Não consigo lembrar exatamente o quê, mas foi incrível.)

— Se lembra da escada?

— A escada! — digo. — Como *conseguimos*?

A pensão ficava no alto de um penhasco. Para descer ou subir da praia, havia 113 degraus na pedra. Corríamos para cima e para baixo várias vezes por dia. Não era surpresa eu ser tão magra.

— Se lembra de Sarah? O que aconteceu com ela?

— Sarah? Como ela era?

— Linda. Com um corpo incrível. Pele sedosa. — Ele parece inalar a lembrança. — Era filha de Arthur. Você *deve* se lembrar dela.

— Ah, tá. — Não sou muito fã de ouvir descrições das peles sedosas de outras garotas. — Não sei.

— Pode ser que ela tenha ido viajar antes de você chegar. — Ele dá de ombros e segue em frente. — Se lembra dos antigos vídeos de *Dirk e Sally*? Quantas vezes assistimos?

— *Dirk e Sally!* — exclamo. — Ah, meu Deus!

— *Parceiros no altar, parceiros na prisão* — começa Ben com aquela voz brega de locutor.

— *Parceiros até a morte!* —digo, fazendo a saudação de *Dirk e Sally*.

Ben e eu vimos cada episódio de *Dirk e Sally* umas cinco mil vezes, principalmente por serem os únicos vídeos disponíveis na pensão, e era preciso ter *alguma coisa* pra assistir além do noticiário grego no café da manhã. É um programa de TV sobre detetives dos anos 1970, em que um casal que se conheceu na academia de polícia decide manter o casamento em segredo enquanto luta contra o crime, como parceiros. Ninguém sabe, exceto um assassino em série que fica ameaçando expor o segredo deles. É *genial*.

Tenho uma lembrança repentina de estar sentada com Ben no sofá velho da sala de estar, com nossas pernas bronzeadas entrelaçadas, os dois de alpargatas, comendo torradas e vendo *Dirk e Sally* enquanto todo mundo estava no terraço.

— O episódio em que Sally é sequestrada pelo vizinho — eu digo. — Era o melhor.

— Não, quando o irmão de Dirk vai morar com eles e se torna cozinheiro da Máfia. Dirk fica perguntando onde ele aprendeu a cozinhar, e depois as drogas estavam na torta de pêssego..

— Ah, meu *Deus*, é!

Nós dois fazemos uma pausa, perdidos em lembranças.

— Ninguém que conheço já viu *Dirk e Sally* — diz Ben. — Nem ouviu falar.

— Nem as pessoas que eu conheço — eu concordo, apesar de eu, na verdade, ter praticamente esquecido *Dirk e Sally* até ele mencionar, pouco antes.

— A enseada. — Os pensamentos inquietos dele seguiram para outro assunto mais uma vez.

— A enseada. Ah, meu Deus. — Olho nos olhos dele e tudo volta de repente. Estou quase paralisada de desejo em nível adolescente agora. A enseada secreta foi onde fizemos amor pela primeira vez. E de novo. Todos os dias. Era uma pequena faixa de areia protegida no canto da baía. Era só ir de barco e ninguém via nada. Ben remava até lá sem dizer nada, mas me lançando olhares significativos de vez em quando. E eu ficava sentada com os pés na lateral do barco, quase ofegando de expectativa.

Olho para ele agora, por cima da mesa. Ben está pensando exatamente a mesma coisa, dá pra perceber. Ele está lá. E parece tão inebriado quanto eu.

— A forma como você cuidou de mim quando fiquei gripado — diz ele lentamente. — Nunca esqueci aquilo.

Gripado? Não me lembro de cuidar dele gripado. Mas minhas lembranças são tão confusas. Tenho certeza de que fiz isso, se ele diz que fiz... E não quero interrompê-lo nem contradizê-lo, porque quebraria o clima. Então apenas concordo com a cabeça.

— Você aninhou minha cabeça. Cantou até eu dormir. Eu estava em delírio, mas conseguia ouvir sua voz pra me ajudar a passar por aquela noite. — Ele toma outro gole de vinho. — Você foi meu anjo da guarda, Lottie. Acho que a coisa desandou porque eu não tinha você na minha vida.

Anjo da guarda dele. Que romântico. Estou interessada em saber como a coisa desandou, mas perguntar estragaria o momento. E quem se importa? A coisa desanda para todo mundo. Depois, volta a andar. Não importa o que a pessoa estava fazendo nesse intervalo.

Agora, ele olha para minha mão esquerda.

— Como é que você ainda não foi amarrada?

— Não conheci o cara certo — digo casualmente.

— Uma garota bonita como você? Devia estar dispensando um monte deles.

— Bem, talvez eu tenha feito isso. — Dou uma risada, mas pela primeira vez na noite, perco um pouco a compostura. E de repente, não consigo evitar, tenho uma lembrança de quando conheci Richard. Eu estava na ópera, o que já é estranho, porque nunca vou à ópera, nem ele. Estávamos lá fazendo favores para nossos melhores amigos. Era uma sessão beneficente de *Tosca*, e ele estava de smoking, alto e com aparência distinta. Assim que o vi de braços dados com uma loura senti uma pontada de inveja. Eu nem o conhecia e já pensei "Que mulher de sorte". Ele estava rindo e entregando uma taça de champanhe para ela, e então ele se virou para mim e disse "Me desculpe, não fomos apresentados", e eu quase caí dentro dos belos olhos escuros dele.

E isso bastou. A sensação foi mágica. Ele não estava com a loura, afinal, e, depois do intervalo, trocou de lugar para ficar ao meu lado. Voltamos à opera em nosso primeiro aniversário de namoro, e pensei que faríamos isso todos os anos para o resto da vida.

Isso não vai acontecer. Não vamos contar a história na recepção do casamento com todo mundo dizendo *Aah...*

— Ah, Deus. — Ben está me observando. — Me desculpe. Eu disse alguma coisa errada. Qual é o problema?

— Nada! — Dou um sorriso apressado e pisco. — É só... tudo. Você sabe. A vida.

— Exatamente. *Exatamente* — assente ele com entusiasmo, como se eu tivesse resolvido um problema enorme com o qual estava lutando. — Lotts... você se sente tão fodida pela vida quanto eu?

— Sim. — Tomo um grande gole de vinho. — Sinto, sim. Muito mesmo.

— Quando eu tinha 18 anos, quando estávamos juntos, eu sabia o que queria. — Ben olha com mau humor para o nada. — Eu tinha *lucidez*. Mas você começa a vida e de repente tudo fica... corroído. Corrompido. Tudo se fecha ao redor de você, sabe o que quero dizer? Não tem fuga. Não tem como dizer: "Pare um momento, porra. Me deixe descobrir o que *eu* quero."

— Isso mesmo — eu concordo sinceramente com um movimento de cabeça.

— Aquele foi o ponto alto da minha vida. A Grécia. Você. A coisa toda. — Ele parece dominado pela lembrança. — Só nós dois juntos. Tudo era *simples*. Não existia *merda*. É igual com você? Foi a melhor época da sua vida?

Minha mente faz uma revisão nebulosa dos últimos 15 anos. Sim, houve alguns pontos altos aqui e ali, mas em geral preciso concordar. Tínhamos 18 anos. Éramos lindos. Conseguíamos beber a noite toda e não ter ressaca. Quando a vida foi tão boa?

Concordo lentamente.

— Melhor época da vida.

— Por que não ficamos juntos, Lottie? *Por que* não mantivemos contato?

— Edimburgo-Bath. — Eu dou de ombros. — Bath-Edimburgo. Geografia impossível.

— Eu sei. Mas foi uma bosta de motivo. — Ele parece zangado. — Éramos uns idiotas.

Tivemos a conversa sobre a "geografia impossível" várias, várias vezes na ilha. Ele ia para a Universidade de Edimburgo. Eu ia para a de Bath. Era só uma questão de tempo até o relacionamento terminar. Não fazia sentido tentar dar continuidade depois do verão.

Os dias seguintes ao incêndio foram estranhos. Tudo começou a desmoronar. Nosso grupo foi alojado em pensões diferentes espalhadas por toda a ilha. Os pais das pessoas começaram a chegar. Alguns vieram no barco seguinte, com dinheiro e roupas, e passaportes novos. Lembro-me de ver Pinky desconsolada, sentada na taverna com seus pais de aparência inteligente. Parecia que a festa tinha acabado.

— Não marcamos um encontro em Londres uma vez? — A lembrança vem como um raio. — Mas você teve que ir pra Normandia com sua família.

— Isso mesmo. — Ele expira com força. — Eu devia ter furado com eles. Devia ter ido pra Bath. — Os olhos dele se concentram em mim de repente. — Jamais conheci alguém como você, Lottie. Às vezes penso que fui um idiota em deixar você ir. Que babaca idiota e burro.

Meu estômago dá um salto mortal e eu quase engasgo com o vinho. No fundo da mente, eu estava torcendo para que ele dissesse alguma coisa nesse estilo. Mas não tão cedo. Os olhos azuis dele estão presos aos meus com expectativa.

— Eu também — concordo por fim, e como uma garfada de halibute.

— Não me diga que você teve um relacionamento melhor que o nosso. Porque *eu* não tive. — Ben bate na mesa com o punho. — Pode ser que a gente tenha confundido as prioridades. Talvez a gente devesse ter dito: "Foda-se a universidade, vamos ficar juntos." Quem sabe o que poderia ter acontecido? Éramos um ótimo casal, Lottie. Pode ser que a gente tenha desperdiçado os últimos 15 anos *não* estando juntos. Você nunca pensa nisso?

A velocidade dele está tirando meu fôlego. Não sei como reagir, então enfio mais peixe na boca.

— Poderíamos estar casados agora. Poderíamos ter filhos. Minha vida talvez fizesse *sentido*. — Ele está quase falando sozinho, tomado por uma espécie de emoção sufocada que não consigo interpretar.

— Você quer ter filhos? — pergunto antes de conseguir me controlar.

Não consigo acreditar que acabei de *perguntar a um cara no primeiro encontro se ele quer ter filhos*. Eu devia levar um tapa. Só que… não é um primeiro encontro. Se é alguma coisa, é um zilionésimo encontro. E ele tocou no assunto primeiro. E, de qualquer forma, não é um encontro. Então.

— Sim, eu quero filhos. — O olhar atento pousa em mim de novo. — Estou pronto pra uma família, carrinhos, idas ao parque, toda essa merda.

— Eu também. — Sinto lágrimas surgirem nos meus olhos. — Também estou pronta pra uma família.

Ah, Deus. Richard apareceu na minha cabeça *de novo*. Eu não queria, mas ele apareceu. Estou me lembrando da fantasia que eu tinha de nós, construindo uma casa na árvore para nossos gêmeos chamados Arthur e Edie. Abro a bolsa quase desesperada para pegar um lenço. Chorar *não* estava nos planos. Pensar em Richard *não* estava nos planos.

Felizmente, Ben não parece ter reparado. Ele enche primeiro a minha taça com vinho e depois a dele. Já terminamos a garrafa, percebo com um leve choque. Como fizemos isso?

— Se lembra do pacto? — A voz dele me pega de surpresa.

Não é *possível*.

Meu corpo é tomado de adrenalina. Meus pulmões estão tão comprimidos que não consigo respirar. Eu não achava que ele se lembraria do pacto. Eu não pretendia tocar no assunto. Foi uma promessa insignificante que fizemos de brincadeira. Não foi nada. Foi *ridículo*.

— Devemos botar em prática? — Ele está me olhando com franqueza. Fico em dúvida se ele realmente está falando sério. Não. Ele *não* pode estar falando sério...

— Meio tarde demais — eu consigo falar com a garganta apertada. — Dissemos que se não estivéssemos casados aos trinta. Tenho 33.

— Antes tarde do que nunca. — Sinto um novo choque. O pé dele encontrou o meu debaixo da mesa e ele está tirando meu sapato. — Meu apartamento é aqui perto — murmura ele. Agora ele está segurando minha mão. Minha pele começa a formigar. É como memória muscular. A memória do sexo. Sei para onde estamos indo.

Mas... mas... é para lá que eu quero ir? O que está acontecendo aqui? *Pense*, Lottie.

— Vocês gostariam de ver o cardápio de sobremesas? — A voz do garçom me arranca do transe. Eu levanto a cabeça e aproveito a chance para soltar as mãos das de Ben.

— Er... obrigada.

Passo os olhos pelo cardápio de sobremesas com as bochechas quentes e vermelhas; minha mente está em disparada. O que faço agora? O quê? O quê?

Uma vozinha está me dizendo para me controlar. Estou fazendo tudo errado. Estou cometendo um erro. Tenho uma sensação terrível de déjà-vu, de coisas seguindo o mesmo velho padrão.

Todos os meus relacionamentos duradouros começaram assim. Dando as mãos por cima da mesa. Pulsação disparada. Lingerie bonita e tudo depilado e quente, sexo criativo e fabuloso. (Ou sexo horrível, como naquela vez com o sujeito que era médico. Eca. Era de se pensar que um médico saberia melhor sobre o funcionamento de um corpo. Mas dei um pé na bunda dele logo depois.)

A questão é: o começo *nunca* é problema. O problema vem depois.

Sinto uma convicção estranha que nunca senti antes. Preciso mudar tudo que estou fazendo. Quebrar o padrão. Mas como? O quê?

Ben pegou minha mão de novo e está beijando a parte interna do meu pulso, mas eu o ignoro. Quero organizar meus pensamentos.

— Qual é o problema? — Ele ergue o olhar com a boca na minha pele. — Você está tensa. Lottie, não lute contra isso. É pra acontecer. Você e eu. Você sabe.

Os olhos dele estão com aquela expressão lânguida e sexy da qual me lembro. Já estou me sentindo excitada. Eu poderia me entregar e ter uma noite quente e deliciosa para me alegrar. Eu mereço, afinal.

Mas e se houver chance de mais do que uma noite ótima? Como devo agir? O que *faço*?

Ajudaria muito se minha cabeça não estivesse girando.

— Ben, você precisa entender. — Puxo meu braço de novo. — Não é como quando tínhamos 18 anos, tá? Não quero só uma transa. Quero… outras coisas. Quero casamento. Quero compromisso. Quero planejar a vida com uma pessoa. Filhos, o pacote completo.

— Eu também! — diz ele com impaciência. — Você não estava escutando? Devia ter sido você o tempo todo. — Os olhos dele pegam fogo em contato com os meus. — Lottie. Nunca deixei de te amar.

Ah, meu Deus, ele me ama. Sinto uma onda de lágrimas de novo. E ao olhar para ele, percebo que nunca deixei de amá-lo também. Talvez não tenha me dado conta porque era uma espécie de amor firme e de intensidade moderada. Como um ruído de fundo. E agora está crescendo, voltando a ser uma paixão intensa.

— Nem eu — digo com a voz tremendo de convicção repentina. — Amei você durante 15 anos.

— Quinze anos. — Ele está agarrado à minha mão. — Fomos loucos de nos separar.

O romantismo é irresistível. Essa sim é uma história para contar na recepção do casamento. Vai render muitos oohs e aahs. *Ficamos separados por 15 anos, mas acabamos nos reencontrando.*

— Precisamos compensar o tempo perdido. — Ele leva meus dedos aos lábios. — Querida Lottie. Meu amor. — As palavras dele são como um bálsamo. A sensação dos lábios dele em minha pele é quase insuportavelmente deliciosa. Por um instante, fecho os olhos. Mas não. Alarmes são disparados. Não consigo suportar que isso dê errado como o resto.

— Pare! — Puxo minha mão. — Não! Ben, sei como vai ser e não consigo suportar. De novo, não.

— Do que você está falando? — Ele me olha perplexo. — Tudo que fiz foi beijar seus dedos.

A voz dele está meio arrastada. *Beixei seux dedox*. Mas a minha também deve estar.

Espero até o garçom ter limpado as migalhas da mesa e recomeço com voz baixa e trêmula.

— Já passei por isso. Sei o que acontece. Você beija meus dedos. Eu beijo os seus. Fazemos sexo. É ótimo. Fazemos mais sexo. Estamos embriagados um pelo outro. Passamos uns dias em Cotswolds. Talvez a gente compre um sofá juntos, ou uma estante na Ikea. E de repente, dois anos se passaram e deveríamos estar nos casando... mas por algum motivo, não acontece. Perdemos o ponto. Discutimos e terminamos. E é horrível.

Minha garganta está apertada com a tristeza por nosso destino. É tão inevitável e tão triste.

Ben parece perplexo com o cenário que apresentei.

— Tudo bem — acaba por dizer, olhando para mim com cautela. — E... se a gente não perder o ponto?

— Mas perdemos! É a lei! Sempre acontece! — Olho para ele com os olhos cheios de lágrimas. — Já passei do ponto com caras demais. Eu *sei*.

— Mesmo se a gente não comprar uma estante na Ikea?

Sei que ele está tentando ser engraçado, mas estou falando sério. Passei 15 anos da minha vida namorando, percebo de repente. Namorar não é a solução para nada. Namorar me deu Richard. Namorar é o *problema.*

— Tem um bom motivo pra você ter passado do ponto com os outros caras. — Ben tenta de novo. — Eles não eram o cara certo. Mas eu sou!

— Quem disse que você é o cara certo?

— Porque… porque… *Jesus!* O que vai ser preciso? — Ele enfia os dedos no cabelo com expressão exasperada. — Tá! Você venceu. Vamos fazer da maneira tradicional. Lottie, quer se casar comigo?

— Cala a boca. — Eu olho para ele com raiva. — Não precisa debochar.

— Estou falando sério. Quer se casar comigo?

— Engraçadinho. — Eu tomo um gole de vinho.

— Estou falando sério. Quer se casar comigo?

— Para.

— Quer se casar comigo? — Agora ele está falando mais alto. Um casal na mesa ao lado olha para nós e sorri.

— Shhh! — digo com irritação. — Não tem graça.

Para minha total estupefação, ele sai da cadeira, se ajoelha e une as mãos. Consigo ver outras pessoas se virando para olhar.

Meu coração está disparado. Não é possível. Não é *possível.*

— Charlotte Graveney — diz ele, balançando um pouco de um lado para o outro. — Passei 15 anos atrás de imitações sem graça de você e agora voltei pra original, que eu nunca devia ter deixado ir embora. Minha vida é escura sem você, e agora quero acender as luzes. Você quer me dar a honra de ser minha esposa? Por favor?

Uma sensação estranha toma conta de mim. Sinto como se estivesse virando algodão. Ele está me pedindo em casamento. Está mesmo me pedindo em casamento. De verdade.

— Você está bêbado — digo, desviando da resposta.

— Nem tanto. Quer se casar comigo? — repete ele.

— Mas não *conheço* mais você! — Dou uma semigargalhada. — Não sei o que você faz da vida, não sei onde você mora, não sei o que você quer na vida.

— Fornecimento de papel. Shoreditch. Ser tão feliz quanto eu era quando estava com você. Acordar todas as manhãs e transar até cansar. Fazer bebês com seus olhos. Lottie, sei que anos se passaram, mas ainda sou eu. Ainda sou o Ben. — Ele aperta os olhos como sempre fazia. — Quer se casar comigo?

Eu o encaro, com dificuldade de respirar e a cabeça apitando. Mas não consigo saber se são sinos de alegria ou um alarme.

Eu achei sim que havia uma chance de ele ainda estar interessado em mim. Mas isso ultrapassa todas as minhas fantasias. Ele teve sentimentos por mim todos esses anos! Ele quer se casar! Quer filhos! Um barulho soa no fundo da minha mente. Acho que pode ser música de violino. *Talvez seja ele. TALVEZ SEJA ELE! Richard não, Ben é o cara!*

Tomo um grande gole de água e tento encontrar lucidez nos pensamentos enlouquecidos. Sejamos sensatos. Vamos pensar sobre isso com cautela. Nós já brigamos? Não. Ele era boa companhia? Era. Gosto dele? Nossa, gosto. Tem mais alguma coisa que preciso saber sobre um marido em potencial?

— Você tem piercing nos mamilos? — pergunto com um mau presságio repentino. Piercing nos mamilos não é uma coisa da qual eu goste.

— Nenhum. — Ele abre a camisa em um gesto teatral súbito, espalhando botões, e não consigo deixar de olhar fixamente. Humm. Bronzeado. Firme. Ele continua tão delicioso quanto sempre foi.

— Você só precisa dizer "sim". — Ben abre os braços com ênfase embriagada. — Lottie, você só precisa dizer "sim". Passamos a maior parte da vida errando porque pensamos demais. Não vamos pensar demais sobre isso. Porra, desperdiçamos muito tempo. Nós nos amamos. Vamos mergulhar de cabeça.

Ele está certo. Nós nos amamos mesmo. E ele quer fazer bebês que tenham os meus olhos. Ninguém nunca disse nada tão bonito para mim. Nem mesmo Richard.

Minha cabeça está girando. Tento me manter racional, mas estou perdendo o equilíbrio. Isso é real? Ele só está querendo me levar para a cama? É o momento mais romântico da minha vida ou sou uma idiota?

— Eu... Eu acho que sim — acabo por dizer.

— Você *acha* que sim?

— Só... me dê um momento.

Pego a bolsa e vou para o toalete. Preciso pensar. Claramente. Ou pelo menos o mais claramente que conseguir, tendo em mente que tudo está girando e meu rosto no espelho parece ter três olhos.

Poderia dar certo. Tenho certeza de que poderia. Mas como posso *fazer* dar certo? Como posso não cair no mesmo padrão previsível de todos os meus outros relacionamentos que deram em becos sem saída e acabaram morrendo na praia?

Enquanto penteio o cabelo, minha mente começa a repassar os primeiros encontros que tive com outros namorados. Outros começos. Fui para tantos toaletes femininos ao longo dos anos, para reaplicar batom, pensando "Será que ele é O Cara?" Cada vez senti a mesma esperança, a mesma empolgação. Então onde errei? O que posso fazer de diferente? O que eu normalmente faço que posso *não* fazer?

De repente, eu me lembro do livro que estava folheando de manhã. *O Princípio Reverso*. Reverta a seta. Mude a direção. Parece uma boa ideia. Sim. Mas como mudo a direção? E agora as palavras daquela velha louca no banheiro feminino de ontem soam na minha cabeça. O que ela disse mesmo? *Os homens são como criaturas da selva. Assim que encontram a caça, eles a comem, viram pro lado e dormem*. Talvez ela não fosse tão louca assim. Talvez tivesse alguma razão.

Paro de pentear o cabelo de repente. Em um estalo de inspiração, ela veio. A resposta. A solução não convencional. Eu, Lottie Graveney, vou reverter o padrão. Vou fazer o *oposto* do que fiz com todos os namorados anteriores.

Encontro meus olhos no espelho. Pareço um pouco louca, mas isso por acaso é surpresa? Se eu estava empolgada antes, estou eufórica agora. Sinto-me como uma cientista que descobriu uma nova e revolucionária partícula subatômica. Estou certa. Sei que estou certa. *Estou certa!*

Volto para o restaurante, cambaleando um pouco sobre os saltos, e me aproximo da mesa.

— Nada de sexo — digo com firmeza.

— O quê?

— Até nos casarmos. Nada de sexo. — Eu me sento. — É pegar ou largar.

— *O quê?* — Ben parece estupefato, mas apenas sorrio serenamente. Sou brilhante. Se ele realmente me amar, vai esperar. E não vai haver chance de perdermos o fogo. Nenhuma.

E a melhor parte é que nossa lua de mel será a mais quente *do mundo*. Ficaremos ligados, unidos e felizes. Exatamente como deveria ser em uma lua de mel.

A camisa dele ainda está aberta. Eu o imagino nu, em alguma bela cama de hotel, cercado de pétalas de rosas. A mera ideia me faz tremer.

— Você está brincando. — O rosto dele desmoronou completamente. — *Por quê?*

— Porque quero que as coisas sejam *diferentes*. Quero romper com o padrão. Eu amo você, certo? Você me ama? Queremos ter uma vida juntos?

— Durante 15 anos eu amei você. — Ele balança a cabeça. — Desperdiçamos 15 anos, Lottie...

Consigo perceber que ele vai começar outro discurso bêbado.

— E daí? — eu o interrompo. — Esperaremos um pouco mais. E então, poderemos ter uma noite de núpcias. Uma noite de núpcias de verdade. Pense bem. Vamos estar desesperados. Completamente... desesperados. — Estico o pé descalço por baixo da mesa e subo lentamente pela parte interna da perna de Ben. O rosto dele está paralisado. Isso nunca falha.

Por um momento, não falamos nada. Vamos dizer que nos comunicamos de uma maneira diferente.

— Na verdade — diz ele por fim, com voz rouca —, poderia ser divertido.

— Muito divertido. — Casualmente, desabotoo um pouco minha blusa e me inclino para a frente, dando a ele visão completa do meu sutiã *push-up*. Meu outro pé está indo para a virilha dele agora. Ben parece não conseguir falar. — Se lembra da noite do seu aniversário? — digo com voz rouca. — Na praia? Poderíamos repetir aquilo.

Se repetirmos aquilo, vou usar joelheiras. Fiquei com joelhos ralados por semanas. Como se estivesse lendo minha mente, Ben fecha os olhos e geme de leve.

— Você está me matando.

— Vai ser incrível. — Tenho uma lembrança abrupta de nós dois quando adolescentes, deitados enroscados um no outro no meu quarto na pensão, iluminado só pelas chamas trêmulas de minhas velas perfumadas.

— Você sabe o quanto é gostosa? Sabe o quanto quero ir pra debaixo desta mesa *agora*? — Ele pega minha mão e começa a mordiscar a ponta do meu polegar. Mas desta vez não me afasto. Meu corpo todo parece ligado à sensação dos lábios e dentes dele na minha pele. Quero-os em toda parte. Eu me lembro disso. Eu me lembro dele. Como pude ter esquecido?

— Noite de núpcias, hein? — diz ele por fim. Meus dedos dos pés ainda estão trabalhando, e há uma evidência bem firme de que ele está gostando. Tudo ainda funcionando perfeitamente então.

— Noite de núpcias. — Eu concordo com a cabeça.

— Você percebe que vou morrer de frustração até lá?

— Eu também. E depois, vou explodir. — Ele coloca meu polegar dentro da boca e eu inspiro quando a sensação começa a percorrer o meu corpo. Precisamos ir embora logo, senão o garçom vai nos mandar procurar um hotel.

E quando Richard souber disso...

Não. Não pense nisso. Não tem nada a ver com Richard. É o *destino*. É parte de uma coisa maior. Uma enorme história romântica e envolvente comigo e com Ben como protagonistas, e Richard tem apenas um papel pequeno nela.

Sei que estou bêbada. Sei que foi apressado. Mas parece tão certo. E se ainda existe uma dor no fundo do meu coração, os acontecimentos são como uma loção mágica tranquilizadora. Era *destino* eu terminar com Richard. Era *destino* eu ficar infeliz. O carma do meu sofrimento é que agora ganho uma aliança de casamento e o sexo mais quente da minha vida.

Sinto como se o prêmio da rifa não fosse mil dólares. Fosse um milhão.

Os olhos de Ben estão vidrados. Respiro cada vez mais pesadamente. Não sei se consigo suportar isso.

— Quando vamos nos casar? — murmuro.

— Em breve. — Ele parece desesperado. — Muito, muito em breve.

5
Fliss

Espero que Lottie esteja bem, de verdade. Estou viajando há duas semanas e não tive notícias dela. Não respondeu nenhuma das minhas simpáticas mensagens de texto, e o último telefonema foi aquele em que ela estava planejando ir até São Francisco para fazer uma surpresa para Richard. No quesito Escolhas Infelizes, essa ganhava o prêmio máximo. Graças a Deus consegui impedir.

Mas depois disso, nada. Deixei recados na caixa postal além de mandar mensagens de texto, mas nada de resposta. Consegui falar com a estagiária dela, que me garantiu que ela estava indo trabalhar todos os dias. Assim, pelo menos sei que está viva e saudável. Mas não é o perfil de Lottie ficar incomunicável. Isso me perturba. Vou até a casa dela hoje para ver se ela está bem.

Pego meu celular e mando outra mensagem de texto: Oi, como você está??? Guardo o aparelho e observo o parquinho da escola. Está lotado de pais, crianças, babás, cachorros e criancinhas pequenas com patinetes. É o primeiro dia de aula, por isso muitos rostos estão bronzeados, muitos sapatos estão brilhando e muitos cabelos estão cortados. E estou falando só das mães.

— Fliss! — Uma voz me cumprimenta quando saímos do carro. É Anna, outra mãe. Ela está segurando um Tupperware com uma das mãos e a coleira de um cachorro com a outra. O labrador puxa a outra extremidade, tentando se afastar. — Como você está? Oi, Noah! Andei pensando naquele café...

— Eu adoraria — concordo com um movimento de cabeça.

Anna e eu falamos sobre o café todas as vezes que nos vemos, o que vai completar dois anos agora, mas nunca o tomamos. De alguma forma, não importa. Não é essa a questão.

— Aquele maldito trabalho sobre viagens — diz Anna conforme andamos em direção à entrada da escola. — Fiquei até cinco da manhã para terminar. É bem a sua área, esse negócio de viajar! — Ela dá uma risada alegre.

— Que trabalho sobre viagens?

— Você sabe, o projeto de artes? — Ela indica o pote. — Fizemos um avião. Ficou horrível. Cobrimos um brinquedo com papel-alumínio. Não foi exatamente feito em casa, mas falei pro Charlie: "Querido, a Sra. Hocking não vai *saber* que tem um brinquedo por baixo."

— Que trabalho sobre viagens? — repito.

— Você *sabe*. Fazer um veículo, sei lá. Vão mostrar na reunião. Vem, Charlie! O sinal tocou!

Que maldito trabalho sobre viagem?

Quando me aproximo da Sra. Hocking, vejo outra mãe, Jane Langridge, na frente dela, segurando um modelo de navio de cruzeiro. Foi feito de madeira e papel. Tem três funis e fileiras de janelinhas cortadas perfeitamente, e pequenas pessoas de argila no alto, tomando sol ao redor da piscina pintada de azul. Olho para o objeto sem palavras de tanta surpresa.

— Sinto muito, Sra. Hocking — diz Jane. — A tinta ainda está um pouco molhada. Nos divertimos *tanto* fazendo o navio, não foi, Joshua?

— Oi, Sra. Phipps — diz a Sra. Hocking com alegria. — Teve boas férias?

Sra. Phipps. Trinco os dentes cada vez que se dirigem a mim assim. Não voltei a ser "Sra. Graveney" na escola. A verdade é que não sei bem o que fazer. Não quero perturbar Noah. Não quero rejeitar o sobrenome dele e tornar isso um drama. *Gosto* de ter o mesmo nome que Noah. Parece familiar e certo.

Eu devia ter escolhido um sobrenome novo quando ele nasceu. Só nosso. À prova de divórcio.

— Mamãe, você trouxe o balão? — Noah está me olhando com ansiedade. — Estamos com o balão?

Olho para ele sem entender. Não faço ideia do que ele está falando.

— Noah contou pra nós que estava fazendo um balão. Excelente ideia. — A Sra. Hocking se aproxima sorrindo. Ela é uma mulher de 60 e poucos anos que sempre usa calças de boca estreita. É tão tranquila e sossegada que, inevitavelmente, me sinto uma lunática perto dela. Seus olhos agora pousam em minhas mãos vazias. — Vocês trouxeram?

Eu *pareço* alguém que está com a miniatura de um balão?

— Não comigo — eu me ouço dizer. — Não exatamente *comigo.*

— Ah. — O sorriso dela some. — Bem, se houver *alguma* chance de você trazer pra nós ainda esta manhã, Sra. Phipps, estamos montando a mesa de exposição.

— Certo! Claro! — Dou um sorriso confiante. — Só preciso de... um pequeno detalhe... preciso falar com Noah um momento. — Eu o puxo dali e me inclino. — Que balão, querido?

— Meu balão pro trabalho sobre viagens — diz Noah como se fosse óbvio. — Temos que trazer hoje.

— Certo. — Ter que ficar sorridente e calma está quase me matando. — Eu não sabia que você tinha um trabalho. Você não falou.

— Eu esqueci. — Mas lembra que recebemos uma carta?

— O que aconteceu com a carta?

— Papai colocou na fruteira dele.

Sinto uma onda vulcânica de fúria. Eu sabia. Eu *sabia*.

— Certo. Entendo. — Aperto os dedos nas palmas das mãos. — Papai não me contou que tinha um trabalho. Que pena.

— E conversamos sobre o que fazer, e papai disse: "Que tal um balão?" — Os olhos de Noah começam a brilhar. — Papai disse que a gente podia pegar um balão, cobrir com papel machê e fazer uma cesta e pessoas. E cordas. E pintar. E uma das pessoas podia ser o Batman. — As bochechas dele estão rosadas de empolgação. — Ele fez? — Olha para mim com expectativa. — Está com você?

— Vou... verificar. — Meu sorriso parece grudado na cara. — Vá brincar no trepa-trepa um momento.

Eu me afasto e ligo para Daniel.

— Daniel Phi...

— É Fliss — eu o interrompo. — Você por algum acaso está vindo rapidamente para a escola com um balão de papel machê com o Batman na cesta?

Há uma longa pausa.

— Ah — diz Daniel. — Merda. Desculpa.

Ele não parece nem um pouco preocupado. Quero matá-lo.

— Não! Não é "Ah. Merda. Desculpa." Você não pode *fazer* isso, Daniel! Não é justo com Noah e não é justo comigo e...

— Fliss, relaxa. É só um trabalhinho da escola.

— Não é um trabalhinho! É importante pro Noah! É... você é... — Eu paro, respirando rápido. Ele nunca vai entender. Não faz sentido desperdiçar energia. Estou sozinha. — Tudo bem, Daniel. Deixa pra lá. Vou resolver.

Desligo antes que ele possa responder. Estou sentindo um calor de determinação. Não vou decepcionar Noah. Ele vai ter seu balão. Sou capaz de fazer isso. Vamos lá.

Abro o carro e levanto a tampa da minha pasta. Tenho uma sacola feita de cartolina ali dentro, de algum almoço elegante. Pode ser a cesta. Cadarços dos meus tênis da academia podem ser as cordas. Pego um pedaço de papel e uma caneta na pasta e chamo Noah.

— Vou terminar nosso balão — digo com alegria. — Por que você não desenha o Batman pra colocar na cesta?

Quando Noah começa a desenhar apoiado no banco do carro, rapidamente tiro os cadarços. Estão marrons e manchados. Vão ser cordas perfeitas. Tenho fita adesiva no porta-luvas. E para o balão...

Maldição. O que posso usar? Não saio por aí com pacotes de balões para o caso de...

Uma ideia ridícula e indescritível surge na minha mente. Eu poderia...

Não. De jeito nenhum. Não *posso*...

*

Cinco minutos depois, me aproximo da Sra. Hocking, segurando com indiferença o projeto de Noah. As mães ao redor gradualmente fazem silêncio. Na verdade, parece que o parquinho todo fez silêncio.

— É o Batman! — Noah está apontando para a cesta com orgulho. — Eu desenhei.

Todas as crianças estão olhando para o Batman. Todas as mães estão olhando para o balão. É um preservativo Durex Ultraleve. Chegou a um tamanho impressionante depois de inflado e a pontinha está balançando com a brisa.

Ouço uma risada repentina vinda de Anna, mas quando olho ao redor, só consigo ver expressões inocentes.

— Meu Deus, Noah — exclama Sra. Hocking com um fiapo de voz. — Que... balão grande!

— Isso é obsceno — diz Jane, agarrando o barco contra o corpo como se quisesse protegê-lo. — Isto aqui é uma *escola*, caso você tenha esquecido. Tem *crianças* aqui.

— E no que diz respeito a elas, este é um balão perfeitamente inocente — respondo. — Meu marido me deixou na mão. — Eu me viro para a Sra. Hocking com um pedido de desculpas. — Não tive muito tempo.

— Está muito bom, Sra. Phipps! — diz a Sra. Hocking com entusiasmo. — Que uso criativo de...

— E se estourar? — pergunta Jane.

— Tenho outras — respondo triunfante e tiro o resto do pacote de Durex da bolsa, exibindo os preservativos como cartas de baralho. Tarde demais, me dou conta do que aquilo parece. Com as bochechas coradas, coloco discretamente a mão por cima das palavras *Texturizada para o aumento do prazer*. E *lubrificante*. E *estimulação*. Meus dedos estão parecendo uma estrela do mar na tentativa de censurar os pacotes de camisinha.

— Acho que vamos conseguir encontrar um balão pra Noah na sala de aula, Sra. Phipps — diz a Sra. Hocking. — Se eu fosse você, guardaria isso, para... — Ela hesita, buscando alguma forma de terminar a frase.

— Sem a menor sombra de dúvida — digo rapidamente. — Boa ideia. Vou usá-las pra... exatamente. Isso. Quero dizer, *não*. — Dou uma risada aguda. — Na verdade, provavelmente não vou usar nenhuma delas. Ou pelo menos... sou *responsável*, é claro.

Paro de falar e permaneço em silêncio. Acabei de compartilhar detalhes sobre meu uso de camisinhas com a professora do meu filho. Não sei bem como isso foi acontecer.

— Enfim! — acrescento por puro desespero. — Então. Vou guardar isso agora. E usar. Pra... alguma coisa qualquer.

Rapidamente, enfio as camisinhas na bolsa, deixo cair uma Pleasuremax e me abaixo para pegar antes que qualquer uma das crianças de 7 anos pegue. Todas as outras mães olham boquiabertas, como se tivessem acabado de testemunhar um acidente de carro.

— Espero que a exposição corra bem. Tenha um lindo dia, Noah. — Entrego o balão para ele e dou-lhe um beijo, depois me viro e saio andando, respirando com dificuldade. Espero até estar em movimento e ligo para Barnaby do telefone do carro.

— Barnaby — começo. — Você não vai *acreditar* no que Daniel acabou de fazer. Noah tinha um trabalho da escola e Daniel não falou *nem uma palavra* sobre...

— Fliss — diz Barnaby com paciência. — Acalme-se.

— Tive que entregar uma camisinha inflada pra professora do Noah! Era pra ser um balão!

Consigo ouvir Barnaby caindo na gargalhada do outro lado da linha.

— Não foi engraçado! Ele é um merda! Finge se importar, mas é completamente egoísta, decepciona Noah...

— Fliss. — A voz de Barnaby soa mais dura e me faz parar. — Isso tem que acabar.

— O que tem que acabar? — Eu olho para o viva-voz do telefone.

— A reclamação diária. Vou dizer uma coisa agora como velho amigo. Se continuar assim, vai deixar todo mundo maluco, inclusive você mesma. Merdas acontecem, tá?

— Mas...

— *Acontecem*, Fliss. — Ele faz uma pausa. — E não ajuda ficar remoendo isso. Você precisa seguir em frente. Ajeitar a vida. Sair com alguém *sem* mencionar a cueca do seu ex-marido.

— Do que você está falando? — digo de forma evasiva.

— Era um *encontro*. Um *encontro*. — Consigo ouvir a frustração de Barnaby pelo telefone. — Era pra você *flertar* com Nathan. Não abrir o laptop e ler todo o dossiê do divórcio.

— Eu não li tudo! — Mexo no pen drive na defensiva. — Só estávamos conversando e por acaso mencionei, e ele pareceu interessado...

— Ele não estava interessado! Estava sendo *educado*. Aparentemente, você ficou falando durante cinco minutos inteiros sobre as cuecas de Daniel.

— É um tremendo exagero — respondo calorosamente.

Mas meu rosto está vermelho. Talvez *tenham sido* cinco minutos. Eu já tinha bebido um tanto. E há muito a dizer sobre as cuecas de Daniel, e nada de bom.

— Você se lembra da nossa primeira reunião, Fliss? — continua Barnaby impiedosamente. — Você disse que, acontecesse o que acontecesse, não ia terminar amarga.

Quase engasgo ao ouvir a palavra que começa com A.

— *Não* estou. Estou... zangada. Arrependida. — Busco em minha mente outras emoções aceitáveis. — Estou infeliz. Triste. Filosófica.

— A palavra que Nathan usou foi "amarga".

— *Não estou amarga!* — Quase grito com ele. — Acho que eu saberia se estivesse amarga ou não!

Há silêncio do outro lado. Estou ofegante. Minhas mãos estão suadas no volante. Lembro-me do meu encontro com Nathan. Pensei que estivesse falando sobre Daniel de uma forma divertida, distante, irônica. Nathan não disse nada que indicasse que não estava se divertindo. É isso que todo mundo anda fazendo? Me aguentando?

— Tudo bem — digo por fim. — Bem, agora eu sei. Obrigada pelo toque.

— De nada. — A voz alegre de Barnaby ressoa pelo carro. — Antes de tudo, eu *sou* seu amigo. E te *amo* muito. Mas é disso que você precisa. De sinceridade, Fliss. Nos falamos depois.

Ele desliga e eu coloco a seta para a esquerda, mordendo o lábio inferior e olhando com raiva para a rua. Tudo está bem. *Tudo está muito bem.*

Quando chego ao trabalho, vejo que minha caixa de entrada está cheia, mas me sento à mesa olhando cegamente para o computador. As palavras de Barnaby me feriram mais do que quero admitir. Estou virando uma velha bruxa amarga e torta. Vou me tornar uma velha encolhida de capuz preto que olha com raiva para o mundo e anda com dificuldades pela rua, batendo nas pessoas com a bengala e se recusando a sorrir para as crianças da vizinhança, que saem correndo apavoradas.

Pior cenário possível.

Depois de um momento, pego o celular e ligo para o número do escritório de Lottie. Talvez possamos animar uma à outra.

A garota que atende é Dolly, assistente de Lottie.

— Ah, oi, Dolly — digo. — Lottie está por aí?

— Ela saiu. Foi fazer compras. Não sei quando volta.

Fazer compras? Olho para o telefone, surpresa. Sei que Lottie às vezes se frustra com o trabalho, mas sair para fazer compras e dizer isso para a assistente com todas as letras não é a melhor forma de agir, considerando a crise atual.

— Você tem ideia de quando ela volta?

— Não sei. Ela saiu pra comprar umas coisas pra lua de mel.

Eu fico rígida. Ouvi direito? Lua de mel? É isso mesmo? *Lua de mel?*

— Você disse... — Engulo em seco. — Dolly, Lottie vai se casar?

— Você não sabia?

— Eu estava viajando! Isso é... Estive... — Mal consigo falar. — Ah, meu Deus! Avise a ela que liguei e dê-lhe meus parabéns!

Desligo o telefone e sorrio com alegria no escritório vazio. Meu mau humor sumiu. Quero dançar. Lottie está noiva! Serve para mostrar que algumas coisas no mundo *acabam* dando certo no final.

Mas como?

Como, como, como, como, como?

O que *aconteceu?* Será que ela foi para São Francisco, afinal? Ou foi ele quem veio? Ou eles se falaram por telefone? O quê? Mando uma mensagem de texto:

Você está noiva????????

Estou esperando ficar no vácuo de novo, mas um momento depois ela responde.

Estou!!!! Estava esperando pra te contar!

OMG! O que aconteceu???

Foi muito rápido. Ainda não acredito. Ele voltou pra minha vida do nada, fez o pedido no restaurante, eu nem fazia ideia. Um turbilhão!!!!!

Preciso falar com ela. Ligo para o celular, mas está ocupado. Droga. Vou tomar um café e tentar de novo. Quando saio para a lojinha do Costa, no prédio, não consigo parar de sorrir. Na verdade, estou tão feliz que sinto vontade de chorar, mas editores da Pincher International não choram no trabalho, então decido felicitar a mim mesma.

Richard é perfeito. Ele é tudo que eu poderia querer para Lottie. Parece meio maternal, mas me *sinto* maternal em relação a ela. Sempre me senti. De certa forma, nossos pais abriram mão do trabalho de nos educar com o divórcio, o álcool e os casos com empresários ricos e beldades sul-africanas... Vamos colocar da seguinte forma: ficávamos muito tempo sozinhas. Lottie é cinco anos mais nova que eu, e bem antes de nossa mãe morrer, começou a me procurar quando as coisas davam errado.

E como figura de mãe/irmã/possível dama de honra (?), eu não poderia estar mais empolgada por Richard entrar em nossa pequena e estranha unidade familiar. Para começar, ele é bonito, mas não de parar o trânsito. Acho isso importante. Você quer que sua irmã tenha um deus do sexo *aos olhos dela*, mas não quer se ver desejando-o também. Afinal, como eu me sentiria se Lottie aparecesse em casa com Johnny Depp?

Tento examinar meus pensamentos com sinceridade, na privacidade da minha cabeça. Sim. Eu seria capaz de manter a atitude de irmã. Provavelmente tentaria roubá-lo. Sentiria que todas as apostas estavam na mesa.

Mas Richard não é Johnny Depp. Ele é bonito, não me entenda mal, mas não bonito *demais*. Não bonito de um jeito *gay*, como aquele horrível do Jamie era, sempre se enfeitando e competindo por causa de carboidratos. Richard é homem. Aos meus olhos, ele às vezes parece um Pierce Brosnan mais jovem e às vezes um Gordon Brown mais jovem. (Embora eu ache que sou a única que consegue ver algum traço de Gordon Brown nele. Comentei sobre essa semelhança com Lottie uma vez e ela ficou bem ofendida.)

Sei que ele tem um bom emprego. (Obviamente, quando começou a namorar Lottie, perguntei a todos os meus contatos sobre ele.) Também sei que ele tem pavio curto e uma vez deu uma bronca tão grande na equipe, que teve que pagar almoço para todo mundo e pedir desculpas. Mas tem bom coração. Na primeira vez que o vi, ele estava segurando uma poltrona que Lottie queria mudar de lugar no apartamento. Ela andava de um lado para o outro na sala dizendo: "Ali… não, ali! Aah, que tal ali?" E ele ficava segurando pacientemente a enorme poltrona pesada enquanto ela zanzava. Nos entreolhamos, ele sorriu e eu soube. *Esse* é o cara certo para Lottie.

Quero dar pulinhos de alegria de tão feliz que estou. Depois de toda a merda do meu divórcio, precisamos de uma coisa boa em nossas vidas. Mas como aconteceu? O que ele disse? Quero saber de *tudo*. Quando volto para minha mesa, digito o número dela com impaciência, e desta vez ela atende.

— Oi, Fliss?

— Lottie! — Estou vibrando de empolgação. — Parabéns! Que notícia incrível! Não consigo acreditar!

— Eu sei! Eu sei! — Ela parece ainda mais eufórica do que eu esperava. Richard deve ter sido surpreendente.

— Então... quando? — Eu me sento à mesa e tomo um gole de café.

— Duas semanas atrás. Ainda não caiu a ficha!

— Detalhes!

— Bem, ele fez contato comigo do nada. — Lottie dá uma gargalhada extasiada. — Não consegui acreditar. Pensei que nunca mais o veria. Muito menos *isso*!

Se ele a pediu em casamento duas semanas atrás, quer dizer que ele ficou apenas um dia fora, no máximo. Ele deve ter pousado em São Francisco e dado meia-volta. Bom trabalho, Richard!

— E o que ele disse? Se ajoelhou?

— Sim! Ele disse que sempre me amou e que queria ficar comigo e me pediu pra casar com ele umas dez vezes e por fim... falei sim! — A euforia dela parece transbordar de novo. — Dá pra *acreditar*?

Dou um suspiro de felicidade e tomo outro gole de café. É tão romântico. Parece um sonho. Eu me pergunto se conseguiria escapar da coletiva de imprensa da British Airways para levar Lottie para almoçar e comemorar.

— E... o que mais? — Procuro saber mais detalhes. — Você deu o anel pra ele?

— Bem, não. — Lottie para de repente. — É claro que não. Graças a Deus por isso. Nunca aprovei a ideia do anel.

— No final você acabou decidindo não dar?

— Nem me *ocorreu* a ideia! — Para minha surpresa, ela parece triste. — O anel era pro Richard.

— O que você quer dizer? — Fico olhando para o telefone sem entender.

— Bem, eu comprei o anel pro Richard. — Ela parece irritada. — Seria estranho dar pra outra pessoa. Você não acha?

Tento responder, mas meus pensamentos estão embolados. Que história é essa de "outra pessoa"? Abro a boca para responder, mas volto a fechar. Ouvi errado? Ela está usando alguma figura de linguagem?

— Então — prossigo cautelosamente, com a sensação de estar falando uma língua estrangeira. — Você comprou o anel pro Richard... mas não deu pra ele?

Só estou tentando entender o que ela quis dizer. Não espero que ela surte comigo como se eu tivesse estragado seu dia.

— Fliss, você *sabe* que não dei! Deus, você podia ser um pouco mais *sensível*! — A voz dela fica aguda. — Estou tentando recomeçar aqui! Estou tentando embarcar em uma vida completamente nova com Ben! Você não precisa mencionar Richard!

Ben?

Estou completamente confusa. Acho que estou enlouquecendo. Quem é Ben e o que ele tem a ver com isso?

— Olha, Lottie, não fica chateada, mas não estou entendendo *mesmo*...

— Acabei de contar na mensagem de texto! Você não sabe ler?

— Você me disse que estava noiva! — Uma sensação terrível toma conta de mim. Será que é uma confusão gigantesca? — Você *não* está noiva?

— Estou! É claro que estou noiva! Do Ben!

— *Quem é Ben, porra?* — grito mais alto do que pretendia. Elise olha pela porta com curiosidade, e dou um sorriso de desculpas enquanto digo *Está tudo bem* apenas com movimentos labiais.

Ouço silêncio do outro lado da linha.

— Ah — diz Lottie depois de um tempo. — Desculpa. Acabei de reler minha mensagem. Pensei que tivesse falado. Não vou me casar com Richard, vou me casar com Ben. Você se lembra dele?

— Não, não me lembro do Ben! — digo, sentindo-me cada vez mais esgotada.

— É verdade, vocês não se conheceram. Bem, ele foi meu namorado no ano que passei na Grécia e voltou pra minha vida e vamos nos casar.

Sinto como se o teto tivesse desmoronado. Ela ia se casar com Richard. Tudo fazia sentido. Agora ela vai fugir com um cara chamado Ben? Não sei nem por onde começar.

— Lotts… Mas Lotts, olha… Mas como assim você está se casando com ele? — De repente, me ocorre um pensamento. — É um daqueles contratos pra conseguir visto?

— Não, não tem nada a ver com visto! — Ela parece indignada. — É amor!

— Você ama esse tal de Ben o bastante pra se casar com ele? — Não consigo acreditar que estou tendo essa conversa.

— Amo.

— Quando exatamente ele voltou pra sua vida?
— Duas semanas atrás.
— Duas semanas atrás — repito calmamente, embora queira explodir em gargalhadas histéricas. — Depois de quanto tempo?
— Quinze anos. — Seu tom é desafiador. — E antes que você me pergunte, sim, eu pensei bem.
— Certo! Bem, parabéns. Tenho certeza de que Ben é maravilhoso.
— Ele é incrível. Você vai adorá-lo. É bonito e engraçado e temos uma *tremenda* conexão...
— Ótimo! Olha, vamos nos encontrar no almoço, tá? Aí podemos conversar.

Estou exagerando, digo para mim mesma. Apenas preciso me ajustar a essa nova situação. Talvez esse tal de Ben seja perfeito para Lottie e tudo vá dar certo. Desde que eles tenham um longo noivado e não se apressem para nada.

— Vamos nos encontrar na Selfridges? — sugere Lottie.
— Na verdade, estou aqui agora, comprando lingerie pra lua de mel!
— Sim, eu soube. Mas quando vocês estão planejando se casar?
— Amanhã — diz ela com alegria. — Queríamos que fosse o mais rápido possível. Você pode tirar o dia de folga?

Amanhã?

Ela ficou louca.

— Lotts, fica aí. — Mal consigo dizer as palavras. — Vou aí te encontrar. Acho que precisamos conversar.

*

Eu *nunca* devia ter relaxado. *Nunca* devia ter viajado de férias. Devia ter percebido que Lottie não descansaria até encontrar alguma coisa para a qual canalizar toda a energia da dor. E é isso. Um casamento.

Quando chego à Selfridges, meu coração está disparado, e a cabeça, cheia de perguntas. Lottie, por outro lado, está com uma cesta cheia de lingeries. Não, não são apenas lingeries, mas um *kit de sexo*. Ela está de pé olhando para um corpete transparente quando disparo na sua direção, quase derrubando uma arara de camisolas Princesse Tam Tam. Quando me vê, ela mostra o corpete.

— O que você acha?

Olho para as coisas na cesta. Fica claro que ela andou na seção da Agent Provocateur. Consigo ver um monte de renda transparente. E aquilo é uma máscara?

— O que você acha? — pergunta ela com impaciência e balança o corpete na minha direção. — É bem caro. Experimento?

Não tem uma pergunta um pouco mais importante que deveríamos estar discutindo?, eu quero gritar. *Como: Quem é esse Ben e por que você vai se casar com ele?* Mas se sei uma coisa sobre Lottie é que preciso tomar muito cuidado com o que faço. Preciso acalmá-la.

— Então! — digo com o máximo de animação que consigo. — Você vai se casar. Com uma pessoa que eu não conheço.

— Vai conhecer no casamento. Você vai adorar o Ben, Fliss. — Os olhos dela estão brilhando quando ela joga o corpete transparente na cesta e acrescenta um fio dental minúsculo. — Não consigo acreditar que tudo deu tão certo. Estou muito feliz.

— Certo. Que maravilha! Eu também! — Faço uma pequena pausa antes de acrescentar: — Mas, só um pensamento aqui, você *precisa* se casar tão rápido? Não dava pra ter um noivado longo e planejar tudo direitinho?

— Não tem nada pra planejar! Tudo vai ser bem simples. No Cartório de Chelsea. Um almoço em algum lugar lindo. Simples e romântico. Você vai ser dama de honra, eu espero. — Ela aperta meu braço e pega outro corpete.

Tem alguma coisa de muito estranho nela. Eu a observo, tentando descobrir o que há de diferente. Ela está com aquele ar louco pós-rompimento, porém mais intenso do que o habitual. Seus olhos estão brilhando demais. Ela está a mil. Será que o tal Ben é um traficante? Será que ela está *drogada*?

— Então Ben simplesmente apareceu do nada?

— Ele fez contato e nós jantamos. E foi como se nunca tivéssemos nos separado. Estávamos tão sintonizados um com o outro. — Ela suspira de felicidade. — Ele passou 15 anos apaixonado por mim. *Quinze anos*. E eu também estava apaixonada por ele. É por isso que queremos nos casar tão rápido. Já desperdiçamos muito tempo, Fliss. — A voz dela treme dramaticamente, como se estivesse em um filme de TV baseado em uma história real. — Queremos prosseguir com o resto de nossas vidas.

O quê?

Muito bem, isso é bobagem. Lottie não está apaixonada por um cara chamado Ben há 15 anos. Acho que eu saberia se estivesse.

— Você está apaixonada por ele há 15 anos? — Não consigo evitar o desafio. — É engraçado você nunca ter falado dele. Nadinha.

— Eu o amava *por dentro*. — Ela coloca a mão na lateral do peito. — *Aqui*. Pode ser que eu não tenha te contado. Pode ser que eu não te conte tudo. — Ela coloca uma cinta-liga na cesta com ar desafiador.

— Você tem uma foto dele?

— Não aqui. Mas ele é lindo. Quero que você faça um discurso, aliás — acrescenta ela com alegria. — Você é a dama de honra-barra-madrinha. E o padrinho de Ben é um amigo chamado Lorcan. Vamos ser só nós quatro na cerimônia.

Olho para ela com exasperação. Eu estava planejando ter tato e ir devagar, mas não consigo. É loucura demais.

— Lottie. — Coloco a mão na embalagem de meias que ela estava prestes a pegar. — *Pare* e escute um momento. Sei que você não quer ouvir, mas precisa. — Espero até que ela dirija o olhar relutante na minha direção. — Você se separou de Richard tem uns cinco minutos. Estava prestes a assumir um compromisso com *ele*. Tinha comprado um anel de noivado pra ele. Disse que o amava. Agora está correndo pra um cara que mal conhece? É mesmo uma boa ideia?

— Bem, é uma coisa boa eu ter me separado de Richard! Uma coisa muito boa! — De repente, Lottie está eriçada como um gato. — Pensei muito, Fliss. E percebi que Richard era errado pra mim. *Completamente* errado! Preciso de uma pessoa romântica. Uma pessoa que consiga *sentir*. Uma pessoa que vá se entregar a mim, sabe? Richard é um cara legal e eu achei que o amava. Mas agora sei a verdade: ele é limitado.

Ela cospe a palavra "limitado" como se fosse o pior insulto que consegue elaborar.

— O que você quer dizer com "limitado"? — Não consigo deixar de me sentir um pouco na defensiva a favor de Richard.

— Ele é restrito. Não tem estilo. Jamais faria um gesto grandioso, impulsivo, maravilhoso. Jamais procuraria uma garota depois de 15 anos pra dizer a ela que sua vida era escura sem ela e que agora quer acender as luzes. — Ela levanta o queixo em desafio, e faço uma careta interior. Foi essa a cantada de Ben? Que queria acender as luzes?

Na verdade, até entendo. Tive alguns casos horríveis e malcalculados depois que me separei de Daniel. Mas não me *casei* com nenhum deles.

— Olha, Lottie. — Tento uma abordagem diferente. — Eu entendo. Sei como é. Você está sofrendo. Está confusa. Um antigo namorado aparece do nada, é claro que você vai parar na cama com ele. É natural. Mas por que precisa se casar?

— Você está enganada — responde ela com olhar triunfante. — Está tão, tão errada, Fliss. Não fui pra cama com ele. E não vou. Estou me guardando pra lua de mel.

Ela...

O quê?

Dentre todas as coisas que eu estava esperando ouvir, sem dúvida isso não estava incluído. Olho para Lottie sem entender. Incapaz de encontrar uma resposta. Onde está minha irmã e o que esse homem fez com ela?

— Você está se *guardando*? — acabo por repetir. — Mas... por quê? Ele é Amish? — De repente, temo pelo pior. — Ele é de algum tipo de seita? Te prometeu iluminação?

Por favor, não me diga que ela entregou todo o dinheiro que tinha. De novo, não.

— É claro que não!

— Então... por quê?

— Pra eu vivenciar o sexo mais quente do mundo na noite da minha lua de mel. — Ela pega as meias. — Sabemos que nos damos bem, então por que não esperar o momento? É nossa

noite de núpcias. Deve ser especial. O mais especial possível.
— Ela dá um pulinho repentino, como se não conseguisse se controlar. — E acredite, vai ser. Deus, Fliss, ele é tão gostoso. Mal conseguimos manter as mãos longe do corpo um do outro. Parece que temos 18 anos de novo.

Olho fixamente para ela, e todas as peças começam a se encaixar. Os olhos brilhantes fazem sentido. A cesta de lingerie faz sentido. Ela está ávida. Esse noivado é uma preliminar gigantesca. Como não percebi imediatamente? Ela *está* drogada. De desejo. E não só de desejo, mas desejo *adolescente*. Está com a mesma expressão de adolescentes que dão amassos no ponto de ônibus, como se o resto do mundo não existisse. Por um momento, sinto uma pontada de inveja. Eu não me importaria de desaparecer em uma bolha de desejo adolescente, para ser sincera. Mas preciso me manter racional. Preciso ser a voz da razão.

— Lottie, escuta. — Estou tentando falar devagar e claramente, para penetrar o transe. — Você não precisa se casar. Pode alugar uma suíte de hotel por aí.

— Eu *quero* me casar! — Cantarolando baixinho, ela coloca outra camisola cara na cesta, e sufoco um desejo de gritar. Está tudo muito bem. Mas se ela tirasse os óculos do desejo por um maldito momento, talvez visse o quanto essa fuga vai acabar lhe custando. Uma montanha de lingerie. Um casamento. Uma lua de mel. Um divórcio. Tudo por uma noite épica de sexo? Que ela poderia ter de graça?

— Sei o que você está pensando. — Ela olha para mim com ressentimento. — Você podia estar feliz por mim.

— Estou tentando ficar, de verdade. — Eu esfrego a cabeça. — Mas não faz sentido. Você está fazendo tudo ao contrário.

— Estou? — Ela se vira para mim. — Quem disse? Não é assim a forma tradicional?

— Lottie, você está sendo ridícula. — Estou começando a ficar zangada. — Não é assim que se começa um casamento, tá? Um casamento é uma coisa séria e legal...

— Eu sei! — interrompe ela. — E quero fazer dar certo, e a forma é essa. Não sou *burra*, Fliss. — Lottie cruza os braços. — Já pensei sobre isso, sabe. Minha vida amorosa sempre foi um desastre. Sempre seguiu o mesmo padrão, homem após homem. Sexo. Amor. Nada de casamento. Uma vez atrás da outra. Bem, agora tenho a chance de fazer diferente! Estou revertendo a estratégia! Amor. Casamento. Sexo!

— Mas é loucura! — Não consigo deixar de explodir. — A coisa toda é loucura! Você tem que ver isso!

— Não, não tenho! — responde ela com irritação. — Vejo uma resposta brilhante para o problema todo. É retrô! Já foi experimentada e testada! A rainha Vitória fez sexo antes de se casar com Albert? E o casamento deles não foi um grande sucesso? Ela não o amava desesperadamente e construiu um grande memorial pra ele no Hyde Park? *Exatamente.* Romeu e Julieta fizeram sexo antes de se casarem?

— Mas...

— Elizabeth Bennet e o Sr. Darcy fizeram sexo antes de se casarem? — Os olhos dela brilham para mim como se isso provasse tudo.

Ah, por favor. Se ela vai usar o Sr. Darcy como base de argumento, eu desisto.

— Tudo bem — acabo por dizer. — Você me pegou aí. O Sr. Darcy.

Preciso recuar agora e voltar por um ângulo diferente.

— E quem é esse Lorcan? — Uma nova ideia me ocorreu. — Quem é o padrinho de Ben que você mencionou?

Presumivelmente, o melhor amigo de Ben deve ser tão realista quanto eu sobre esse casamento repentino, do nada. Talvez possamos unir nossas forças.

— Sei lá. — Ela faz um gesto vago com a mão. — Um velho amigo. Trabalha com ele.

— Onde?

— A empresa se chama alguma coisa tipo... Decree.

— E o que Ben faz exatamente?

— Sei lá. — Ela levanta uma calcinha amarrada na parte de trás. — Alguma coisa.

Resisto à vontade de gritar: *Você vai se casar com ele e nem sabe o que ele faz?*

Pego meu BlackBerry e digito *Ben — Lorcan — Decree?*

— Qual é o sobrenome de Ben?

— Parr. Eu vou ser Lottie Parr. Não é lindo?

Ben Parr.

Clico no BlackBerry, olho para a tela e finjo sufocar um gritinho.

— Ah, Deus. Esqueci completamente. Na verdade, Lottie, acho que não tenho tempo de almoçar, afinal. Preciso ir. Divirta-se com as compras. — Dou um abraço nela. — Nos falamos depois. E... parabéns!

Meu sorriso largo dura até a saída do departamento de lingerie. Antes de chegar ao elevador, já estou no Google, digitando *Ben Parr*. Ben Parr, meu potencial novo cunhado. Quem diabos é ele?

*

Quando volto ao escritório, já joguei *Ben Parr* no Google de todas as formas possíveis no celular, mas não encontrei nenhuma empresa chamada Decree, só alguns resultados sobre um Ben Parr que faz comédia do tipo *stand-up*. E mal, de acordo com as críticas. Será que é ele?

Que ótimo. Um comediante fracassado. Meu tipo favorito de cunhado.

Acabo encontrando um resultado que menciona um Ben Parr em uma notícia sobre uma empresa de papel chamada Dupree Sanders. Ele tem um cargo pomposo como consultor estratégico geral. Digito *Ben Parr Dupree Sanders* e um milhão de resultados aparecem. Dupree Sanders obviamente existe. É uma empresa grande. Aqui está o site... e uma janela se abre com a foto dele e uma pequena biografia, que leio rapidamente. *Depois de trabalhar com o pai quando jovem, Ben Parr teve o prazer de voltar à Dupree Sanders em 2011, em um papel estratégico... paixão genuína pelo negócio... Desde a morte do pai, ele se dedica ainda mais ao futuro da empresa.*

Eu me inclino na direção da tela e observo a foto com atenção, tentando sentir quem é esse homem que se aproxima como um torpedo para entrar na minha família. É bonito, tenho que concordar. Com aparência juvenil. Magro. Simpático. Não tenho certeza quanto à boca. Parece meio fraca.

Depois de um tempo, os pixels começam a dançar em frente aos meus olhos, então me encosto na cadeira e digito *Lorcan Dupree Sanders*.

Um momento depois, outra página aparece com a foto de um homem de aparência muito diferente. Moreno, com cabelo rebelde, sobrancelhas pretas e a testa franzida. Forte, nariz um tanto adunco. Ele parece meio sinistro. Abaixo da foto, o texto diz: *Lorcan Adamson. Ramal 310. Lorcan Adamson exercia advocacia em Londres antes de entrar na Dupree Sanders em 2008... responsável por muitas iniciativas... desenvolveu a marca de papel de carta de luxo Papermaker... trabalhou com o National Trust para expandir o centro de visitação... comprometido com uma indústria sustentável e responsável.*

Advogado. Vamos torcer para que seja do tipo racional e lógico, não o tipo babaca arrogante. Digito o número enquanto clico nos meus e-mails.

— Lorcan Adamsom.

A voz que atende é tão grave e profunda que largo o mouse com a surpresa. Não pode ser uma voz de verdade. Parece sintetizador.

— Alô? — diz ele de novo, e sufoco uma risadinha. Esse cara tem voz de trailer de filme. É aquele tipo de voz profunda de subwoofer que você ouve enquanto come pipoca e espera o filme começar.

Pensamos que o mundo estava seguro. Pensamos que o universo era nosso. Até ELES chegarem.

— Alô? — diz a voz grave de novo.

Em uma luta desesperada contra o tempo, uma garota precisa descobrir o código...

— Oi. Er... oi. — Tento reorganizar meus pensamentos. — Você é Lorcan Adamsom.

— Sou.

Do diretor ganhador do Oscar...

Não. Pare, Fliss. Concentre-se.

— Certo. Certo. Sim. — Eu me recomponho rapidamente. — Bem, acho que precisamos conversar. Meu nome é Felicity Graveney. Minha irmã se chama Lottie.

— *Ah*. — Há uma animação repentina na voz dele. — Bem, perdão pelo palavreado, mas que merda que está acontecendo? Ben acabou de me ligar. É isso mesmo, ele e sua irmã vão se *casar*?

Percebo duas coisas imediatamente. Primeiro: ele tem um leve sotaque escocês. Segundo: ele também não está gostando muito da ideia do casamento. Graças a Deus. Outra voz da razão.

— Exatamente! — digo. — E você é o padrinho? Não faço ideia de como isso aconteceu, mas eu estava pensando que poderíamos nos encontrar e...

— E o quê? Discutir a decoração das mesas? — Ele fala ao mesmo tempo que eu. — Não sei como sua irmã convenceu Ben desse plano ridículo, mas infelizmente vou ter que fazer o que puder pra impedir, quer você e sua irmã gostem ou não.

Olho fixamente para o telefone. *O que* ele acabou de dizer?

— Eu trabalho com Ben, e o momento é crucial pra ele — diz Lorcan. — Ele não pode viajar em uma lua de mel impulsiva e ridícula. Ele tem responsabilidades. Tem compromissos. Não sei qual é a motivação da sua irmã...

— *O quê?* — Estou tão ultrajada que nem sei por onde começar.

— Perdão? — Ele parece intrigado por eu ter ousado interromper. Ah, ele é *desses*.

— Muito bem, *moço*. — Imediatamente me sinto idiota por ter dito "moço". Mas é tarde demais, melhor seguir em frente. — Em primeiro lugar, minha irmã não convenceu ninguém de nada. Acho que você vai descobrir que *seu* amigo apareceu do nada e convenceu *ela* a se casar. E segundo, se você acha que liguei pra "discutir a decoração das mesas", está muito enganado. *Eu* estou querendo impedir esse casamento. Com ou sem a sua ajuda.

— Entendo. — Ele parece cético.

— Ben disse que Lottie o convenceu? — pergunto. — Porque se disse, ele mentiu.

— Não foi bem isso — explica Lorcan depois de uma pausa. — Mas Ben pode ser... como podemos dizer? Facilmente manipulado.

— Facilmente manipulado? — repito furiosamente. — Se alguém manipulou alguém, foi *ele*. Minha irmã está em um momento delicado, está muito vulnerável, e tudo o que ela não precisa é de um aproveitador. — Ainda acho que esse tal de Ben deve pertencer a alguma seita maluca ou esquema de pirâmide. — Afinal, qual é o trabalho dele? Não sei nada sobre ele.

— Você não conhece o passado dele. — Mais uma vez, ele parece cético. Deus, esse cara está me irritando.

— Não sei nada além de que ele conheceu minha irmã no ano sabático que ela tirou antes de ir para a faculdade e que viveram um festival de transa adolescente, e agora ele diz que sempre a amou e que vão se casar amanhã pra retomar o festival de transa adolescente. E que ele trabalha na Dupree Sanders.

— Ele é o *dono* da Dupree Sanders — corrige Lorcan.

— O quê? — digo estupidamente.

Nem sei exatamente o que é a Dupree Sanders. Não parei para verificar.

— Desde a morte do pai um ano atrás, Ben é o acionista principal da Dupree Sanders, uma empresa de fabricação de papel que vale 30 milhões. Além do mais, a vida dele anda complicada e ele também está bastante vulnerável.

Enquanto digiro as palavras, uma fúria incontrolável começa a crescer dentro de mim.

— Você acha que minha irmã quer dar *o golpe do baú*? — pergunto. — É *isso* o que você pensa?

Nunca fui tão insultada na vida. Aquele *merda* arrogante e metido. Estou respirando cada vez mais rápido, lançando um olhar cortante para a cara dele na tela.

— Eu não falei isso — responde ele calmamente.

— Apenas me escute, Sr. Adamson — falo com meu tom de voz mais gélido. — Vamos analisar os fatos, ok? *Seu* precioso amigo convenceu *minha* irmã a aceitar um casamento ridículo e apressado. *Não* o contrário. Como você sabe que ela não é herdeira de um valor ainda mais alto? Como você sabe que não somos parentes dos... Getty?

— *Touché* — diz Lorcan depois de uma pausa. — Vocês são?

— É claro que não — respondo com impaciência. — A questão é que você tirou conclusões apressadas. O que é surpreendente para um advogado.

Mais silêncio. Tenho a sensação de que o atingi. Bem, que bom.

— Certo — diz ele por fim. — Peço desculpas. Eu não pretendia insinuar nada sobre sua irmã. Talvez ela e Ben sejam almas gêmeas. Mas isso não muda o fato de que temos uma coisa muito importante acontecendo na empresa. Ben precisa estar no Reino Unido agora. Se ele quiser viajar em lua de mel, vai ter que ser depois.

— Ou nunca — acrescento.

— Ou nunca. Certamente. — Lorcan parece achar graça.
— Você não é fã do Ben, então?

— Eu nem o conheço. Mas essa conversa foi bastante útil. É tudo o que preciso saber. Deixe comigo. Vou resolver.

— *Eu* vou resolver — diz ele, me contradizendo. — Vou falar com Ben.

Meu Deus, esse cara está me deixando louca. Quem disse que ele devia estar no comando?

— Vou falar com Lottie — respondo da forma mais autoritária que consigo. — Vou resolver.

— Tenho certeza de que não será necessário. — Ele fala ao mesmo tempo que eu. — Vou falar com Ben. A coisa toda vai ser esquecida.

— Vou falar com Lottie — eu repito, ignorando-o. — E aviso assim que tiver resolvido tudo.

Silêncio. Nenhum de nós dois vai dar o braço a torcer, já consigo perceber.

— Certo — diz Lorcan por fim. — Bem, tchau.

— Tchau.

Desligo o telefone, pego meu celular e ligo para o celular de Lottie. Chega de ser a irmã boazinha. Vou impedir esse casamento. Aqui e agora.

6
Fliss

Não consigo *acreditar* que ela me ignorou por 24 horas inteiras. É corajosa.

A tarde seguinte chegou, o casamento está marcado para começar em uma hora e ainda não falei com Lottie. Ela fugiu de todas as minhas ligações (aproximadamente cem). Mas, ao mesmo tempo, conseguiu deixar uma série de mensagens no *meu* celular sobre o cartório e o restaurante e o encontro para o brinde antes do casamento no Bluebird. Na hora do almoço, um vestido de dama de honra, de cetim roxo, foi entregue em meu escritório por um motoboy. Um poema chegou por email, com um pedido para que eu o lesse em voz alta durante a cerimônia: "Vai tornar nosso dia muito especial!"

Ela não me engana. Há um motivo para não atender minhas ligações: ela está na defensiva. O que significa que tenho uma chance. Sei que consigo convencê-la a desistir desse absurdo. Só preciso saber exatamente qual é a vulnerabilidade dela e explorar isso.

Quando chego ao Bluebird, já consigo vê-la sentada no bar com um minivestido de renda creme, rosas no cabelo e adoráveis sapatos vintage com tiras presas por botões. Ela parece radiante e linda, e por um momento me sinto mal por estar indo sabotá-la.

Mas não. Alguém tem que manter a sanidade por aqui. Ela não vai estar tão radiante quando receber a conta do processo de divórcio.

Noah não está comigo. Ele foi dormir na casa de um amigo, Sebastian. Menti para Lottie ao dizer que a ocasião era mesmo especial e que ele "lamentaria perder o casamento". O motivo real é que pretendo que não aconteça casamento nenhum.

Lottie me viu e acena para chamar minha atenção. Aceno em resposta e me aproximo com um sorriso inocente. Estou entrando lentamente no recinto, sem oferecer ameaça, com a corda do enforcamento escondida nas costas. Sou a Encantadora de Noivas.

— Você está linda! — Quando chego onde Lottie está, dou um abraço apertado. — Que empolgante. Que dia feliz!

Lottie observa meu rosto sem responder, o que prova que estou certa: ela está na defensiva. Mas mantenho o sorriso firme, como se não tivesse reparado em nada.

— Pensei que você não aprovasse a ideia — diz ela por fim.

— O quê? — Ajo como se estivesse chocada. — É *claro* que aprovo! Só fiquei surpresa. Mas tenho certeza de que Ben deve ser maravilhoso e de que vocês serão felizes por muitos, muitos anos.

Prendo a respiração. Ela está relaxando visivelmente. Está baixando a guarda.

— Sim — diz ela. — Sim, seremos. Ah, sente-se. Tome um pouco de champanhe! Este é o seu buquê. — Ela me entrega um montinho de rosas.

— Uau! Que lindo.

Ela me serve uma taça e eu a levanto em um brinde. Em seguida, olho para o relógio. Faltam 55 minutos. Preciso começar a pôr em prática minha estratégia de descarrilamento.

— E então, já fizeram planos pra lua de mel? — digo casualmente. — Você não deve ter conseguido fazer nenhuma reserva tão em cima da hora. Uma pena. A lua de mel é um momento tão especial que queremos que seja perfeita. Se você tivesse esperado algumas semanas, eu poderia ter ajudado a planejar alguma coisa incrível. Na verdade... vamos fazer isso? — Coloco a taça na mesa como se estivesse tomada por uma nova ideia brilhante. — Lottie, vamos adiar o casamento só um *pouquinho* e nos divertir planejando a lua de mel perfeita pra você!

— Não se preocupe — diz Lottie com alegria. — Já planejamos a lua de mel perfeita! Uma noite no Savoy e partimos amanhã!

— É mesmo? — Eu me preparo para superar o plano dela. — Pra onde vocês vão então?

— Vamos voltar pra Ikonos. Pra onde nos conhecemos. Não é perfeito?

— Pra uma pensão de mochileiros? — Olho fixamente para ela.

— Não, boba! Pra aquele hotel incrível! O Amba. O que tem a cascata. Você não fez a crítica dele?

Droga. O Amba é insuperável. Abriu há três anos e, desde então, fizemos duas críticas que receberam cinco estrelas. É o local mais espetacular nas Cíclades e foi escolhido como o Melhor Destino para Lua de Mel por dois anos seguidos.

Desde então, acabou ficando *um pouquinho* brega, verdade seja dita. Vive lotado de casais famosos e sessões de foto da revista *Hello!*, e, na minha opinião, explora o mercado de lua de mel com agressividade demais. Ainda assim, é um hotel incrível, de nível internacional. Vou precisar me esforçar para convencê-la a não ir para lá.

— A única coisa com relação ao Amba é que você precisa ficar do melhor lado. — Balanço a cabeça com tristeza. — Com tão pouca antecedência, devem ter enfiado vocês na ala daquele lado horrível. Não bate sol e fede. Vocês vão detestar. — De repente, pareço me alegrar. — Já sei! Esperem algumas semanas e deixem que eu ligue pra lá e cuide disso por vocês. Posso conseguir a Suíte Oyster, tenho certeza. Sinceramente, Lottie, só a cama vale a espera. É enorme, com um domo de vidro acima, de forma que dá pra ver as estrelas. Você *precisa* ficar nela. — Pego meu celular. — Por que você não liga pro Ben e diz que quer adiar, só por algumas semanas...

— Mas *vamos* ficar na Suíte Oyster! — interrompe-me Lottie com alegria. — Está reservada! Vamos ter uma lua de mel sob medida, com mordomo particular e tratamentos todos os dias, além de um dia no iate do hotel!

— O quê? — Olho fixamente para ela, com o telefone na mão inerte. — Como?

— Houve um cancelamento! — Ela abre um sorriso largo. — Ben usa um serviço especial de concierge e arrumaram tudo. Não é ótimo?

— Maravilhoso — digo depois de uma pausa. — Super.

— Ikonos é tão especial pra nós. — Ela está borbulhando de alegria. — Mas aposto que foi totalmente estragada. Quando fomos pra lá, não tinha nem *aeroporto*, muito menos hotéis grandes. Tivemos que ir de barco. Ainda assim, vai ser como voltar no tempo. Mal posso esperar.

Não faz sentido insistir mais nisso. Tomo um pouco de champanhe enquanto penso.

— Você alugou um Rolls-Royce vintage pra hoje? — Tento uma abordagem diferente. — Você sempre quis um Rolls-Royce vintage no casamento.

— Não. — Ela dá de ombros. — Posso ir andando.

— Mas que pena! — Faço uma expressão abalada. — Era seu sonho ir num Rolls Royce vintage. Se você esperasse um pouco, poderia ter um.

— Fliss. — Lottie me dá um sorriso ligeiramente reprovador. — Você não está sendo um pouco frívola? O importante é o amor. Encontrar um companheiro pra vida. Não um carro qualquer. Você não acha?

— É claro. — Dou um sorriso tenso. Muito bem, vamos deixar o carro de lado. Tentar uma nova abordagem.

Vestido? Não. Ela está usando um vestido lindo.

Lista de casamento? Não. Ela não é tão materialista.

— E então... vai tocar alguma música no casamento? — pergunto por fim.

Silêncio. Bastante longo. Olho para Lottie com esperança repentina. O rosto dela está tenso.

— Não temos permissão para música — diz ela por fim e olha para a bebida. — Não se pode ter música em casamentos no cartório.

Bingo!

— Nada de música? — Levo a mão até a boca em expressão de horror, como se não soubesse desde o começo. — Mas como você pode casar sem música? E "I Vow to Thee, My Country"? Sempre disse que queria essa no seu casamento.

Lottie era do coral do nosso internato. Costumava fazer os solos. A música era importante para ela. Eu devia ter começado com essa abordagem.

— Bem. Não é importante. — Ela dá um sorriso breve, mas toda sua atitude mudou.

— O que Ben acha?

— Ben não gosta muito de música.

Ben não gosta muito de música.

Sinto vontade de gritar. É isso. O calcanhar de Aquiles. Ela está na minha mão agora.

— *I vow to thee, my country* — começo a cantar —, *all earthly things above.*

— Para — diz ela de forma quase agressiva.

— Sinto muito. — Levanto a mão em um gesto de desculpas. — Só... estou pensando alto. Pra mim, um casamento precisa de música. De uma linda e magnífica melodia.

Não é verdade. Não ligo a mínima para música, e se Lottie fosse mais esperta, perceberia imediatamente que eu a estou enrolando. Mas ela está olhando para o outro lado, perdida em seu próprio mundo. Os olhos dela estão meio úmidos?

— Sempre imaginei você ajoelhada no altar de uma igreja no campo, com o órgão tocando ao fundo — devaneio, insistindo no assunto. — Não em um cartório. Engraçado isso.

— É. — Ela nem vira a cabeça.

— Da-da-*daah*-da-da-da-*da-ah*-da... — Ainda estou cantarolando a melodia de "I Vow to Thee, My Country". Obviamente, não sei a letra, mas a melodia basta. Vai emocioná-la.

Os olhos dela *estão* úmidos. Certo, hora de dar o golpe mortal.

— Enfim! — Paro de cantar. — O importante é que é seu dia especial. E vai ser perfeito. Agradável e rápido. Nada de enrolação com música, coral e sinos tocando na torre de uma igreja do campo. Só entrar e sair. Assinar um papel, dizer umas poucas palavras e acabou. Para sempre — acrescento. — *Finito*.

Sinto-me quase cruel. Consigo ver o lábio inferior dela tremendo bem de leve.

— Você se lembra da cena de casamento de *A noviça rebelde*? — acrescento casualmente. — Quando Maria segue para o altar com as freiras cantando, e o longo véu flutuando atrás...

Não exagere, Fliss.

Caio em silêncio e tomo champanhe enquanto espero. Consigo ver os olhos de Lottie brilhando com os pensamentos. Consigo sentir a batalha interior entre o romance e o desejo. Desconfio que o romance esteja ganhando. Acho que os violinos estão tocando mais alto que os tambores da selva. Ela parece ter tomado uma decisão. *Por favor*, que seja o caminho certo, que seja...

— Fliss. — Ela ergue o olhar. — Fliss...

Pode me chamar de Campeã Mundial das Encantadoras de Noivas.

Não houve discussão. Nem confronto. Lottie acha que foi ideia *dela* adiar. Fui eu quem disse: "Tem certeza, Lottie? Tem certeza absoluta de que quer cancelar? De verdade?"

Convenci-a completamente da ideia do casamento no campo com música, um coral e sinos. Ela já procurou o capelão da nossa velha escola. Entregou-se a um novo sonho de cetim e flores e "I Vow to Thee, My Country".

E é uma coisa boa. Uma cerimônia de casamento é algo adorável. O casamento é adorável. Talvez Ben esteja destinado a ser o companheiro de vida dela e eu vá dar uns tapas em mim mesma quando eles tiverem o décimo neto e pensar: "Qual era o meu problema?" Mas isso dá a ela um tempo para respirar. Pelo menos, dá tempo para ela olhar para Ben e pensar: "Humm. Mais sessenta anos com você. É mesmo boa ideia?"

Lottie foi para o cartório para dar a notícia a Ben. Meu trabalho está feito. A única tarefa que falta é comprar revistas de noiva para ela. Vamos nos encontrar para um café amanhã e ter uma conversa agradável sobre véus, e depois, à noite, *finalmente* vou conhecer Ben.

Estou esperando para atravessar a King's Road, me parabenizando mentalmente por ser tão brilhante, quando vejo um rosto conhecido. Nariz adunco. Cabelo preto jogado para trás. Uma rosa na lapela. Ele deve ter uns três metros de altura e está andando na calçada do outro lado, com o tipo de expressão tempestuosa que se faz quando seu melhor amigo rico foi agarrado por uma golpista malvada e você tem que ser o padrinho. Ao dar mais alguns passos, a rosa cai da lapela e ele para de andar para pegá-la. Olha para a flor com expressão tão assassina que sinto vontade de gargalhar.

Arrá. Bem, espere até eu contar para *ele*. Qual é o nome dele mesmo? Ah, sim, Lorcan.

— Oi! — Eu aceno freneticamente quando ele sai andando. — Lorcan! Pare!

Ele sai andando tão rápido que acho que nunca vou alcançá-lo. Então ele para e se vira desconfiado, e eu aceno para chamar sua atenção.

— Aqui! Eu! Preciso falar com você! — Espero que ele atravesse e me aproximo, acenando com o buquê. — Sou Fliss Graveney. Nos falamos ontem. Irmã de Lottie.

— Aah. — O rosto fica brevemente relaxado, mas logo volta para a expressão carrancuda de um alegre dia de casamento. — Imagino que você esteja indo pra lá agora, não?

Eu tinha me esquecido da voz ridícula de trailer de cinema. Embora, de alguma forma, ela pareça um tanto menos ridícula quando não é apenas uma voz sem corpo em um telegrama. Combina com o rosto dele. Sombrio e um tanto intenso.

— Bem, *na verdade* — não consigo evitar o tom complacente —, não estou indo pra lá porque foi cancelado.

Ele me olha em estado de choque.

— O que você quer dizer?

— Está cancelado. Por enquanto — acrescento. — Lottie vai adiar o casamento.

— Por quê? — pergunta ele. É tão *desconfiado*.

— Pra ela se assegurar de que a fortuna de Ben esteja investida de uma maneira que seja fácil para ela roubar — digo, dando de ombros. — Obviamente.

Lorcan faz expressão de quem está achando graça.

— Tudo bem. Eu mereci isso. Mas o que está acontecendo? Por que ela vai adiar?

— Eu a convenci — digo com orgulho. — Conheço minha irmã e conheço o poder da sugestão. Depois de nossa conversinha, ela quer um casamento romântico em uma igrejinha de pedras, no campo. É por isso que vai adiar. Meu raciocínio é: se eles adiarem, pelo menos têm a chance de ver se realmente foram feitos um para o outro.

— Bem, graças a Deus por isso. — Lorcan expira e passa a mão pelo cabelo. Ele está finalmente baixando a guarda. A testa começa a relaxar. — Ben não está em posição de se casar agora. Seria loucura.

— Ridículo — digo, concordando.

— Insano.

— Ideia mais imbecil do mundo. Não, retiro isso. — Olho para mim mesma. — Me colocar em um vestido de dama de honra roxo foi a ideia mais imbecil do mundo.

— Acho que você está bem bonita. — Outro olhar de quem acha graça passa por seu rosto. Ele olha para o relógio. — O que devemos fazer? Eu deveria me encontrar com Ben no cartório agora.

— Acho que deveríamos ficar longe.

— Concordo.

Há uma pausa. Isso é estranho, ficar de pé em uma esquina, toda arrumada e sem casamento para ir. Constrangida, passo o dedo pelo buquê e me pergunto se devo jogar no lixo. De alguma forma, parece errado.

— Está com vontade de beber alguma coisa? — diz Lorcan abruptamente. — Eu estou.

— Estou com vontade de beber umas seis coisas — respondo. — É meio exaustivo convencer uma pessoa a não se casar.

— Ok, vamos lá.

Um homem de decisões rápidas. Gosto disso. Ele já está me levando por uma rua lateral na direção de um bar com toldo listrado e mesas e cadeiras com aparência francesa.

— Ei, suponho que sua irmã tenha *mesmo* adiado, certo? — Lorcan para de repente na porta. — Não vamos receber uma mensagem enfurecida de texto perguntando: "Onde diabos vocês estão?"

— Nada de Lottie. — Olho para meu celular. — Ela estava bastante determinada a adiar. Tenho certeza de que fez isso.

— E nada de Ben. — Lorcan está olhando para seu Black-Berry. — Acho que está tudo bem. — Ele me leva até uma mesa de canto e abre o cardápio de bebidas. — Quer uma taça de vinho?

— Quero um gim-tônica duplo.

— Você merece. — Ele dá aquela sombra de sorriso de novo. — Vou te acompanhar.

Ele pede as bebidas, desliga o celular e enfia no bolso. Um homem que guarda o celular. Também gosto disso.

— E então, por que é um momento ruim pro Ben se casar? — pergunto. — Na verdade, quem *é* esse Ben? Me conte.

— Ben. — O rosto de Lorcan se contorce com ironia, como se ele não soubesse por onde começar. — Ben, Ben, Ben. — Faz uma longa pausa. Será que esqueceu como é o melhor amigo? — Ele é… inteligente. Criativo. Tem muitas qualidades.

Ele parece estar se esforçando tanto e é tão pouco convincente que o encaro fixamente.

— Você percebe que parece dizer: "Ele é um serial killer"?

— Não pareço, não. — Lorcan faz cara de quem foi pego no flagra.

— Parece, sim. Nunca vi ninguém parecer tão negativo ao tentar ressaltar as qualidades de um amigo. — Faço voz de enterro. — "Ele é inteligente. É criativo. Mata pessoas quando estão dormindo. De formas bastante inventivas."

— Meu Deus! Você é sempre tão… — Lorcan para de falar e suspira. — Certo. Acho que estou mesmo tentando protegê-lo. Este é um momento difícil para Ben. O pai dele morreu. A empresa tem futuro incerto e ele precisa decidir que direção seguir. É um jogador por natureza, mas lhe falta bom senso. É difícil. Ele está tendo uma espécie de crise prematura de meia-idade, eu acho.

Crise prematura de meia-idade? Ah, perfeito. Exatamente o que Lottie precisa.

— Não é uma boa matéria-prima para marido, certo? — digo, e Lorcan ri com deboche.

— Talvez um dia. Quando colocar a merda toda em ordem. Mês passado, ele ia comprar um chalé em Montana. Depois ia comprar um barco, participar de corridas de veleiro. Antes disso, queria investir em motocicletas vintage. Semana que vem vai ser alguma outra loucura. Meu palpite é que ele não vai ficar casado nem cinco minutos. Infelizmente, acho que sua irmã será a vítima.

Meu coração está se apertando rapidamente.

— Bem, graças a Deus foi cancelado.

— Você fez uma coisa boa. Principalmente porque precisamos de Ben por perto. Ele não pode desertar de novo.

Eu aperto os olhos.

— O que você quer dizer com "desertar de novo"?

Lorcan suspira.

— Ele fez isso em outra ocasião, quando o pai ficou doente. Desapareceu por dez dias. Foi a maior confusão. Envolvemos até a polícia e tudo. Depois, reapareceu. Não pediu desculpas, não deu nenhuma explicação. Até hoje, não sei pra onde ele foi.

As bebidas chegam, e Lorcan ergue o copo.

— Saúde. Aos casamentos cancelados.

— Aos casamentos cancelados. — Levanto meu copo e tomo um delicioso gole de gim-tônica, depois volto a falar sobre Ben. — E então, por que ele está tendo uma crise de meia-idade?

Lorcan hesita, como se não quisesse violar a confiança do amigo.

— Vamos lá — insisto. — Sou quase parente dele, afinal.

— Acho que é. — Ele dá de ombros. — Conheço Ben desde os meus 13 anos. Estudamos juntos. Meus pais são expatriados em Cingapura e não tenho família aqui. Fui ficar com Ben algumas vezes nas férias e acabei me aproximando bastante de toda a família. O pai de Ben e eu compartilhamos o amor por caminhadas na natureza. *Compartilhávamos*, devo dizer. — Ele faz uma pausa, com os dedos envolvendo o copo. — Ben nunca foi caminhar conosco. Não se interessava. E também nunca quis saber sobre a empresa da família. Encarava como uma pressão enorme. Todos esperavam que ele se juntasse ao pai assim que acabasse a faculdade, mas era a última coisa que ele queria fazer.

— Então como *você* foi trabalhar na empresa?

— Entrei há alguns anos. — Lorcan dá um meio sorrisinho estranho. — Eu estava passando por... problemas pessoais. Queria sair de Londres, e então fui ficar com o pai de Ben em Staffordshire. A princípio, eu planejava permanecer lá apenas alguns dias, caminhar um pouco, clarear a mente. Mas comecei a me envolver com a empresa. Nunca mais voltei.

— Staffordshire? — digo surpresa. — Mas você não mora em Londres?

— Temos escritórios em Londres, claro. — Ele dá de ombros. — Vou de um lugar pro outro, mas prefiro ficar lá É um local lindo. As fábricas de papel ficam na zona rural e os escritórios na casa principal, o lar da família. É tombada. Você viu aquela série da BBC, *Highton Hall*? — pergunta ele.

— Bem, é ela. Filmaram lá durante oito semanas. Ganhamos um dinheirinho bom.

— *Highton Hall?* — Eu o encaro. — Uau. É uma casa linda. E enorme!

Lorcan assente.

— Muitos funcionários moram em chalés na propriedade. Fazemos turnês guiadas pela casa, pela fábrica, pelo bosque.

Temos projetos de preservação do local. É bem especial. — Os olhos dele estão iluminados.

— Certo. — Estou digerindo tudo isso. — Então você começou a trabalhar na empresa, mas Ben não estava interessado?

— Só depois que o pai ficou doente e ele teve que encarar o fato de que ia herdar o negócio — diz Lorcan sem meias-palavras. — Antes disso, ele fazia tudo que podia para evitar. Fez curso para ser ator, tentou comédia do tipo *stand-up*...

— Então *era* ele! — Coloco meu copo de gim-tônica na mesa com um estalo. — Coloquei o nome dele no Google e só consegui encontrar críticas de show de comédia. Horríveis. Ele era ruim assim?

Lorcan balança o copo, com os olhos grudados nos cubos de gelo.

— Pode me contar. — Eu baixo a voz. — Entre nós. Ele era constrangedor?

Lorcan não responde. Bem, claro que não. Ele não quer falar mal do melhor amigo. Respeito isso.

— Tudo bem — digo depois de pensar um momento. — Só me responda uma coisa. Quando eu o conhecer, ele vai me contar piadas e vou ter que fingir que são engraçadas?

— Cuidado se ele começar as piadas sobre calças jeans. — Lorcan enfim ergue o olhar, com a boca retorcida. — E ria. Ele vai ficar chateado se você não rir.

— Jeans. — Tomo nota mentalmente. — Certo. Obrigada pelo aviso. Tem *alguma coisa* positiva a ser dita sobre esse cara?

— Ah. — Lorcan parece chocado. — É claro! Quando ele está bem, pode acreditar, não existe outra pessoa com quem você gostaria de passar a noite. Ben é encantador. É divertido.

Consigo entender por que sua irmã se apaixonaria por ele. Quando você o conhecer, também vai entender.

Tomo outro gole da bebida. Estou começando a relaxar, lentamente.

— Bem, ele talvez se torne meu cunhado. Mas pelo menos não vai ser hoje. Trabalho encerrado.

— Vou conversar com Ben mais tarde. — Lorcan assente. — Pra ter certeza de que ele não tenha ideias idiotas.

Imediatamente, sinto uma pontada de irritação. Acabei de dizer "trabalho encerrado", não foi?

— Você não precisa falar com Ben — digo educadamente. — Já resolvi. Não tem como Lottie se casar de forma apressada agora. Eu deixaria pra lá.

— Não vai fazer mal. — Ele não parece demovido. — Só pra martelar bem a ideia.

— Pode fazer mal, sim! — Coloco o copo sobre a mesa. — Não martele nada! Passei meia hora fazendo Lottie pensar que cancelar o casamento era ideia *dela*. Fui sutil. Fui cuidadosa. Não fui toda desajeitada que nem um... um martelador.

O rosto dele não se move nem um milímetro. Está claro que ele é maníaco por controle. Mas eu também sou. E a irmã é minha.

— *Não* fale com Ben — ordeno. — Deixe pra lá. Menos é mais.

Há uma pausa, e então Lorcan dá de ombros e toma toda a bebida sem responder. Acho que ele sabe que estou certa, mas não quer admitir. Termino meu gim-tônica também e espero um pouco, quase prendendo a respiração. Estou torcendo para que ele sugira outra bebida, eu percebo. Só tenho uma casa vazia para onde ir. Nada de trabalho. Nada de planos. E a verdade é que *gosto* de ficar sentada aqui discutindo com esse homem um tanto intenso e um pouco mal-humorado.

— Outro? — Ele ergue o rosto e me olha, e sinto as coisas mudarem um pouco entre nós. A primeira bebida era como um desfecho da situação. Era uma resolução. Era apenas um ato de pura educação.

Isso é mais que educação.

— Sim, vamos nessa.

— O mesmo?

Assinto e o observo chamar o garçom e pedir. Belas mãos. Maxilar forte. Gestos tranquilos e lacônicos. Ele é bem mais atraente do que a página na internet revela.

— Sua foto do site é horrível — digo de repente quando o garçom se afasta. — Muito ruim. Você sabia?

— Uau. — Lorcan levanta as sobrancelhas e parece surpreso. — Você é direta. Por sorte não sou vaidoso.

— Não é questão de vaidade. — Eu balanço a cabeça. — Não é que você seja mais bonito pessoalmente. É que sua *personalidade* é melhor. Estou olhando pra você e vendo um cara que arruma tempo para as pessoas. Um cara que guarda o celular. Que escuta. Você é encantador. De certa forma.

— De certa *forma*? — Ele dá uma gargalhada incrédula.

— Mas sua foto não diz isso. — Eu o ignoro. — Você está fazendo cara feia na foto. Passa a mensagem: "Quem diabos é você? Está olhando o quê? Não tenho tempo pra isso."

— Você tirou isso tudo de uma foto de site?

— Estou supondo que você deu uns cinco minutos pro fotógrafo, resmungou o tempo todo e verificou o BlackBerry entre cada foto. Péssima ideia.

Lorcan parece um tanto sem fala, e me pergunto se fui longe demais.

Ok, é *claro* que fui longe demais. Nem conheço o cara e já estou criticando a foto dele.

— Desculpa. — Eu recuo. — Às vezes sou... insensível.

— Tá brincando?

— Sinta-se à vontade pra ser insensível também. — Eu olho nos olhos dele. — Não vou me ofender.

— É justo — diz Lorcan sem hesitar. — Esse vestido de dama de honra fica horrível em você.

Apesar de tudo, sinto uma pontada de mágoa. Não achei *tão* ruim.

— Antes você disse que era bonito — digo.

— Eu menti. Você parece uma bala de frutas.

Acho que mereci.

— Ah, tudo bem. Talvez eu pareça mesmo uma bala de frutas. — Não consigo resistir a um último golpe. — Mas pelo menos não tenho uma foto com cara de bala de frutas no site da empresa.

O garçom serve mais dois copos de gim-tônica, e pego o meu, sentindo-me um pouco energizada depois de nossa conversa. Também estou me perguntando como nos desviamos tanto do assunto. Talvez devêssemos voltar para o assunto em questão.

— Aliás, você soube do acordo de Lottie e Ben de não fazerem sexo? — pergunto. — Percebe o quanto isso é ridículo?

— Ben mencionou alguma coisa. Achei que era brincadeira.

— Não é brincadeira. Eles vão esperar até a noite de núpcias. — Eu balanço a cabeça. — Se você quer minha opinião, é *irresponsabilidade* se casar com uma pessoa sem dormir com ela. É pedir pra ter problemas!

— É uma ideia interessante. — Lorcan dá de ombros. — Antiquada.

Tomo um gole de bebida. Estou sentindo necessidade de despejar meus pensamentos sobre o assunto, e não posso exatamente desabafar com Noah.

— Se você quer saber minha teoria — eu me inclino para a frente —, isso distorceu a capacidade deles de raciocinar. A coisa toda está girando em torno do sexo. Lottie está perdida em uma nuvem de desejo. Quanto mais ela esperar, menos vai conseguir pensar direito. Na verdade, eu entendo. Tenho certeza de que ele é gostoso e ela deseja rolar na cama com ele. Mas precisa se *casar* com ele pra isso?

— É uma visão deturpada — assente Lorcan.

— Foi o que eu disse! Eles deviam simplesmente ir pra cama. Passar uma semana na cama. Um mês se quiserem! Se divertirem. E *então* verem se ainda querem se casar. — Tomo outro grande gole da bebida. — Não é preciso comprometer a vida toda só pra fazer sexo... — Paro de falar quando um pensamento me ocorre de repente. — Você é casado?

— Divorciado.

— Eu também. Divorciada. Então. Nós sabemos.

— Sabemos o quê?

— Sexo. — Percebo que falei errado. — Casamento — corrijo.

Lorcan pensa por um momento enquanto toma uns goles de bebida.

— Quanto mais penso a respeito dos últimos anos — diz ele lentamente —, menos sinto que sei sobre casamento. O sexo, por outro lado, eu espero ter compreendido direitinho.

O gim subiu direto para minha cabeça. Sinto-o zumbindo e afrouxando minha língua.

— Tenho certeza de que sim — eu me ouço dizendo.

O ar parece ficar denso com o silêncio. Um pouco tarde demais, percebo que acabei de falar para um estranho que tenho certeza de que ele é bom de cama. Devo voltar atrás? Fazer alguma ressalva?

Não. Seguir em frente. Procuro alguma coisa neutra, mas é Lorcan quem fala a seguir.

— Como estamos conversando abertamente, como foi pra você? Seu divórcio? Um grande pesadelo?

Se achei meu divórcio um grande pesadelo?

Abro a boca e inspiro fundo, automaticamente procurando o pen drive pendurado no pescoço. Mas então, paro.

Amarga não, Fliss. Amarga *não*. Doce. Preciso pensar em açúcar, doces, flores, carneirinhos fofinhos, Julie Andrews…

— Ah, você sabe. — Dou um sorriso adocicado. — Essas coisas acontecem.

— Quanto tempo faz?

— Ainda não acabou. — Meu sorriso se alarga. — Deve ser resolvido em breve.

— E você está *sorrindo*? — Ele parece incrédulo.

— Gosto de ficar zen quanto ao assunto. — Mexo a cabeça afirmativamente várias vezes. — Ficar calma, seguir em frente. Ver o lado positivo. Não ficar me lamuriando.

— Uau. — Lorcan arregalou os olhos. — Estou impressionado. O meu foi há quatro anos. Ainda dói.

— É uma pena mesmo — consigo dizer. — Pobrezinho.

Meu sorriso falso está quase me matando. Quero perguntar a ele o quanto ainda dói e o que aconteceu, e pedir: "Vamos comparar o quanto nossos ex são parasitas?" Estou desesperada para despejar todos os detalhes e falar incessantemente sobre o assunto até ouvir dele o que preciso ouvir, ou seja, que estou certa sobre tudo e Daniel está errado.

E, sem dúvida, foi por isso que Barnaby me deu um sermão. Ele está sempre certo. Maldito.

— Então. Hum. Quer que eu peça mais bebidas? — Estico a mão para a bolsa rapidamente.

Argh. *Não.*

A bolsa virou quando a puxei, e com isso caíram as embalagens da minha caixa variada de preservativos. A texturizada para o aumento do prazer despenca sobre a mesa, uma Pleasuremax pula dentro da bebida de Lorcan, molhando o rosto dele, e uma Ultraleve cai em cima de nossa tigela de amendoins.

— Ah. — Começo a recolhê-las rapidamente. — Elas não são... Foram pro trabalho de escola do meu filho.

— Ah. — Lorcan assente, recolhendo educadamente a Pleasuremax de dentro do copo e entregando-a para mim. — Quantos anos tem seu filho?

— Sete.

— *Sete?* — Ele parece escandalizado.

— É... uma longa história. — Faço uma careta quando ele me entrega a camisinha molhada. — Vou pagar outra bebida pra você. Me desculpe. — Começo automaticamente a secar a Pleasuremax com um guardanapo de papel.

— Eu jogaria essa fora — diz Lorcan. — A não ser que você esteja desesperada.

Levanto a cabeça rapidamente. Ele não está expressando emoção nenhuma, mas tem alguma coisa em sua voz que me dá vontade de gargalhar.

— Está boa — respondo. — Não é bom desperdiçar. — Enfio o preservativo na bolsa. — Outro gim? Sem o enfeite contraceptivo?

— Eu peço. — Ele se encosta e inclina a cadeira para sinalizar para o garçom, e percebo que estou examinando seu corpo longo e magro. Não sei se é o gim, ou o frisson de ter dito que ele é bom de cama, ou se é toda essa situação estranha, mas estou ficando um pouco obcecada. Traçando planos com ele na mente. Aos poucos. Como seria a sensação daquelas mãos na minha pele? Como seria a sensação do cabelo dele entre meus dedos? O maxilar tem uma leve barba por fazer, e isso é bom. Gosto de atrito. Gosto de fagulhas. É o que estou sentindo entre nós. O tipo certo de fagulhas.

Prevejo que ele é lento e determinado na cama. Concentrado. Leva o sexo tão a sério quanto consertar a vida amorosa do amigo.

Acabei de dizer *prevejo*? Em que exatamente estou pensando?

Quando Lorcan volta a cadeira para a posição normal, ele olha para mim e suas pálpebras tremem. Ele também está pensando em alguma coisa. Seus olhos ficam se desviando para minhas pernas, e casualmente mudo de posição para que a saia suba um pouco mais.

Aposto que ele deixa marcas de dentes. Não faço ideia do motivo. Só tenho uma sensação instintiva.

Não sei o que dizer. Não consigo encontrar nenhum assunto leve e casual. Quero tomar mais dois gins, eu decido. Dois gins está bom. E depois...

— Então. — Eu quebro o silêncio.

— Então. — Lorcan assente e acrescenta casualmente: — Você precisa voltar pro seu filho?

— Hoje não. Ele vai dormir na casa de um amigo.

— Ah.

E agora ele olha diretamente para mim, e minha garganta fica apertada de desejo. Faz muito tempo. Tempo demais. Não que eu vá admitir isso para ele. Se ele perguntar, vou dizer casualmente: "Ah, tive um relacionamento curto recentemente que não deu certo." Fácil. Normal. E *não*: "Ando tão sozinha e tão estressada que estou desesperada, não só pelo sexo, mas pelo toque e pela intimidade e pela sensação de outro ser humano ao meu lado, me abraçando, mesmo que seja só por uma noite ou metade de uma noite ou um trechinho de noite."

É isso que *não* vou dizer.

Uma garçonete chega com as bebidas. Ela as coloca na mesa, olha o buquê e, em seguida, a lapela de Lorcan.

— Ah! Vocês dois vão se casar?

Não consigo evitar uma explosão de gargalhadas. Dentre todas as perguntas do mundo...

— Não. Não. De jeito nenhum.

— Claro que não — afirma Lorcan.

— É que temos uma oferta especial de champanhe pra festas de casamento — insiste ela. — Temos muitas aqui, com o cartório ali na frente. O noivo e a noiva vão se juntar a vocês?

— Na verdade, somos anticasamento — digo. — Nosso lema é: faça amor, não juramentos.

— Um brinde a isso. — Lorcan levanta o copo com um brilho nos olhos.

A garçonete olha para Lorcan e para mim, dá uma risada insegura e se afasta. Tomo metade do copo. Minha cabeça está girando de leve e sinto outra onda de desejo. Estou imaginando os lábios dele nos meus; as mãos arrancando meu vestido...

Ah, Deus. Toma jeito, Fliss. Ele deve estar imaginando o ônibus para voltar para casa.

Afasto o olhar e mexo a bebida para ganhar tempo. Nunca consigo suportar esse estágio incerto quando você conhece um homem, quando nem faz ideia de como as coisas serão. Você está subindo a montanha-russa que é um encontro. Sabe a altura em que está, mas não sabe em que altura ele está nem mesmo se ele está acompanhando você. Talvez esteja mentalmente indo na direção oposta. Aqui estou eu, já na metade da fantasia sexual número 53, mas ele poderia estar prestes a encerrar educadamente a conversa e ir para casa.

— Você gostaria de ir pra algum lugar? — pergunta Lorcan abruptamente, e meu estômago dá um pulo de expectativa. *Algum lugar.* Para onde?

— Seria ótimo mesmo. — Eu me obrigo a falar baixo e com tranquilidade. — Que tipo de lugar?

Ele franze a testa e ataca os cubos de gelo com o palito de plástico, como se não tivesse ideia de como começar a responder uma pergunta tão profunda e complexa.

— Poderíamos comer — diz ele por fim, sem entusiasmo.
— Sushi, talvez. Ou...

— Ou poderíamos não comer.

Ele ergue o olhar, com a guarda finalmente baixa, e sinto um tremor delicioso. Ele é um reflexo perfeito de mim. Está com uma expressão faminta nos olhos. Uma vontade desesperada. Ele quer devorar alguma coisa, e acho que não é sushi.

— Pode ser — diz ele, desviando o olhar para minhas pernas de novo. Um homem de pernas, obviamente.

— Então... onde você mora? — pergunto casualmente, como se não tivesse nada a ver.

— Não muito longe.

Os olhos dele estão grudados nos meus. Certo, chegamos no alto. Juntos. Consigo ver a queda à frente. Não posso evitar um sorrisinho eufórico. Acho que vamos nos divertir.

7
Fliss

Estou meio desperta. Eu acho. Ah, Deus. Minha cabeça dói. Tantos pensamentos. Por onde começo? Sensações relembradas povoam minha cabeça em um borrão. E flashes repentinos: lembranças intensas e impressionantes como jorros de um limão espremido. Ele. Eu. Por baixo. Por cima... De repente, percebo que estou mentalmente recitando o velho livro de figuras de Noah, *Os opostos são divertidos!* Dentro. Fora. Assim. Assado.

Mas agora, a diversão acabou. Deve ser de manhã, a luz cegando meus olhos serve de pista. Estou deitada com uma das pernas por cima do edredom, sem ousar abrir os olhos. Você. Eu. Antes. Agora. Ah, Deus, *agora*.

Abro um pouquinho um dos olhos e tenho a visão de um edredom bege. Ah, sim. Eu me lembro do edredom bege da noite de ontem. Obviamente, a ex-mulher levou todo o algodão egípcio e ele foi à loja de Roupas de Cama para Divorciados mais próxima. Minha cabeça está latejando, e depois de um momento o bege começa a brilhar. Fecho os olhos e deito de costas. Não tenho uma noite de sexo sem compromisso só há tanto tempo. Taaaaaanto tempo. Esqueci como é. Beijo constrangedor? Troca de números? Café?

Café. Um café me faria bem.

— Bom dia. — O som da voz grave finalmente me traz de volta à realidade. Ele está aqui. No quarto.

— Ah. Hum. — Eu me apoio em um cotovelo para ganhar tempo, esfregando rapidamente os olhos para afastar o sono. — Oi.

Oi. Tchau.

Eu puxo o edredom ao redor do corpo, me sento e tento sorrir, embora meu rosto pareça rachar. Lorcan está completamente vestido, de terno e gravata, esticando uma caneca para mim. Observo-o por apenas um momento, tentando ajustar o ele de hoje com o ele de ontem à noite. Será que *sonhei* algumas daquelas coisas?

— Chá? — A caneca que ele está me entregando é barata e listrada. Da Louças para Divorciados, eu suponho.

— Ah. — Faço uma careta. — Desculpe. Não tomo chá. Água está ótimo.

— Café?

— Eu *adoraria* um café. E um banho.

E uma muda de roupas. E os documentos que deixei em casa, e o presente de aniversário de Elise da Molton Brown que deixei em casa... Meu cérebro está começando a pegar ritmo. Não foi um gesto sensato. Vou ter que voltar em casa, adiar por telefone a entrevista das nove... Já estou procurando meu celular. Preciso ligar para a casa de Sebastian e dar bom-dia para Noah.

Meus olhos pousam no vestido roxo de dama. Merda dupla.

— O banheiro é ali. — Lorcan indica a porta.

— Obrigada.

Junto o edredom e tento enrolá-lo ao redor do corpo com elegância, como uma atriz em cena, mas é tão pesado que é como tentar vestir um urso polar. Com um esforço enorme, eu o arrasto da cama, dou um passo e imediatamente tropeço, esbarro em uma cômoda e bato o cotovelo.

— Ai!

— Roupão? — Ele estica um roupão delicado de lã. Parece que a esposa não conseguiu levar tudo.

Hesito por um momento. Vestir o roupão dele parece um pouco de afetação. Algo do tipo "vou colocar sua camisa grande e masculina e deixar que as mangas caiam delicadamente por cima dos meus dedos". Mas não tenho escolha.

— Obrigada.

Ele desvia o olhar por educação, como um massagista de spa (algo completamente sem sentido, considerando que ele já viu tudo), e eu visto o roupão.

— Acho que você é uma dessas pessoas exigentes em relação a café. — Ele ergue as sobrancelhas. — Estou certo?

Abro a boca para dizer "Ah, não, qualquer coisa está bom!". Mas paro. Sou *mesmo* exigente com meu café. E estou com um pouco de ressaca. A verdade é que prefiro não tomar café a ter que tomar uma xícara deprimente de água suja.

— Mais ou menos. Mas não se preocupe. Tomo uma chuveirada de dois segundos e vou embora...

— Vou sair pra comprar.

— Não!

— Só levo dois segundos. O mesmo que sua chuveirada.

Ele desaparece, e começo a procurar minha bolsa pelo quarto. Tem uma escova de cabelo lá dentro. E hidratante para mãos que eu poderia usar no corpo. Conforme meu olhar percorre o quarto, começo a me questionar se gosto dele. Se talvez queira vê-lo de novo. Se talvez isso possa se tornar... alguma coisa?

Não uma coisa *séria*. Estou no meio de um divórcio, seria loucura pular de um relacionamento para outro. Mas foi bom ontem à noite. Mesmo que eu me lembre apenas de metade do que aconteceu com precisão, essa metade é o bastante para eu querer repetir. Talvez pudéssemos ter uma espécie de arranjo regular, eu penso. Todos os meses, como um clube do livro.

Onde *está* minha bolsa? Ando mais pelo quarto e vejo uma máscara de esgrima pendurada em um gancho. Tem uma espada também, ou sei lá como chamam aquilo. Sempre gostei da ideia de esgrimir. Ah, não consigo resistir. Tiro cuidadosamente o treco do gancho e coloco no rosto. Tem um espelho na parede, e vou até ele, segurando a espada.

— Levante-se, Sir Beltrano — digo para o meu reflexo. — Haaa-yah! — Faço um golpe de kung-fu para mim mesma e o roupão balança ao redor dos meus tornozelos.

Agora estou rindo. E de repente quero compartilhar esse momento ridículo com Lottie. Pego meu celular e aperto a tecla de discagem rápida.

— Oi, Fliss! — Ela atende imediatamente. — Olha, estou no site *Brides*. Com ou sem véu? Acho que com. E cauda?

Olho para o telefone com vontade de rir. Ela virou uma noiva neurótica. Naturalmente. A grande qualidade de Lottie é que ela não carrega ressentimentos nem fica estacionada quando a vida a contraria. Ela simplesmente muda de direção e dispara, com os olhos fixos no horizonte.

— Com véu.

— O quê?

— Com véu. — Percebo que minha voz está abafada pela máscara e a levanto da cabeça. — Com *véu*. Então você cancelou o casamento? Ben não se importou?

— Tive que convencê-lo, mas ele acabou concordando no final. Disse que só queria o mesmo que eu quisesse.

— E vocês passaram a noite de núpcias no Savoy mesmo assim?

— Não! — Ela parece chocada. — Já falei, vamos esperar até estarmos casados!

Droga. Ela ainda está com aquela ideia maluca. Eu estava torcendo para que a intensidade da luxúria tivesse diminuído um pouco.

— E Ben está satisfeito com isso? — Não consigo deixar de falar com ceticismo.

— Ben só quer que *eu* seja feliz. — A voz de Lottie adquire um tom familiar e açucarado. — Quer saber? Estou feliz de termos conversado, Fliss. O casamento vai ser *tão* melhor. E o lado bom é que você e Ben podem se conhecer antes!

— Nossa, apresentá-lo pra sua família *antes* de irem pro altar e de você se comprometer com ele pra sempre? Tem certeza disso?

Acho que ela não percebe meu tom, que o astral feliz, de noiva prestes a se casar, está agindo como um escudo protetor. O sarcasmo é destruído antes mesmo de chegar aos ouvidos dela.

— Na verdade, conheci o amigo dele, Lorcan, ontem à noite — acrescento. — Ele já me contou algumas coisas.

— É mesmo? — Ela parece empolgada. — Você conheceu Lorcan? Uau! O que ele disse sobre Ben?

O que ele disse sobre Ben? Vamos pensar. *Ben não está em posição de se casar agora. Ele está tendo uma espécie de crise prematura de meia-idade. Sua irmã vai ser a vítima.*

— Só o básico — digo, desviando do assunto. — Mal posso esperar pra conhecer Ben. Vamos marcar logo. Hoje?

— Sim! Vamos tomar uns drinques. Fliss, você vai adorá-lo. Ele é tão engraçado. Era comediante!

— *Comediante.* — Adoto um tom impressionado e satisfeito. — Uau. Mal posso esperar. Então, hum... enfim. Adivinha onde eu estou agora? No apartamento de Lorcan.

— Hã?

— Nós... passamos a noite juntos. Nos esbarramos perto do cartório, tomamos umas bebidas e uma coisa levou à outra.

Ela vai saber de qualquer forma, então prefiro contar logo.

— Não *acredito*! — A voz de Lottie está borbulhando. — Ah, que perfeito! Podemos fazer um casamento duplo!

Só Lottie. Só ela diria isso.

— Caramba! — digo. — Era bem isso que eu estava pensando. Podemos ir até o altar montadas em pôneis iguais?

Desta vez, o sarcasmo chega aos ouvidos dela.

— Não fale assim! — diz ela com reprovação. — Nunca se sabe. Mantenha a mente aberta. Me encontrei com Ben casualmente e olha! Aqui estamos nós.

Sim! Aqui estamos nós. Uma garota com dor de cotovelo e um cara com crise de meia-idade, correndo para um matrimônio sem pensar. Tenho certeza de que tem uma música da Disney sobre isso. Rima "beijo" com "batalha jurídica amarga".

— Foi uma transa — digo pacientemente. — Só isso. Acabou.

— Pode levar a mais — responde Lottie. — Ele pode acabar sendo o amor da sua vida. Você se divertiu? Gostou dele? Ele é gostoso?

— Sim, sim e sim.

— Então! Não descarte a possibilidade. Ei, estou olhando um site de casamentos. O que você acha de um bolo de profiteroles? Ou que tal uma pirâmide de cupcakes?

Eu fecho os olhos. Ela é como um rolo compressor.

— Era o que tinha no casamento da tia Diana, lembra? — diz Lottie. — Qual foi o tamanho do casamento?

— Pequeno.

— Tem certeza? Me lembro daquilo como uma grande ocasião.

Lottie tinha 5 anos na época. É claro que ela se lembraria como sendo uma grande ocasião.

— Falando sério, microscópico. A noite toda foi um sacrifício. Tive que fingir que estava me divertindo o tempo todo... — Faço uma expressão de revolta. Ainda me lembro do vestido de dama de honra muito apertado que me fizeram vestir. E de dançar com os amigos adultos e bêbados da tia Diana.

— É mesmo? — Ela parece intrigada. — Mas a cerimônia foi bonita, não foi?

— Não. Terrível. E o que veio depois não foi melhor.

— Aah! Dá pra botar profiteroles cobertos com aquele spray de brilho para bolos. — Ela não está nem ouvindo. — Quer que eu mande o link?

— Sinto enjoo só com a ideia — digo com firmeza. — Na verdade, acho que vou vomitar. E aí, Lorcan *nunca* vai me amar, e *nunca* vamos nos casar em uma cerimônia dupla com pôneis iguais...

Um som me faz virar. O sangue sobe à minha cabeça. Merda. *Merda.*

Ele está aqui. Lorcan está ali, com uns três metros de altura, na porta. Há quanto tempo está ali? O que me ouviu dizer?

— Tenho que ir, Lotts. — Desligo rapidamente o telefone. — Só estava falando com minha irmã — acrescento o mais casualmente possível. — Só... brincando. Brincando sobre coisas. Do jeito que se brinca.

De repente, lembro que estou usando a máscara de esgrima. Meu estômago se contorce de constrangimento. Vamos ver a situação pelos olhos dele. Estou na casa dele, usando o roupão dele, com a máscara dele e falando sobre casamento duplo. Seguro a máscara e tiro apressadamente da cabeça.

— Isso é... legal — digo de forma idiota.

— Eu não sabia se você queria preto ou não — diz ele depois do que parece uma eternidade.

— Ah. O café.

Tem alguma outra coisa acontecendo aqui. O quê? Minha própria voz de repente surge na minha mente: *Tive que fingir que estava me divertindo...*

Ele não ouviu isso, ouviu? Não pensou que eu estava falando...

Falando sério, microscópico. A noite toda foi um sacrifício.

Ele não pode ter pensado que eu estava falando...

Meu estômago despenca de pavor e coloco a mão sobre a boca, sufocando uma gargalhada de choque. Não. *Não.*

Será que devo... Devo pedir desculpas...

NÃO.

Mas não devo pelo menos explicar...

Levanto os olhos com cautela até os dele. Seu rosto está vago. Ele pode não ter ouvido nada. Ou pode ter ouvido.

Não há como tocar nesse assunto sem que o tiro saia pela culatra e nós dois desejemos morrer. O que preciso fazer é ir embora. Mover os pés. Agora. Ir.

— Então... Obrigada pelo... Hum. — Coloco a máscara no gancho. Fora, Fliss. Agora.

Durante toda a manhã, sinto os efeitos do constrangimento.

Pelo menos consegui ir do táxi até a porta da frente sem que meus vizinhos me vissem. Arranquei o vestido roxo, tomei a chuveirada mais rápida da história da humanidade e liguei para Noah pelo viva-voz enquanto tentava fazer uma maquiagem a jato. (Não adianta nada apressar a aplicação do rímel. Eu sei disso. Então *por que* sempre caio na mesma armadilha e acabo em frente ao espelho limpando manchas de rímel da bochecha e da testa?) Evidentemente, a noite de Noah na casa do amigo foi um sucesso total e triunfante. Queria poder dizer o mesmo sobre a minha.

Não consegui tomar coragem de ligar para Lottie de novo, e não tive tempo mesmo. Em vez disso, mandei uma mensagem de texto propondo drinques às sete da noite.

Agora estou no escritório, lendo rapidamente a crítica de um novo hotel de luxo estilo safári no Quênia que acabou de chegar, com cerca de 2 mil palavras acima do limite. Está claro que esse jornalista acha que está escrevendo o próximo *A fazenda africana*. Ele não mencionou a piscina, nem o serviço de quarto e nem o spa, só a luz enevoada e cintilante da savana e a postura nobre das zebras bebendo água na aurora, e os gramados reluzentes cujas antigas histórias seguem o som de tambores masai.

Escrevo *Serviço de quarto???* na margem e faço questão de mandar para ele por e-mail. E então, olho para meu celular.

É surpreendente que Lottie não tenha confirmado. Eu achava que ela estaria louca para me contar quantas revistas de noiva consumiu hoje.

Olho para o relógio. Tenho um tempinho agora. Posso fazer uma ligação familiar. Encosto na cadeira e ligo para ela enquanto faço um pedido de "Xícara de café?" para Elise pela vidraça do escritório. Elise e eu temos um bom sistema de linguagem de sinais. Consigo passar para ela "Xícara de café?", "Diz que saí!!" e "Vá pra casa, está tarde!" Ela consegue dizer "Xícara de café?", "Acho que esse é importante" e "Vou sair pra comer um sanduíche".

— Fliss?

— Oi, Lottie. — Tiro os sapatos e tomo um gole de uma garrafa de Evian. — Os drinques estão de pé mais tarde? Vou conhecer Ben?

Silêncio do outro lado. Por que esse silêncio? Lottie não é de silêncio.

— Lottie? Está aí?

— Adivinha! — A voz dela lateja com uma sensação de importância. — Adivinha!

Ela parece tão satisfeita consigo mesma que sei que fez alguma coisa especial.

— Você vai se casar na capela da escola e o coral vai cantar "I Vow to Thee, My Country" enquanto os sinos repicam pelo campo?

— Não! — Ela ri.

— Você encontrou um bolo de casamento feito de profiteroles *e* cupcakes, todo coberto de purpurina?

— Não, boba! Estamos casados!

— O quê? — Eu olho para o telefone sem entender.

— Sim! Nós nos casamos! Ben e eu estamos casados! Foi agora mesmo! No Cartório de Chelsea!

Aperto a garrafa de Evian com tanta força que um jorro de água deixa poças por toda minha mesa.

— Você não vai dizer "parabéns"? — acrescenta ela com certa petulância.

Não posso dizer "parabéns" porque não consigo dizer nada. Minha boca está paralisada. Estou com calor. Não, estou com frio. Estou em pânico. Como isso aconteceu?

— Uau — consigo dizer, tentando permanecer calma. — Isso é... Como pode? Vocês iam adiar. Pensei que iam adiar. Foi o que combinamos. Que você ia adiar.

Era para você ADIAR.

Quando Elise entra com a xícara de café, ela me olha alarmada e faz o sinal de "Está tudo bem?". Mas não tenho um sinal para "Minha maldita irmã acabou de arruinar a própria vida", então só concordo com um sorriso tenso e pego a xícara de café.

— Não conseguimos esperar — diz Lottie com alegria. — *Ben* não conseguiu esperar.

— Mas pensei que você o tivesse convencido. — Fecho os olhos e massageio a sobrancelha, tentando entender. — O que aconteceu com a revista *Brides*? O que aconteceu com a igrejinha no campo?

O que aconteceu com a noiva neurótica? Quero gemer baixinho. Tragam a noiva neurótica de volta.

— Ben adorou a ideia da igreja e tudo — diz Lottie. — Ele tem um lado doce e tradicional...

— Então o que aconteceu? — Tento controlar minha impaciência. — Por que ele mudou de ideia?

— Foi Lorcan.

— *O quê?* — Abro os olhos rapidamente. — O que você quer dizer com "foi Lorcan?"

— Lorcan foi vê-lo hoje de manhã. Disse a Ben que ele não devia se casar comigo e que era tudo um grande erro. Ah, Ben ficou doido! Ele veio desesperado pro meu escritório e disse que queria se casar comigo *imediatamente* e que todo mundo fosse se foder, inclusive Lorcan. — Lottie suspira com alegria. — Foi muito romântico. Todo mundo no escritório ficou olhando. E então ele me pegou no colo e saiu me carregando, que nem em *A força do destino*, e todo mundo bateu palmas. Foi incrível, Fliss.

Respiro fundo, tentando me controlar. Aquele idiota. Aquele imbecil, arrogante, babaca... e *idiota*. Eu tinha resolvido o problema. Estava tudo resolvido. Eu tinha usado a abordagem diplomática perfeita. E agora, o que Lorcan fez? Ele se meteu. Despertou em Ben o gesto mais ridículo e exagerado. Não era surpresa Lottie ter caído.

— Por sorte, houve um cancelamento no cartório, então conseguiram nos encaixar. E podemos ter uma bênção na igreja mais tarde — diz ela com alegria. — Posso ter o melhor dos dois mundos!

Sinto vontade de atirar a xícara de café do outro lado da sala. Ou quem sabe derramar sobre a minha cabeça. Tenho uma sensação trêmula e desagradável no estômago. A culpa também é minha. Eu poderia ter impedido se tivesse contado a ela tudo o que Lorcan disse.

Ele está tendo uma espécie de crise prematura de meia-idade. Sua irmã vai ser a vítima.

— Onde você está agora?

— Fazendo as malas! Vamos pra Ikonos! Estou *tão* empolgada.

— Aposto que está — digo com voz fraca.

O que faço? Não há nada que eu possa fazer. Eles estão casados. Está feito.

— Pode ser que a gente faça um bebê na lua de mel — acrescenta ela com malícia. — O que você acha de ser tia?

— *O quê?* — Eu me sento ereta. — Lottie...

— Fliss, tenho que ir, o táxi chegou, te amo muito...

Ela desliga. Ligo para ela desesperada, mas cai na caixa postal.

Bebê? *Bebê?*

Quero chorar. Ela está louca? Faz alguma ideia do estresse que um bebê vai trazer para a situação?

Minha vida amorosa é um caos completo. Não vou conseguir suportar se a de Lottie for também. Eu queria que as coisas dessem certo para ela do jeito que não deram para mim. Eu queria que a fantasia dela virasse realidade. Felizes para sempre. Cerquinha branca. Felicidade intensa e duradoura. Não um bebê de lua de mel, com um estranho que está em um surto de vida familiar antes de começar a gostar de motos antigas. Não se sentar no escritório de Barnaby Rees, com os olhos vermelhos e cabelo sujo, carregando uma criança pequena que tenta levar todos os livros de direito à boca.

De impulso, jogo Amba Hotel no Google. Imediatamente, uma série de imagens de férias tentadoras surge em frente aos meus olhos. Céus azuis e pores do sol. A famosa piscina com a gruta e a cachoeira de dez metros. Lindos casais caminhando perto do mar. Camas enormes cobertas de pétalas de rosas. Vamos admitir, eles terão feito um bebê de lua de mel antes de o casamento ter acabado. Os ovários de Lottie vão entrar em ação e ela irá vomitar durante todo o caminho para casa.

E se tudo acabar *mesmo* sendo um fiasco... se ele *realmente* a decepcionar... Eu fecho os olhos e afundo o rosto nas mãos. Não consigo suportar. Preciso falar com Lottie. Cara a cara. Direito. Com o cérebro dela atento, não na terra da fantasia. Pelo menos para ter certeza de que ela pensou em todas as consequências do que está fazendo.

Estou sentada completamente imóvel, com a mente indo de um lado para o outro como um rato preso em um labirinto. Tento encontrar uma solução, mas só me deparo com becos sem saída...

De repente, eu levanto a cabeça e respiro fundo. Tomei uma decisão. É enorme e radical, mas não tenho escolha. Vou invadir a lua de mel dela.

Não ligo se é uma coisa horrível de se fazer. Não ligo se ela não me perdoar nunca: eu nunca vou me perdoar se *não* for. Casamento é uma coisa. Sexo sem proteção é outra. Preciso ir para lá. Preciso salvar minha irmã dela mesma.

Abruptamente, pego o telefone e ligo para a seção de viagens.

— Oi — eu digo quando Clarissa, nossa agente de viagens, atende. — Tenho uma emergência, Clarissa. Preciso ir pra Ikonos o mais rápido possível. A ilha grega. No primeiro voo disponível. E preciso ficar no Amba. Eles me conhecem lá.

— Certo. — Consigo ouvi-la digitando no computador. — Só tem um voo direto pra Ikonos por dia, você sabe. A outra opção é com uma conexão em Atenas, que demora uma eternidade.

— Eu sei. Pode me colocar no próximo voo direto se puder. Obrigada, Clarissa.

— Você não acabou de fazer a crítica do Amba? — Ela parece surpresa. — Poucos meses atrás?

— Vou fazer uma verificação — respondo, mentindo descaradamente. — Decisão repentina. É uma ideia nova que tivemos — acrescento para solidificar a história. — Visitas de verificação aos hotéis.

Esse é o lado bom de ser a editora. Ninguém me questiona. Além do mais, *é* uma boa ideia. Abro meu BlackBerry e digito *Visitas de verificação??*

— Tudo bem! Pode deixar que aviso. Com sorte, vamos conseguir colocar você no voo de amanhã.

— Obrigada.

Desligo e batuco com os dedos, ainda tensa. Mesmo com a alternativa mais rápida, só vou chegar lá daqui a 24 horas. Lottie já está a caminho do aeroporto. Vai pegar o voo da tarde, e chegará ao hotel hoje à noite. A suíte Oyster vai estar lá esperando, com a cama king enorme, a hidromassagem e a champanhe.

Quantas pessoas conceberam um bebê na noite de núpcias? Será que consigo descobrir isso no Google? Digito *conceber bebê primeira noite lua de mel*, mas logo cancelo. O Google não é a questão. Lottie é a questão. Se ao menos eu pudesse impedi-los. Se pudesse chegar lá antes de eles... qual é a palavra? Consumarem.

Consumarem. A palavra desperta uma vaga lembrança. O que era? Eu pisco e tento lembrar. Ah, sim, Barnaby me contando sobre anulações. Consigo ouvir a voz dele de novo: *Significa que o contrato é nulo e inválido. O casamento nunca existiu.*

O casamento nunca existiu!

É isso. *Essa* é a resposta. Anulação! A palavra mais linda que existe. A solução para tudo. Nada de divórcio. Nada de questões legais. Só um piscar de olhos e acabou. Jamais aconteceu.

Preciso fazer isso por Lottie. Preciso dar uma opção a ela. Mas como diabos posso conseguir isso? O que eu poderia...? Como poderia...? E como, se...?

Uma nova ideia brota no meu cérebro.

Sinto-me quase sem ar quando penso nela. Não consigo acreditar que estou pensando nisso. É ainda mais horrendo e extremo do que invadir uma lua de mel, mas resolveria tudo.

Não. Não posso. De verdade, não *posso*. Em todos os níveis. É impossível. E errado. Qualquer pessoa que fizesse isso com a própria irmã seria um tipo de monstro.

Tudo bem. Então sou um monstro.

Meus dedos estão tremendo quando pego o telefone. Não sei se é de agitação ou determinação.

— Amba Hotel, Serviço VIP, como posso ajudar?

— Oi — digo com voz meio trêmula. — Eu poderia falar com Nico Demetriou? Diga para ele que é Fliss Graveney da *Pincher Travel Review*. Diga que é importante.

Enquanto espero, visualizo Nico, com um metro e sessenta, o terno apertado na barriga. Estive com Nico no Mandarin Oriental em Atenas, mas o conheci no Sandals, em Barbados. Ele trabalha em hotéis desde sempre, vem subindo de cargo desde que era carregador de malas, e atualmente é o concierge VIP do Amba. Consigo vê-lo agora, cruzando o piso de mármore do saguão com os sapatos de sempre, os olhos constantemente espiando tudo ao redor.

A especialidade dele é "Satisfazer as Necessidades dos Hóspedes". Seja um coquetel personalizado, uma viagem de helicóptero, nadar com golfinhos ou uma apresentação particular de dançarinas do ventre no quarto, ele consegue. Se eu pudesse ter um cúmplice, ele seria Nico.

— Fliss! — A voz dele soa alegremente pelo telefone. — Acabei de saber nesse minuto que você está planejando nos visitar!

— É. Espero chegar amanhã à noite.

— Estamos honrados em ver você de novo em tão pouco tempo! Posso ajudar com qualquer coisa em particular? Ou talvez seja uma visita pessoal?

Consigo ouvir a curiosidade em sua voz. Um toque de desconfiança. Por que estou voltando? O que está acontecendo?

— É um tanto pessoal. — Faço uma pausa, organizando as palavras. — Nico, preciso pedir um favor. Minha irmã está indo para o Amba hoje. Ela acabou de se casar. Está em lua de mel.

— Que maravilha! — A voz dele quase me faz voar longe. — Sua irmã vai ter a viagem da vida dela. Vou indicar meu mordomo de maior confiança. Vamos recebê-la na chegada, com uma taça de champanhe na mão, e vamos tornar sua experiência inesquecível. Talvez um upgrade, talvez um jantar especial...

— Nico, não. Você não entendeu. Tudo isso parece mesmo maravilhoso. Mas tenho um favor diferente pra pedir. — Entrelaço os dedos. — É... incomum.

— Estou nesse ramo há muitos anos — diz Nico com gentileza. — Nada é incomum pra mim, Fliss. Quer preparar uma surpresa pra ela? Quer que eu coloque um presente no quarto? Quer que eu planeje uma massagem de casal na praia em uma tenda particular?

— Não exatamente.

Ah, Deus. Como explico isso?

Vamos lá, Fliss. É só falar.

— Quero que você impeça que eles façam sexo — digo depressa.

O silêncio do outro lado da linha é absoluto. Deixei até Nico confuso.

— Fliss, repita seu pedido, por favor — diz ele enfim. — Acho que não entendi.

Acho que ele entendeu.

— Quero que você impeça que eles façam sexo — repito, pronunciando as palavras o mais claramente possível. — Nada de sexo. Nada de noite de núpcias. Pelo menos não até eu chegar. Faça o que puder. Coloque-os em quartos separados. Distraia-os. Sequestre um deles. O que for preciso.

— Mas eles estão em lua de mel. — Ele parece completamente desnorteado.

— Eu sei. E esse é o motivo.

— Você está tentando estragar a noite de núpcias da sua própria irmã? — A voz dele se eleva pelo choque. — Está tentando se meter entre um homem e sua nova esposa? Que foram unidos perante Deus?

Eu devia ter explicado melhor.

— Nico, ela se casou apressadamente. E não foi perante Deus! É um erro enorme e idiota. Preciso falar com ela. Estou indo assim que puder, mas enquanto isso, se pudermos mantê-los separados...

— Ela não gosta do sujeito?

— Ela gosta muito dele. — Eu faço uma careta. — Na verdade, ela está meio desesperada pra pular na cama com ele. Então, vai ser um desafio impedir.

Mais silêncio. Só consigo imaginar a expressão perplexa de Nico.

— Fliss, infelizmente não posso concordar com esse pedido estranho — diz ele por fim. — Mas posso oferecer um jantar de cortesia para sua irmã, na mesa do chef em nosso restaurante de frutos do mar cinco estrelas...

— Nico, por favor. *Por favor*, escute. — Eu o interrompo desesperada. — Ela é minha irmãzinha, tá? Foi largada pelo homem que ama e se casou correndo em uma espécie de vingança. Ela mal conhece esse cara. Agora está falando em engravidar. Eu nem o conheço, mas aparentemente é um cara esquisito. Imagine se sua filha estivesse deixando que a vida fosse arruinada pelo homem errado. Você faria de tudo para impedir, não?

Conheço a filha de Nico, Maya. É uma garotinha adorável de 10 anos, com laços no cabelo. Sem dúvida isso vai comovê-lo, não?

— Se eles não fizerem sexo, o casamento pode ser anulado. — Eu explico bem claramente. — Não vai ser legalmente consumado. Mas se *fizerem*...

— Se fizerem, é problema deles! — Nico parece estar perdendo a paciência. — Isto aqui é um hotel, Fliss, não uma prisão! Não posso ficar fiscalizando constantemente o paradeiro dos meus hóspedes! Não posso monitorar as... atividades deles.

— Você está me dizendo que *não consegue*? — Eu lanço o desafio. — Não consegue impedir que façam sexo durante 24 horas?

A questão é que Nico sente orgulho de conseguir resolver qualquer problema. *Qualquer* problema. Aposto que já está imaginando uma saída.

— Se você puder fazer isso por mim, vou ser *eternamente* grata. — Eu baixo a voz. — E é claro que vou expressar minha gratidão fazendo uma nova crítica ao hotel. Cinco estrelas. Garantidas.

— Já tivemos o privilégio de uma crítica de cinco estrelas na sua revista, duas vezes — rebate ele.

— Seis estrelas, então — digo de improviso. — Vou inventar uma categoria nova só pra vocês. "Superluxo de nível internacional." E vou colocar o hotel na capa. Sabe o quanto isso vale? Sabe o quanto seus diretores ficariam satisfeitos?

— Fliss, entendo seu dilema — responde Nico. — No entanto, você precisa entender que não posso interferir na vida particular dos hóspedes, principalmente com eles aqui pra aproveitar a lua de mel!

Ele parece decidido. Vou ter que tirar um coelho enorme da cartola.

— Tudo bem! — Baixo ainda mais a voz. — *Escuta*. Se você me ajudar com isso, eu publico um perfil seu na revista. Um perfil pessoal, de Nico Demetriou. Vou chamar você de... segredo do sucesso do Amba. O bem mais valioso do hotel. O gerente VIP braço direito. Todo mundo da área vai ver. *Todo mundo*.

Não preciso explicar o resto. A revista é distribuída em 65 países. Todos os diretores de todos os hotéis dão pelo menos uma olhada. Um perfil assim seria a passagem para qualquer emprego que ele quisesse no mundo.

— Sei que você sempre sonhou com o Four Seasons em Nova York — acrescento baixinho.

Meu coração bate forte. Nunca abusei do meu poder antes, e isso está me dando uma onda de adrenalina. Em parte boa, em parte ruim. É assim que a corrupção começa, eu reflito. Logo vou estar trocando críticas por malas de dinheiro e mísseis Trident.

É só desta vez, repito para mim mesma com firmeza. Uma vez só com circunstâncias atenuantes.

Nico está em silêncio. Consigo sentir a consciência dele se chocando com a ambição profissional, e me sinto mal por colocá-lo nessa posição. Mas não fui eu quem começou essa farsa toda, fui?

— Você é um mestre, Nico. — Eu acrescento um pouco de lisonja. — É um gênio em fazer as coisas acontecerem. Se alguém no mundo é capaz de fazer isso, essa pessoa é você.

Ele foi persuadido? Estou louca? Ele está agora mesmo mandando um e-mail para Gavin?

Estou prestes a desistir quando a voz dele de repente soa baixa no telefone.

— Fliss, não prometo nada.

Sinto uma onda repentina de esperança.

— Entendo perfeitamente — respondo, usando o mesmo tom. — Mas... você vai tentar?

— Vou tentar. Só por 24 horas. Qual é o nome da sua irmã?

Sim!

— Charlotte Graveney. — Estou quase balbuciando de alívio. — Mas acho que ela vai estar usando o nome de Sra. Parr. O marido dela é Ben Parr. Eles reservaram a Suíte Oyster. E não me importo com o que façam, desde que não façam sexo. Um com o outro — acrescento em seguida.

Há um longo silêncio, e então Nico diz simplesmente:

— Vai ser uma lua de mel muito estranha.

8
Lottie

Estou casada! Minha boca está paralisada em um sorriso permanente e feliz. Estou tão eufórica que sinto que poderia sair flutuando. Hoje foi o dia mais lindo, mais mágico e mais extraordinário da minha vida. Estou casada!!! *Estou casada!!!*

Fico repassando na mente o momento em que ergui o olhar e vi Ben entrando no escritório, segurando um buquê de rosas. O maxilar dele estava firme e os olhos brilhavam, e dava para perceber que tinha intenções sérias. Até meu chefe, Martin, saiu do escritório para olhar. O andar todo estava em silêncio quando Ben ficou de pé na porta do meu escritório e proclamou:

— Vou me casar com você, Lottie Graveney, e vou fazer isso hoje.

E então ele me pegou no colo (*me pegou no colo!*) e todos aplaudiram. Kayla foi correndo atrás de mim com minha bolsa e meu celular, Ben me entregou o buquê e pronto. Eu era uma noiva.

Eu nem me lembro direito da cerimônia de casamento. Estava em choque. Ben praticamente respondeu correndo a cada pergunta, eu me lembro disso. Não fez nenhuma pausa. Na verdade, soou quase agressivo ao dizer "aceito". Ele levou um pouco de confete ecológico que jogou em nós dois e abriu uma garrafa de champanhe, e então chegou a hora de ir para o aeroporto. Eu nem troquei de roupa, ainda estou com a mesma com que fui trabalhar. Eu me casei de terninho e nem ligo!

Eu me vejo no espelho acima do bar e sinto vontade de rir. Estou com uma aparência corada e alegre que combina perfeitamente com meu estado de espírito. Estamos na sala da classe executiva do Heathrow, esperando o voo para Ikonos. Não como nada desde o café da manhã, mas não estou com fome. Estou pilhada. Minhas mãos não param de tremer.

Pego algumas fatias de frutas e uma de queijo emmenthal, só para beliscar alguma coisa, mas dou um pulo quando sinto a mão de alguém na minha perna.

— Ganhando energias? — A voz de Ben soa no meu ouvido, e sinto um tremor delicioso. Eu me viro para olhar para ele, e ele cheira meu pescoço, com a mão subindo discretamente por debaixo da minha saia. Isso é bom. Ah, isso é bom.

— Não consigo esperar — murmura ele no meu ouvido.

— Nem eu — murmuro em resposta.

— Você é tão sexy. — O hálito dele está quente no meu pescoço.

— Você é mais.

Novamente, faço a conta de quanto teremos que esperar. Nosso voo para Ikonos dura três horas e meia. Não pode demorar mais de duas horas para passarmos pela alfândega e chegarmos ao hotel. Dez minutos para levarem nossas malas para o quarto... cinco para nos mostrarem como usar os interruptores... trinta segundos para pendurarmos o aviso de *Não perturbe*...

Quase seis horas. Não sei se consigo esperar quase seis horas. Ben parece estar do mesmo jeito. Está até ofegando. As duas mãos dele estão passeando entre minhas coxas. Mal consigo me concentrar na compota de figo.

— Com *licença*. — Um senhor idoso força a passagem entre nós e começa a colocar fatias de emmenthal no prato. Ele olha para mim e para Ben com reprovação. — Como dizem — acrescenta ele lentamente —, arrumem um quarto.

Eu me sinto corar. Não estávamos sendo *tão* óbvios.

— Estamos em lua de mel — respondo.

— Parabéns. — O homem não parece impressionado. — Espero que seu jovem lave as mãos antes de se servir de comida.

Desmancha-prazeres.

Olho para Ben e nos afastamos em direção a um par de cadeiras acolchoadas. Estou toda latejando. Quero as mãos dele no lugar onde estavam, fazendo o que estavam fazendo.

— Pois é. Hum. Queijo? — Ofereço o prato para Ben.

— Não, obrigado. — Ele franze a testa mal-humorado.

Isso é tortura. Olho para o relógio. Só dois minutos se passaram. Vamos ter que preencher o tempo com alguma coisa. Uma conversa. É disso que precisamos. Conversar.

— Adoro queijo emmenthal — eu começo. — Você não?

— Odeio.

— É mesmo? — Registro esse fato sobre ele. — Uau. Eu não fazia ideia que você odiava emmenthal.

— Passei a detestar durante o ano em que morei em Praga.

— Você morou em Praga? — pergunto com interesse.

Estou intrigada. Eu não fazia ideia de que Ben tinha morado fora. E nem que odiava emmenthal. É a grande vantagem de se casar com uma pessoa *sem* passar anos morando juntos primeiro. Você ainda tem coisas a descobrir sobre ela. Estamos em uma aventura de descoberta juntos. Vamos passar a vida toda explorando o outro. Descobrindo os segredos um do outro. Nunca seremos aquele casal sentado em silêncio mortal porque um já sabe tudo sobre o outro e já disseram tudo e só estão esperando a conta.

— E então... Praga! Por quê?

— Não lembro agora. — Ben dá de ombros. — Foi o ano em que aprendi coisas de circo.

Coisas de circo? Eu não esperava por isso. Estou prestes a perguntar o que mais ele fez, quando seu celular apita indicando que recebeu uma mensagem de texto, e ele o tira do bolso. Enquanto lê, sua testa se franze com irritação, e eu o observo preocupada.

— Tudo bem?

— É de Lorcan. Ele que se foda.

Lorcan de novo. Estou morrendo de vontade de conhecer esse Lorcan. Sou muito grata a ele. Se ele não tivesse dito o que disse, Ben jamais teria corrido para o meu escritório, e eu jamais teria tido a experiência mais romântica da minha vida.

Solidária, massageio o braço de Ben.

— Ele não é seu velho amigo? Vocês não deviam fazer as pazes?

— Ele pode ter sido. — Ben faz uma expressão de raiva.

Olho para a tela por cima do ombro dele e vejo um trecho da mensagem.

> Você não pode fugir dessas decisões. Sabe o quanto todo mundo tem dado duro, e fugir agora é simplesmente...

Ben afasta o celular, e não quero perguntar se posso ler o resto.

— Que decisões? — arrisco.

— Só umas merdas tediosas e chatas. — Ben olha com raiva para o aparelho. — E não estou *fugindo*. Jesus. O problema de Lorcan é que ele quer que eu faça tudo do jeito dele. Ele se acostumou a mandar em tudo com meu pai. Ah, as coisas mudaram.

Ele digita algo curto, batendo com os polegares na tela. Quase imediatamente chega uma resposta, e ele xinga baixinho.

— Prioridades. Ele está falando sobre *prioridades*. Estou vivendo a *vida*. Estou fazendo o que deveria ter feito 15 anos atrás. Devia ter me casado com você naquela época. Teríamos dez filhos.

Sinto uma onda de amor por Ben. Ele quer uma família grande! Nunca falamos sobre isso antes, mas eu esperava de verdade que ele também quisesse muitos filhos. Talvez quatro. Talvez seis!

— Podemos compensar agora. — Eu me inclino e passo o nariz no pescoço dele. Depois de alguns segundos, Ben larga o celular na cadeira.

— Quer saber? — diz ele. — Nada importa além de nós.

— Exatamente — concordo.

— Eu me lembro do momento exato em que me apaixonei por você. Foi no dia em que você deu estrelas na praia. Você estava tomando sol naquela pedra no meio do mar, mergulhou da pedra, nadou até a praia, e então, em vez de caminhar de volta, percorreu todo o caminho dando estrelas. Acho que não sabia que tinha alguém vendo.

Eu também me lembro disso. Lembro-me da sensação da areia lisa debaixo das palmas das mãos. Do meu cabelo balançando. Eu era leve e atlética. Tinha barriga tanquinho.

E *é claro* que eu sabia que ele estava me vendo.

— Você me deixa louco, Lottie. — As mãos dele estão subindo pela minha saia de novo. — Sempre deixou.

— Ben, não *podemos*. — Olho para o senhor idoso, que me encara por cima do jornal. — Não aqui.

— Não consigo esperar.

— Nem eu. — Meu corpo está todo latejando novamente.

— Mas temos que esperar. — Olho para o relógio outra vez. Só dez minutos se passaram. Como vamos conseguir?

— Ei. — Ben me olha outra vez e baixa a voz. — Você já foi ao banheiro daqui? É grande. — Ele faz uma pausa. — E unissex.

Sufoco uma risadinha.

— Você não quer dizer...?

— Por que não? — Os olhos dele brilham. — Está a fim?

— Agora?

— Por que não? Ainda faltam vinte minutos pro embarque.

— Eu... não sei. — Hesito, sentindo-me dividida. Não é exatamente a forma como imaginei minha noite de núpcias, um encontro rápido em um banheiro de Heathrow. Por outro lado, não me dei conta de que estaria tão desesperada. — E nossa noite de núpcias? — Não consigo evitar me ater ao plano. — E a ideia de fazer com que fosse especial e romântica?

— Ainda vai ser. — Os dedos dele estão brincando delicadamente com o lóbulo da minha orelha, provocando arrepios no meu pescoço. — Esse não vai ser o evento principal. É a prévia. — Os dedos dele encontraram a tira do meu sutiã. — E pra ser sincero, se não fizermos logo, vou explodir.

— Eu também. — Sufoco um suspiro. — Tá, você vai primeiro. Encontre um lugar.

— Mando uma mensagem de texto.

Ele se levanta e anda rapidamente para os banheiros unissex. Eu me encosto e tento não rir. A sala está tão silenciosa e abafada que não sei como vamos conseguir.

Pego o celular para esperar a mensagem de texto dele e, de impulso, abro o número de Fliss. Ela e eu sempre brincamos sobre o Clube de Milhas, como são chamados aqueles que fazem sexo no avião. Não consigo resistir a contar para ela. Mando uma mensagem rápida:

Já pensou em como é fazer em um banheiro de sala de espera de aeroporto? Depois eu conto... ☺

Não espero que ela responda. É só uma mensagem boba de brincadeira. Assim, fico espantada quando, um momento depois, meu telefone toca avisando a chegada de uma mensagem:

Pare, PARE!!!!!!!! Não! Péssima ideia. Espere até o hotel!!!!!!!!

Olho para o celular, perplexa. Qual é o problema dela? Mando outra mensagem:

Não se preocupe, somos casados. ☺

Tomo um gole de água e ouço outro toque. Desta vez, é de Ben:

3ª cabine da esquerda. Bata duas vezes.

Sinto um tremor delicioso e respondo:

Estou indo.

Quando pego a bolsa, vejo que Fliss mandou outra mensagem:

Acho mesmo, de verdade, que vocês deviam esperar!!!! Esperem até o hotel!!!!

Isso está ficando irritante. Só mandei a mensagem de texto para fazer graça, não para receber uma porcaria de sermão. Qual é o medo dela? De sermos pegos, de conseguirem me ligar a ela e a preciosa revista ser desmoralizada? Mando uma resposta mal-humorada:

Não é da sua conta.

Enquanto atravesso a sala de espera na direção dos banheiros, estou tremendo de expectativa. Bato duas vezes na terceira cabine e, quando Ben me puxa para dentro, já está meio despido.

— Ah, Deus. Ah, Deus...

Imediatamente, seus lábios estão sobre os meus, a mão no meu cabelo, e agora ele está abrindo meu sutiã enquanto eu me contorço para tirar a calcinha. Nunca me movi tão rápido. Nunca quis tão rápido. Nunca precisei tanto na vida.

— Shhh! — ficamos sussurrando um para o outro sempre que esbarramos nas paredes da cabine. Graças a Deus, são resistentes. Estamos assumindo as posições o mais rápido que conseguimos, com Ben apoiado na parede. Estamos os dois respirando como motores a vapor; acho que vai durar uns dez segundos...

— Camisinha? — eu sussurro.

— Não. — Ele olha nos meus olhos. — Certo?

— Certo. — Sinto uma onda a mais de excitação. Talvez a gente faça um bebê!

— Ei. — Ele para de repente. — Você fez alguma coisa imprópria desde que transamos pela última vez? Alguma coisa da qual eu deva saber?

— Um pouco — digo sem fôlego, subindo mais a saia. — Depois te conto. Vamos *lá*.

— Tudo bem! Me dê uma chance...

Toc-toc-toc-toc!

A batida na porta do cubículo quase me provoca um ataque cardíaco, e bato com o joelho na caixa de água atrás do vaso. O quê? *O quê?*

— Com licença — diz uma voz feminina. — É a gerente da sala de espera. Tem alguém aí?

Porra.

Não consigo responder. Não consigo me mexer. Ben e eu nos olhamos em pânico.

— Você pode abrir a porta, por favor?

Minha perna ainda está envolvendo as costas dele. O outro pé está apoiado no assento do vaso. Não faço ideia de onde esteja minha calcinha. Pior de tudo, meu corpo todo ainda lateja de desejo.

Será que não podemos simplesmente ignorar a gerente? Continuar? Afinal, o que ela pode fazer?

— *Continue* — digo para Ben apenas com movimentos labiais. — *Sem barulho?* — Faço um gesto para deixar bem claro o que eu quis dizer, mas o vaso estala. Merda.

— Se você não sair, vou ter que usar a chave mestra para obter acesso — diz a voz.

Existe chave mestra para os banheiros? Que país é este, um estado fascista?

Ainda estou ofegante, mais do que nunca. Mas agora é de frustração infeliz. Não posso fazer isso. Não posso consumar meu casamento com uma gerente de sala de espera ouvindo tudo, a 15 centímetros de distância, do outro lado da porta, com uma chave mestra na mão.

Mais batidas soam na porta. Na verdade, ela está quase esmurrando.

— Você está me ouvindo? — pergunta a mulher. — Alguém aí dentro está me ouvindo?

Olho nos olhos de Ben com tristeza. Vamos ter que responder, antes que ela arrombe a porta com uma equipe da SWAT.

— Ah, oi! — respondo, fechando o sutiã rapidamente. — Desculpe! Eu estava só... ajeitando minha... cabeça!

Minha *cabeça*? De onde veio isso?

— Meu marido estava me ajudando — acrescento, enquanto procuro a calcinha. Ben está colocando a calça. Já era.

Droga. Não consigo achar minha calcinha. Vou ter que deixar para trás. Ajeito o cabelo rapidamente, olho para Ben, pego a bolsa, destranco a porta e dou um sorriso para a mulher grisalha que está do lado de fora, acompanhada por uma jovem morena.

— Sinto muito — digo com tranquilidade. — Sofro de uma enfermidade. Meu marido precisa me ajudar a administrar uma dose de medicação. Preferimos fazer a aplicação com privacidade.

Os olhos da mulher me avaliam com desconfiança.

— Quer que eu chame um médico?

— Não, obrigada. Estou bem agora. Obrigada, querido — acrescento para Ben, só para dar ênfase.

Ela baixa os olhos.

— É sua? — Sigo o olhar da mulher e me xingo intimamente. Minha calcinha. Era ali que ela estava.

— É *claro* que não é minha — respondo ofendida.

— Entendo. — Ela se vira para a acompanhante. — Lesley, faça o favor de dizer para uma faxineira vir limpar este cubículo.

Ah, Deus. É uma calcinha Aubade. Custou 40 libras. E combina com o sutiã que estou usando. Não consigo suportar que vá para o lixo.

— Na verdade... — Olho para a calcinha como se reparasse de repente em alguma coisa nela. — Pensando bem, talvez *seja* minha. — Pego com a indiferença que consigo e examino um pequeno botão de rosa. — Ah, sim. — Enfio no bolso, evitando o olhar gélido da gerente da sala de espera. — Muito obrigada pela ajuda. Continuem trabalhando bem assim. A sala de espera é ótima.

— Queremos aproveitar para elogiar o bufê — acrescenta Ben. Ele estica o braço e me guia para longe dali antes que eu exploda. Não sei se quero gargalhar ou gritar. Como isso aconteceu? Como é que *sabiam*?

— Estávamos quietos — murmuro para Ben conforme andamos. — Estávamos muito quietos.

— Aposto que foi o velho — murmura ele. — Deve ter nos dedurado. Ele adivinhou o que a gente estava fazendo.

— *Maldito.*

Afundo em uma das cadeiras acolchoadas e olho ao redor, desconsolada. Por que não oferecem locais para sexo? Por que tudo gira ao redor de navegar na internet e comer uvas?

— Vamos tomar champanhe — diz Ben, e aperta meu ombro. — Deixa pra lá. Que venha a noite.

— Que venha a noite — concordo com veemência.

Olho para o relógio de novo. Faltam cinco horas e trinta minutos até podermos pendurar o aviso de *Não perturbe*. Vou contar cada milissegundo. Quando Ben vai para o bar, mando uma mensagem de texto para Fliss.

Fomos descobertos. Alguém nos dedurou. Malditos.

A pausa é bem longa, mas a resposta dela chega.

Pobrezinha! Façam um bom voo. Bjs

9
Fliss

Educativa. É uma viagem *educativa*. Sim.

Não pedi permissão. Não avisei. Não me sentei na sala da diretora e levei sermão. Sinto que, nesse caso, o elemento surpresa é crucial.

— Sra. Phipps? — A Sra. Hocking coloca a cabeça para fora da sala de aula. — Quer falar comigo?

— Ah, oi. — Dou o sorriso mais confiante que consigo.

— Sim. É só uma questãozinha. Vou ter que tirar Noah da escola por alguns dias. Vamos para uma ilha grega. Será uma viagem educativa.

— Ah. — Ela franze a testa de maneira irritante. — Você vai precisar da permissão da diretora...

— Entendo. — Faço um movimento de cabeça concordando. — Infelizmente, não tenho tempo de falar com a diretora, pois eu soube que ela não está hoje, certo?

— É mesmo? Quando pretende viajar?

— Amanhã.

— *Amanhã?* — A Sra. Hocking parece horrorizada. — Mas só começamos o semestre há dois dias!

— Ah, sim. — Reajo com surpresa, como se isso não tivesse me ocorrido. — Bem, infelizmente é uma emergência.

— Que tipo de emergência?

Uma emergência relacionada a uma lua de mel, relacionada a sexo. Você deve saber.

— É uma... crise familiar — digo, improvisando. — Mas, como falei, será uma viagem muito educativa. — Abro os braços, como se quisesse indicar a importância educacional da viagem. — Muito, muito educativa.

— Humm. — A Sra. Hocking claramente não quer ceder. — É a quarta vez que Noah vai faltar aulas este ano?

— É? — Banco a desentendida. — Não sei.

— Sei que as coisas andam... — ela limpa a garganta — difíceis pra você. Com seu tipo de trabalho e... tudo.

— É.

Ambas estamos olhando para o teto, como se para apagar a lembrança de quando Daniel apareceu com um grupo novo de advogados importantes, e eu caí no choro na hora da saída e praticamente solucei no ombro dela.

— Bem. — Ela suspira. — Muito bem. Eu aviso a diretora.

— Obrigada — digo com humildade.

— Noah está tento uma aula extra no momento, mas se você quiser entrar, posso pegar a mochila dele.

Sigo-a até a sala vazia, que tem cheiro de madeira, tinta e massinha para modelar. A professora assistente, Ellen, está arrumando algumas bancadas de plástico e sorri para mim. Ela é casada com um funcionário bem-pago de um banco e é muito fã de hotéis cinco estrelas. Lê a revista todos os meses e sempre me faz perguntas sobre assuntos como os mais recentes tratamentos de spa ou se Dubai já era.

— A Sra. Phipps vai levar Noah em uma viagem educativa para uma ilha grega — diz a Sra. Hocking em um tom seco que claramente significa: "Esta mãe irresponsável vai tirar uma folga pra encher a cara e se drogar e vai arrastar o pobre filho para ficar doidão com a fumaça, o que eu posso fazer?"

— Que legal! — diz Ellen. — Mas e seu cachorrinho?

— Meu o quê? — Olho para ela sem entender.

— Noah estava contando para nós sobre o cachorrinho novo. O cocker spaniel?

— Cocker spaniel? — Dou uma gargalhada. — Não sei de onde ele tirou essa ideia. Não temos cachorrinho e nem vamos ter... — Paro de falar. A Sra. Hocking e Ellen estão trocando olhares. — O que foi?

Depois de um silêncio, a Sra. Hocking suspira.

— Ficamos na dúvida. Me conte, o avô de Noah morreu recentemente?

— Não. — Eu a encaro.

— E ele não foi operado na mão durante as férias? — pergunta Ellen. — No hospital Great Ormond Street?

— Não! — Olho de um rosto para o outro. — É isso que ele anda dizendo?

— Por favor, não se preocupe — diz a Sra. Hocking apressadamente. — No semestre passado, reparamos que Noah parece ter... uma grande imaginação. Ele aparece com todos os tipos de histórias, e algumas delas são mentiras óbvias.

Olho para ela consternada.

— Que outras histórias?

— Nessa idade, é perfeitamente normal que crianças vivam no mundo da fantasia. — Ela está evitando me responder. — E é claro que ele passou por um momento difícil em casa. Ele vai superar, tenho certeza.

— Que outras histórias? — insisto.

— Bem. — Mais uma vez, a Sra. Hocking troca um olhar com Ellen. — Ele disse que passou por um transplante de coração. Obviamente, nós sabíamos que não era verdade. Ele mencionou uma irmãzinha nascida de barriga de aluguel, que também achamos que não devia ser verdade...

Transplante de coração? *Irmãzinha nascida de barriga de aluguel?* Como Noah sabe dessas coisas?

— Certo — digo. — Bem, vou ter uma conversinha com ele.

— Vá com calma. — A Sra. Hocking sorri. — Como falei, é uma fase perfeitamente normal. Ele pode estar querendo atenção, ou nem perceber o que está fazendo. Seja como for, tenho certeza de que vai superar.

— Uma vez, ele até disse que você jogou todas as roupas do seu marido na rua e chamou os vizinhos para pegarem o que quisessem! — diz Ellen com uma gargalhada. — Ele tem uma imaginação e tanto!

Meu rosto fica quente. Droga. Pensei que ele estivesse dormindo quando fiz aquilo.

— Que imaginação! — Tento falar com naturalidade. — Quem faria uma coisa assim?

Meu rosto ainda está quente quando chego ao Departamento de Necessidades Educacionais Especiais. Noah tem aulas extras todas as quartas, porque sua caligrafia é horrível. (O motivo oficial tem "coordenação espacial" no título, e cada aula custa 60 libras.)

Eu me sento no sofá em miniatura em uma área de espera perto da porta. À minha frente há uma prateleira cheia de lápis com texturas especiais, tesouras com formatos estranhos e saquinhos cheios de sementes. Tem uma prateleira de livros com títulos do tipo "Como Estou Me Sentindo Hoje?". Na parede, uma TV apresenta um programa para crianças especiais com o volume bem baixo.

Seria bom ter um departamento assim no escritório, penso de repente. Eu não me importaria de fugir, meia hora por semana, para brincar com saquinhos e apontar para cartões com textos como "Hoje estou triste porque meu chefe é um mané".

— ... Fui operado no Great Ormond Street. — Uma voz na TV chama minha atenção. — Minha mão doeu depois, e eu não conseguia mais escrever. — Olho e vejo uma garotinha asiática falando com a câmera. — Mas Marie me ajudou a aprender a escrever de novo. — Uma música começa a tocar, e há uma cena da garotinha lutando com o lápis enquanto a mulher a ajuda. A imagem final é a da garota sorrindo com orgulho, enquanto segura um desenho que fez. A imagem some e fico olhando para a TV, intrigada.

Great Ormond Street. Seria coincidência?

— Minha mãe vai ter um bebê de barriga de aluguel. — Um garoto de sardas aparece na tela quando a música muda. — No começo, me senti deixado de lado. Mas agora, estou bem animado.

O quê?

Pego o controle remoto e aumento o volume quando Charlie apresenta a irmã nascida de uma barriga de aluguel. O trecho termina com todos sentados juntos no jardim. Em seguida, aparece Romy, que precisou de um implante de cóclea, e depois

Sarah, cuja mãe passou por uma cirurgia plástica e está com aparência diferente agora (mas não tem problema), seguida por David, que tem um novo coração.

O DVD não parece ter objetivo, eu observo. É uma amostra promocional de outros DVDs. E está passando direto na TV. Uma história inspiradora e emotiva após a outra.

Estou quase chorando enquanto cada criança conta sua história comovente. Mas também estou fervendo de frustração. Ninguém teve a ideia de ver esse DVD? Ninguém ligou as histórias de Noah ao que ele anda vendo?

— Agora consigo correr e brincar — diz David com alegria para a câmera. — Posso brincar com Lucy, minha nova cachorrinha.

Lucy é uma cocker spaniel. É claro.

A porta se abre de repente, e Noah sai acompanhado da professora, a Sra. Gregory.

— Ah, Sra. Phipps — diz ela, como faz todas as semanas. — Noah está indo muito bem.

— Que ótimo. — Dou um sorriso agradável. — Noah, querido, coloque o casaco. — Quando ele vai buscar o casaco pendurado em um gancho na parede, eu me viro para a Sra. Gregory e baixo a voz. — Sra. Gregory, eu estava assistindo ao seu DVD, muito interessante. Noah tem uma tremenda imaginação, e acho que ele pode estar se identificando demais com as crianças que aparecem nele. Será que você poderia desligar quando ele estiver sentado aqui?

— Se identificando? — Ela parece intrigada. — De que forma?

— Ele disse para a Sra. Hocking que passou por um transplante de coração — digo diretamente. — E que teve a mão

operada no Great Ormond Street. Tudo foi tirado do DVD.
— Eu aponto para a TV.

— Ah. — A expressão dela se modifica. — Meu Deus.

— Não foi nada, mas será que você pode colocar outro DVD? Ou simplesmente desligar? — Dou um sorriso doce. — Muito obrigada.

Algumas crianças pensam que são o Harry Potter. O meu acha que é o astro de um DVD de autoajuda. Quando saio com Noah, aperto sua mão.

— Ah, querido, eu estava assistindo o DVD da sua professora. É legal ver histórias, não é? Histórias de outras pessoas — acrescento, para dar ênfase.

Noah pensa por um longo momento.

— Se sua mãe fizer cirurgia plástica — diz ele por fim —, não importa. Mesmo se ela ficar diferente. Porque ela deve estar mais feliz agora.

Meu sorriso fica congelado. Por favor, não diga que ele falou para as professoras que fiz cirurgia plástica e estou mais feliz agora.

— Sem dúvida. — Tento parecer tranquila. — Hum, Noah. Você sabe que mamãe não fez cirurgia plástica, não é?

Noah está evitando meu olhar. Ah, Deus. O que ele falou?

Estou prestes a repetir que nunca fiz qualquer tipo de cirurgia plástica (uma sessão de Botox não conta) quando meu telefone apita. É uma mensagem de texto de Lottie. Ah, Deus. Por favor, não diga que eles deram um jeito.

> Estamos embarcando. O que você acha do Clube de Milhas?
> Poderíamos batizar o bebê de Miles ou Miley. ☺ Bjs

Respondo rapidamente:

Não seja desagradável! Bom voo. Bjs

Olho para o celular por alguns segundos depois de enviar a mensagem. Eles não vão tentar fazer no avião. Claro que não. De qualquer modo, a equipe do aeroporto deve ter avisado discretamente a tripulação sobre o casal assanhado na classe executiva. Vão estar de olho; posso relaxar.

Mesmo assim, meu coração está disparado. Olho para o relógio e sinto uma frustração renovada por causa das horríveis opções de viagem. Um voo direto para Ikonos por dia? É loucura. Quero estar lá *agora*.

Mas como não posso, vou pesquisar um pouco.

Encontro-o exatamente onde eu esperava: em uma caixa debaixo da cama dela, junto a todos os outros. Lottie começou a escrever diários quando tinha 15 anos, e era algo bem importante. Ela lia partes para mim e conversávamos sobre publicá-los um dia. Dizia com ostentação: "Como escrevi no *diário* ontem...", como se isso tornasse os pensamentos dela mais significativos que os meus (não registrados, perdidos nas névoas tempo; uma grande perda para a história, obviamente).

Nunca li os diários de Lottie. Sou uma pessoa ética. Além disso, não quis me dar a esse trabalho. Mas preciso saber um pouco sobre esse Ben, e essa é a única fonte na qual consigo pensar. Ninguém vai saber que fiz isso.

Noah está quieto, assistindo *Ben 10* na cozinha. Eu me sento na cama de Lottie, e o aroma dela sobe do edredom: floral, doce e limpo. Quando tinha 18 anos, ela usava Eternity, e também sinto uma nota dele saindo das páginas do diário.

Certo. Vamos mergulhar rapidamente. Estou me sentindo tensa e culpada, embora tenha uma chave do apartamento que ela mesma me deu e tenha o direito de estar aqui, além de ela estar em um avião a quilômetros de distância. Além do mais, se alguém *entrasse*, eu enfiaria o diário rapidamente debaixo do travesseiro e diria: "Estou aqui por questões de segurança."

Abro o diário em uma página aleatória.

Fliss é uma tremenda vaca.

O quê?

— Vai se foder — respondo automaticamente.

Ok, isso foi desnecessário e imaturo. Eu não devia tirar conclusões. Deve haver alguma explicação. Olho de novo para o texto. Aparentemente, eu não quis emprestar minha jaqueta jeans para a viagem de férias.

Ah, é? Sou uma vaca porque não quis emprestar *minha* jaqueta, pela qual eu paguei? Estou tão revoltada que sinto vontade de ligar para ela imediatamente para acertar isso. Aliás, onde ela escreveu sobre os seis pares de chinelo *e* os óculos de sol Chanel que emprestei para ela e nunca mais vi, tudo porque ela implorou sem parar?

Olho para o diário com uma fúria delicada, mas me obrigo a virar algumas páginas. Não posso cair em uma discussão sobre um assunto de 15 anos atrás. Preciso seguir em frente. Preciso chegar a Ben. Conforme viro as páginas e passo os olhos no texto, quase me sinto viajando com ela: primeiro para Paris e depois para o sul da França, e então para a Itália, tudo em trechos curtos. É meio viciante.

... acho que vou me mudar pra Paris quando ficar mais velha... comi croissants demais, urgh, Deus, estou gorda, estou horrível... um cara chamado Ted, que está na faculdade e é MUITO LEGAL... *ele adora existencialismo... eu devia estudar isso, ele disse que eu tenho talento natural...*

... pôr do sol INCRÍVEL... *tomei muita cuba-libre... estou muito,* MUITO *queimada de sol... dormi com um cara chamado Pete, não devia... planejamos mudar pro sul da França quando a gente tiver uns 30 anos...*

.. eu QUERIA *falar italiano melhor. É aqui que quero morar pra sempre. É* INCRÍVEL... *comi sorvete demais, urgh, minhas pernas estão horríveis... vou pra Grécia amanhã...*

... este lugar é INACREDITÁVEL... *tem uma atmosfera incrível de festa, todos nós simplesmente* ENTENDEMOS *uns aos outros... eu poderia* VIVER *de queijo feta... mergulhar nessas cavernas submersas... um cara chamado Ben... piquenique com um pessoal e Ben... dormi com Ben...* INCRÍVEL...

— Lottie? — Uma voz masculina interrompe minha concentração, e levo um susto tão grande que o diário voa no ar. Faço um gesto instintivo para pegá-lo, mas me dou conta de que isso é incriminador, então recolho a mão rapidamente e ele cai no chão. Eu o chuto e levanto a cabeça.

— *Richard?*

Ele está de pé na porta, de capa de chuva, o cabelo desgrenhado e uma mala na mão. O rosto está agitado, e ele definitivamente parece mais um jovem Gordon Brown do que um jovem Pierce Brosnan.

— Onde está Lottie? — pergunta ele.

— Estou aqui por questões de segurança — murmuro apressadamente, com o rosto vermelho de vergonha e desviando os olhos para o diário. — Segurança.

Richard me olha como se eu estivesse falando coisas sem sentido. E, para ser justa, estou mesmo.

— Onde está Lottie? — pergunta ele de novo, de forma mais insistente. — Qual é o problema? Vou até o trabalho dela e ninguém me conta onde ela está. Venho aqui e você está sentada na cama dela. Me conte. — Ele solta a mala. — Ela está doente?

— Doente? — Tenho vontade de dar uma gargalhada histérica. — Não, doente não. Richard, o que você está *fazendo* aqui?

A mala dele tem a etiqueta de uma companhia aérea. Ele deve ter vindo direto do aeroporto, em um gesto apressado e romântico. Fico triste de Lottie não estar em casa para ver.

— Cometi um erro. Um erro grave. — Ele anda até a janela e olha para fora por um momento, depois olha para mim. — Não sei o quanto ela te contou.

— Bastante — digo diplomaticamente.

Acho que ele não vai querer saber que ela me contou absolutamente *tudo*, incluindo o gosto dele por vendar os olhos e o dela por brinquedos sexuais, que ela morre de medo de a faxineira encontrar.

— Bem, nós terminamos — diz ele pesadamente. — Duas semanas atrás.

Não brinca.

— Eu soube. — Faço um movimento de cabeça. — Ela ficou muito chateada.

— Bem, eu também! — Ele se vira, respirando pesadamente. — Aconteceu do nada! Pensei que estivéssemos felizes juntos. Pensei que *ela* estivesse feliz.

— Ela estava feliz! Mas não conseguia ver o futuro da relação.

— Você está falando sobre... — Ele hesita por um longo momento. — Casamento.

Sinto uma pontada de irritação. Não sou uma grande fã de casamento, mas ele não precisa parecer *tão* desmotivado.

— Não é uma ideia tão bizarra — observo. — É o que as pessoas fazem quando se amam.

— Bem, eu sei, mas... — Ele faz uma careta, como se estivéssemos falando de um hobby estranho praticado por pessoas em reality shows excêntricos. Agora estou começando a ficar furiosa. Se ele tivesse sido homem e feito o pedido, nada disso teria acontecido.

— O que você quer, Richard? — pergunto abruptamente.

— Quero Lottie. Quero falar com ela. Quero acertar as coisas. Ela não retornou minhas ligações nem meus e-mails. Então falei pro meu novo chefe que tinha que voltar pra Inglaterra. — Há uma pontada de orgulho na voz dele. Richard pensa que fez um gesto supremo.

— E o que você vai dizer pra ela?

— Que fomos feitos um pro outro — diz ele com firmeza. — Que a amo. Que podemos resolver tudo. Que talvez o casamento *seja* uma possibilidade no futuro.

Talvez o casamento seja uma possibilidade no futuro. Uau. Ele realmente sabe impressionar uma garota.

— Bem, infelizmente você chegou tarde demais. — Sinto um prazer doce e sádico ao falar essas palavras. — Ela está casada.

— O quê? — Richard franze a testa sem entender, incapaz de absorver minhas palavras.

— Ela está casada.

— O que você quer dizer com "ela está casada"? — Ele ainda parece perplexo.

Pelo amor de Deus, o que ele pensa que eu quero dizer?

— Ela está casada! Foi conquistada! Na verdade, acabou de partir para a lua de mel em Ikonos. — Olho para o relógio. — Está voando neste momento.

— *O quê?* — Uma expressão tempestuosa se aloja na testa dele. Definitivamente Gordon. Ele vai jogar o laptop em mim a qualquer minuto. — Como ela pode estar *casada*? De que merda que você está *falando*?

— Ela terminou com você, praticamente teve um esgotamento nervoso, reencontrou um antigo namorado que a pediu em casamento na hora, e ela respondeu sim, porque estava em estado de choque e desesperadamente infeliz, e é doida por ele. É *disso* que estou falando. — Olho para Richard com irritação. — Entendeu?

— Mas... mas quem é ele?

— O namorado das férias de um ano que ela tirou antes da faculdade. Ela não o via há 15 anos. Primeiro amor, essas coisas.

Ele me olha com desconfiança. Consigo ver as engrenagens de seu cérebro funcionando; a percepção se solidificando. Não é enrolação minha. Estou falando a verdade. Ela está casada.

— Porra... que *merda*. — Ele bate com os dois punhos na testa.

— É. Também é assim que me sinto.

Faz-se um silêncio deprimido. Uma chuva leve bate na janela, e passo os braços ao redor do meu próprio corpo. Agora que toda a satisfação de punir Richard desapareceu, só consigo me sentir magoada e triste. Que confusão.

— Bem. — Ele expira. — Acho que é o fim.

— Acho que é. — Dou de ombros. Não vou compartilhar meus planos com ele. A última coisa de que preciso é ele interferindo ou oferecendo sugestões idiotas. Minha prioridade é separar Lottie de Ben, para o bem dela. Se, depois disso, Richard quiser partir para cima de novo, a decisão é dele.

— Então... o que você sabe sobre esse cara? — Richard sai do transe de repente. — Qual é o nome dele?

— Ben.

— Ben. — Ele repete com desconfiança. — Nunca a ouvi falar de nenhum Ben.

— É. — Dou de ombros de novo.

— E eu sei sobre os outros namorados antigos dela. Jamie. E Seamus. E aquelezinho. O contador.

— Julian. — Não consigo evitar a ajuda.

— Exatamente. Mas ela jamais *mencionou* um Ben.

Richard olha ao redor, como se estivesse tentando encontrar pistas, e vê o diário, que está entreaberto no chão. Ele levanta o olhar para mim com incredulidade.

— Você estava lendo o diário dela?

Droga. Eu devia saber que Richard perceberia isso. Ele sempre pesca mais do que se pode imaginar. Lottie costuma compará-lo a um leão meio adormecido debaixo de uma árvore, mas acho que ele é mais como um touro. Num minuto observa pacificamente; no outro, ataca com a cabeça abaixada.

— Eu não estava exatamente *lendo*. — Tento manter a compostura. — Só estava fazendo uma pequena pesquisa sobre esse Ben.

Os olhos de Richard se concentram em mim, alertas.

— O que você descobriu?

— Não muito. Eu tinha acabado de chegar na parte em que eles se conheceram em Ikonos...

Ele parte para cima do diário de repente. Numa reação instantânea, eu faço o mesmo e, no segundo seguinte, estamos ambos agarrados ao objeto, um tentando arrancar das mãos do outro. Ele é bem mais forte do que eu, mas *não* vou deixar que vença. Existem limites.

— Não consigo *acreditar* que você leria o diário da sua irmã — diz Richard, tentando soltá-lo dos meus dedos.

— Não consigo acreditar que você leria o diário da sua namorada — respondo sem fôlego. — Solta. *Solta*.

Por fim, consigo tirá-lo dele e o aninho protetoramente nos braços.

— Mereço saber. — Richard está me olhando com raiva. — Se Lottie escolheu esse cara, e não eu, mereço saber quem ele é.

— Tudo bem — respondo. — Vou ler um pedaço. Seja paciente.

Viro as páginas de novo, passando pela França e pela Itália até chegar a Ikonos. Certo. Aqui estamos nós. Páginas e páginas cheias da palavra *Ben*. Ben isso. Ben aquilo. Ben, Ben, Ben.

— Ela o conheceu na pensão em que eles estavam hospedados.

— A pensão em Ikonos? — O rosto de Richard se retorce pela lembrança. — Mas ela me contou sobre esse lugar um milhão de vezes. O da escada? Onde aconteceu o incêndio e ela salvou todo mundo? Aquilo mudou a vida dela. Lottie sempre diz que foi lá que ela passou a ser quem é hoje. Tem uma foto em algum lugar... — Ele olha ao redor e estica a mão. — Aqui.

Nós dois observamos a foto emoldurada de Lottie em um balanço, usando uma saia branca, curta e com babados, e a parte de cima de um biquíni, com uma flor atrás da orelha. Ela está magra, jovem e radiante.

— Ela nunca falou nada sobre um cara chamado Ben — diz Richard lentamente. — Nem uma vez.

— Ah. — Eu mordo o lábio. — Talvez ela estivesse sendo seletiva.

— Entendo. — Ele se senta na cadeira da escrivaninha, com uma expressão mal-humorada. — Vá em frente, então.

Olho para a caligrafia de Lottie de novo.

— Basicamente, eles se viram na praia... depois houve uma festa e eles ficaram juntos...

— Leia — interrompe ele. — Não resuma.

— Tem certeza? — Levanto as sobrancelhas para Richard. — Tem certeza de que quer ouvir isso?

— Leia.

— Tudo bem. Aqui vai.

Respiro fundo e escolho um parágrafo aleatório.

— *"Vi Ben fazendo esqui aquático hoje de manhã. Deus, ele é demais. Ele toca gaita e é tão bronzeado. Fizemos sexo a tarde toda no barco, sem marcas de bronzeamento, ha, ha. Comprei mais velas aromáticas e óleo de massagem para esta noite. Só quero ficar com Ben e fazer sexo com ele para sempre. Nunca vou amar outra pessoa assim. NUNCA."*

Fico em silêncio, sentindo-me desconfortável.

— Ela me mataria se soubesse que li isso pra você.

Richard não responde. Ele parece chocado.

— Isso foi há 15 anos — digo constrangida. — Ela estava com 18. É o que se escreve no diário quando se tem 18 anos.

— Você acha... — Ele faz uma pausa. — Você acha que ela já escreveu alguma coisa assim sobre mim?

Alarmes disparam na minha cabeça. Oh-oh. De jeito nenhum. Não vai rolar.

— Não faço ideia! — Fecho o diário bruscamente. — É diferente. Tudo é diferente quando se é adulta. O sexo é diferente, o amor é diferente, a celulite é *muito* diferente... — Estou tentando deixar a atmosfera mais leve, mas Richard nem parece ouvir. Ele está olhando para a foto de Lottie com a testa tão franzida que acho que pode ficar marcada para sempre. O som repentino da campainha nos dá um susto, e quando nos entreolhamos, percebo que tivemos o mesmo pensamento louco: *Lottie?*

Richard anda pelo corredor estreito e vou atrás, com o coração disparado. Ele abre a porta e, decepcionada, vejo um homem magro e idoso.

— Ah, Sr. Finch — diz ele em tom de queixa. — Charlotte está em casa? Porque apesar das promessas, ela não mandou fazer nada no telhado do terraço. Continua um horror.

O telhado do terraço. Até eu sei sobre o telhado do terraço. Lottie me ligou para contar que estava curtindo jardinagem e tinha comprado um monte de acessórios fofos, e que ia montar uma horta urbana.

— Sou uma pessoa sensata — diz o homem —, mas uma promessa é uma promessa, e todos contribuímos para o fundo das plantas, e realmente acho que é...

— Ela vai fazer, tá? — Richard avança um pouco, com a voz tão alta que o lustre praticamente treme. — Está fazendo um ótimo projeto. Ela é criativa. Essas coisas levam tempo. Então, *cai fora!*

O senhor recua alarmado, e eu levanto a sobrancelha para Richard. Uau. Eu não me incomodaria de ter uma pessoa brigando por mim assim de vez em quando.

Além do mais, eu estava certa. Ele é um touro, não um leão. Se ele fosse um leão, estaria agora mesmo atrás de Ben, pacientemente, em meio à vegetação. Richard é direto demais para isso. Ele preferiria atacar furiosamente o alvo mais próximo, mesmo que isso significasse mil xícaras de chá quebradas no caminho. Por assim dizer.

A porta se fecha e olhamos um para o outro com incerteza, como se a interrupção tivesse mudado o clima.

— É melhor eu ir — diz Richard abruptamente e fecha a capa de chuva.

— Vai voltar pra São Francisco? — digo consternada. — Assim?

— É claro.

— Mas e Lottie?

— O que tem ela? Ela está casada, e desejo que seja feliz.

— Richard... — Eu hesito, sem saber o que dizer.

— Eles eram Romeu e Julieta, e agora se reencontraram. Faz sentido. Boa sorte para eles.

Ele está chateado, eu percebo. Muito chateado. Seu maxilar está rígido e o olhar distante. Ah, Deus, me sinto péssima agora. Eu não devia ter lido o diário dela. Eu só queria chocá-lo a ponto de fazê-lo deixar a complacência de lado.

— Eles *não são* Romeu e Julieta — digo com firmeza. — Olha, Richard, se você quer mesmo saber, os dois estão em meio a crises. Lottie não pensa direito desde que você e ela se separaram, e aparentemente esse Ben está tendo uma crise de meia-idade... Richard, escuta. Por favor. — Coloco a mão no braço dele e espero até que me dê atenção. — O casamento não vai durar. Tenho certeza disso.

— Como você pode ter certeza? — Ele me olha com desprezo, como se me odiasse por lhe dar esperanças.

— É uma sensação — digo misteriosamente. — Pode chamar de intuição de irmã.

— Bom, tanto faz. — Ele dá de ombros. — Isso vai ser no futuro. — Ele volta até o quarto e pega a mala.

— Não, não vai! — Corro atrás dele e seguro seu ombro para fazê-lo parar. — Quero dizer... pode ser mais cedo do que você pensa. Bem mais cedo. A questão é que, se eu fosse você, não desistiria. Eu esperaria pra ver, sempre alerta.

Richard fica em silêncio por alguns momentos, claramente lutando contra suas próprias esperanças.

— Quando exatamente eles se casaram? — pergunta ele de repente.

— Hoje de manhã. — Faço uma careta mental quando me dou conta do quanto o timing dele foi ruim. Se ele tivesse chegado um dia antes...

— Então esta noite é... — Ele para de falar como se não conseguisse suportar.

— A noite de núpcias. É. É, acho que é. — Faço uma pausa e examino minhas unhas, com o rosto cuidadosamente sem expressão. Minha atitude é inocente. — Bem. Quem sabe como vai ser?

10
Lottie

Não consigo suportar. Não consigo *suportar* mais. Vou ser a primeira pessoa do mundo a morrer de frustração sexual.

Consigo me lembrar de esperas longas e insuportáveis quando eu era criança. De esperar a mesada. De esperar meu aniversário. De esperar o Natal. Mas nunca tive uma espera tão angustiante como esta. É uma tortura absoluta. Cinco horas, quatro horas, três horas faltando... Durante a viagem de avião e o trajeto de carro do aeroporto, venho cantarolando silenciosamente: *logo... logo... logo...* É a única forma de manter a sanidade. Ben fica acariciando minha perna. Está olhando diretamente para a frente, respirando de forma equilibrada. Consigo perceber que está tão frustrado quanto eu.

E agora faltam apenas alguns minutos. O hotel fica a meio quilômetro de distância. O motorista está saindo da estrada principal. Quanto mais perto chegamos, menos consigo suportar. Esses últimos momentos estão me matando. Só quero Ben.

Estou tentando olhar ao redor e demonstrar interesse na paisagem, mas só vejo a estrada e colinas cobertas de mato, e outdoors berrantes, anunciando bebidas gregas com nomes desconhecidos. O aeroporto fica em um lado da ilha oposto ao da pensão em que ficamos, tantos anos antes. Provavelmente nunca estive aqui. Portanto, não tenho lembranças nem reconheço nada. Só sinto desespero.

Logo... logo... logo... vamos estar na gigantesca cama da suíte de lua de mel, com nossas roupas jogadas pelo chão, um olhando para o outro, pele com pele, sem nada para nos impedir, e finalmente, *finalmente...*

— Amba Hotel — anuncia o motorista com um floreio orgulhoso e pula para abrir a porta.

Quando saio do carro, o ar quente grego parece banhar meus ombros. Olho ao redor e observo uma entrada enorme com pilares brancos, quatro leões de mármore e uma série de chafarizes em um lago ornamental. Buganvílias em tons vívidos de rosa caem das sacadas à esquerda e à direita. Chamas brilham em enormes lampiões de querosene. Consigo ouvir o cricrilar de grilos noturnos e os acordes distantes de um quarteto de cordas. Este lugar é espetacular.

Ao subirmos os degraus baixos de mármore, sinto uma onda repentina de euforia. Isso vai ser perfeito. A lua de mel mais perfeita do mundo. Aperto o braço de Ben.

— Isso não é *incrível*?

— Impressionante. — Ele desliza o braço pela minha cintura e por dentro da minha blusa, até o fecho do meu sutiã.

— Não! É um hotel chique! — Eu me afasto, apesar de meu corpo todo desejar que ele continue. — Temos que esperar.

— Não consigo esperar. — Os olhos sombrios dele fitam os meus.

— Nem eu. — Engulo em seco. — Estou morrendo.

— Estou morrendo mais. — Os dedos dele descem pela cintura da minha saia. — Não me diga que está usando alguma coisa por baixo.

— Nadinha — murmuro.

— Meu Deus. — Ele faz um som longo de rosnado. — Certo, vamos pegar a chave do nosso quarto, trancar a porta e...

— Sr. e Sra. Parr? — Uma voz nos interrompe, olho e vejo um homem baixo e moreno, de terno, se aproximando rapidamente por uma escada. Os sapatos estão bem engraxados, e quando ele se aproxima, vejo um crachá que o identifica como *Nico Demetriou, Gerente VIP*. Em uma das mãos ele carrega um enorme buquê de flores, que entrega a mim. — Madame. Bem-vindos ao Amba Hotel. Estamos encantados em recebê-los. Soube que estão em lua de mel!

Ele nos guia até grandes portas de vidro que levam a um enorme saguão com um domo no teto. No piso de mármore, há uma pequena piscina com velas boiando. Uma música toca baixinho e um maravilhoso aroma almiscarado está no ar.

— Meus parabéns. Por favor. Sentem-se. — Ele indica um longo sofá de linho. — Uma taça de champanhe para vocês!

Um garçom apareceu do nada, trazendo duas taças de champanhe em uma bandeja de prata. Hesito, mas pego uma enquanto olho para Ben.

— É muita gentileza — diz Ben, sem se dirigir para o sofá. — Mas gostaríamos de ir para nossa suíte o mais rápido possível.

— É claro. É claro. — Nico pisca com compreensão. — Sua bagagem está sendo levada. Se vocês puderem fazer a gentileza de preencher alguns detalhes... — Ele oferece um caderno encapado de couro para Ben e uma caneta. — Por favor, sentem-se. Será mais confortável.

Com relutância, Ben afunda no sofá e começa a rabiscar rapidamente. Enquanto isso, Nico me entrega uma folha impressa com o título *Bem-vindos, Sr. e Sra. Parr*, com uma lista de serviços e entretenimentos. Passo os olhos pela lista, que é incrível. *Mergulho com guia e piquenique com champanhe... dia de passeio no iate de 60 pés do hotel... jantar preparado por um chef particular no terraço da suíte... massagem de aromaterapia para o casal sob a luz das estrelas...*

— Estamos encantados em oferecer a Experiência Suprema de Lua de Mel. — Nico sorri largamente para mim. — Vocês serão servidos por um mordomo particular 24 horas por dia. Vão poder aproveitar tratamentos de cortesia, no spa particular de sua suíte. Estarei pessoalmente a serviço de vocês o tempo todo. Nenhum pedido é grande nem pequeno demais.

— Obrigada. — Não consigo deixar de sorrir em resposta, ele é encantador demais.

— Sua lua de mel é um momento muito especial. Eu, Nico, a tornarei a experiência máxima da vida de vocês. — Ele une as mãos. — Jamais será esquecida.

— Certo, pronto. — Ben acrescenta um ponto final e devolve o formulário. — Podemos ir pro quarto? Onde é?

— Vou acompanhá-los pessoalmente! — exclama Nico. — Venham por aqui, para seu elevador particular para a cobertura.

Temos nosso próprio *elevador*? Lanço um olhar para Ben. Consigo ver que isso deu ideias a ele. A mim também.

Quando entramos no elevador, tento parecer composta, mas consigo ver Ben olhando para minhas pernas. Ele não vai esperar. Vamos fazer tudo em uns trinta segundos, teremos que repetir, e talvez jantar depois para então começar tudo de novo lentamente...

— E chegamos! — As portas do elevador se abrem com um silvo, e Nico nos leva alegremente até um saguão de piso de mármore e paredes com lambris escuros. — A Suíte Oyster. Recentemente, foi escolhida a melhor suíte de lua de mel pela *Condé Nast Traveller*. Entrem, por favor.

— Uau — digo quando ele abre a porta. Fliss estava certa: o lugar é incrível. A suíte toda parece uma gruta, com pilares, sofás baixos e estátuas de deuses gregos sobre pedestais. O único lado ruim imediato é que a TV está exibindo *Teletubbies*. Odeio *Teletubbies*. Desde que tive que assistir uns vinte episódios quando estava tomando conta de Noah. Quem diabos colocou isso?

— Podemos desligar isso, por favor? — pergunto.

— É claro, madame. Deixe-me primeiro mostrar os detalhes. Além da entrada do elevador, há uma porta principal. — Nico segue com determinação pelos aposentos de piso de mármore. — Aqui temos o banheiro, com uma ampla ducha. Nessa área, um ambiente especial de spa, a cozinha com entrada para funcionários, uma pequena biblioteca, a sala de estar com tela de cinema...

Tento parecer interessada quando ele demonstra como usar o aparelho de DVD. Mas minha cabeça está tonta de desejo. Estamos aqui. Estamos mesmo *aqui*. Em nossa suíte de lua de mel. Na nossa noite de núpcias. E assim que esse cara terminar o show e for embora... em questão de segundos, talvez... Ben vai arrancar minha saia, tirar a camisa, e... Ah, Deus, não consigo esperar nem mais um minuto...

— O frigobar fica dentro deste armário e funciona com sensor eletrônico.

— Aham. — Consigo dar um aceno educado, mas meu corpo todo pulsa de luxúria. Não ligo para como o maldito frigobar funciona. *Pare de falar e nos deixe sozinhos para fazermos sexo.*

— E aqui fica o quarto. — Nico abre uma porta. Dou um passo com expectativa, mas paro consternada.

— *O quêêê?* — Ouço Ben exclamar ao meu lado.

O aposento é grande e majestoso, tem um domo de vidro no teto. E embaixo dele há duas camas de solteiro.

— Eu... o que... — Estou tão desnorteada que mal consigo falar. — Camas. — Eu me viro para Ben e aponto. — As camas.

— É, estas são as camas, madame. — Nico aponta para as camas de solteiro com um sorriso orgulhoso. — Este é o quarto.

— Eu *sei* que estas são as camas! — Estou arfando. — Mas por que são de solteiro?

— O site mostra uma cama superking. — Ben assume o controle. — Vi uma foto. Onde foi parar?

Nico parece abismado com a pergunta.

— Oferecemos muitas opções diferentes de camas para a suíte. Os ocupantes anteriores devem ter pedido duas camas, como vocês podem ver. São duas camas muito boas. — Ele bate em uma. — Da melhor qualidade. Não é satisfatório?

— Não, não é nada satisfatório! — responde Ben. — Precisamos de uma cama de casal. *Uma* cama. *Superking*. A melhor que você tiver.

— Ah. — Nico faz uma cara de pesar. — Mil desculpas, senhor. Estou desolado. Como não foi pedido com antecedência...

— Não precisávamos pedir com antecedência! É nossa lua de mel! Esta é a suíte de lua de mel! — Ben está respirando com dificuldade. — Que tipo de suíte de lua de mel tem duas camas de solteiro?

— Por favor, senhor, não se altere — diz Nico de forma tranquilizadora. — Eu entendo. Vou pedir uma cama de casal imediatamente. — Ele pega o telefone e começa a falar várias coisas em grego. Por fim, desliga e volta a sorrir. — A questão está sendo resolvida. Mais uma vez, minhas desculpas. Enquanto estamos resolvendo esse problema, posso oferecer um coquetel de cortesia no bar lá embaixo?

Sufoco uma resposta desaforada. Não quero um coquetel no bar. Quero minha noite de núpcias. *Agora*.

— E quanto tempo isso vai levar? — Ben faz uma expressão de irritação. — Isso é *ridículo*.

— Senhor, vamos fazer a troca o mais rápido possível. Os carregadores estarão aqui assim que... Ah! — Ouvimos um som de batida na porta e Nico se alegra. — Aqui estão!

Seis homens de macacões brancos entram no quarto, e Nico fala com eles em grego. Um homem levanta um lado da cama e olha para ela com expressão de dúvida. Ele diz alguma coisa em grego para outro cara, que dá de ombros e balança a cabeça.

— O quê? — diz Ben em tom de agitação, olhando de um para o outro. — Qual é o problema?

— Não tem problema — diz Nico de forma tranquilizadora. — Talvez eu possa recomendar que vocês se sentem na sala de estar enquanto resolvemos essa pequena questão?

Ele nos leva para fora, e estamos em uma sala de estar. A TV ainda está exibindo *Teletubbies* no volume mais alto. Uso o controle remoto para desligar, mas nada acontece. O controle de volume também não funciona. Será que está sem pilhas?

— Por favor — digo simplesmente. — Não consigo suportar isso. Você pode desligar?

— E está frio aqui — acrescenta Ben. — Como ajustamos o ar-condicionado?

Está bem frio mesmo. Eu já tinha reparado.

— Vou chamar seu mordomo — diz Nico com um sorriso. — Ele vai ajudar vocês.

Nico desaparece pela porta, e olho para Ben sem acreditar. Deveríamos estar fazendo sexo agora. Deveríamos estar tendo o momento mais excitante de nossas vidas. Não sentados em um sofá com "Hora de Dar Tchau" dos Teletubbies tocando em alto volume, em um aposento com temperatura abaixo de zero e seis trabalhadores no quarto ao lado.

— Vem — diz Ben de repente. — A biblioteca. Tem um sofá.

Ele me leva até lá e fecha a porta. Há prateleiras de livros com aparência falsa e uma mesa com papel de carta do hotel, e uma *chaise longue* forrada com linho marrom. Ben fecha a porta e olha para mim.

— Ah, meu *Deus* — diz ele com incredulidade.

— Ah, meu Deus — repito. — Insano.

Nós dois inspiramos. E então, é como se o disparo de largada tivesse sido dado para uma competição de O Máximo de Zonas Erógenas em Um Minuto. Ele cai em cima de mim. Eu me jogo em cima dele. Suas mãos estão em toda parte. Meu sutiã é aberto, minha blusa é arrancada e estou desabotoando a camisa dele... A pele dele é tão quente, tão deliciosa, que quero saboreá-lo por um tempo, mas Ben já está procurando um local no aposento.

— Sofá? — ofega ele. — Ou mesa?

— Não faz diferença — consigo dizer.

— Não aguento esperar mais.

— E se ouvirem?

— Não vão ouvir. — Ele está abrindo minha saia. Estou quase explodindo. *Finalmente, finalmente, finalmente... sim... sim...*

— Senhor? Madame? — Há uma batida na porta. — Senhor, madame? Sr. Parr?

O quê?

— Nãããooo — choramingo. — Nãããããooo...

— Que *merda*... — Ben está lívido. — Oi? — Ele ergue a voz. — Estamos ocupados. Volte em dez minutos.

— Tenho um presente da gerência — diz uma voz pela porta. — Biscoitos recém-assados. Onde gostariam que eu deixasse?

— Em qualquer lugar — diz Ben com impaciência. — Não ligo.

— Por favor, senhor, pode assinar o recebimento do presente?

Acho que Ben vai explodir. Por um momento, nenhum de nós fala.

— Senhor? — A batida soa de novo. — Está me ouvindo? Eu trouxe biscoitos, cortesia da gerência.

— Só assina rapidamente — murmuro. — Depois voltamos pra cá.

— Jesus *Cristo*...

— Eu sei.

Estamos tentando nos ajeitar um pouco. Ben abotoa a camisa e respira fundo algumas vezes.

— Pense em outra coisa, no imposto de renda — sugiro, tentando ajudar. — Certo, vamos pegar os malditos biscoitos.

Ben abre a porta da biblioteca e dá de cara com um homem idoso, de jaqueta estilo militar cinza, segurando uma bandeja de prata com cúpula.

— Bem-vindos ao Amba Hotel, Sr. e Sra. Parr — diz ele com seriedade. — Sou seu mordomo particular, Georgios, a seu serviço a qualquer hora do dia. Trago biscoitos, cortesia da gerência.

— Obrigado — agradece Ben brevemente. — Coloque em qualquer lugar. — Ele rabisca no bloco que o mordomo está segurando.

— Obrigado, senhor. — Georgios coloca a bandeja de prata em uma mesinha de centro. — Meu colega logo virá trazer o suco.

— Suco? — Ben olha fixamente para ele. — Que suco?

— Suco fresco, cortesia da gerência — diz Georgios. — Para acompanhar os biscoitos. Meu mordomo-assistente, Hermes, vai trazer diretamente. Se precisarem de mais gelo, mandem me chamar. — Ele entrega um cartão a Ben. — Aqui está meu número. A seu serviço.

Ben está respirando pesadamente.

— Escute — diz ele. — Não queremos suco nenhum. Cancele o suco. Queremos um pouco de *privacidade*. Certo?

— Entendo — responde Georgios imediatamente. — Privacidade. É claro. — Ele assente de forma solene. — É sua lua de mel e vocês desejam ter privacidade. É um momento especial para um homem e uma mulher.

— Precisamente...

A voz de Ben é interrompida quando um barulho altíssimo começa.

— Que *diabos*...

Nós dois corremos para a sala de estar. Um cara de macacão branco está na porta do quarto, tendo uma discussão com alguém lá dentro. Nico aparece correndo, retorcendo as mãos com ansiedade.

— Sr. e Sra. Parr, peço desculpas pelo barulho terrível.

— O que está acontecendo? — Os olhos de Ben estão arregalados e vidrados. — Que barulho de martelo é esse?

— Houve um pequeno problema com a retirada das camas — responde Nico em tom pacificador. — Muito, muito pequeno.

Outro homem de macacão branco aparece na porta, com um martelo enorme na mão. Ele balança a cabeça com preocupação para Nico.

— O que foi isso? — pergunta Ben. — Por que ele está balançando a cabeça? Vocês já trocaram as camas?

— E será que você pode, *por favor*, fazer alguma coisa em relação àquela TV? — digo. — É insuportável.

Cada vez que há uma pausa nas marteladas, os Teletubbies berram. É minha imaginação, ou está mais alto que antes?

— Senhor, madame, minhas mais humildes desculpas. Estamos trabalhando na cama o mais rápido que podemos. E quanto à TV... — Nico está segurando o controle remoto, com o qual ele bate na parede. Imediatamente, o volume aumenta.

— Não! — Aperto os ouvidos com as mãos. — Alto demais! Não era isso!

— Desculpe! — grita Nico, elevando a voz acima do barulho. — Vou tentar de novo!

Ele pressiona os botões do controle remoto várias vezes, mas nada acontece. Ele o bate na cabeça e o sacode.

— Não está funcionando! — diz ele perplexo. — Vou chamar alguém para consertá-lo.

— Com licença. — Outro homem de jaqueta estilo militar aparece do nada. — A porta estava aberta. Eu trouxe suco fresco, cortesia da gerência. Madame, onde gostaria que eu colocasse o suco?

— Eu... Eu... — Estou quase balbuciando. Tenho vontade de gritar. Sinto vontade de explodir. Essa deveria ser nossa noite de núpcias. Nossa *noite de núpcias*. E estamos em uma suíte de hotel, cercados de trabalhadores com martelos, mordomos com bandejas e o barulho dos *Teletubbies* penetrando meu cérebro.

— Madame — diz Nico com gentileza. — Estou envergonhado de estarmos sendo inconvenientes. Posso oferecer novamente um coquetel de cortesia no bar?

11
Fliss

Quase não consigo olhar para as mensagens de texto. É como espionar. É como espiar um acidente de carro. Mas preciso, embora elas me façam querer cobrir os olhos com as mãos.

Lottie e Ben estão tendo a pior noite de núpcias da humanidade. Não há outra forma de definir. Está sendo horrenda. Apavorante. E é tudo minha culpa. Meu estômago está revirado de culpa. A cada relato, me sinto pior. Mas é por uma boa causa, digo para mim mesma com firmeza, já abrindo na mensagem seguinte.

Outra rodada de margaritas. Esse cara sabe entornar. N

Nico está me mantendo atualizada sobre cada acontecimento, a noite toda. As últimas quatro mensagens foram relatos de todos os coquetéis de cortesia que Lottie e Ben consumiram. É uma quantidade impressionante. Eles começaram a beber às dez da noite de lá. Já é meia-noite na Grécia. Lottie *tem* que estar muito bêbada.

Mas e Ben? Faço uma pausa e, pensativa, bato com o telefone na palma da mão. Algo que Lorcan disse a respeito de Ben volta à minha mente: *É um jogador por natureza, mas lhe falta bom senso.*

Jogador por natureza. Humm. Mando uma mensagem para Nico.

Ele gosta de jogar.

Vou dizer so isso. Nico vai saber o que fazer com a informação.

Aperto o botão de enviar e fecho rapidamente a mala, tentando acalmar minha mente perturbada. Mas pensamentos conflitantes estão voando como flechas de um lado para o outro, me atingindo com uma pontada dolorosa.

Estou sabotando a lua de mel da minha irmã. Sou uma pessoa horrível.

Mas é só porque me preocupo com a felicidade dela.

Exatamente.

Exatamente!

E se eu decidisse não interferir, e ela ficasse grávida, eles se separassem e ela se arrependesse de tudo? E aí? Eu não me arrependeria de NÃO fazer nada? Eu seria como as pessoas que baixaram a cabeça e fingiram não ver a invasão nazista?

Não que Ben seja um nazista. Até onde eu sei.

Eu me sinto mal quanto à história dos Teletubbies. *Foi crueldade. Lottie tem quase fobia do programa.*

Puxo a mala até o corredor e coloco ao lado da de Noah. Ele está dormindo no quarto, agarrado ao Macaco e respirando com tranquilidade, e paro por um momento para olhar para ele. Aceitou a notícia da nossa viagem com total tranquilidade e foi direto fazer a malinha, perguntando de quantas calças precisaria. Um dia, Noah vai mandar no mundo.

Vou até o banheiro e abro a torneira para encher a banheira. Derramo uma das muitas fragrâncias de banho do duty-free que lotam meu banheiro. Percebi que faço compras quase exclusivamente em aeroportos. Experimento roupas antes de embarcar e compro na volta. Compro kits Clarins no avião. Tenho linguiça defumada espanhola e pedaços de parmesão para um ano inteiro. E Toblerone.

Eu hesito. Estou com Toblerone na mente agora. Um Toblerone durante o banho, com uma taça de vinho...

Depois de apenas um milissegundo de debate interno, sigo para o Armário de Gostosuras na cozinha. Seis Toblerones gigantes estão empilhados ao lado de uma caixa ridiculamente grande de chocolates Ferrero Rocher do duty-free que costumo dar a Noah, três de cada vez, todos os sábados. Ele pensa que os bombons sempre vêm em embalagens de três. Nunca lhe ocorreu que podem existir em quantidades maiores.

Estou quebrando um pedaço de Toblerone quando meu celular toca e eu o verifico, me perguntando se pode ser Nico. Mas o visor diz: *Lottie*.

Lottie? Estou tão chocada que largo o Toblerone no chão. Olho para o celular, com o coração disparado de repente, o polegar hesitando sobre o botão de atender. Não quero atender. De qualquer modo, deixei tocar demais: foi para a caixa postal. Coloco o celular na bancada, aliviada, mas quase imediatamente ele começa a tocar de novo. *Lottie*.

Engulo em seco. Preciso atender. Senão vou ter que retornar a ligação, o que pode ser pior. Fecho os olhos, respiro fundo e aperto o botão.

— Lottie! Você deveria estar na lua de mel! — Assumo um tom alegre e inocente. — Por que está me ligando?

— Fliiissss?

Faço uma análise instantânea da voz dela. Ela está bêbada. Bem, eu sabia disso. Mas também está chorosa. E o mais importante, não faz ideia de que estou envolvida em qualquer coisa desagradável, senão ela não diria "Fliiissss?" com um ponto de interrogação.

— O que foi? — digo com leveza.

— Fliss, não sei o que fazer! — choraminga ela. — Ben está *completamente* bêbado. Tipo, quase desmaiado. Como faço pra ele ficar sóbrio? O que faço? Você conhece alguma cura mágica?

Na verdade, tenho sim uma fórmula experimentada e testada, que envolve café preto, cubos de gelo e desodorante borrifado nas narinas. Mas não vou compartilhar com ela agora.

— Nossa — digo solidária. — Pobrezinha. Eu... Eu não sei o que sugerir. Café, talvez?

— Ele não consegue nem se sentar! Tomou um monte de coquetéis idiotas, e tive que ajudá-lo a chegar ao quarto, e aí ele desabou na cama, e é pra ser nossa noite de *núpcias*.

— Ah, não! — Tento parecer chocada. — Então vocês nem...?

— Não! Ainda não!

Não consigo evitar um suspiro de alívio. Eu estava com medo de eles terem conseguido fugir para uma rapidinha sem ninguém reparar.

— Não fizemos *nada* — choraminga Lottie consternada.

— E sei que você recomendou este hotel, Fliss, mas sinceramente, é horrível! Vou reclamar! *Estragaram* nossa lua de mel. Estamos com camas de solteiro! Dizem que não conseguem retirá-las! Estou sentada em uma cama de solteiro agora! — A voz dela fica mais aguda. — Camas de solteiro! Em uma suíte de lua de mel!

— Meu Deus, não consigo acreditar! — Pareço cada vez mais falsa, porém Lottie está tão absorta que nem percebe.

— Aí, eles nos dão um monte de bebida de graça pra se desculparem, e um concierge aposta que Ben não consegue beber um coquetel grego especial. Pouco depois, ele vira o troço, e o bar inteiro começa a aplaudir, e então, Ben praticamente entra em coma! O que tinha nele, afinal? Absinto?

Tenho medo de pensar no que tinha nele.

— Estávamos dando uns amassos no elevador na subida pro quarto — continua Lottie com agitação. — E pensei, aqui vamos nós, finalmente... e, de repente, havia um peso morto no meu ombro, Ben tinha adormecido! No meio dos amassos! Tive que carregá-lo pro quarto, e ele pesa uma tonelada, e agora está roncando! — Ela parece à beira das lágrimas.

— Olha, Lottie. — Passo a mão pelo cabelo, tentando desesperadamente pensar na melhor maneira de conduzir isso. — Não é nada de mais. Só tenham uma boa noite de sono e... er... apreciem os serviços do hotel.

— Vou processar este lugar. — Ela nem parece estar ouvindo. — Não sei como ganhou o prêmio de Melhor Suíte de Lua de Mel. É a pior!

— Vocês comeram? Por que você não pede alguma coisa do serviço de quarto? O sushi é muito bom, e tem também a pizzaria italiana...

— É. Acho uma boa ideia. — A fúria parece diminuir, e ela dá um suspiro. — Me desculpe por jogar tudo isso em cima de você, Fliss. Afinal, não é *sua* culpa.

Não consigo responder.

Estou fazendo a coisa certa, lembro a mim mesma com determinação. *O que é melhor: frustrada e aborrecida durante uma noite ou casada, grávida e arrependida pro resto da vida?*

— Fliss? Ainda está aí?

— Ah, oi. — Eu engulo em seco. — Estou. Olha, tenta dormir um pouco. Acho que amanhã vai ser melhor.

— Boa noite, Fliss.

— Boa noite, Lottie.

Desligo e olho para a frente por um momento, tentando aplacar minha culpa.

Acho que amanhã vai ser melhor.

Grande mentira. Já falei com Nico. Amanhã não vai ser melhor.

12
Lottie

Não quero ser negativa. Mas se eu pudesse descrever como eu esperava que fosse a manhã após minha noite de núpcias, não seria assim.

Não seria assim.

Sempre imaginei meu novo marido e eu aninhados em uma enorme cama branca com lençóis de algodão, como em um anúncio de sabão em pó. Pássaros cantando lá fora. Raios de sol passando delicadamente por nossos rostos enquanto nos viramos um para o outro e nos beijamos, lembrando os momentos fabulosos da noite anterior e murmurando bobeiras doces um para o outro, antes de prosseguir para o espetacular sexo matinal.

Não acordar em uma cama de solteiro com o pescoço doendo, os dentes sem escovar, o cheiro da pizza do serviço de quarto da noite anterior e o som de Ben gemendo na cama ao lado.

— Você está bem? — Tento parecer solidária, mas estou com vontade de dar um chute nele.

— Acho que estou. — Ele levanta a cabeça com o que parece ser um esforço enorme. Está com aparência bem esverdeada e ainda vestido de terno. — O que *aconteceu*?

— Você ganhou uma aposta — digo simplesmente. — Parabéns pra você.

A expressão de Ben está distante e seus olhos vão de um lado para o outro. Ele está tentando juntar as peças.

— Fiz merda, não fiz? — diz ele por fim.

— Só um pouco.

— Desculpa.

— É. Deixa pra lá.

— Não, desculpa.

— Entendi.

— Não, estou mesmo *mesmo* pedindo desculpas. — Ele move as pernas para fora da cama e fica de pé, balançando-se de forma teatral por um momento. — Sra. Parr, minhas maiores e mais humildes desculpas. Como posso compensá-la? — Ele faz uma reverência, quase cai, e eu sufoco um sorriso. Não consigo ficar com raiva. Ben sempre foi encantador.

— Não consigo pensar. — Faço beicinho para ele.

— Tem espaço nessa cama?

— Talvez...

Eu me encolho e levanto o edredom de forma convidativa para ele se acomodar. É feito de penas nobres de ganso. Também temos a escolha de um menu de travesseiros, com vinte variedades diferentes. Li sobre todos ontem à noite, comendo pizza. Mas agora, não estou nem aí se o travesseiro é de trigo, hipoalergênico ou com capa de seda. Meu marido está na cama comigo. Acordado. É isso que importa.

— Hummm. — Ele afunda o rosto no meu pescoço. — Você é toda aconchegante. Delícia.

— Você está todo de ressaca. — Eu franzo o nariz. — Tira o terno.

— Com prazer. — Ele tira o paletó e se livra da camisa em um movimento por cima da cabeça, depois monta em cima de mim com o peito nu e olha para baixo, sorrindo.

— Oi, esposa.

— Oi, idiota.

— Como falei, vou compensar. — Ele passa um dedo pela minha bochecha, desce pelo pescoço e por baixo do edredom, até a parte superior do meu baby-doll incrivelmente caro. — Temos a manhã toda.

— O dia todo. — Estico as mãos para puxá-lo para um beijo.

— Nós merecemos isso — murmura ele. — Ah, Deus. Ah, Deus. — As mãos dele estão puxando a calcinha do baby-doll. — Lottie. Eu me lembro de você.

— Eu me lembro de você — consigo falar com a voz tomada de desejo. Ele tirou toda a roupa. É tão gostoso quanto eu lembro; está tão duro quanto eu lembro. Isso é tão bom quanto eu lembro, vai ser incrível...

— Madame? — A voz grave de Georgios chega ao meu ouvido. Por um momento, acho que é Ben fazendo uma imitação. E então, percebo que não é Ben. O que quer dizer que é o mordomo. O que quer dizer...

Eu me sento de repente e agarro o edredom ao redor do corpo, com o coração disparado.

O mordomo está na *suíte*?

— Bom dia! — digo com voz estrangulada.

— A madame está pronta para o café da manhã?

Como assim? Faço uma expressão de sofrimento para Ben, que parece estar com vontade de bater em alguém.

— Você não pendurou o aviso de *Não Perturbe* na porta? — sussurra ele.

— Achei que sim!

— Então o que...?

— Não sei!

— Bom dia. — Georgios aparece na porta do quarto. — Senhor, madame, tomei a liberdade de pedir um agrado muito especial. Muito recomendado por nossos hóspedes VIPs em lua de mel. Nosso Café da Manhã com Champanhe e Música.

Olho para ele, muda. Música? O que ele quer dizer? Que diabos...?

De jeito *nenhum*. Quase tenho uma convulsão de choque quando uma garota aparece na porta. Ela tem cabelo louro comprido, está usando uma túnica branca grega e traz uma enorme harpa sobre rodinhas.

Troco olhares enlouquecidos com Ben. Como podemos impedir isso? O que fazemos?

— Sr. e Sra. Parr. Parabéns pelo seu casamento! Hoje vou tocar uma seleção de melodias de amor para acompanhar seu café da manhã — diz a garota, e se senta em um banco dobrável. Em seguida, ela começa a dedilhar energicamente a harpa, enquanto Georgios e o assistente trazem bandejas até a cama, nos servem taças de champanhe, descascam frutas e nos oferecem tigelas nas quais podemos lavar as mãos.

Não consigo emitir uma única palavra. Isso é surreal demais. Eu estava prestes a fazer o sexo mais quente da minha vida. Estava prestes a consumar meu casamento. Mas estou comendo kiwi descascado para mim por um homem de 60 anos, vestido com uma jaqueta estilo militar, enquanto uma harpista dedilha "Love Changes Everything".

Nunca gostei muito de harpa. Mas essa está me fazendo querer jogar a cesta de minicroissants em cima dela.

— Por favor. Um brinde de amor para celebrar seu casamento. — Georgios indica nossas taças de champanhe. Obedientemente, unimos os braços para bebericar a champanhe e, sem aviso nenhum, Georgios joga um punhado de confete cor-de-rosa em cima de nós. Eu cuspo a bebida, em choque. De onde veio *isso*? Um momento depois, um flash estoura no meu rosto e me dou conta de que Georgios tirou uma foto.

— Uma foto comemorativa — diz ele seriamente. — Vamos entregá-la em um álbum com capa de couro. Com os cumprimentos da gerência.

O quê? Olho para ele, horrorizada. Não quero uma foto comemorativa minha com aparência de ressaca e desgrenhada, com confete grudado nos lábios.

— Coma — sussurra Ben no meu ouvido. — Rápido. Assim, eles vão embora.

Faz sentido. Pego o bule de chá, e Georgios dá um pulo com ar reprovador.

— Madame. Permita-me. — Ele me serve uma xícara de chá, e eu tomo dois goles. Engulo um pouco de kiwi e coloco a mão sobre a barriga.

— Humm. Delicioso! Mas estou satisfeita.

— Eu também — diz Ben. — Foi um ótimo café da manhã, mas acho que você já pode retirá-lo.

Georgios hesita, parecendo relutante.

— Senhor, madame, eu tenho um prato especial de ovos para vocês. São os melhores ovos de gema dupla, preparados com açafrão...

— Não, obrigado. Nada de ovos. Nadinha. — Ben olha para Georgios com superioridade. — Nada. De. Ovos. Obrigado.

— Claro, senhor — diz Georgios por fim. Ele assente para a garota, que encerra a música rapidamente, fica de pé, faz uma reverência e começa a sair com a harpa. Os dois mordomos recolhem as bandejas e levam para um carrinho do lado de fora. E então Georgios volta para o quarto.

— Sr. e Sra. Parr, espero que vocês tenham apreciado o Café da Manhã com Champanhe e Música. Agora, vou esperar suas ordens. Estou completamente a seu dispor. Nenhum pedido é grande demais ou pequeno demais. — Ele espera com expectativa.

— Ótimo — diz Ben com irritação. — Quer saber, nós chamaremos.

— Espero suas ordens — repete Georgios e se retira, fechando as portas do quarto.

Ben e eu nos entreolhamos. Sinto-me um pouco histérica.

— Ah, meu Deus.

— Que inferno da porra! — Ben revira os olhos. — Isso é novidade.

— Você não quis seus ovos? — digo em tom de provocação. — Foram feitos com açafrão, sabe.

— Eu sei o que quero. — Ele puxa as alças do meu baby-doll, e a mera sensação das mãos dele gera fagulhas de desejo em mim.

— Eu também. — Me encosto nele, que treme um pouco.

— Onde estávamos mesmo? — Suas mãos passeiam por debaixo do edredom, lentas e decididas. Estou tão sensível ao toque dele que não consigo evitar um gemido.

Seus olhos estão enormes e famintos. A respiração ofegante. Eu o puxo na minha direção, e seus lábios começam a percorrer todas as partes da minha pele. Minha mente está ficando vazia conforme meu corpo assume o comando. Certo, aqui vamos nós. *Aqui* vamos nós. Estou fazendo sons e ele também, e vai acontecer, vai mesmo acontecer... Vou explodir... Vamos, *vamos...*

E então, eu paro. Consigo ouvir um som. O som de algo se movendo. Do lado de fora da porta do quarto.

Por reflexo, empurro Ben e me sento, com cada sentido em alerta.

— Pare! Pare. Escute. — Mal consigo formular as palavras direito. — Ele ainda está aqui.

— O quê? — O rosto de Ben está contorcido de desejo, e não sei se ele entende o que digo.

— Ele ainda está aqui! — Bato na mão de Ben que está sobre meu seio e aponto desesperadamente para a porta. — O mordomo! Ele não foi embora!

— *O quê?* — Uma expressão assassina surge no rosto de Ben. Ele gira o corpo e sai da cama, completamente nu.

— Você não pode sair assim! — exclamo. — Coloque um roupão.

A expressão de Ben fica ainda mais assassina. Ele coloca um roupão atoalhado e abre a porta do quarto. E ali está Georgios, arrumando copos no balcão do bar.

— Ah, Georgios — diz Ben. — Acho que você não entendeu. Muito obrigado. É tudo por enquanto. Obrigado.

— Entendo, senhor. — Georgios faz uma pequena reverência. — Espero suas ordens.

— Certo. — Consigo sentir Ben perdendo o controle. — Bom, minha ordem é que você vá embora. Saia da suíte. Vá. *Adiós.* — Ele faz um gesto de expulsão. — Nos deixe *sozinhos.*

— Ah. — Finalmente, uma luz surge no rosto de Georgios. — Entendo. Muito bem, senhor. Me chame se precisar de alguma coisa. — Ele faz outra reverência e se dirige para a cozinha. Ben hesita por um momento, depois o segue para ter certeza de que ele realmente vai embora.

— Isso mesmo — consigo ouvi-lo dizer com firmeza. — Vá botar as pernas pro alto, Georgios. Não se preocupe conosco. Não, podemos servir nossa própria água, obrigado. Tchau, então. Tchau... — A voz dele diminui quando ele entra na cozinha.

Alguns momentos depois, ele reaparece na porta do quarto e dá um soco no ar.

— Ele saiu! Finalmente!

— Muito bem!

— Pentelho teimoso.

— Só está fazendo o trabalho dele, eu acho. — Dou de ombros. — Está óbvio que ele tem um forte senso de dever.

— Ele não queria ir embora — diz Ben com incredulidade. — Era de se imaginar que ele adoraria a oportunidade de umas horinhas de folga. Mas ele ficava repetindo que precisaríamos dele para servir nossa água mineral, e eu respondia que não, que não somos preguiçosos. Faz a gente pensar no tipo de pessoa que fica hospedado aqui... — Ben para de falar no meio da frase e abre a boca. Quando viro a cabeça, sinto a minha boca se abrindo também.

Não.

Não *pode* ser.

Nós dois olhamos sem acreditar quando Hermes, o mordomo-assistente, entra na sala de estar.

— Bom dia, Sr. e Sra. Parr — diz ele com alegria. Ele se aproxima do bar e começa a organizar os mesmos copos que Georgios estava arrumando dez segundos antes. — Posso oferecer um drinque? Um lanchinho? Posso ajudar com a diversão do dia?

— Que... que... — Ben parece quase incapaz de falar. — Que diabos você está *fazendo* aqui?

Hermes ergue o olhar, aparentemente perplexo com a pergunta.

— Sou seu mordomo-assistente — diz ele por fim. — Estou trabalhando enquanto Georgios descansa. Aguardo suas ordens.

Sinto que fiquei louca.

Estamos presos no inferno dos mordomos.

É assim que as pessoas ricas vivem? Não é de surpreender que as celebridades pareçam tão infelizes o tempo todo. Elas estão pensando: "Se ao menos o mordomo nos deixasse fazer um pouco de sexo."

— Por favor. — Ben parece quase demente. — Por favor, vá embora. Agora. Vá. — Ele está empurrando Hermes em direção à porta.

— Senhor — diz Hermes alarmado. — Não uso a entrada dos hóspedes. Uso a entrada da cozinha.

— Não ligo pra que maldita entrada você usa! — Ben praticamente grita. — Apenas vá! Saia! Se mande! Dê no pé! — Ele avança, dando tapinhas no mordomo, como se ele fosse um inseto, e o outro recua com uma expressão apavorada. Da porta, eu observo tudo com o edredom enrolado no corpo, e nós três damos um pulo violento quando a campainha toca. Ben fica tenso e olha ao redor, como se desconfiasse de algum golpe.

— Senhor. — Hermes está se recompondo. — Por favor, senhor. Tenho permissão para atender a porta?

Ben não responde. Está respirando pesadamente pelo nariz. Ele olha para mim, e dou de ombros, aflita. A campainha toca de novo.

— Por favor, senhor — repete Hermes. — Tenho permissão para atender a porta?

— Pode ir então — concorda Ben com expressão de raiva. — Atenda. Mas nada de arrumadeiras. Nada de gente vindo trazer mimos para o quarto, nada de champanhe, nada de frutas e nada de harpas malditas.

— Muito bem, senhor — diz Hermes, olhando ansioso para ele. — Se me permite.

Hermes passa por Ben, vai até o saguão e abre a porta. Nico surge de repente, seguido dos seis homens da noite anterior.

— Bom dia, Sr. Parr, Sra. Parr! — diz ele suavemente. — Dormiram bem? Mil desculpas pela noite de ontem. Mas tenho boas notícias! Voltamos para trocar as camas.

13

Lottie

Isso não pode estar acontecendo. Fomos expulsos de nossa própria suíte de lua de mel.

O que há de *errado* com eles? Nunca vi uma equipe tão incompetente na vida. Eles soltaram as pernas de uma das camas, viraram-na, levantaram-na e declararam que era grande demais, depois Nico sugeriu que colocassem as pernas de volta e recomeçassem... e, o tempo todo, Ben estava fervendo de raiva.

Ele acabou gritando tão alto que os homens se reuniram ao redor de Nico de forma protetora. Por sorte, Nico permaneceu calmo, mesmo quando Ben começou a segurar e balançar o secador de cabelo. O concierge perguntou se podíamos fazer a gentileza de sair da suíte enquanto os homens estavam trabalhando e se gostaríamos de tomar um café da manhã à la carte, de cortesia, na varanda.

Isso foi há duas horas. Mas há um limite para o consumo de café da manhã à la carte. Voltamos para o quarto para pegar nossas coisas de praia, e *ainda* estão lá, todos olhando para as camas e coçando a cabeça. O quarto está cheio de pernas de cama e cabeceiras e colchões superking apoiados na parede. Aparentemente, é "o tipo errado de cama". O que isso quer dizer?

— O quanto pode ser difícil trocar duas camas? — pergunta Ben com expressão furiosa enquanto seguimos para a praia. — Eles são burros?

— Era o que eu estava pensando.

— É ridículo.

— *Absurdo.*

Fazemos uma pausa na entrada da praia. É impressionante. Mar azul, areia dourada, fileiras das cadeiras de praia mais macias que já vi, guarda-sóis brancos inflados pela brisa, e garçons correndo, de um lado para o outro, com drinques em bandejas. Em qualquer outro dia, eu estaria salivando só de ver isso.

Mas só tem uma coisa que quero agora. E não é um bronzeado.

— Deviam ter nos dado outro quarto — diz Ben pela centésima vez. — Devíamos processá-los.

Ben pediu outro quarto assim que nos disseram para sair, e por um momento divino, pensei que tudo fosse dar certo, afinal. Poderíamos nos esconder em outro quarto, ter uma manhã maravilhosa juntos, sair na hora do almoço... Mas não. Nico retorceu as mãos, dizendo-se arrasado e envergonhado, mas o hotel estava lotado, e perguntou se poderia oferecer um passeio de balão de cortesia para compensar.

Uma porra de passeio de balão de cortesia. Pensei que Ben ia bater nele.

Quando paramos no quiosque das toalhas, percebemos que alguém nos cercava. Georgios. De onde ele apareceu? Está nos seguindo? É tudo parte do serviço? Cutuco Ben, que levanta as sobrancelhas.

— Madame — diz Georgios com expressão séria —, posso ajudar com as toalhas?

— Ah. Hum, obrigada — digo constrangida. Não preciso de ajuda, mas seria grosseiro mandá-lo embora.

Georgios pega duas toalhas e seguimos um funcionário da praia até um par de espreguiçadeiras de frente para o mar. Vários hóspedes já estão acomodados, e há um cheiro de protetor solar no ar. Ondas batem levemente na praia. É um tanto incrível, tenho que admitir.

O funcionário da praia e Georgios estão esticando nossas toalhas com precisão militar.

— Água mineral. — Georgios coloca um balde de gelo em nossa mesa. — Devo abrir a tampa para a madame?

— Não se preocupe. Talvez eu beba mais tarde. Muito obrigada, Georgios. Por enquanto, é tudo. Obrigada. — Eu me sento em uma espreguiçadeira e Ben na outra. Tiro o chinelo, a túnica, me deito e fecho os olhos, torcendo para que Georgios entenda a mensagem. Um momento depois, uma sombra escurece minhas pálpebras fechadas, e eu as abro. Para minha surpresa, Georgios está ajeitando meus chinelos e dobrando minha túnica.

Será que ele está planejando ficar em cima de nós o *dia* todo? Olho para Ben, que obviamente pensa a mesma coisa.

Ao me ver sentando, Georgios fica em posição de atenção.

— A madame deseja nadar? A madame deseja atravessar a areia quente? — Ele pega os chinelos.

O quê?

Ah, isso é uma idiotice. Esses hotéis cinco estrelas foram longe demais. Sim, estou de férias, sim, é bom ter atendimento personalizado. Mas isso não me torna repentinamente incapaz de esticar uma toalha ou abrir uma garrafa de água mineral ou colocar meus próprios chinelos.

— Não, obrigada. O que realmente quero é... — Tento pensar em algum desafio que ocupe tempo. — Quero um suco de laranja fresco com gotas de mel. E M&Ms. Só os marrons. Muito obrigada, Georgios.

— Madame. — Para meu alívio, ele faz uma reverência e sai andando.

— M&Ms marrons? — diz Ben com incredulidade. — Sua diva.

— Eu estava tentando me livrar dele! — respondo baixinho. — Ele vai nos perseguir o dia todo? É isso o que um mordomo particular faz?

— Só Deus sabe. — Ben parece distraído. Ele fica olhando para a parte de cima do meu biquíni. Ou melhor, para o conteúdo da parte de cima do meu biquíni. — Deixa que eu passo seu protetor solar — diz ele. — Não vou delegar esse trabalho pro mordomo.

— Tudo bem. Obrigada. — Entrego-lhe o tubo, e ele espreme um montinho de creme na mão. Quando começa a passar, ouço-o inspirar profundamente.

— Me avise se eu for vigoroso demais — murmura. — Ou não vigoroso o bastante.

— Er... Ben — sussurro. — Era nas minhas costas. Não preciso de ajuda para passar entre os seios.

Acho que Ben não consegue ouvir, porque ele não para. Uma mulher ali perto nos olha de um jeito estranho. Então Ben pega mais creme e começa a passar *por baixo* da parte de cima do meu biquíni. Com as duas mãos. Ele está respirando pesadamente. E agora várias pessoas estão olhando.

— Ben!
— Só estou sendo cuidadoso — murmura ele.
— Ben! Pare! — Eu me afasto. — Passe nas minhas *costas*.
— Certo. — Ele pisca algumas vezes, com os olhos fora de foco.
— Acho que eu mesma devia passar. — Pego o tubo da mão dele e começo a espalhar nas pernas. — Quer um pouco? Ben? — Aceno para chamar sua atenção, mas ele parece estar em transe. De repente, volta a si.
— Tive uma ideia.
— Que tipo de ideia? — digo com cautela.
— Uma ideia brilhante.
Ele se levanta e caminha até um casal deitado em espreguiçadeiras ali perto. Reparei neles antes, no café da manhã. Os dois são ruivos, e já fico preocupada com o resultado da exposição deles ao sol.
— Oi. — Ben dá um sorriso encantador para a mulher. — Estão gostando das férias? Sou Ben, aliás. Acabamos de chegar.
— Ah. Oi. — A mulher fala com um tom de voz ligeiramente desconfiado.
— Que chapéu lindo. — Ele aponta para a cabeça dela.
Chapéu lindo? É o chapéu de palha mais sem graça que já vi. O que ele está tramando?
— Na verdade, eu estava aqui me perguntando uma coisa — prossegue Ben. — Estou numa situação meio complicada. Tenho uma ligação muito importante pra fazer e nosso quarto está interditado. Vocês se importariam se eu usasse o de vocês? Rapidamente. Seria muito rápido mesmo. Com minha esposa — acrescenta ele de maneira casual. — Seríamos bem ligeiros.
A mulher parece meio desconcertada.

— Uma ligação? — diz ela.

— Uma ligação importante de trabalho — diz Ben. — Como falei, seríamos super rápidos. Entrar e sair.

Ele olha para mim e me dá uma piscadela bem discreta. Eu sorriria se não estivesse tão paralisada de desejo. Um quarto. Ah, Deus, precisamos *tanto* de um quarto...

— Querido? — A mulher se inclina e cutuca o marido. — Estas pessoas querem nosso quarto emprestado. — O marido se senta e olha para Ben, cobrindo os olhos contra o sol. Ele é mais velho do que a esposa e está fazendo as palavras cruzadas do *Times*.

— É mesmo? E por que diabos você precisa disso?

— Pra uma ligação — diz Ben. — Uma ligação de trabalho bem rápida.

— Por que você não usa o centro de convenções?

— Não é reservado o bastante — diz Ben sem hesitar. — É uma ligação muito confidencial e discreta. Eu adoraria ter um lugar reservado.

— Mas...

— Quer saber? — Ben hesita. — Por que não dou um presentinho pelo inconveniente? Digamos... Cinquenta libras?

— O quê? — O marido parece estupefato. — Você quer nos pagar 50 libras só pra usar nosso quarto? Está falando sério?

— Tenho certeza de que o hotel arrumaria um quarto sem que você precise pagar — diz a esposa, querendo ajudar.

— Não arrumaria, tá? — Ben soa um pouco impaciente. — Já tentamos. É por isso que estou pedindo a vocês.

— Cinquenta libras. — O marido coloca o jornal de lado e franze a testa como se isso fosse uma dica de palavras cruzadas. — Em dinheiro?

— Dinheiro, cheque, o que você quiser. Crédito na conta do seu quarto. Não faz diferença.

— Espere um minuto. — O marido aponta um dedo para Ben como se de repente tivesse entendido tudo. — É alguma armação? Você vai gastar centenas de libras na minha conta de telefone e vai me dar só cinquenta?

— Não! Só quero seu quarto!

— Mas tem tantos outros espaços. — A esposa parece intrigada. — Por que você quer o nosso quarto? Por que não um canto do saguão? Por que não...?

— *Porque quero fazer sexo nele, tá?* — Ben explode de repente. Consigo ver cabeças se levantando em todas as partes, embaixo de guarda-sóis. — Quero fazer sexo — responde ele de maneira mais calma. — Com minha esposa. Em nossa lua de mel. É muito para se pedir?

— Você quer fazer *sexo*? — A esposa se afasta de Ben como se pudesse pegar alguma doença. — Em *nossa* cama?

— Não é sua cama! — diz Ben com impaciência. — É uma cama de hotel. Podemos mandar trocar os lençóis. Ou usar o chão. — Ele se vira para mim como se quisesse uma confirmação. — O chão está bom, certo?

Meu rosto todo está formigando. Não consigo acreditar que ele esteja me arrastando para isso. Não consigo acreditar que ele esteja contando para a praia toda que vamos fazer no chão.

— Andrew! — A mulher se vira para o marido. — Diga alguma coisa!

Andrew está em silêncio, com a testa franzida por um momento... e, de repente, ergue o olhar.

— Quinhentos e nem um centavo a menos.

— O quê? — Agora é a vez de a esposa explodir. — Você só pode estar brincando! Andrew, é *nosso* quarto, essa é *nossa* lua de mel e não vamos aceitar um casal estranho lá dentro pra fazer... nada. — Ela segura o cartão magnético do quarto que está na espreguiçadeira do marido e enfia no maiô com ar desafiador. — Você é doente. — Ela olha com raiva para Ben. — Você *e* sua esposa.

Cabeças se viraram em toda a praia. Que ótimo.

— Tudo bem — diz Ben por fim. — Obrigado por seu tempo.

Quanto Ben está voltando, um homem grande e peludo, usando uma sunga apertada, se levanta de uma espreguiçadeira ali perto e dá um tapinha no ombro dele. Mesmo de onde estou, consigo sentir o cheiro da loção pós-barba dele.

— Ei — diz ele com um pesado sotaque russo. — Tenho um quarto.

— Ah, é? — Ben se vira, interessado.

— Você, eu, sua esposa, minha nova esposa Natalya... querem se divertir?

Há uma pausa, e Ben se vira para me olhar fixamente, com as sobrancelhas erguidas. Devolvo o olhar, em choque. Ele está mesmo *me perguntando*? Balanço a cabeça violentamente e falo com movimentos labiais: *Não, não, não.*

— Hoje não — diz Ben, no que parece ser um tom realmente lastimoso. — Em outra ocasião.

— Tudo bem. — O russo bate no ombro dele, e Ben volta para a espreguiçadeira. Ele se deita nela e olha com irritação para o mar.

— Bem, minha ideia brilhante já era. Maldita vaca frígida.

Eu me inclino e cutuco o peito dele com força.

— Ei, o que você disse? Você queria que eu aceitasse a proposta dele? Daquele russo?

— Pelo menos seria alguma coisa.

Alguma coisa? Incrédula, eu o encaro até que ele levante o olhar.

— O quê? — diz ele na defensiva. — *Teria* sido alguma coisa.

— Ah, me desculpe por não querer compartilhar minha noite de núpcias com um gorila e uma garota com peitos de borracha — digo com sarcasmo. — Lamento estragar sua diversão.

— Não são de borracha — diz Ben.

— Você olhou, é?

— Silicone.

Não consigo evitar uma risada de deboche. Enquanto isso, Ben joga algumas toalhas em cima do guarda-sol habilidosamente. O que ele está fazendo?

— Só criando um pouco de privacidade — responde ele com uma piscadela e se esprme ao meu lado na espreguiçadeira, com as mãos em mim como se fosse um polvo. — Deus, você é gostosa. Por acaso não está usando um biquíni com abertura embaixo, está?

Ele está falando sério?

Na verdade, um biquíni com abertura embaixo teria sido útil.

— Acho que nem existe... — De repente, reparo em duas crianças nos observando com curiosidade. — Pare! — sussurro, e tiro a mão de Ben de dentro da calcinha do meu biquíni. — *Não* vamos fazer em uma espreguiçadeira! Seremos presos!

— Raspadinha, madame? De limão? — Nós dois damos um pulo gigantesco quando Hermes enfia a cabeça por baixo das toalhas e oferece uma bandeja com dois cones. Vou ter um ataque cardíaco antes de ir embora deste lugar.

Ficamos sentados por algum tempo, em silêncio, tomando raspadinha aromatizada e ouvindo o murmúrio das conversas da praia e as ondas batendo na areia.

— Olha — digo por fim. — É uma situação de merda, mas não há nada que a gente possa fazer. Ou ficamos aqui fervendo de frustração e sendo agressivos um com o outro ou fazemos alguma coisa até o quarto ficar pronto.

— Como o quê?

— Você sabe. — Tento parecer otimista. — Atividades divertidas de férias. Tênis, vela, caiaque. Pingue-pongue. O que tiver aqui.

— Parece incrível — diz Ben mal-humorado.

— Vamos dar uma caminhada e ver o que conseguimos encontrar.

Quero me afastar dessa praia. Todo mundo se vira para olhar para nós enquanto sussurra por trás dos livros, e o cara russo fica piscando para mim.

Ben termina a raspadinha e se inclina para me beijar, com os lábios gelados abrindo os meus com um delicioso gosto de limão e sal.

— Não *podemos* — digo quando a mão dele automaticamente encontra a parte de cima do meu biquíni. — Olha só, para. — Eu afasto as mãos dele. — Isso dificulta muito. Nada de me tocar. Não até o quarto estar pronto.

— Nada de tocar? — Ele olha para mim com incredulidade.

— Nada de tocar — concordo com um movimento resoluto de cabeça. — Venha. Vamos andar pelo hotel, e a atividade que encontrarmos primeiro, nós faremos. Tá? Combinado?

Espero que Ben fique de pé e coloque os chinelos. Georgios está saindo do hotel e segue em nossa direção. Para minha descrença, está realmente segurando uma bandeja com um copo de suco de laranja e uma tigela com M&Ms marrons.

— Madame.

— Uau! — Tomo o suco todo de um gole e mastigo alguns M&Ms. — Que maravilha.

— Nosso quarto já está pronto? — pergunta Ben abruptamente. — Deve estar.

— Acredito que não, senhor. — A expressão sombria de Georgios fica ainda mais sombria. — Acho que surgiu um problema com o alarme de incêndio.

— O alarme de incêndio? — repete Ben com incredulidade. — O que você quer dizer com o alarme de incêndio?

— Um sensor foi destruído quando as camas estavam sendo retiradas. Infelizmente, isso precisa ser consertado antes de podermos permitir sua volta para o quarto. É para a segurança de vocês. Minhas mais profundas desculpas, senhor.

Ben coloca as duas mãos na cabeça. Ele parece tão apoplético que quase fico com medo.

— E quanto tempo vai demorar agora?

Georgios abre as mãos.

— Senhor, só desejo...

— Você não sabe — interrompe Ben de forma tensa. — É claro que não sabe. Por que saberia?

Tenho a horrível sensação de que ele vai surtar a qualquer momento e bater em Georgios.

— Enfim — entro apressadamente na conversa —, não importa. Vamos nos divertir.

— Madame. — Georgios assente. — Como posso ajudá-los com isso?

Ben olha para ele com desprezo.

— Você pode...

— Me trazer mais suco, por favor! — digo antes que Ben fale alguma coisa *realmente* ofensiva. — Talvez um pouco... um pouco... — Eu hesito. Qual é o suco que mais precisa de tempo para ser preparado? — Um pouco de suco de beterraba?

Um olhar cruza o rosto impassível de Georgios. Acho que talvez ele tenha entendido minha estratégia.

— É claro, madame.

— Que ótimo! Vejo você mais tarde. — Seguimos por um caminho cercado de muros brancos e buganvílias. O sol bate em nossas cabeças e está muito silencioso. Sei que Georgios nos segue, mas não vou dar trela para ele. Senão ele *nunca* vai embora.

— O bar da praia é por aqui — observa Ben quando passamos por uma placa. — Podemos ir dar uma olhada.

— O *bar da praia*? — Lanço um olhar sardônico para ele. — Depois de ontem à noite?

— Pra curar a ressaca. Pode ser um Bloody Mary sem álcool. Qualquer coisa.

— Tudo bem. — Eu dou de ombros. — Podemos tomar alguma coisa rapidinho.

O bar da praia é grande e circular e fica na sombra, com música grega de bouzouki tocando baixinho. Ben imediatamente se senta em um banco do bar.

— Bem-vindos. — O barman se aproxima de nós com um largo sorriso. — Parabéns pelo casamento. — Ele nos dá um cardápio plastificado de drinques e se afasta.

— Como ele sabe que acabamos de nos casar? — Ben o observa com os olhos apertados.

— Talvez tenha visto nossas alianças novas e reluzentes? O que vamos tomar? — Começo a olhar o cardápio, mas Ben está perdido em pensamentos.

— Aquela maldita mulher — murmura ele. — Estaríamos lá agora. Na cama deles.

— Ah. Tenho certeza de que vão consertar o alarme logo — digo de forma nada convincente.

— É nossa maldita *lua de mel*.

— Eu sei — respondo, querendo tranquilizá-lo. — Vem, vamos beber alguma coisa. Um drinque de verdade. — Estou com vontade de tomar um, para ser sincera.

— Você disse que estão em lua de mel? — proclama uma garota loura no bar. Ela está usando uma túnica laranja com miçangas nas mangas e sandálias com pedrarias e saltos muito altos. — É claro que estão! *Todo mundo* aqui está em lua de mel. Quando vocês se casaram?

— Ontem. Chegamos ontem à noite.

— O nosso foi no sábado! Na igreja Holy Trinity em Manchester. Meu vestido era de Phillipa Lepley. Havia 120 pessoas na recepção. Foi no estilo bufê. E à noite dançamos ao som de uma banda, e outros cinquenta convidados também compareceram. — Ela nos olha com expectativa.

— O nosso foi... menor — digo, depois de uma pausa. — Bem menor. Mas lindo.

Mais lindo do que o seu, acrescento em silêncio. Viro-me para que Ben confirme, mas ele se afastou e está conversando com o barman.

É a primeira vez que reparei em uma característica que Ben tem em comum com Richard, que é ser totalmente antissocial e limitado no que diz respeito a pessoas. Quantas vezes iniciei uma conversa com alguém realmente interessante e divertido, e Richard simplesmente não participou? Como aquela mulher fascinante que conhecemos em Greenwich, a quem ele simplesmente se recusou ser apresentado. E tudo bem, no fim das contas ela era mesmo meio estranha e tentou me convencer a investir 10 mil libras em uma casa flutuante, mas ele não tinha como *saber* disso, tinha?

— Aliança? — A garota estica a mão, e eu percebo que suas unhas estão pintadas de laranja para combinar com a túnica. Será que isso quer dizer que todas as túnicas dela são laranja ou que ela pinta as unhas todas as noites? — Sou Melissa, a propósito.

— Que lindo! — Também estico a mão, e minha aliança de platina brilha ao sol. Ela é cheia de diamantes, bem linda.

— Muito linda! — Melissa ergue as sobrancelhas, impressionada. — É uma sensação incrível, não é, a de usar uma aliança de casamento? — Ela se inclina para a frente de um jeito conspiratório. — Quando vejo meu reflexo, reparo na aliança na minha mão e penso: *Caramba! Estou casada!*

— Eu também! — De repente, percebo que estava sentindo falta disso: conversa feminina sobre casamento. É o lado ruim de se casar correndo sem a família e sem damas de honra. — E ser chamada de "senhora" também é estranho! — acrescento. — Sra. Parr.

— Sou a Sra. Falkner. — Ela dá um sorriso largo. — Simplesmente adoro. Falkner.

— Eu gosto de Parr. — Dou um sorriso em resposta.

— Você sabia que este lugar é o resort *mais* procurado para lua de mel? Até celebridades já vieram aqui e tudo. Nossa suíte é de *matar*. E vamos renovar nossos votos amanhã à noite, na Ilha do Amor. É o nome que deram, Ilha do Amor.

Ela faz um gesto na direção do mar, mostrando um píer de madeira ao longe. No final ele se abre em uma plataforma grande com uma cobertura branca e leve.

— Vamos servir coquetéis depois — acrescenta ela. — Você deveria ir! Talvez também possa renovar seus votos!

— *Já?*

Não quero parecer rude, mas é a coisa mais estranha que já ouvi. Eu me casei ontem. Por que renovaria meus votos?

— Decidimos renovar os nossos todos os anos — diz Melissa com complacência. — Ano que vem vai ser nas ilhas Maurício, e já vi o vestido exato que quero usar. Na *Brides* do mês passado. O Vera Wang na página 54. Você viu? — O celular de Melissa toca antes de eu poder responder, e ela franze a testa. — Com licença um momento... Matt? Matt, que diabos você está fazendo? Estou no bar! Como combinamos. No bar. Não, não no spa, no *bar*!

Ela expira com impaciência, guarda o celular e sorri para mim de novo.

— Vocês dois *precisam* participar do Jogo de Casais hoje à tarde.

— Jogo de Casais? — repito sem entender.

— Tipo o programa de TV. Você responde perguntas sobre seu marido, e os vencedores são o casal que se conhece melhor. — Ela aponta para um pôster ali perto que diz:

**HOJE ÀS 16h: JOGO DE CASAIS NA PRAIA.
GRANDES PRÊMIOS!! PARTICIPAÇÃO GRATUITA!!**

— Todo mundo vai participar — acrescenta ela, tomando a bebida pelo canudo. — Tem muitas atividades pra quem está em lua de mel. É tudo uma besteirada de marketing, claro. — Ela afasta o cabelo casualmente. — Falando sério. Como se o casamento fosse uma competição.

Quase dou uma gargalhada debochada. Bela tentativa. Ela quer tanto ganhar que está praticamente tatuado na pele.

— E então, você vai participar? — Ela olha para mim por cima dos óculos de sol Gucci. — Vamos! Vai ser divertido!

Acho que ela está certa. Afinal, vamos encarar os fatos: o que mais temos para fazer com nosso tempo?

— Tudo bem. Pode nos inscrever.

— Yianni! — grita Melissa para o barman. — Tenho outro casal pro Jogo de Casais.

— O quê? — Ben se vira para mim com a testa franzida.

— Vamos entrar em uma competição — informo a ele. — Concordamos em participar da primeira atividade que víssemos, não foi? Bem, é isso.

Yianni nos entrega dois folhetos junto com uma garrafa de vinho e duas taças, que Ben deve ter pedido. Melissa se levantou do banco do bar. Está falando ao telefone e parece mais furiosa do que antes.

— O bar da praia, não o do saguão. O bar da praia! Certo, fique aí, estou indo... *Te vejo mais tarde* — diz ela com movimentos labiais, e sai andando em um balançar de túnica laranja.

Quando ela vai embora, Ben e eu ficamos em silêncio por um momento observando os folhetos do Jogo de Casais. *Demonstrem seu amor! Provem que são o casal ideal!*

Apesar de tudo, consigo sentir meu espírito competitivo se manifestando. Não que eu precise provar nada. Mas *sei* que não há casal nenhum nesse resort mais íntimo e ligado do que Ben e eu. É só olhar para eles. E olhar para nós.

— Vamos perder *feio* — diz Ben com um ar divertido.

Perder?

— Não vamos, não! — Olho para ele consternada. — Por que você diz isso?

— Porque precisamos saber coisas um sobre o outro — responde Ben como se fosse óbvio. — E não sabemos.

— Sabemos *um monte* de coisas um sobre o outro! — digo na defensiva. — Nos conhecemos desde os 18 anos! Se você quer saber, acho que vamos ganhar.

Ben levanta uma sobrancelha.

— Talvez. Que tipo de perguntas fazem?

— Não sei. Nunca vi o programa de TV. — De repente, tenho uma ideia. — Mas Fliss tem o jogo de tabuleiro. Vou ligar pra ela.

14

Fliss

Estamos no portão de embarque de Heathrow quando meu telefone toca. Antes que eu consiga me mover, Noah tira o celular do bolso lateral da minha bolsa e observa o visor.

— É tia Lottie! — O rosto dele se ilumina de animação. — Posso contar que vamos fazer surpresa nas férias dela?

— Não! — Eu pego o celular. — Fique sentado um minuto. Olhe seu livro de adesivos. Faça a parte dos dinossauros. — Aperto o botão de atender e dou alguns passos para longe de Noah, tentando me recompor. — Lottie, oi! — digo.

— *Finalmente!* Estou tentando falar com você! Onde está?

— Ah, você sabe... Por aí. — Eu me forço a fazer uma pausa antes de acrescentar levemente: — Tudo bem com o quarto? Ou com a cama? Ou... alguma coisa?

Sei, por meio de Nico, que ela ainda está sem quarto. Mas também sei que Ben tentou subornar um cara na praia para usar o quarto dele. Canalhazinho traiçoeiro.

— Ah, o quarto. — Lottie parece inconsolável. — Está sendo uma saga horrível. Desistimos por enquanto. Vamos aproveitar o dia.

— Certo. Plano sensato. — Dou um suspiro leve de alívio. — E como está aí? Fazendo sol?

— Fervendo. — Lottie parece preocupada. — Escute, Fliss, se lembra daquele jogo, o Jogo de Casais?

Eu franzo a sobrancelha.

— Você está falando do programa de TV?

— Exatamente. Você tinha o jogo de tabuleiro, não tinha? Que tipo de perguntas eles fazem?

— Por quê? — pergunto, intrigada.

— Vamos participar de uma competição do Jogo de Casais. As perguntas são difíceis?

— *Difíceis?* Não! São apenas divertidas. Coisas bobas. Coisas básicas que casais sabem um sobre o outro.

— Me pergunta algumas. — Lottie parece meio tensa. — Me ajuda a treinar.

— Tá, tudo bem. — Eu penso por um momento. — Que tipo de pasta de dente Ben usa?

— Não sei — diz Lottie depois de uma pausa.

— Qual é o nome da mãe dele?

— Não sei.

— Qual é a comida que você faz que ele mais gosta?

A pausa é mais longa.

— Não sei — diz ela por fim. — Nunca fiz comida pra ele.

— Se ele fosse ao teatro, escolheria Shakespeare, uma peça moderna ou um musical?

— Não *sei!* — choraminga Lottie. — Nunca fui ao teatro com ele. Ben está certo! Vamos perder!

Ela está louca? É claro que eles vão perder.

— Acha que Ben sabe alguma dessas coisas sobre você? — eu pergunto suavemente.

— É claro que não! Nenhum de nós sabe nada!
— Certo. Bem...
— Não quero perder — diz Lottie, baixando a voz com ferocidade. — Tem uma garota meio *bridezilla* aqui que fica se gabando do casamento dela, e se eu não souber nada sobre o meu marido e ele não souber nada sobre mim...

Então, talvez vocês não devessem ter se casado! É o que tenho vontade de gritar.

— Será que vocês não podiam... conversar? — sugiro por fim.

— Sim! Sim, é isso — exclama Lottie como se eu tivesse descoberto um código dificílimo. — Vamos aprender tudo. Me dá uma lista das coisas que preciso saber. — Ela parece determinada. — Pasta de dente, nome da mãe, comida favorita... Você pode me mandar todas as perguntas por mensagem de texto?

— Não, não posso — digo com firmeza. — Estou ocupada. Lottie, por que diabos você está fazendo isso? Por que não está deitada na praia?

— Fui convencida. E agora não podemos dar pra trás, senão vai parecer que não somos um casal feliz. Fliss, este lugar é uma loucura. Parece uma Central de Lua de mel.

Eu dou de ombros.

— Você sabia que era assim, não sabia?

— Acho que sim... — Ela hesita. — Mas não percebi que seria *assim*. Tem casais apaixonados pra todo lado, e não dá pra dar um passo sem alguém dizer "parabéns" ou jogar confete na gente. Aquela *bridezilla* já vai renovar os votos, dá pra acreditar? Ela estava tentando me convencer a fazer o mesmo.

Por um momento, esqueci onde estou e toda a situação. Só estou de papo com Lottie.

— Parece completamente artificial.

— Um pouco.

— Então não participe do Jogo de Casais.

— Tenho que participar. — Ela parece resoluta. — Não vou desistir agora. Então preciso saber onde Ben estudou, esse tipo de coisa? E quanto a hobbies?

Minha frustração retorna em um piscar de olhos. Isso é *ridículo*. Ela parece alguém querendo estudar correndo, querendo enganar um oficial da imigração. Por um instante, penso em dizer isso tudo para ela, agora mesmo.

Mas, ao mesmo tempo, meus instintos mais profundos me dizem para não tentar nada pelo telefone. Tudo que vai acontecer é uma briga furiosa, e ela vai desligar e fazer com que Ben a engravide naquele momento, provavelmente na praia na frente de todo mundo, só para me mostrar.

Preciso ir até lá. Fingir que queria surpreendê-la. Vou avaliar o território, deixar que ela relaxe. Em seguida, vou puxá-la de lado e vamos ter uma conversinha. Uma conversinha franca. Uma longa e incansável conversa, da qual não vou deixar que ela escape até ver a situação por completo. *De verdade.*

Esse Jogo de Casais vai funcionar a meu favor. Ela vai quebrar a cara em público. E então vai estar pronta para ouvir a voz da razão.

Um voo está sendo anunciado nos alto-falantes, e Lottie pergunta imediatamente:

— O que é isso? Onde você está?

— Na estação — respondo, mentindo com facilidade. — Tenho que ir. Boa sorte!

Desligo o celular e procuro Noah. Eu o deixei sentado em uma cadeira de plástico a um metro, mas ele foi até a bancada e está de papo com uma comissária, que está agachada prestando atenção no que ele diz.

— Noah! — eu grito, e as duas cabeças se viram. A comissária levanta a mão em reconhecimento, fica de pé e o traz de volta. Ela é muito curvilínea e bronzeada, com enormes olhos azuis e cabelo preso em um coque, e quando se aproxima, sinto um aroma de perfume.

— Me desculpe por isso. — Dou um sorriso para ela. — Noah, fique aqui. Nada de sair andando.

A comissária olha para mim vidrada, e limpo a boca com a mão, achando que devo estar com uma migalha no lábio.

— Só quero dizer — começa ela rapidamente — que eu soube das dificuldades do seu garotinho e acho que vocês são muito corajosos.

Por um momento, não consigo responder. Que diabos Noah disse?

— E acho que os paramédicos deviam ganhar uma medalha — acrescenta ela com voz trêmula.

Noah me observa de forma serena e despreocupada, e eu o fuzilo com o olhar. O que faço? Se eu explicar que meu filho vive fantasiando, vamos passar por idiotas. Talvez seja mais fácil deixar rolar. Vamos embarcar em um minuto e nunca mais vou vê-la.

— Não foi nada de mais — digo. — Muito obrigada...

— Nada de mais? — repete ela com incredulidade. — Mas foi tão dramático!

— Er... é. — Eu engulo em seco. — Noah, vamos comprar água.

Eu o levo até uma máquina de bebidas antes que a conversa possa se estender.

— Noah — digo, assim que saímos de perto dela. — *O que você disse pra moça?*

— Disse que quero participar das Olimpíadas quando crescer — responde ele imediatamente. — Quero fazer salto em distância. Assim. — Ele se solta da minha mão e pula pelo tapete do aeroporto. — Posso participar das Olimpíadas?

Eu desisto. Vamos ter que ter uma conversa em algum momento, mas não agora.

— É claro que pode. — Eu mexo no cabelo dele. — Mas escuta. Não quero mais conversas com estranhos. Você sabe disso.

— Aquela moça não era estranha — observa ele com lógica. — Ela tinha uma plaquinha na roupa, então eu sabia o nome dela. Era Cheryl.

Às vezes, a lógica das crianças de 7 anos é imbatível. Voltamos para nossas cadeiras e coloco-o com firmeza ao meu lado.

— Olhe seu livro de adesivos e *não se mova*. — Pego meu BlackBerry e mando alguns e-mails rápidos. Depois de concordar com um suplemento inteiro sobre férias no Ártico, faço uma pausa, franzindo a testa. Alguma coisa atraiu minha atenção. A parte de cima de uma cabeça atrás de um jornal. Cabelo escuro. Mãos ossudas e com dedos longos virando a página.

Não é *possível*.

Olho hipnotizada até ele virar outra página e eu ter um vislumbre de sua bochecha. É ele. Sentado a cinco metros, com uma pequena bolsa de viagem aos pés. Que merda que ele está fazendo aqui?

Não me diga que teve a mesma ideia que eu.

Quando ele vira outra página, calmo e impassível, eu começo a ferver de raiva. É tudo culpa dele. Tive que bagunçar minha vida, tirar meu filho da escola e me estressar a noite toda simplesmente porque ele não conseguiu manter a boca fechada. Foi *ele* quem cometeu um erro. *Ele* provocou isso tudo. E agora está aqui, com jeito tranquilo e relaxado de quem vai viajar de férias.

Seu telefone toca, e ele abaixa o jornal para atender.

— Claro — eu o ouço dizer. — Vou fazer isso. Vamos discutir todas essas questões. Sim, eu *sei* que o tempo é importante. — O rosto dele fica tenso. — Eu *sei* que isso não é o ideal. Estou fazendo o melhor que posso em circunstâncias complicadas, certo? — Há uma pausa enquanto ele ouve, depois responde: — Não, eu diria que não. Só preciso saber. Não queremos que boatos se espalhem. Tudo bem. Certo. Falo com você quando chegar lá.

Ele guarda o celular e volta a ler o jornal, enquanto eu o observo com ressentimento crescente. Isso mesmo. Recoste-se. Ria da piada. Divirta-se. Por que não?

Estou olhando com tanta raiva que sinto que posso começar a queimar uns buracos no jornal. Uma senhora idosa ao lado dele vê meu olhar e me observa com nervosismo. Sorrio rapidamente para ela, para indicar que não é o alvo de minha fúria, mas isso parece apavorá-la ainda mais.

— Com licença — diz ela. — Mas... tem alguma coisa errada?

— Errada? — pergunta Lorcan, sem entender e se virando para ela. — Não, não tem nada errado... — Ele me vê e leva um susto. — Ah. Oi.

Espero que acrescente um pedido de desculpas exagerado e humilde, mas ele parece achar que esse cumprimento basta. Seus olhos escuros se encontram com os meus e, sem aviso, tenho um flashback: um momento indistinto de pele e lábios no meio daquela noite. A respiração quente dele no meu pescoço. Minhas mãos no cabelo dele. Fico com as bochechas coradas e olho para ele com ainda mais raiva.

— Oi? — repito. — Isso é tudo que você diz? "Oi"?

— Acho que estamos indo pro mesmo lugar, né? — Ele dobra o jornal e se inclina para a frente, com o rosto repentinamente alerta. — Você está mantendo contato com eles? Porque preciso falar com Ben com urgência. Tenho documentos pra ele assinar. Preciso que esteja no hotel quando eu chegar. Mas ele não atende quando eu ligo. Está me evitando. Está evitando tudo.

Olho para ele sem acreditar. Ele só está preocupado com os negócios. E o fato de que o melhor amigo se casou com minha irmã em um gesto impulsivo e idiota *provocado por ele*?

— Estou mantendo contato com Lottie. Não com Ben.

— Ah.

Ele franze a testa e se volta para o jornal. Como ele consegue ler? Sinto-me profunda e mortalmente ofendida por ele conseguir se concentrar na página de esportes depois de ter criado uma confusão dessas.

— Você está bem? — Ele olha para mim. — Parece meio... obcecada.

Estou fervendo de fúria. Consigo sentir minha cabeça formigando. Consigo sentir meus punhos se fechando.

— Por mais engraçado que pareça, não — consigo dizer. — Não estou bem.

— Ah. — Ele olha para o jornal de novo, e alguma coisa dentro de mim dá um estalo.

— Pare de olhar pra isso! — Dou um pulo e arranco o jornal das mãos dele antes de perceber direito o que estou fazendo.

— Pare! — Eu amasso o jornal furiosamente e jogo no chão. Estou ofegando, e minhas bochechas estão vermelhas.

Lorcan olha para o jornal, aparentemente perplexo.

— Mamãe! — diz Noah, com tom chocado e divertido.

— Porquinha!

Todos os outros passageiros do voo se viraram para olhar para mim. Que ótimo. E agora Lorcan também está olhando para mim, com sobrancelhas escuras unidas, como se eu fosse algum mistério inescrutável.

— Qual é o problema? — diz ele por fim. — Você está zangada?

Ele está brincando?

— Estou! — respondo, explodindo. — *Estou* um pouco zangada porque eu tinha resolvido a situação toda com Ben e minha irmã, e você teve que se intrometer e estragar tudo!

Consigo ver a verdade surgindo lentamente no rosto dele.

— Você está *me* culpando?

— É claro que estou culpando você! Se não tivesse dito nada, eles não estariam casados.

— Hã-hã. — Ele balança a cabeça com determinação. — Nada disso. Ben já estava decidido.

— Lottie disse que foi por sua causa.

— Lottie estava enganada.

Ele não vai dar o braço a torcer, vai? Canalha.

— Tudo que sei é que eu tinha resolvido a situação — digo com firmeza. — Eu tinha dado um jeito. E então, isso aconteceu.

— Você *pensava* que tivesse resolvido — corrige ele. — Você *pensava* que tivesse controlado. Quando se conhece Ben tão bem quanto eu, você percebe que a mente dele muda de direção como um peixe. Acordos anteriores não servem para nada. Acordos para assinar documentos cruciais e urgentes, por exemplo. — Há uma irritação repentina na voz dele. — Você pode segurá-lo o quanto quiser. Ele ainda vai escorregar e fugir.

— Então é por isso que você está aqui? — Eu olho para a pasta dele. — Só por causa desses documentos?

— Se Maomé não vai à montanha, a montanha tem que cancelar todos os planos e pegar um avião. — O telefone dele apita com a chegada de uma mensagem de texto que ele lê rapidamente e logo começa a responder. — Me ajudaria *muito* se eu pudesse falar com Ben — acrescenta ele enquanto digita. — Você sabe o que eles estão fazendo?

— Jogo de Casais — respondo.

Lorcan parece perplexo e digita um pouco mais. Eu me sento lentamente. Noah se sentou no chão e está fazendo um chapéu com o jornal de Lorcan.

— Noah — digo sem convicção. — Não faça isso. Meu filho — eu acrescento para Lorcan.

— Oi — diz Lorcan para Noah. — Chapéu legal. Ah, você não me falou. O que exatamente está fazendo aqui? Vai se juntar ao casal feliz, suponho. Eles sabem?

A pergunta me pega desprevenida. Tomo um gole de água com a mente trabalhando furiosamente.

— Lottie me pediu pra ir até lá — minto. — Mas não sei se Ben já sabe, então não comente que me viu, tá?

— Claro. — Ele dá de ombros. — É meio estranho chamar a irmã pra lua de mel. Ela não está se divertindo?

— Na verdade, eles estão pensando em renovar os votos — digo com inspiração repentina. — Lottie me queria lá como testemunha.

— Ah, por favor. — Lorcan faz expressão de desprezo. — Que ideia de merda é essa?

O tom dele é tão desdenhoso que começo a ficar irritada.

— Acho uma ideia bem legal — digo, contradizendo-o. — Lottie sempre quis uma cerimônia perto do mar. Ela é muito romântica.

— Tenho certeza que sim. — Lorcan assente como se estivesse digerindo isso, depois levanta o olhar, com expressão impassível. — E os pôneis? Ela vai ter?

Pôneis? Olho para ele sem entender. Que diabos...?

Pôneis iguais. Que ótimo. Então ele me ouviu *mesmo* ontem de manhã. Meu rosto fica vermelho, e só por um instante me sinto perdendo a calma.

Decido rapidamente que a forma de lidar com isso é ser direta. Somos adultos. Conseguimos lidar com uma situação constrangedora e seguir em frente. Exatamente.

— Então. Hum. — Eu limpo a garganta. — Ontem de manhã.

— Sim? — Ele se inclina para a frente com interesse debochado. Ele não vai facilitar para mim, vai?

— Não sei exatamente o que você... — Eu tento de novo. — Obviamente, eu estava falando ao telefone com minha irmã quando você entrou no quarto. E o que você ouviu estava totalmente fora de contexto. Você já deve ter esquecido o que eu disse. Mas caso não tenha esquecido, eu não quero que você... interprete errado.

Ele não está prestando a menor atenção em mim. Pegou um bloco e está escrevendo nele. Que rude. Ainda assim, pelo menos quer dizer que estou liberada. Ofereço a garrafa de água para Noah, que bebe sem prestar atenção, vidrado no chapéu de jornal. Levanto o olhar quando Lorcan cutuca meu ombro. Ele me entrega o bloco, em que há linhas escritas.

— Acho que tenho boa memória para palavras — diz ele educadamente. — Mas me corrija se alguma coisa estiver errada.

Enquanto leio, meu queixo cai em consternação.

Pequeno... Falando sério, microscópico. A noite toda foi um sacrifício. Tive que fingir que estava me divertindo, e o tempo todo... Não. Terrível. E depois não foi melhor... Sinto enjoo só com a ideia. Na verdade, acho que vou vomitar. E aí, Lorcan nunca vai me amar, e nunca vamos nos casar em uma cerimônia dupla com pôneis iguais.

— Olha — consigo dizer depois de um tempo, com o rosto corado. — Eu não quis dizer... isso.

— Que parte? — Ele levanta as sobrancelhas.

Canalha. Ele acha engraçado?

— Você sabe tão bem quanto eu — começo a dizer friamente — que essas palavras foram ouvidas fora de contexto. Elas não se referiam a... — Paro de falar quando uma confusão crescente atrai minha atenção. Está vindo do balcão. Duas comissárias estão discutindo com um homem de camisa de linho e calça cáqui que tenta esmagar uma mala dentro do suporte para medir malas de mão. Quando ele levanta a voz com irritação para responder, percebo que é uma voz familiar.

Ele se vira, e sufoco um gritinho de choque. Era o que pensei: Richard!

— Senhor, infelizmente a mala é grande demais para ir na cabine. — Uma mulher da companhia aérea está falando com ele. — E é tarde demais para despachar agora. Posso sugerir que o senhor espere e pegue o próximo voo?

— Próximo voo? — A voz de Richard jorra dele como o som de um animal atormentado. — Não tem próximo voo pra aquele lugar esquecido por Deus! Um por dia! Que tipo de serviço é esse?

— Senhor...

— Preciso pegar esse voo.

— Mas senhor...

Para minha estupefação, Richard toma impulso e se apoia no balcão, com os olhos na mesma altura que os da funcionária da companhia aérea.

— A garota que eu amo se amarrou em outro cara — diz ele de maneira intensa. — Fui lento demais, e nunca vou me perdoar por isso. Mas se não posso fazer mais nada, posso pelo menos dizer para ela o que realmente sinto. Porque nunca demonstrei. Não direito. Nem mesmo sei se eu sabia.

Olho para ele boquiaberta, completamente atônita. Esse é Richard? Fazendo declarações de amor em público? Se Lottie ao menos pudesse ver isso! Ela ficaria perplexa! Mas a mulher da companhia aérea não parece nada tocada. Seu cabelo preto tingido está preso em um coque rígido e o rosto gordo tem olhos pequenos e cruéis.

— De qualquer maneira, senhor — diz ela —, sua mala é grande demais para ir na cabine. Será que o senhor pode se afastar do balcão?

Que vaca. Já vi um monte de pessoas levando bagagem daquele tamanho em aviões. Sei que eu devia me manifestar e dizer para Richard que estou aqui, mas alguma coisa dentro de mim precisa esperar ver o que vai acontecer.

— Tudo bem. Não levo a mala. — Olhando para ela com raiva, Richard dá um pulo para o chão e abre as fivelas da mala. Ele pega duas camisetas, uma nécessaire, um par de meias e algumas cuecas boxer e chuta a mala para o lado.

— Pronto. Esta é minha bagagem de mão. — Ele mostra tudo para ela. — Feliz agora?

A mulher da companhia aérea olha para ele sem se perturbar.

— O senhor não pode deixar essa mala aqui.

— Tudo bem. — Ele fecha a mala e coloca em cima de uma lixeira. — Pronto.

— O senhor também não pode deixar aí. É questão de segurança. Não sabemos o que tem dentro.

— Você sabe.

— Não, não sabemos.

— Você acabou de me ver tirar tudo de dentro.

— Pode ser, senhor.

Todo mundo se virou para observar a conversa. Richard respira pesado, e seus ombros largos estão erguidos. Mais uma vez, penso em um touro prestes a atacar.

— Tio Richard! — Noah acabou de vê-lo. — Você vai viajar de férias com a gente?

O corpo todo de Richard pula de surpresa quando ele olha primeiro para Noah, depois para mim.

— *Fliss?* — Ele solta duas cuecas boxer no chão e se inclina para pegar, parecendo menos com um touro. — O que você está fazendo aqui?

— Oi, Richard. — Tento parecer indiferente. — Vamos nos encontrar com Lottie. O que... er...? — Abro as mãos de forma questionadora. — Quero dizer, o que exatamente...?

É claro que sei o que ele quer fazer, assim como todo mundo aqui, mas estou interessada nos detalhes. Ele tem algum plano?

— Eu não podia ficar parado — explica ele com rispidez. — Não podia simplesmente perdê-la e ir embora, e nunca dizer para ela o que... — Ele para de falar, com o rosto tomado de emoção. — Eu devia ter feito o pedido quando tive oportunidade — acrescenta ele de repente. — Devia ter valorizado o que tinha! Devia ter feito o pedido!

O grito dele de sofrimento se espalha pelo ar silencioso. A sala toda está inquieta, e para ser sincera, estou estupefata. Nunca vi Richard tomado de tanta emoção. Será que Lottie já viu?

Eu *queria* ter gravado o discurso dele todo no meu telefone.

— Senhor, por favor, retire sua mala daquela lixeira. — Pede a mulher da companhia aérea. — Como já disse, está provocando um alerta de segurança.

— Não é mais minha — responde ele, balançando a cueca boxer na frente dela. — Isto é minha bagagem de mão.

A mulher contrai o maxilar.

— O senhor quer que eu chame a segurança e mande destruir sua mala, o que vai atrasar o voo em seis horas?

Não sou a única pessoa a dar gritinhos de horror. Ao nosso redor, os murmúrios educados de protesto começam a virar comentários hostis e incisivos. Estou sentindo que Richard não é o passageiro mais popular ali. Na verdade, sinto que as vaias e as palmas irônicas podem começar a qualquer momento.

— Tio Richard, você vai viajar de férias com a gente? — Noah está tomado de alegria. — Podemos brincar de luta? Posso me sentar do seu lado no avião? — Ele se joga nas pernas de Richard.

— Acho que não, rapazinho. — Richard dá um sorriso amargo. — A não ser que você consiga convencer essa moça.

— Ele é seu *tio*? — A amiga de Noah, Cheryl, ganha vida no outro balcão, onde estava observando os acontecimentos com olhar vazio. — O tio sobre quem você estava me contando?

— Ele é o tio Richard — confirma Noah com alegria.

Eu nunca devia ter deixado que ele adquirisse o hábito de chamar Richard de "tio", penso. Começou em um Natal, e nós achamos fofo. Não prevemos um rompimento. Pensamos que Richard tinha passado a fazer parte da família. Nunca pensamos…

De repente, estou ciente de que Cheryl está quase hiperventilando.

— Margot! — Ela acaba conseguindo falar por entre suspiros. — Você tem que deixar esse homem entrar no avião! Ele salvou a vida do sobrinho! É um homem brilhante!

— O quê? — Margot olha com desdém.

— Hã? — Richard olha para Cheryl boquiaberto.

— Não seja modesto! Seu sobrinho me contou a história toda! — diz Cheryl com voz trêmula. — Margot, você não faz ideia. Essa família toda. Eles passaram por tanta coisa. — Ela sai de trás do balcão. — Senhor, pode me passar seu cartão de embarque.

Consigo ver a mente de Richard trabalhando com incredulidade. Ele olha desconfiado para Noah e depois para mim. Faço uma expressão de agonia, tentando passar a mensagem: *Deixa rolar.*

— E você também. — Cheryl se vira com admiração para mim. — Você deve ter sofrido muito com os problemas do seu garotinho.

— Vivemos um dia de cada vez — murmuro vagamente.

Isso parece satisfazê-la, e ela se afasta. Richard ainda está segurando as roupas, com expressão estupefata. Não vou nem *tentar* explicar.

— Então, hum, você quer se sentar? — pergunto. — Quer um café ou alguma outra coisa?

— Por que você vai se encontrar com Lottie? — pergunta ele sem se mexer. — Aconteceu alguma coisa?

Não sei bem como responder. Por um lado, não quero dar falsas esperanças a ele. Por outro, eu poderia talvez sugerir que nem tudo está perfeito no paraíso, não?

— Eles vão renovar os votos, não vão? — diz Lorcan por cima do jornal.

— Quem é esse? — Richard reage com desconfiança imediata. — Quem é você?

— Certo — digo constrangida. — Hum, Richard, este é Lorcan. O padrinho de Ben. Melhor amigo. Sei lá. Ele também vai pra lá.

Richard imediatamente se enrijece e assume a postura de touro de novo.

— Entendo — diz ele, assentindo. — Entendo.

Acho que ele não entende, mas está tão tenso que não ouso interromper. Ele se vira instintivamente para Lorcan com os punhos contraídos.

— E você é? — pergunta Lorcan educadamente.

— Sou o idiota que a perdeu! — diz Richard com paixão repentina. — Não consegui enxergar o que ela queria para nós. Pensei que ela estivesse, sei lá, fantasiando. Mas agora, consigo ver as estrelas também. Consigo ver. E também a quero.

Todas as mulheres ao redor estão prestando atenção nele, embevecidas. Onde ele aprendeu a falar assim? Lottie *adora-*

ria esse papo de estrelas. Estou mexendo na tela do telefone, tentando discretamente gravá-lo, mas sou lenta demais.

— O que você está fazendo?

— Nada! — Baixo o aparelho rapidamente.

— Ah, Deus. Talvez seja uma má ideia. — De repente, Richard parece se dar conta da situação e ver a si mesmo, de pé no meio de uma sala de embarque com cuecas nas mãos e uma plateia de passageiros. — Talvez eu deva pular fora.

— Não! — digo rapidamente. — Não pule fora!

Se Lottie pudesse ao menos ver Richard agora. Se ela pudesse ao menos saber os sentimentos verdadeiros dele. Minha irmã cairia em si, eu sei que sim.

— A quem estou enganando? — Ele se encolhe de desolação. — É tarde demais. Eles estão casados.

— Não estão! — respondo antes que consiga parar.

— *O quê?* — Richard e Lorcan olham para mim. Consigo ver muitos outros rostos interessados inclinados para ouvir também.

— Só quero dizer que eles ainda não, vocês sabem, consumaram o casamento — explico o mais baixo que consigo. — Então, tecnicamente, isso quer dizer que eles ainda podem conseguir uma anulação legal. O casamento jamais teria existido.

— É mesmo? — Consigo ver um brilho de esperança surgindo no rosto de Richard.

— Por que eles ainda não consumaram? — pergunta Lorcan em tom incrédulo. — E como você sabe?

— Ela é minha irmã. Contamos tudo uma pra outra. E quanto ao motivo... — Limpo a garganta de forma evasiva. — Foi só uma questão de falta de sorte. O hotel cometeu um erro com as camas. Ben ficou bêbado. Essas coisas.

— Informação demais — diz Lorcan e começa a guardar os papéis na pasta.

Richard não fala nada. Sua testa está franzida, e ele parece absorver tudo. Por fim, afunda na cadeira ao lado da minha e aperta as cuecas com força até formar uma bola. Eu o observo ainda sem acreditar que ele está aqui.

— Richard — digo depois de um tempo. — Você conhece a expressão "tarde demais"? Bem, no seu caso está mais pra "incrivelmente tarde demais". Voar pro outro lado do mundo. Correr pro aeroporto. Fazer discursos românticos em voz alta. Por que você não fez nada disso *antes*?

Richard não responde, mas olha para mim com tristeza.

— Você acha que é tarde demais?

Essa é uma pergunta que *eu* não quero responder.

— É só um modo de dizer — digo depois de uma pausa. — Vamos lá. — Dou um tapinha tranquilizador no ombro dele. — Vamos embarcar.

Cerca de meia hora depois da decolagem, Richard vai até a frente, onde Noah e eu estamos, em uma fileira de três lugares. Coloco Noah no meu colo e Richard se senta ao meu lado.

— E então, qual é a altura que você diria que esse Ben tem? — pergunta ele sem preâmbulos.

— Não sei. Não o conheço.

— Mas você viu fotos. Acha que... um metro e setenta? Um e setenta e cinco?

— Não *sei*.

— Eu diria um metro e setenta e cinco. Sem dúvida mais baixo que eu — acrescenta Richard, com satisfação sinistra.

— Bem, isso não é difícil — observo. Richard tem pelo menos um metro e noventa.

— Nunca pensei que Lottie fosse gostar de um babaca baixinho.

Não tenho resposta para isso, então reviro os olhos e volto a ler a revista da companhia aérea.

— Eu pesquisei sobre ele. — Richard esmaga um saco para vômito entre os dedos. — É multimilionário. Dono de uma empresa de papel.

— Hummm. Eu sei.

— Tentei descobrir se ele tem jatinho particular. Não achei nada. Acho que tem.

— Richard, pare de se torturar. — Eu acabo me virando para ele. — Não é questão de jatinho particular. Nem de altura. Não faz sentido se comparar com ele.

Richard olha para mim por alguns segundos silenciosos. E então, como se eu nem tivesse falado, ele diz:

— Você viu a casa dele? Usaram nas filmagens de *Highton Hall*. Ele é multimilionário *e* tem uma mansão. — Ele faz expressão de raiva. — Maldito.

— Richard...

— Mas ele é bem magrelo, você não acha? — Ele está rasgando o saco para vômito em pedaços. — Nunca pensei que Lottie fosse gostar de um cara tão magro.

— Richard, pare! — exclamo exasperada. Se ele passar a viagem toda assim, vou enlouquecer.

— É este nosso cliente especial? — Uma voz açucarada nos interrompe, e damos de cara com uma comissária de bordo, de cabelos trançados, nos olhando com um sorriso largo. Ela está segurando um ursinho, uma carteira da companhia aérea, alguns pirulitos e uma caixa enorme de chocolates Ferrero Rocher. — Cheryl nos contou *tudo* sobre você — diz ela para Noah com alegria. — Tenho alguns presentes especiais pra você aqui.

— Que legal! Obrigado! — Noah pega os presentes antes que eu consiga impedir e quase grita. — Mamãe, olha! Uma caixa *grande* de Ferrero Rocher! Existe!

— Obrigada — digo constrangida. — Não era necessário.

— É o mínimo que podemos fazer! — garante a comissária. — E esse é o famoso tio? — Ela bate os cílios para Richard, que devolve o olhar com a testa franzida, sem entender o que está acontecendo.

— Meu tio sabe falar três línguas — diz Noah com orgulho. — Tio Richard, fala japonês!

— Cirurgião *e* poliglota? — A comissária arregala os olhos, e seguro a mão de Richard antes que ele possa protestar. Não quero que Noah seja envergonhado em público.

— Isso mesmo! — digo rapidamente. — Ele é um homem muito talentoso. Muito obrigada. — Dou um sorriso fixo para a comissária até ela ir embora depois de dar um tapinha leve na cabeça de Noah.

— Fliss, que diabos está acontecendo? — diz Richard em tom de censura assim que ela se afasta.

— Posso ter um cartão de crédito pra botar na minha carteira? — pergunta Noah depois de abri-la. — Posso ter um AmEx? Posso ter pontos?

Ah, Deus. Ele sabe sobre pontos da AmEx aos 7 anos? Isso é constrangedor. Quase tão ruim quanto a ocasião em que fizemos o check-in em um hotel de Roma, e depois que consegui encontrar uns trocados para dar de gorjeta, Noah já tinha pedido para ver outro quarto.

Pego meu iPod e entrego para Noah, que dá um gritinho de alegria e coloca os fones nos ouvidos. E então me inclino na direção de Richard e baixo a voz.

— Noah inventou uma história para a equipe da sala de embarque. — Mordo o lábio, sentindo um alívio repentino por compartilhar minhas preocupações. — Richard, ele virou um loroteiro. Faz isso na escola. Disse pra uma professora que fez transplante de coração, e pra outra que teve uma irmãzinha de barriga de aluguel.

— *O quê?* — A expressão de Richard se transforma.

— Eu sei.

— Mas de onde ele tira essas ideias? Irmã de barriga de aluguel? Pelo amor de Deus.

— De um DVD que estavam passando no Departamento de Necessidades Educacionais Especiais — respondo amargurada.

— Certo. — Richard digere isso. — E que história ele contou pra esse pessoal? — Ele indica a comissária.

— Não faço ideia. Fora o fato de que você é um maravilhoso cirurgião. — Olho nos olhos dele, e de repente caímos na gargalhada.

— Não é engraçado. — Richard balança a cabeça e morde o lábio.

— É horrível.

— Pobrezinho. — Richard mexe na cabeça de Noah, e ele ergue brevemente o olhar do transe do iPod, com um sorriso puro no rosto. — Você acha que ele faz isso por causa do divórcio?

Minha risada residual desaparece.

— Provavelmente — digo em voz baixa. — Ou, você sabe, por causa da mãe má que trabalha demais.

Richard faz uma careta.

— Me desculpe. — Ele faz uma pausa. — E como estão as coisas? Vocês já assinaram o acordo?

Abro a boca para responder com sinceridade, mas me obrigo a parar. Já entediei Richard muitas vezes em jantares falando de Daniel. Consigo ver que ele está se preparando para a falação. Por que nunca reparei nas pessoas se preparando para isso?

— Ah, está tudo bem. — Dou meu novo sorriso meloso. — Tudo ótimo! Não vamos falar sobre isso.

— Certo. — Richard parece surpreso. — Ótimo! E então... tem algum homem novo no horizonte? — De repente, sua voz parece ter duplicado de volume, e eu me encolho. Antes que possa evitar, olho para Lorcan, que está sentado do outro lado do corredor, na janela, entretido com o laptop, e que felizmente não pareceu ouvir.

— Não — respondo. — Nada. Ninguém

Estou me forçando furiosamente a não olhar para Lorcan; nem mesmo pensar em Lorcan. Mas é como dizer para si mesma para não pensar em um coelho. Antes que eu consiga impedi-los, meus olhos se desviam para ele de novo. Desta vez, Richard segue meu olhar.

— O quê? — Ele me olha atônito. — Ele?

— Shhh.

— Ele?

— Não! Quero dizer... sim. — Sinto-me envergonhada. — Uma vez.

— *Ele?* — Richard parece mortalmente ofendido. — Mas ele está do outro lado!

— Não há *lados*.

Richard observa Lorcan com olhos apertados e desconfiados. Depois de um momento, Lorcan ergue o olhar, e parece levar um susto ao nos ver olhando para ele. Meu corpo todo se enche de calor, e me viro abruptamente.

— Pare! — sussurro. — Não olhe para ele!

— Você também estava olhando para ele — observa Richard.

— Só porque você estava!

— Fliss, você parece irritada.

— Não estou *irritada* — digo com seriedade. — Apenas estou tentando ser adulta em uma situação adulta... Você está olhando para ele de novo! — Eu cutuco o braço dele. — Pare!

— Quem é ele exatamente?

— O amigo mais antigo de Ben. Advogado. Trabalha na empresa dele. — Eu dou de ombros.

— Então... tem alguma coisa aí?

— Não. Não tem *alguma coisa*. Só ficamos juntos e então...

— Desficaram.

— Exatamente.

— Ele parece muito interessante — diz Richard, ainda observando Lorcan com olhar crítico. — Estou sendo sarcástico — acrescenta depois de uma pausa.

— Aham. — Faço um movimento afirmativo com a cabeça. — Percebi.

Lorcan ergue o olhar de novo e levanta as sobrancelhas. Logo em seguida, solta o cinto de segurança e vem até onde estamos.

— Que ótimo — murmuro. — Obrigada, Richard. Oi. — Dou um sorriso doce para Lorcan. — Está gostando do voo?

— Demais. Preciso falar com você. — Seus olhos escuros estão opacos quando ele olha nos meus, e meu coração pula de apreensão.

— Certo. Ok. Mas talvez aqui não seja o lugar...

— Com vocês dois — diz ele, me interrompendo e se dirigindo também a Richard com o olhar. — Estou indo pra Ikonos por um bom motivo. Tenho coisas importantes de negócios a discutir com Ben. Ele precisa estar concentrado. Assim, se vocês estão planejando gritar com ele ou bater nele ou roubar a esposa dele, ou seja lá o que for... tenho um pedido. Por favor, esperem até que nossa reunião acabe. Aí ele é todo de vocês.

Sinto uma onda instantânea de ressentimento.

— É tudo que você tem a dizer? — Eu empino o queixo.

— É.

— Você só está interessado nos seus negócios. Não no fato de que *você* provocou esse casamento?

— Eu *não* o provoquei — retalia ele. — E é claro que os negócios são minha prioridade.

— "É claro"? — repito com sarcasmo. — Negócios são mais importantes do que casamento? Ponto de vista interessante.

— Agora, sim. E também precisam ser a prioridade de Ben.

— Ah, não se preocupe. — Eu reviro os olhos. — Não vamos dar uma surra nele.

— Pode ser que eu dê uma surra nele. — Richard bate com o punho na palma da mão. — Pode ser que eu faça isso.

A senhora idosa sentada ao meu lado parece perplexa.

— Com licença — diz ela apressadamente para Lorcan. — Você gostaria de trocar de lugar pra poder conversar com seus amigos?

— Não, obrigada — respondo, ao mesmo tempo em que Lorcan diz:

— Sim, muito obrigado.

Que ótimo. Um minuto depois, Lorcan está fechando o cinto ao meu lado enquanto olho fixamente para a frente. A mera sensação dele tão perto de mim faz minha pele formigar. Consigo sentir o cheiro da loção pós-barba dele. Está me fazendo ter flashbacks proustianos daquela noite, o que *realmente* não ajuda em nada.

— É — digo brevemente. É uma palavra só, mas acredito que passe a mensagem com sucesso: *Você está errado quanto a tudo, desde quem tem culpa por esse casamento ao que eu realmente queria dizer naquela manhã, e também quanto às suas prioridades em geral.*

— É — responde ele, com um aceno curto. Tenho a sensação que ele quer dizer a mesma coisa.

— É. — Abro meu jornal. A partir deste momento, vou ignorá-lo por todo o voo.

O único problema é que não consigo evitar olhar para o laptop dele de vez em quando e ler frases que me interessam. Richard e Noah estão ouvindo o iPod juntos enquanto meu filho consome os pirulitos. Não há mais ninguém com quem conversar, mesmo ele sendo um convencido arrogante que está do lado inimigo.

— E então, o que está acontecendo? — digo por fim, com um movimento de ombros que indica que não estou realmente interessada.

— Estamos racionalizando a empresa — diz Lorcan após uma pausa. — Expandindo uma parte dos negócios, refinanciando outra, descartando uma terceira. Tudo precisa ser feito. A indústria do papel atualmente...

— É um pesadelo — concordo antes de conseguir evitar. — O preço do papel também nos afeta.

— É claro. A revista. — Ele assente. — Então você sabe.

Nós dois estamos nos conectando de novo. Não sei se é um erro ou não, mas por algum motivo, não consigo evitar. É um alívio tão grande ter uma pessoa com quem conversar que não seja meu chefe, minha equipe, meu filho, meu ex-marido ou minha irmã doida. Ele não *precisa* de nada de mim. Essa é a diferença. Só está sentado aqui, tranquilo, como se não desse a menor bola.

— Li on-line que você desenvolveu a marca Papermaker. — Eu digo. — Foi você?

— Foi ideia minha. — Ele dá de ombros. — Outros mais talentosos do que eu fazem os projetos.

— Eu gosto de Papermaker — digo. — São bons cartões. Caros.

— Mas vocês ainda compram. — Ele me dá um sorriso torto.

— Por enquanto — retalio. — Até encontrar outra marca.

— *Touché*. — Ele faz uma careta, e eu lhe lanço um olhar lateral. Talvez isso tenha sido um pouco grosseiro.

— Vocês estão em dificuldades? — Assim que acabo de falar, percebo que é uma pergunta idiota. Todos estão com problemas atualmente. — Quero dizer, dificuldades *de verdade*?

— Estamos em um momento crucial. — Ele expira. — É um momento delicado. O pai de Ben morreu de repente, e estamos pisando sobre ovos desde então. Precisamos tomar algumas decisões corajosas. — Ele hesita. — As decisões corajosas certas.

— Ah. — Eu penso. — Você quer dizer que Ben precisa tomar as decisões corajosas certas?

— Você pega as coisas rápido.

— E você acha que ele será capaz disso? Pode me falar. Não vou contar pra ninguém. — Faço uma pausa, me perguntando se devo ser diplomática ou não. — Vocês estão perto de falir?

— Não. — A reação é tão intensa que sei que mexi com ele. — *Não* estamos prestes a falir. Somos rentáveis. Podemos ser mais rentáveis. Temos as marcas, os recursos, uma força de trabalho muito leal... — Ele parece estar tentando convencer uma plateia imaginária. — Mas é difícil. Recusamos uma proposta de compra ano passado.

— Não seria uma solução?

— O pai de Ben se reviraria no túmulo — diz Lorcan brevemente. — Foi feita por Yuri Zhernakov.

Levanto as sobrancelhas.

— Uau.

Yuri Zhernakov é um desses caras cuja foto aparece em jornais dia sim, dia não, acompanhadas de palavras como "bilionário" e "oligarca".

— Ele viu a casa na TV e a esposa se apaixonou por ela — diz Lorcan secamente. — Eles queriam morar lá durante algumas semanas todos os anos.

— Bem, isso poderia ser bom, não? — pergunto. — Vender enquanto alguém tem dinheiro pra oferecer?

Silêncio. Lorcan está olhando com raiva para o protetor de tela no laptop, que reparo ser um design de Papermaker que eu mesma comprei.

— Talvez Ben venda — diz ele por fim. — Mas para *qualquer pessoa*, menos Zhernakov.

— Qual é o problema de Zhernakov? — eu o desafio, rindo. — Você se acha superior?

— Não, não me acho superior! — responde Lorcan com intensidade. — Mas me importo com a empresa. Um cara como Zhernakov não quer uma empresinha de papel estragando a vista. Ele fecharia metade do negócio, realocaria o resto, estragaria a comunidade. Se Ben passasse algum tempo lá, perceberia... — Ele para e expira. — Além do mais, a proposta é errada.

— O que Ben acha?

— Ben... — Lorcan toma um gole de água mineral. — Infelizmente, Ben é muito ingênuo. Ele não tem o instinto do pai para negócios do pai, mas acha que tem. E isso é perigoso.

Olho para a pasta dele.

— Então você quer ir lá para persuadir Ben a assinar todos os contratos de reestruturação antes que ele possa mudar de ideia.

Lorcan fica em silêncio por um tempo, batendo os dedos de leve uns nos outros.

— Quero que ele comece a assumir a responsabilidade por sua herança — diz ele por fim. — Ele não percebe o quanto tem sorte.

Tomo alguns goles de champanhe. Algumas coisas fazem sentido para mim, mas outras nem um pouco.

— Por que é tão importante pra você? — pergunto por fim. — Não é *sua* empresa.

Lorcan pisca com intensidade, e vejo que atingi outro ponto delicado, embora ele tome o cuidado de esconder.

— O pai de Ben era um cara incrível — diz ele. — Eu só queria que as coisas funcionassem do jeito que ele iria querer. E pode acontecer — acrescenta ele com vigor repentino. — Ben é criativo. É inteligente. Poderia ser um grande líder, mas precisa parar de fazer besteira e ofender pessoas.

Fico tentada a perguntar como exatamente Ben ofendeu pessoas, mas não consigo ser tão xereta.

— Você era advogado em Londres, não era? — Meus pensamentos seguem em uma nova direção.

— A Freshfields ainda quer saber onde eu estou. — O rosto de Lorcan é tomado por uma sombra de humor. — Eu tinha acabado de sair de uma firma de advocacia quando fui passar um tempo com o pai de Ben. Isso foi há quatro anos. Ainda recebo ligações de empresas de recrutamento, mas estou feliz.

— Você faz anulações? — As palavras saem da minha boca antes que eu consiga impedir.

— Anulações? — Lorcan ergue muito as sobrancelhas. — Entendo. — Quando ele olha nos meus olhos, está com uma expressão tão perplexa que quase gargalho. — Você tem uma mente maquiavélica, Sra. Graveney.

— Tenho uma mente prática — eu o corrijo.

— Então eles realmente não... — Lorcan se interrompe. — Ei. O que está acontecendo ali?

Sigo o olhar dele e vejo que a senhora que estava sentada ao meu lado está apertando o peito e lutando para respirar. Um adolescente está olhando ao redor com impotência e gritando:

— Tem um médico aqui? Alguém aqui é médico?

— Sou clínico geral. — Um homem grisalho de paletó de linho corre até lá. — Ela é sua avó?

— Não! Nunca a vi antes! — O adolescente está em pânico, e eu não o culpo. A mulher não parece muito bem. Estamos todos observando o médico falar com a senhora em voz baixa e verificar sua pulsação quando, de repente, a comissária de cabelos trançados aparece.

— Senhor — diz ela sem fôlego. — Por favor, podemos pedir sua ajuda?

Ajuda? Que diabos...?

Percebo a verdade antes de Richard. Pensam que ele é médico. Ah, merda. Ele me olha desesperado, e eu faço uma expressão de sofrimento.

— Temos um especialista aqui! — diz a comissária com olhos cheios de empolgação para o homem de paletó de linho. — Não se preocupe, pessoal! Temos um cirurgião cardíaco experiente e pioneiro do Great Ormond Street a bordo! Ele vai resolver!

Os olhos de Richard estão saltados de nervosismo.

— Não! — Ele consegue dizer. — Não. É sério. Não sou...

— Vai, tio Richard! — diz Noah com expressão alegre. — Cura a moça!

Enquanto isso, o clínico geral parece afrontado.

— É um caso simples de angina — diz ele com irritação, levantando-se. — Minha valise está a bordo, caso você queira assistência. Mas se quiser dar uma segunda opinião...

— Não. — Richard parece desesperado. — Não, não quero!

— Dei nitroglicerina sublingual. Você concorda com isso?

Ah, Deus. Isso é ruim. Richard parece totalmente desesperado.

— Eu... eu... — Ele engole em seco. — Eu...

— Ele nunca medica a bordo de aviões! — digo, tentando ajudá-lo. — Ele tem fobia!

— É — concorda ele, engolindo em seco e me lançando um olhar grato. — Exatamente! Fobia.

— Desde um voo em que um monte de coisas deu errado. — Tremo dramaticamente, como se por causa de uma lembrança dolorosa. — O voo 406 pra Bangladesh.

— Não me peça pra falar sobre isso — completa Richard.

— Ele ainda está fazendo terapia. — Eu balanço a cabeça com seriedade.

O clínico geral olha para nós dois como se fôssemos loucos.

— Bem, que bom que eu estava aqui — diz ele. E se vira para a senhora, enquanto Richard e eu ficamos quietos. Sinto-me fraca. A comissária balança a cabeça decepcionada e segue para o outro lado do avião.

— Fliss, você precisa resolver essa questão do Noah — diz Richard com voz baixa e urgente. — Ele não pode sair por aí inventando histórias. Vai acabar arrumando problema pra alguém.

— Eu sei. — Faço uma careta. — Sinto muito.

A mulher está sendo levada para outra parte do avião. O clínico geral e a tripulação estão tendo o que parece ser uma discussão tensa. Todos desaparecem por trás de uma cortina, e por um tempo não há sinal de vida. Richard olha para a frente fixamente, com a testa franzida de tensão. Ele deve estar muito preocupado com a senhora, eu me vejo pensando com benevolência. Richard tem um coração gentil.

— Escute. Me conte. — Ele se vira para mim, com a testa ainda franzida. — Eles ainda não fizeram?

Ah, *sinceramente*. Como sou boba. Ele é homem. Naturalmente, só está pensando em uma coisa.

— Não que eu saiba. — Eu dou de ombros.

— Ei, talvez Ben não consiga fazer subir. — O rosto de Richard se ilumina de animação repentina.

— Acho que não é isso. — Eu balanço a cabeça.

— Por que não? É a única explicação! Ele não consegue fazer subir!

— Não consegue fazer subir o quê? — pergunta Noah com interesse.

Que ótimo. Olho com raiva para Richard, mas ele está tão triunfante que não repara. Tenho certeza de que existe alguma palavra longa em alemão que significa "a alegria que você sente com a impotência sexual do rival", e neste momento, Richard está experimentando intensamente esse sentimento.

— Pobre sujeito — acrescenta ele quando finalmente repara em meu olhar de reprovação. — Quero dizer, tenho pena dele, claro. É uma condição terrível.

— Você não tem prova disso — observo.

— É a lua de mel dele — responde Richard. — Quem não faria na lua de mel, a não ser que não conseguisse fazer subir?

— Não consegue fazer subir o quê? — A voz de Noah soa mais alta.

— Nada, querido — digo apressadamente para Noah. — Só uma coisa muito adulta e chata.

— É uma coisa de adulto que sobe? — pergunta Noah com curiosidade. — Alguma hora desce?

— Ele não consegue fazer subir! — Richard está exultante. — Tudo faz sentido. Pobre Lottie.

— Quem não consegue fazer subir? — pergunta Lorcan, virando-se para nós.

— Ben — diz Richard.

— É mesmo? — Lorcan parece surpreso. — Merda. — Ele franze a testa, pensativo. — Ah, isso explica *muita* coisa.

Ah, Deus. É assim que os boatos se espalham. É assim que os mal-entendidos acontecem e arquiduques levam tiros e guerras mundiais começam.

— Escutem, vocês dois! — digo com irritação. — Lottie não falou *nada* comigo sobre subir… ou descer.

— Aqui levantou — diz Noah com segurança, e sufoco um gritinho horrorizado antes de conseguir me conter.

Certo, Fliss. Não exagere na reação. Fique calma. Seja uma mãe inspirada.

— É mesmo, querido? Nossa. Bem. — Minhas bochechas estão vermelhas. Os dois homens esperam com expressões divertidas. — Isso é... interessante, querido. Pode ser que a gente converse sobre isso depois. Nossos corpos fazem coisas maravilhosas e misteriosas, mas nem sempre falamos sobre elas *em público*. — Lanço um olhar significativo para Richard.

Noah parece perplexo.

— Mas a moça falou sobre isso. Ela me disse pra levantar.

— *O quê?* — Olho para ele sem entender.

— Para a decolagem. "Levante a bandeja."

— Ah. — Eu engulo em seco. — Entendi. Sua *bandeja*. — Consigo sentir uma risada surgindo.

— A bandeja do pobre tio Ben não levanta — diz Richard, impassível.

— Pare! — Tento parecer estar censurando, mas estou dando gargalhadas. — Tenho certeza que sim... — Paro quando a voz da comissária surge nos alto-falantes.

— Senhoras e senhores, sua atenção, por favor. Tenho um anúncio importante a fazer.

Oh-oh. Espero que a senhora esteja bem. De repente, sinto vergonha de estar rindo enquanto um drama se desenrolava.

— Lamento informar que, por causa de uma emergência médica a bordo, o avião não poderá seguir para Ikonos como o planejado, mas pousará no aeroporto com recursos médicos mais próximo que, no momento, é o de Sofia.

Fico grudada no assento de tanto choque. Meu humor derreteu completamente. Vamos ser *desviados*?

— Peço desculpas por qualquer inconveniência que vocês possam ter, e darei mais informações assim que possível.

Um tumulto de protesto explode em torno de mim, mas mal escuto. Isso não pode estar acontecendo. Lorcan se vira na minha direção, incrédulo.

— Sofia, na *Bulgária*? Quantas horas isso vai nos atrasar?

— Não sei.

— Qual é o problema? — Noah está olhando de um rosto para outro. — Mamãe, qual é o problema? Quem é Sofia?

— É um lugar. — Eu engulo em seco. — A gente vai ter que ir pra lá primeiro. Não vai ser legal? — Olho para Richard. Ele também perdeu todo o entusiasmo. Está com ombros caídos e olhando para o encosto do assento da frente com expressão de raiva.

— Bem, já era. Vamos chegar tarde demais. Pensei que tivesse uma chance de chegar lá antes de eles... você sabe. — Ele abre as mãos. — Mas agora, é impossível.

— Não é impossível! — respondo, tentando me tranquilizar assim como a ele. — Richard, escute. A verdade é que o dito casamento de Lottie já está desmoronando.

Eu não pretendia dizer tanto, mas acho que ele precisa de uma dose de confiança.

— Você não sabe nada disso — resmunga ele.

— Sei, sim! O que você não sabe é que existe uma história aí. Todas as vezes que Lottie rompe um relacionamento, ela faz isso.

— Ela se *casa*? — Richard parece escandalizado. — Todas as vezes?

— Não! — Tenho vontade de gargalhar por causa da expressão dele. — Só quero dizer que ela faz uma coisa impulsiva e idiota. E depois volta a si. É bem capaz de eu sair do avião e encontrar uma mensagem de texto me esperando dizendo alguma coisa do tipo "Fliss, cometi um erro enorme! Socorro!".

Consigo ver Richard digerindo a ideia.

— Você acha mesmo?

— Acredite, já passei por isso. Chamo de escolhas infelizes. Às vezes ela entra pra uma seita, às vezes faz uma tatuagem... Pense nesse casamento como um piercing exagerado. Neste minuto, eles estão participando de um Jogo de Casais — acrescento para encorajá-lo. — Que grande piada! Eles não sabem nada um sobre o outro. Lottie vai perceber isso e vai começar a pensar direito, e então se dará conta...

— Jogo de Casais? — diz Richard depois de uma pausa. — Que nem o programa de TV?

— Exatamente. Do tipo "Qual é a comida que você faz de que seu parceiro mais gosta?". Esse tipo de coisa.

— Espaguete à carbonara — diz Richard sem hesitar.

— Isso aí. — Eu aperto a mão dele. — Se vocês participassem, venceriam. Ben e Lottie vão perder feio. E aí, ela vai voltar a si. Espere e veja.

15

Lottie

É só um jogo. Só um jogo. Não significa *nada*.

Mesmo assim, me sinto mais irritada a cada segundo. Por que não consigo me lembrar dessas coisas? E, para ser mais objetiva, por que Ben não consegue? Ele não está *interessado* nos detalhes da minha vida?

Estamos sentados no jardim do hotel faltando dez minutos para o Jogo de Casais começar, e nunca me senti menos preparada para um teste na vida. Ben está deitado em uma rede, tomando cerveja e ouvindo uma música nova de rap no iPad, o que não melhora em nada meu humor.

— Vamos de novo — digo. — E desta vez, se concentre. Que xampu eu uso?

— L'Oréal.

— Não!

— Head and Shoulders, extraforte para caspa gigante. — Ele dá um sorrisinho debochado.

— Não! — Dou um chute nele. — Já *falei*. Kérastase. E você usa Paul Mitchell.

— Uso? — diz ele vagamente. Sinto uma fúria instantânea fervendo dentro de mim.

— O que você quer dizer com "uso"? Você me disse que usa Paul Mitchell! Temos que estar sintonizados pra isso, Ben. Se você diz Paul Mitchell uma vez, tem que continuar dizendo Paul Mitchell!

— Meu Deus. — Ben toma um gole de cerveja. — Relaxa. — Ele aumenta o volume do iPad, e eu faço uma careta. Ele gosta mesmo daquela música?

— Vamos tentar outra. — Procuro controlar minha impaciência. — Qual é minha bebida alcoólica favorita?

— Babycham. — Ele sorri.

— Engraçadinho — digo polidamente.

Não é surpresa ele não ter tido sucesso como comediante. O pensamento rabugento vem do nada. Ops. Aperto os lábios e torço para minha expressão não ser identificável. Eu não penso isso de verdade, é claro que não...

Richard teria se esforçado. O pensamento ainda maior ecoa em minha cabeça como um pássaro poderoso voando e me deixa imediatamente sem fôlego. Olho para o papel e pisco, sentindo o rosto queimar. Não vou pensar em Richard. Não. De jeito nenhum.

Richard também teria achado o Jogo de Casais ridículo, mas a diferença é que ele teria se esforçado, porque se importasse para mim, importaria para ele...

Pare.

Como naquela vez que ele fez charadas na festa do meu escritório e todo mundo adorou...

ESCUTA AQUI, CÉREBRO BURRO. Richard está FORA da minha vida. Ele deve estar dormindo agora, do outro lado do mundo, em algum apartamento chique de condomínio em São Francisco, depois de já ter me esquecido, e estou com meu marido, repito, marido...

— *The Jewelled Path*? É sério?

Estou lutando com tanta intensidade contra meus pensamentos que não reparei que Ben pegou a cola que preparei para ele mais cedo. Agora ele está olhando com incredulidade.

— O quê?

— *The Jewelled Path* não pode ser seu livro favorito. — Ele ergue o olhar do papel. — Me diga que você está brincando.

— Não estou brincando — digo irritada. — Você leu? É brilhante.

— Desperdicei trinta segundos valiosos da minha vida fazendo o download e passando os olhos pelo primeiro capítulo. — Ele faz uma careta. — Quero esses trinta segundos de volta.

— Você obviamente não entendeu a mensagem — digo ofendida. — É muito inspirador quando se lê com atenção.

— É um monte de merda nova era.

— Não de acordo com 8 milhões de leitores. — Estou olhando para ele com raiva.

— Oito milhões de imbecis.

— Bem, então qual é o seu livro favorito? — Pego o papel para ler, mas meu olhar é desviado. Coloco a mão sobre a boca em choque e levanto o olhar para ele. — *Não* é essa sua escolha nas eleições!

— Não é a sua?

— Não!

Estamos nos olhando como se tivéssemos descoberto que somos alienígenas. Engulo em seco duas vezes, depois volto a olhar para o papel.

— Ok! Certo! — Estou tentando não demonstrar o quanto me sinto desconcertada. — Então... então obviamente precisamos recapitular algumas coisas básicas. Já cobrimos preferências políticas... Massa favorita?

— Depende do molho — diz ele imediatamente. — Pergunta idiota.

— Bem, eu gosto de talharim. Você também vai dizer talharim. Programa de TV favorito?

— *Dirk and Sally.*

— *Dirk and Sally*, definitivamente. — Ele sorri, e o clima fica mais leve.

— Episódio favorito? — Não consigo deixar de perguntar.

— Me deixa pensar. — O rosto dele se ilumina. — O das lagostas. Um clássico.

— Não, o do casamento — digo, discordando. — *Tem* que ser o do casamento. "Com esta Smith & Wesson 59, eu caso vocês..."

Vi aquele episódio umas 59 vezes. Foi o segundo casamento de Dirk e Sally (depois de eles terem se divorciado, saído da polícia e serem recrutados novamente na quarta temporada) e foi o melhor casamento da TV *de todos os tempos.*

— Não, o episódio duplo do sequestro. — Ben se sentou na rede e está abraçando os joelhos. — Foi épico. Ah, escuta. *Escuta.* — O rosto dele se ilumina. — Vamos fazer como Dirk e Sally.

— O quê? — Olho para ele, intrigada. — Fazer o quê?

— O jogo! Não consigo me lembrar de nada dessa merda. — Ele balança minha cola para mim. — Mas sei do que Sally gosta e você sabe do que Dirk gosta. Vamos ser eles, não nós.

Ele não pode estar falando sério. Está falando sério? Uma risadinha sai da minha boca antes que eu consiga evitar.

— Não podemos nos sair *pior* do que isso, podemos? — acrescenta Ben. — Sei tudo sobre Sally. Pode me testar.

— Tudo bem, que xampu ela usa? — pergunto, desafiando-o. Ben faz uma careta para pensar.

— Sei isso... É Silvikrin. Aparece na abertura. Qual é a bebida favorita de Dirk?

— Uísque puro — digo sem hesitar. — Fácil. Quando é o aniversário de Sally?

— Dia 12 de junho, e Dirk sempre compra rosas brancas. Quando é o seu? — pergunta ele, parecendo alarmado de repente. — Não está perto, está?

Ele está certo. Sabemos sobre o casamento de um casal de detetives fictício da TV mais do que sabemos do nosso. É tão ridículo que não consigo evitar um sorriso para ele.

— Certo, Dirk, está combinado. — Levanto o rosto e vejo Nico se aproximando, com Georgios e Hermes um de cada lado. Os Três Patetas, como Ben começou a chamá-los. Estamos na área mais escondida e erma do jardim, mas mesmo assim eles nos encontraram. Estão circulando ao nosso redor a tarde toda, oferecendo bebidas, lanches e até aparecendo com chapéus horrorosos, em que se lê "Ikonos", para o caso de ficarmos com muito calor.

— Sr. e Sra. Parr, eu soube que vocês se inscreveram no Jogo de Casais, não? Vai começar em alguns minutos, lá na praia. — Nico fala conosco com gentileza. Ele está usando um paletó com gola de paetês, o que me faz pensar se ele é o apresentador.

— Já estamos indo.

— Excelente! Georgios vai ajudar.

Não precisamos de *assistência* física, eu tenho vontade de responder, mas mordo o lábio e dou um sorriso.

— Podem ir na frente.

— Vamos nessa, Sally — murmura Ben no meu ouvido, e eu sufoco uma risadinha. Talvez isso acabe sendo divertido.

Eles realmente capricharam. Há uma plataforma de madeira montada na praia, decorada com um contorno de tiras vermelhas de papel metálico. Amontoados de balões de hélio em formato de coração estão presos de cada lado. Uma faixa enorme anuncia o JOGO DE CASAIS, e uma banda de três integrantes está tocando "Love Is All Around". Melissa anda de um lado para o outro na areia usando a túnica laranja, seguida dois passos atrás por um homem de cabelo louro usando uma sunga Vilebrequin e uma camisa polo verde-água. Suponho que seja o marido, porque os dois estão usando crachás enormes escritos *Casal Um*, com os nomes deles embaixo.

— Stella McCartney — diz ela furiosamente quando nos aproximamos. — Você *sabe* que é Stella McCartney. Ah! Oi! Vocês vieram!

— Prontos para a batalha? — diz Ben com um sorriso malicioso.

— É só diversão! — responde ela, quase agressiva. — Não é, Matt?

Matt está segurando *O livro oficial de perguntas do Jogo de Casais*, reparo de repente sem acreditar. Eles trouxeram isso na viagem?

— Ah, a gente tinha isso por acaso — diz Melissa, ficando vermelha quando vê que percebi. — *Guarda* isso, Matt. É tarde demais, de qualquer modo — acrescenta ela para ele em tom baixo e furioso. — Acho que você poderia ter se esforçado mais... Oi! Vocês devem ser os outros concorrentes! É só diversão! — Ela cumprimenta um casal de aparência mais velha que se aproxima de mãos dadas, parecendo um tanto perplexo com a coisa toda. Eles têm cabelo grisalho, usam calças bege combinando e camisas havaianas de algodão de mangas curtas, e o homem usa meias com sandálias.

— Sr. e Sra. Parr, seus crachás. — Nico desce e nos dá crachás em que se lê: *Casal Três*. — Sr. e Sra. Kenilworth, aqui estão seus crachás.

— Vocês estão em lua de mel? — Não consigo deixar de fazer a pergunta para a mulher, que se chama Carol.

— Minha nossa, não! — Ela está mexendo na gola da blusa. — Ganhamos a viagem em um leilão no clube de bridge. Não é nosso tipo de coisa, mas é preciso ter boa vontade, e bem que gostamos de um jogo de perguntas...

Nico nos leva para a plataforma, e observamos a plateia, composta de um grupo de tamanho mediano de hóspedes de cangas e camisetas, com coquetéis nas mãos.

— Senhoras e senhores! — Nico liga o microfone sem fio, e a voz dele ecoa na praia. — Bem-vindos ao Jogo de Casais do hotel!

Na verdade, isso *é* bem divertido. É igualzinho ao da televisão. Todas as mulheres são levadas para um gazebo ali perto e nos dão fones de ouvido com música, enquanto os homens respondem perguntas no palco. Depois, trocamos de lugar e é nossa vez. Quando estou escrevendo as respostas, sinto um nervosismo repentino. Será que Ben se manteve fiel ao plano? Será que respondeu mesmo como Dirk? E se ele amarelou?

Bem, tarde demais agora. Rabisco minha última resposta e entrego o papel.

— E agora! — diz Nico, acompanhado de um rufar de tambores da banda. — Vamos juntar os casais! Sem confabulação!

A plateia aplaude quando os homens voltam para o palco. Eles ficam de um lado de Nico, e as mulheres, do outro. Consigo ver Melissa tentando atrair a atenção de Matt enquanto ele resolutamente a ignora.

— Primeira pergunta! Sem o que sua esposa jamais sairia de casa? Cavalheiros, por favor respondam claramente no microfone. Casal um?

— Bolsa — diz Matt imediatamente.

— E sua esposa disse… — Nico consulta o papel. — Bolsa. Dez pontos! Casal dois, mesma pergunta;

— Balinhas de hortelã — diz Tim depois de pensar um pouco.

— E sua esposa disse… Balas Polo. Precisamente. — Nico assente. — Dez pontos! E casal três?

— Fácil — diz Ben laconicamente. — Ela nunca sai sem a Smith & Wesson 59.

— Isso é uma arma? — diz Melissa com expressão atônita. — Uma *arma*?

— E sua esposa disse… — Nico consulta meu papel. — Minha Smith & Wesson 59. Parabéns, dez pontos! — Ele se vira para mim com as sobrancelhas erguidas. — Você não está com ela agora, espero.

— Nunca vou a lugar nenhum sem ela. — Pisco para ele em resposta.

— Uma *arma*? — insiste Melissa. — Você está falando sério? Matt, você ouviu isso?

— Próxima pergunta! — anuncia Nico. — Vocês estão sem comida em casa. Para onde vão para fazer uma refeição rápida na rua? Cavalheiros, por favor, respondam de novo. Primeiro o casal um.

— Er... comer peixe com batatinha? — diz Matt inseguro.

— Peixe com batatinha? — Melissa olha para ele com raiva. — Peixe com *batatinha*?

— Bem, é rápido, fácil... — Matt parece desanimado com a expressão dela. — Por que, o que você botou?

— Botei o Le Petit Bistro! — responde ela furiosamente. — Sempre vamos lá quando queremos comer uma coisinha rápida. Você sabe que vamos!

— Às vezes eu vou comer peixe com batatinha — murmura Matt em tom de rebeldia, mas não acredito que alguém mais o ouça.

— Zero pontos — fala Nico com solidariedade. — Casal dois?

— Ao pub — diz Tom depois de pensar meia hora. — Eu diria que vamos ao pub.

— E sua esposa disse... — Nico aperta os olhos diante do papel. — Madame, peço desculpas, não consigo ler sua letra.

— Bem, eu não sabia *o que* escrever. — Carol parece perturbada. — Nunca ficamos sem comida. Sempre temos uma sopa no freezer, não é, amor?

— É verdade — assente Tim. — Fazemos em quantidade, sabe. Todos os domingos, durante *Midsomer Murders*. De ervilha com presunto.

— Ou grão de bico com linguiça — lembra Carol.

— Ou só de tomate.

— E congelamos pãezinhos também — explica Tim —, e eles só demoram alguns minutos pra descongelar no micro-ondas.

— Integral *e* branco — diz Carol. — Fazemos meio a meio, normalmente... — Ela para de falar e fica em silêncio.

Todos parecem um tanto perplexos com essa listagem doméstica, incluindo Nico, mas ele acaba por voltar à vida.

— Obrigado por sua resposta maravilhosamente detalhada. — Ele sorri para Carol e Tim. — Mas nossa! Zero pontos. Casal três?

— Vamos ao Dill's Diner *agora* — digo. — Foi isso que ele colocou?

— Desculpe — Nico começa a dizer —, essa não é a resposta...

— Espere! — eu interrompo quando um sorriso de alívio está se abrindo no rosto de Melissa. — Não terminei. Vamos ao Dill's Diner agora, mas íamos ao Jerry and Jim's Steakhouse até ser destruído pela máfia. — Olho para Ben, que dá um aceno imperceptível.

— Ah — diz Nico, olhando para o papel. — Sim. Seu marido escreveu: "Íamos ao Jerry and Jim's até o bando de Carlo Dellalucci destruí-lo, e agora vamos ao Dill's Diner."

— Onde é isso? — pergunta Melissa. — Onde vocês moram?

— West 80th Street, apartamento 43D — dizemos em uníssono. Está na sequência de abertura.

— Ah, em Nova York — diz ela, como se estivesse falando: "ah, na lata de lixo".

— Destruído no sentido de explodido? — diz Matt, parecendo impressionado. — Alguém morreu?

— O chefe de polícia — digo com um leve aceno. — E a filha de 10 anos que ele tinha acabado de conhecer, e que morreu em seus braços.

Foi o final da primeira temporada. Um episódio épico. Eu quase senti vontade de recomendar para todos. Só que isso atrapalharia um pouquinho.

— Pergunta três! — exclama Nico. — Agora a competição vai ficar quente!

Lá pela pergunta oito, já cobrimos a primeira e a segunda temporadas e o especial de Natal. Melissa e Matt estão dez pontos atrás, e Melissa está com jeito cada vez mais irritadiço.

— Não *pode* ser verdade — diz ela quando Ben termina de descrever nosso "dia mais memorável juntos", que envolveu um cerco armado, uma caçada policial pelo zoológico do Central Park e soprar as velas do bolo de aniversário dele em uma cela de prisão (longa história). — Duvido dessas respostas. — Ela bate no microfone como se fosse um martelo e ela fosse a juíza. — Ninguém tem uma vida assim!

— Dirk e Sally têm! — digo, tentando não rir quando olho para Ben.

— Quem são Dirk e Sally? — pergunta ela imediatamente, olhando de rosto a rosto como se estivéssemos enganando-a de alguma maneira.

— Nossos apelidos um pro outro — diz Ben tranquilamente. — E posso perguntar o que exatamente você está sugerindo? Que aprendemos um bando de respostas falsas especialmente pra essa competição? Parecemos maus perdedores?

— Parem com isso! — Os olhos dela brilham com indignação. — Você está me dizendo que seu primeiro encontro foi mesmo em um *necrotério*?

— Você está me dizendo que o seu foi mesmo no *Ivy*? — responde ele imediatamente. — Ninguém vai ao Ivy no primeiro encontro, a não ser que já saiba que vai ficar tão entediado que precisará ficar olhando as pessoas. Desculpe — acrescenta ele educadamente para Matt. — Tenho certeza de que você se divertiu muito.

Não consigo parar de rir. Melissa está ficando cada vez mais irritada, e eu não a culpo. Mais e mais pessoas se juntaram à plateia, e elas também estão adorando.

— Pergunta nove! — Nico tenta recuperar o controle da situação. — Qual é o lugar mais incomum onde você teve... relações amorosas? — Casal dois, vocês podem responder primeiro?

— Bem! — Carol está ficando cada vez mais cor-de-rosa. — Eu não sabia direito como responder essa pergunta. É *pessoal* demais.

— É mesmo — diz Nico solidário.

— Acredito que a palavra correta seja... — Ela faz uma pausa, contorcendo-se com constrangimento. — Felação.

Há uma explosão de gargalhadas na plateia, e aperto os lábios para não rir também. Carol fez um boquete em Tim? Não é possível. Não consigo imaginar isso nem em um milhão de anos.

— Seu marido escreveu "Um chalé em Anglesey" — diz Nico, sorrindo largamente. — Zero pontos, infelizmente, querida dama. Embora você mereça pontos por tentar.

Carol parece querer entrar em combustão espontânea.

— Por "lugar" — começa ela —, eu pensei que você queria dizer... eu pensei...

— Naturalmente — diz Nico, solidário. — Casal um?

— Hyde Park — diz Melissa imediatamente, como se fosse uma criança na sala de aula.

— Correto! Dez pontos! Casal três?

Precisei pensar sobre essa. Tem algumas opções. Só espero que Ben tenha se lembrado do episódio.

— No calçadão de Coney Island. — Quando olho para o rosto de Ben, sei que errei.

— Que pena! Seu marido escreveu "na mesa do promotor público".

— Na mesa do promotor público? — Melissa parece furiosa. — Vocês estão de brincadeira?

— Zero pontos! — diz Nico apressadamente. — E agora, chegamos ao clímax do jogo. Tudo depende da pergunta final. A pergunta mais pessoal e íntima de todas. — Ele faz uma pausa dramática. — Quando você percebeu que estava apaixonado por sua esposa?

Um silêncio de expectativa surge na plateia, e há um rufar de tambores da banda.

— Casal três? — diz Nico.

— Foi quando estávamos amarrados juntos em um trilho de trem e um trem se aproximava — responde Ben pensativo. — Ela se esticou, me beijou e disse: "Se terminar aqui, estarei feliz." E então, soltou nós dois com a lixa de unhas.

— Correto!

— *Trilho de trem?* — Melissa olha de um para outro. — Posso protestar?

Dou um sorriso para Ben e levanto o punho em um gesto de vitória. Mas ele não responde; seus olhos estão desfocados, como se ele ainda estivesse lembrando.

— Casal dois?

— Espere! — diz Ben de repente. — Não terminei minha resposta. Aquele dia nos trilhos foi quando eu percebi que estava apaixonado pela minha esposa. Mas o momento em que percebi que a *amava*... — Ele olha para mim com expressão ilegível. — Foi bem diferente.

— Qual é a diferença? — diz Melissa com petulância. — Vocês estão tentando nos enganar de novo?

— Você se apaixona e desapaixona — diz Ben. — Mas quando *ama* mesmo alguém... é pra sempre.

É uma fala do programa? Não reconheço. Estou um pouco confusa. Do que ele está falando?

— O dia em que percebi que amava minha esposa foi aqui na ilha de Ikonos, há 15 anos. — Ele se inclina na direção do microfone e sua voz fica mais alta, retumbante. — Eu peguei uma gripe. Ela cuidou de mim a noite toda. Foi meu anjo da guarda. Ainda me lembro daquela voz doce me dizendo que eu ficaria bem. Agora percebo que a amo desde aquele dia, apesar de nem sempre saber.

Ele termina e fica em silêncio. Todos parecem aturdidos. E então, uma garota da plateia dá um grito de apreciação, e é como se um feitiço fosse rompido e as pessoas começam a aplaudir, mais alto do que nunca.

Estou tão vidrada que nem ouço direito a resposta dos outros. Ele estava falando sobre nós. Não Dirk e Sally. *Nós.* Ben e Lottie. Um brilho caloroso tomou conta de mim e não consigo parar de sorrir. Ele me ama há 15 anos. Falou isso em público. Nunca me aconteceu nada tão romântico, *nunca*.

A única coisinha minúscula é...

Bem. É só um detalhe menor, o de que ainda não me lembro disso. Minha mente está vazia. Não me lembro de Ben ter gripe e nem de cuidar dele. Mas, por outro lado, tem muita coisa daquela época de que não me lembro, digo para mim mesma. Eu tinha me esquecido completamente de Big Bill. Tinha me esquecido do torneio de pôquer. Deve estar enterrado bem no fundo da minha memória.

— ... Você sabe que foi naquele piquenique! Você sempre disse que foi!

Fico ciente abruptamente de que Melissa e Matt ainda estão brigando por causa da resposta dele.

— Não foi no piquenique — diz Matt obstinadamente. — Foi em Cotswolds. Mas do jeito que você está agindo, talvez eu preferisse que não tivesse acontecido!

Melissa respira fundo, e consigo praticamente ver fumaça saindo pelas orelhas dela.

— Acho que sei quando nos apaixonamos, Matt. E não foi na porcaria de Cotswolds!

— O que nos leva ao fim da competição! — diz Nico com destreza. — E fico feliz em anunciar que nossos vencedores são o casal três! Ben e Lottie Parr! Vocês ganharam uma massagem especial de casal ao ar livre e receberão o troféu de Casal Feliz da Semana, na Cerimônia de Premiação no Baile de Gala, amanhã à noite. Parabéns! — Ele puxa uma rodada de aplausos, e Ben pisca para mim. Fazemos uma reverência e sinto Ben apertar minha mão.

— Gosto da ideia dessa "massagem de casal" — diz ele no meu ouvido. — Li sobre isso mais cedo. É na praia, em uma área rodeada de cortinas, com óleos essenciais. Ganhamos taças de champanhe, e depois que terminam, nos deixam sozinhos para termos "privacidade".

Privacidade? Olho nos olhos dele. Finalmente! Ben e eu, sozinhos em uma praia, em um espaço privado, com ondas batendo na margem e taças de champanhe e corpos escorregadios de óleo...

— Vamos fazer assim que for possível. — Minha voz está rouca de desejo.

— Esta noite. — Ele toca meu seio de leve, o que me faz tremer de expectativa. Acho que abandonamos a regra de que não podemos nos tocar. Fazemos outra reverência para a plateia e descemos da plataforma. — E agora, vamos tomar alguma coisa — acrescenta Ben. — Quero entupir você de álcool.

Acontece que *há* vantagens em se ter um mordomo. Assim que dizemos que queremos um drinque comemorativo, Georgios entra em ação e nos garante uma mesa de canto no restaurante chique da praia, com champanhe no gelo e canapés especiais de lagosta trazidos do restaurante principal. Pela primeira vez, não me importo com o movimento e a confusão dos mordomos ao nosso redor. Parece certo. Merecemos essa paparicação. Somos campeões!

— Pois é! — diz Ben quando ficamos sozinhos. — Foi um bom dia, no fim das contas.

— Muito bom. — Dou um sorriso em resposta.

— Duas horas até nossa massagem. — Ele me olha nos olhos, e sua boca se contrai em um sorriso.

Duas horas deliciosas, saboreando uma espetacular maratona de sexo na praia, estão por vir. Posso lidar com isso. Beberico champanhe e me recosto, sentindo o sol bater em meu rosto. A vida está perfeita agora. Só há um levíssimo incômodo em meus pensamentos, que estou tentando ignorar. Posso ignorar. Sim. Posso.

Não. Não posso.

Enquanto beberico champanhe e mastigo amêndoas salgadas, fico ciente de uma mudança no meu humor. Um ponto fraco do qual tento desviar. Mas não posso me enganar. E sei que, quanto mais tempo eu deixar isso de lado, mais vou ficar preocupada.

Eu não o conheço. Não direito. Ele é meu marido e eu não o *conheço*. É claro que não tem problema que as escolhas políticas dele sejam diferentes das minhas. Mas a questão é que eu não fazia ideia. Pensei que tivéssemos descoberto tantas coisas nos últimos dias... mas agora percebo que há falhas enormes. Que outras surpresas vou ter?

Em recrutamento, fazemos a mesma pergunta básica sempre que queremos conhecer nossos candidatos rapidamente: "Onde você quer estar em um ano, cinco anos e dez anos?" Eu não teria ideia do que dizer sobre Ben, e isso não pode estar certo, não é mesmo?

— Você está muito distante. — Ben toca no meu nariz. — Terra para Lottie.

— Onde você quer estar daqui a cinco anos? — pergunto abruptamente.

— Excelente pergunta — diz ele imediatamente. — Onde você quer estar?

— Não desvie. — Eu sorrio para ele. — Quero saber a estratégia oficial de Ben Parr.

— Talvez eu tivesse uma estratégia oficial. — Os olhos dele se suavizam ao pousar nos meus. — Mas talvez tenha mudado agora que tenho você.

Fico tão desarmada pela expressão dele que sinto minhas dúvidas derretendo. Ele está me olhando com o sorriso torto mais charmoso do mundo e com uma expressão distante, como se estivesse imaginando nosso futuro juntos.

— Sinto a mesma coisa — não consigo evitar dizer. — Sinto como se tivesse um futuro completamente novo.

— Um futuro com você. Em qualquer lugar que quisermos. — Ele abre as mãos. — Qual é o sonho, Lottie? Me convença.

— França? — digo com hesitação. — Uma fazenda na França? — Sempre fantasiei sobre morar na França. — Talvez em Dordogne ou na Provence? Poderíamos reformar uma casa, montar um projeto de verdade...

— *Adorei* a ideia. — Os olhos de Ben estão brilhando. — Encontrar uma casa destruída, transformar em uma coisa incrível, convidar amigos para ficar conosco, refeições longas e preguiçosas...

— Exatamente! — Minhas palavras saem de repente, misturando-se com as dele. — Teríamos uma mesa enorme e comida fresca e maravilhosa, e as crianças ajudariam a fazer a salada...

— Aprenderiam francês também...

— Quantos filhos você quer?

Minha pergunta interrompe a conversa por um momento. Percebo que estou prendendo a respiração.

— Quantos pudermos ter — diz Ben tranquilamente. — Se fossem todos como você, eu teria dez!

— Talvez não *dez*... — Estou rindo de alívio. Combinamos perfeitamente! Minhas preocupações eram desnecessárias! Estamos totalmente sintonizados no que diz respeito a escolhas de vida. Quase quero pegar o celular e começar a procurar propriedades antigas na França que me façam babar.

— Você quer mesmo morar na França?

— Se tem uma coisa que quero fazer nos próximos dois anos é assentar a vida — diz ele com seriedade. — Encontrar um estilo de vida que eu possa amar. E a França é uma paixão minha.

— Você fala francês?

Ele pega o cardápio de sobremesas e um lápis e escreve alguns versos atrás, depois vira para me mostrar.

> *L'amour, c'est toi*
> *La beauté, c'est toi*
> *L'honneur, c'est toi*
> *Lottie, c'est toi*

Estou encantada. Ninguém nunca me escreveu um poema. E muito menos em francês.

— Muito obrigada! Adorei! — Leio tudo de novo, aproximo o papel do rosto como se estivesse tentando inspirar as palavras, depois coloco na mesa.

— Mas e seu trabalho? — Fico tão desesperada para que esse plano se torne verdade que não consigo evitar pressioná-lo, só para ter certeza. — Você não pode largar tudo.

— Posso ficar indo e vindo.

Nem sei direito qual é o trabalho de Ben. Sei que é em uma empresa que fabrica papéis, obviamente, mas o que ele *faz*? Acho que ele nunca explicou direito, e parece um pouco tarde demais para eu perguntar.

— Você tem alguém que possa tomar as rédeas? Que tal Lorcan? — Eu me lembro do melhor amigo de Ben. — Ele trabalha com você, não é? Será que pode assumir?

— Ah, tenho certeza de que ele adoraria. — Há um repentino tom amargo na voz de Ben, e eu recuo mentalmente.

Droga. Está claro que toquei num ponto delicado. Não que eu saiba de detalhes, mas o jeito de Ben imediatamente sugere um passado de reuniões tensas em salões de conferências, portas batidas, e e-mails dos quais alguém se arrepende no dia seguinte.

— Ele é seu padrinho — digo com cautela. — Vocês não são melhores amigos?

Ben fica em silêncio por alguns momentos, envolto em algum pensamento.

— Nem sei por que Lorcan está na minha vida — diz ele por fim. — Essa é a verdade. Eu me virei e ele estava ali. Simplesmente *ali*.

— O que você quer dizer?

— O casamento dele acabou há quatro anos. Ele foi para Staffordshire ficar com meu pai. Tudo bem; eles sempre se deram bem, desde que estudamos juntos. Mas logo Lorcan estava aconselhando meu pai e assumindo uma posição na empresa, e mandando em tudo. Você devia ter visto ele e meu pai andando pela casa, fazendo planos, me deixando completamente de fora.

— Parece horrível — digo solidária.

— Tudo chegou ao ápice há dois anos. — Ele toma champanhe. — Fui embora de repente. Desapareci. Eu precisava me reorganizar. Eles ficaram tão surtados que chamaram a polícia... — Ele abre as mãos. — Não falei para eles onde eu estava. Depois disso, eles se comportaram como se eu fosse um maluco. Meu pai e Lorcan estavam mais unidos do que nunca. E aí, meu pai *morre*...

Há uma frieza na voz dele, o que deixa minha pele arrepiada.

— E Lorcan ficou na empresa? — pergunto.

— Para onde mais ele iria? Ele está com a vida ganha. Um bom salário, um chalé na propriedade... está tudo resolvido pra ele.

— Lorcan tem filhos?

— Não. — Ben dá de ombros. — Acho que não chegaram a esse ponto. Ou não estavam a fim.

— Bem, então por que você não se livra dele sem confusão? — Estou prestes a sugerir uma empresa de advocacia que sei que é especializada em dispensar funcionários de forma diplomática, mas Ben não parece estar ouvindo.

— Lorcan pensa que sabe mais a respeito de tudo! — As palavras saem em um fluxo ressentido. — O que devo fazer com a minha vida. O que devo fazer com a minha empresa. Que agência de propaganda devo contratar. Quanto devo pagar para os faxineiros. Que tipo de papel é melhor para que tipo de... sei lá, *agenda de mesa*. — Ele expira. — E não sei a resposta. Então, ele ganha.

— Não é questão de ganhar — digo, mas percebo que Ben não está prestando atenção.

— Uma vez, ele confiscou meu celular em público porque achou que "não era apropriado". — Ben está fervendo de ressentimento.

— Isso parece abuso! — digo, chocada. Você tem um chefe eficiente de RH?

— Sim. — Ben parece desanimado. — Mas ela vai embora. E jamais diria alguma coisa para Lorcan. Todo mundo o adora.

Fico perplexa de ouvir isso como profissional. Essa história toda parece uma confusão. Quero pegar uma folha de papel e começar a escrever um plano de ação de cinco etapas para Ben lidar com Lorcan com mais eficiência, mas isso não é exatamente uma conversa sexy de lua de mel.

— Me diga — falo, com a voz gentil e convincente. — Pra onde você foi quando desapareceu?

— Quer mesmo saber? — Ben me dá um sorriso curioso e zombeteiro. — Não foi meu melhor momento.

— Me conta.

— Fui ter aulas de comédia com Malcolm Robinson.

— Malcolm Robinson? — Eu arregalo os olhos. — De verdade?

Eu *amo* Malcolm Robinson. Ele é hilário. Tinha um programa brilhante de esquetes, e uma vez o vi ao vivo em Edimburgo.

— Comprei de forma anônima em um leilão beneficente. Originalmente, era um fim de semana, mas eu o convenci a aumentar para uma semana. Me custou uma fortuna. No final, pedi que ele me dissesse diretamente se eu tinha talento.

Ele fica em silêncio. Já estou me encolhendo por dentro por causa da expressão no rosto dele.

— O quê...? — pergunto por fim, e limpo a garganta. — O que ele...

— Ele disse não — interrompe Ben em um tom quase sem expressão. — Foi direto. Me mandou desistir. Na verdade, me fez um favor. Não faço piada nenhuma desde então.

Faço uma careta.

— Isso deve ter sido arrasador.

— Feriu meu orgulho, sim.

— Quanto tempo você...? — Paro de falar, constrangida. Não sei como formular. Por sorte, Ben parece entender.

— Sete anos.

— E simplesmente desistiu?

— É.

— E não contou pra ninguém? Nem pro seu pai? Nem pra Lorcan?

— Pensei que eles pudessem reparar que parei de fazer shows e acabassem perguntando o motivo. Não perguntaram. — A mágoa na voz dele é inconfundível. — Eu não tinha mais ninguém pra quem... você sabe. Contar coisas.

Espontaneamente, pego a mão dele e aperto com força.

— Você tem a mim agora — digo baixinho. — Me conte coisas.

Ele aperta minha mão, e nossos olhares se unem. Por um momento, me sinto completamente ligada a ele. E então, dois garçons se aproximam para retirar nossos pratos de canapés; soltamos as mãos e o encanto é rompido.

— Lua de mel estranha, hein? — digo com zombaria.

— Não sei. Estou começando a gostar.

— Eu também. — Não consigo evitar uma gargalhada. — Estou quase feliz de ser tão estranha. Pelo menos, não vamos esquecer.

E estou falando sério. Se não tivéssemos tido todos os desastres no quarto, talvez não estivéssemos tomando esses drinques e eu poderia nunca saber essas coisas sobre Ben. É engraçado como as coisas funcionam. Entrelaço minha perna na dele por baixo da mesa e começo a subir com o dedão por sua coxa em meu movimento clássico, mas ele balança a cabeça vigorosamente.

— Não — diz ele simplesmente. — Hã-hã. Não consigo suportar. Estou com tesão demais.

— Então como é que você vai sobreviver à massagem de casais? — pergunto provocante.

— Mandando que só demorem dez minutos e nos deixem completamente sozinhos — responde ele com seriedade. — Estou preparado para dar uma gorjeta alta.

— Falta uma hora. — Olho para o relógio. — Que tipo de óleo será que usam?

— Mude de assunto, não fale de óleo. — Ele parece tenso. — Dá um tempo pro sujeito.

Não consigo deixar de gargalhar.

— Certo, novo assunto. Quando devemos visitar a pensão? Amanhã?

Estou meio empolgada e meio apavorada quanto a essa visita à pensão. O lugar onde nos conhecemos. Onde houve o incêndio. E onde minha vida mudou. É onde tudo aconteceu. Tudo em uma pequena pensão, há 15 anos.

— Amanhã. Você vai ter que dar estrela na praia pra mim.

— Pode deixar. — Dou um sorriso para ele. — E você vai ter que mergulhar daquela pedra.

— E depois vamos procurar aquela caverna pra onde a gente ia...

Nós dois estamos com olhos enevoados e sorrindo, perdidos em lembranças.

— Você usava uns shorts *tie-dye* — diz Ben. — Eu ficava maluco.

— Eu trouxe os shorts — confesso.

— Não! — Os olhos dele se iluminam.

— Guardei esse tempo todo.

— Você é um anjo.

Dou um sorriso malicioso e sinto meu desejo disparar. Ah, Deus. Como vou esperar uma hora? Como posso passar o tempo?

— Vou contar pra Fliss como nos saímos. — Pego o celular e digito uma mensagem rápida:

Adivinha! GANHAMOS!!!!! Tudo foi lindo. Ben e eu somos uma ótima equipe. Estou muito feliz. ☺

Não consigo deixar de sorrir enquanto digito. Ela não vai acreditar quando ler! Na verdade, espero que a notícia a alegre um pouco. Ela parecia chateada. Queria saber o que está acontecendo. Por impulso, acrescento à mensagem:

Espero que vc tb esteja tendo um ótimo dia. Tudo bem?? Bjs L

16
Fliss

Não há nada de errado com Sofia, na Bulgária. É uma ótima cidade. Já fui lá muitas vezes. É cheia de belas igrejas e museus interessantes e um mercado de livros a céu aberto. No entanto, não é onde quero estar às seis da tarde, com calor, suando e incomodada, esperando que minha bagagem apareça na esteira, *quando eu deveria estar na ilha grega de Ikonos.*

O único ponto positivo da situação: não posso culpar Daniel. Não desta vez. É um resultado firme do Destino-barra-Ato-de-Deus. (Muito obrigada, Deus. É por causa do que falei na aula de estudos religiosos aos 11 anos? Eu estava *brincando*.) Mas eu realmente gostaria de poder culpar Daniel agora. Mais especificamente, gostaria de dar um chute nele. Como não vai ser possível, talvez eu possa chutar o carrinho de bagagem.

O grupo de pessoas ao redor da esteira chega a formar cinco filas. Há passageiros de vários voos esperando sua bagagem, e ninguém está de bom humor, muito menos meus companheiros do voo 637 para Ikonos. Não há muitos sorrisos. Não há muita conversa animada.

Sofia, na maldita Bulgária. *Sério.*

Anos viajando a trabalho me deixaram bastante zen com relação a companhias aéreas, seus atrasos e mancadas, mas devo dizer que essa mancada é de proporções épicas. Não poderíamos simplesmente ter pousado, removido a pobre senhora para um hospital e retomado eficientemente a viagem? Ah, não. A bagagem dela precisava ser encontrada, e houve problema para conseguir uma vaga para decolagem, e no fim das contas deu alguma coisa errada com o motor. A conclusão é uma noite não planejada em Sofia. Vamos ser alocados no City Heights Hotel. (Não é ruim, quatro estrelas, ótimo bar no terraço, pelo que lembro.)

— É a nossa! — grita Noah pela quinquagésima primeira vez. Ele tentou pegar quase todas as malas pretas que apareceram na esteira, apesar de a nossa ter uma fita vermelha diferencial e provavelmente estar a caminho de Belgrado agora.

— Não é, Noah — digo com paciência. — Continue prestando atenção.

Uma mulher pisa com força no meu dedão, e estou tentando me lembrar de qualquer palavrão em búlgaro quando meu telefone apita com a chegada de uma mensagem de texto e eu o tiro do bolso.

Adivinha! GANHAMOS!!!!! Tudo foi lindo. Ben e eu somos uma ótima equipe. Estou muito feliz. ☺ Espero que vc tb esteja tendo um ótimo dia. Tudo bem?? Bjs L

Fico tão chocada que não consigo me mover por um momento. Eles *ganharam?* Como diabos conseguiram ganhar?

— De quem é? — Richard me viu lendo a mensagem. — É de Lottie?

— Er, é. — Sou lenta demais para mentir.

— O que ela disse? Percebeu que cometeu um erro? — O rosto dele está tão ansioso que me encolho por dentro. — Suponho que tenham ido mal no jogo, não?

— Na verdade... — Eu hesito. Como conto isso para ele? — Na verdade, eles ganharam.

Sua expressão muda, e ele me olha espantado.

— Eles *ganharam*?

— Aparentemente.

— Mas pensei que não soubessem nada um sobre o outro.

— E não sabem!

— Você disse que eles iam se dar mal. — Richard passa a me acusar.

— Eu sei! — digo abalada. — Olha, tenho certeza de que deve haver uma explicação. Devo ter entendido errado. Vou ligar pra ela. — Ligo para o número de Lottie e me afasto.

— Fliss? — Mesmo depois dessa única sílaba, consigo perceber o quanto ela está eufórica.

— Parabéns! — Tento usar o mesmo tom que ela. — Vocês... vocês *ganharam*?

— Não é *incrível*? — diz ela exultante. — Você precisava estar lá, Fliss. Incorporamos os personagens! Fomos Dirk e Sally, sabe, daquele programa de TV que a gente sempre via?

— Certo — respondo confusa. — Uau.

— Agora estamos comemorando, e acabei de comer os canapés de lagosta mais deliciosos do mundo com champanhe. E vamos até a pensão amanhã. E Ben escreveu um poema de amor pra mim em francês... — Ela suspira com alegria. — Esta é a lua de mel perfeita.

Olho para o celular com horror crescente. Champanhe? Poemas de amor em francês? A *lua de mel perfeita*?

— Certo. — Estou tentando ficar calma. — Isso é... surpreendente.

Que porra Nico anda *fazendo*? Por acaso está dormindo?

— Sim, estávamos tendo momentos péssimos! — Lottie ri com alegria. — Não dava pra acreditar. Nós nem... você sabe. Nem fizemos ainda. Mas por algum motivo, não importa. — O tom dela fica suave e amoroso. — É como se todos os desastres malucos tivessem nos unido ainda mais.

Os desastres os uniram? *Eu os uni?*

— Maravilhoso! — Minha voz está estridente. — Que ótimo! Então você tomou a decisão certa ao se casar com Ben?

— Um milhão de vezes — diz Lottie em estado de êxtase.

— Ótimo! Maravilhoso! — Contorço o rosto e penso em como prosseguir. — É que... eu estava pensando em Richard. Me perguntando como ele estava. Você tem feito contato com ele?

— *Richard?* — O tom rancoroso quase arranca minha orelha. — Por que eu faria contato com *Richard*? Ele saiu da minha vida e eu queria nunca tê-lo conhecido!

— Ah. — Esfrego o nariz e tento não olhar para Richard. Espero que ele não consiga ouvir.

— Você acredita que eu estava pronta pra voar pelo Atlântico por ele? Ele jamais faria um esforço desses por mim. *Nunca*. — O amargor dela me faz tremer. — Ele não tem um único toque de romantismo.

— Tenho certeza de que tem! — respondo antes de conseguir me impedir.

— Não tem — diz ela com segurança. — Sabe o que eu acho? Ele nunca me amou. Já deve até ter me esquecido.

Olho para Richard, com calor, suado e resoluto, e quero gritar. Se ela soubesse.

— De qualquer modo, Fliss, acho muito desagradável de sua parte mencionar Richard — acrescenta ela mal-humorada.

— Desculpa — digo, recuando rapidamente. — Só estava pensando em voz alta. Estou feliz de você estar se divertindo.

— Estou me divertindo muito — concorda ela enfaticamente. — Estamos conversando, nos aproximando, fazendo planos... Ah, aliás. Aquele cara com quem você ficou. Lorcan.

— Sim? O que tem?

— Ele parece ser um pesadelo. Você devia evitá-lo. Você não voltou a vê-lo, voltou?

Instintivamente, olho para Lorcan, que está perto da esteira de bagagens e colocou Noah nos ombros.

— Er... não muito — respondo, desviando. — Por quê?

— Ele é um homem horrível e arrogante. Você sabia que ele trabalha na empresa de Ben? Praticamente convenceu o pai de Ben a contratá-lo, e agora está com a vida ganha, assumindo tudo e tentando controlar até Ben.

— Ah — digo desconcertada. — Eu não sabia. Pensei que eles fossem amigos.

— Eu também pensava. Mas Ben o odeia. Parece que Lorcan confiscou o celular dele em público! — A voz de Lottie sobe com indignação. — Como se fosse um professor. Não é horrível? Falei pro Ben que ele devia acusá-lo de abuso! E tem um monte de outras coisas. Então, prometa que não vai se apaixonar por ele nem nada.

Resisto ao desejo de dar uma risada seca e sardônica. Chance nenhuma.

— Vou me esforçar — digo. — E você me promete que... er... vai continuar se divertindo muito, tá? — Ter que dizer essas palavras está me matando. — O que vai ter agora?

— Massagem de casal na praia — revela Lottie exultante. Todas as fibras do meu corpo se enrijecem, alarmadas.

— Certo. — Eu engulo em seco. — E quando vai ser isso? Exatamente?

Já estou pensando na bronca que vou dar em Nico. O que está acontecendo? Como ele pôde ser tão negligente? Por que eles estão tomando champanhe e comendo lagosta? Por que ele permitiu que Ben escrevesse um poema de amor em francês? Ele devia ter se metido e agarrado o lápis.

— É em meia hora — diz Lottie. — Massageiam nosso corpo com óleo e nos deixam sozinhos para termos momentos particulares. Sinceramente, Fliss. — Ela baixa a voz. — Ben e eu estamos *desesperados* por isso.

Estou quicando de agitação. Não era esse o plano. Estou presa na porcaria de Sofia, e ela e Ben estão prestes a conceber um bebê na praia, a quem eles sem dúvida vão batizar de "Beach" e por quem vão brigar com ferocidade no tribunal, quando o casamento acabar. Assim que nos despedimos, ligo para Nico.

— E então? — pergunta Richard imediatamente. — Qual é a situação?

— A situação é: estou no comando de tudo — digo rapidamente quando a chamada cai na caixa postal. — Alô, Nico, é Fliss. Precisamos conversar imediatamente. Me ligue. Tchau.

— O que Lottie disse? — pergunta Richard quando encerro a ligação. — Eles ganharam?

— Ao que parece, sim.

— Filho da mãe. — Ele está respirando pesadamente. — *Filho da mãe.* O que ele sabe sobre ela que eu não sei? O que ele tem que eu não tenho? Fora a mansão, obviamente...

— Richard, pare! — digo exasperada. — Não é uma competição!

Richard me encara como se eu fosse uma das pessoas mais burras que já existiu.

— É claro que é uma competição — diz ele.

— Não, não é!

— Fliss, *tudo* na vida de um homem é competição! — De repente, ele perde a calma. — Você não percebe? Desde os 3 anos de idade, mijando no muro com todos os amigos, um menino só pensa em coisas como: Sou maior que ele? Sou mais alto? Sou mais bem-sucedido? Minha esposa é mais gostosa? Assim, no dia em que um filho da mãe com jatinho particular foge com a garota que você ama, sim, é uma competição.

— Você não sabe se ele tem jatinho particular — digo depois de uma pausa.

— Estou supondo.

Ficamos em silêncio. Apesar de tudo, estou comparando Richard e Ben em minha mente. Para mim, Richard ganharia, mas eu não conheço Ben.

— Tudo bem. Digamos que você esteja certo — concordo.

— O que conta como vitória? Onde fica a linha de chegada? Ela se casou com outra pessoa. Isso não quer dizer que você já perdeu?

Não quero ser dura demais, mas esses são os fatos.

— Quando eu revelar a Lottie o que realmente sinto... e, ainda assim, ela disser não — diz Richard com segurança —, *então,* eu terei perdido.

Meu estômago dá um nó de compaixão. Ele está se arriscando. Ninguém pode dizer que escolheu o caminho mais fácil.

— Certo. — Eu concordo com a cabeça. — Você sabe qual seria meu voto. — Aperto o ombro dele.

— O que eles estão fazendo agora? — Ele olha para o meu celular. — Me conte o que ela está fazendo. Sei que contou pra você.

— Acabaram de tomar champanhe e comer lagosta — digo com relutância. — E Ben escreveu um poema de amor em francês.

— Em francês? — Richard parece ter acabado de levar uma joelhada no estômago. — Filho da mãe *bajulador*.

— E estão planejando visitar a pensão amanhã — continuo quando Lorcan se junta a nós. Ele e Noah estão arrastando três malas. — Muito bem, vocês dois! Essa é toda a bagagem.

— Bate aqui — diz Noah solenemente para Lorcan e dá um tapa na palma da mão dele.

— A pensão? — Richard parece perturbado por essa informação. — A pensão onde se conheceram?

— Exatamente.

A expressão de desprezo dele aumenta.

— Ela sempre fala sobre aquele lugar. Sobre as lulas, diferentes de todas as lulas do mundo. E da praia escondida que era melhor do que qualquer outra praia. Levei-a para a ilha de Cós uma vez, e ela só conseguia falar que não era tão bom quanto a pensão.

— Ah, caramba, a pensão. — Lorcan concorda com a cabeça. — Odeio aquele lugar. Se tiver que ouvir Ben me contar mais uma vez sobre como o pôr do sol era uma experiência perturbadora...

— Lottie também falava do pôr do sol — diz Richard.

— E que todos acordavam ao amanhecer pra fazer uma porra de ioga...

— ... e as pessoas...

— ... e o ambiente...

— E o mar era o mais limpo, mais azul e mais perfeito que existia — digo, revirando os olhos. — Já está mais do que na hora de esquecerem isso.

— Lugar maldito — diz Lorcan.

— Eu queria que *tudo* tivesse pegado fogo — acrescenta Richard.

Todos nos entreolhamos, imensamente animados. Não há nada como ter um inimigo comum.

— Temos que ir — diz Lorcan. Ele me entrega a alça da minha mala de rodinhas, e estou prestes a pegar quando o telefone toca. Verifico o identificador de chamadas: é Nico. *Finalmente.*

— Nico! Por onde você andou?

— Fliss! Sei o que você está pensando, e estou humilhado... — Quando ele inicia um pedido de desculpas, eu o interrompo.

— Não temos tempo pra isso. Eles estão prestes a irem juntos para a praia. Você precisa agir rápido. Escute.

17
Lottie

É o ambiente *perfeito* para uma noite de núpcias. Nossa própria praia particular! Não é o máximo?

Estamos em uma enseada escondida, aonde se chega da praia principal depois de seguir por algumas pedras, e há uma placa de *Não Perturbe* em uma pedra. Nossas duas massagistas nos levaram até lá em uma pequena procissão, com Georgios e Hermes atrás carregando champanhe e ostras, que estão esperando por nós no gelo. Agora estamos deitados em uma enorme cama dupla de massagem enquanto as duas profissionais, Angelina e Carissa, esfregam óleo em nossos corpos. Há cortinas brancas tremulando ao nosso redor, de forma que ficamos completamente escondidos. O azul do céu é intenso, o que só se vê em finais de tarde, e velas aromáticas afundadas na areia exalam um perfume delicioso. Pássaros voam e cantam. Consigo ouvir o som delicado de ondas na areia, e o ar tem um toque salgado. É tudo tão lindo que sinto como se estivesse em um vídeo pop artístico.

Ben estica a mão para segurar a minha, e eu a aperto, fazendo uma careta quando Carissa massageia um nó particularmente teimoso na minha nuca. Hummm. Ben e eu, e uma cama na praia, escondida, que teremos só para nós dois durante duas horas. As massagistas repetiram isso várias vezes.

— Duas horas — repetia Angelina. — Bastante tempo sozinhos. Vocês relaxarão juntos... Todos os sentidos estarão estimulados... Ninguém irá perturbá-los, isso é garantido.

Ela não chegou a dar uma piscadela, mas foi quase isso. Obviamente, é um serviço de Transa a Céu Aberto, mas eles são discretos demais para dizer isso tão claramente no folheto.

Carissa terminou de massagear minha nuca. Ela e Angelina se dirigem para a cabeceira de cada cama e começam uma massagem sincronizada na cabeça. Estou relaxando cada vez mais. Na verdade, eu provavelmente adormeceria se não fosse o fato de estar saltitando de desejo. A mera visão de Ben escorregadio, nu e coberto de óleo ao meu lado foi o bastante. Vamos usar cada minuto dessas duas horas, eu juro. Nós *merecemos* esse sexo. Ele só vai precisar me tocar e vou explodir...

Ting!

Sou arrancada do meu devaneio. Do nada, Angelina e Carissa apareceram com sininhos iguais que estão tocando acima de nossas cabeças como se numa espécie de ritual.

— Terminado — sussurra Carissa, e enrola o lençol ao redor do meu corpo. — Agora relaxe. Vá com calma.

Sim! Acabou! Momentos particulares e sensuais, aqui vamos nós. Observo, com os olhos semicerrados, Angelina e Carissa saírem da área envolta pelo tecido. Não há som além das cortinas de algodão voando delicadamente na brisa. Olho para o céu azul sem conseguir falar de tão tomada pelo torpor e desejo. Acho que é o estado mais pleno em que já estive Pós-massagem; pré-sexo.

— Então. — Ben aperta minha mão de novo. — Finalmente.

— *Finalmente*. — Estou prestes a me inclinar e beijá-lo, mas ele é mais rápido. Antes que eu perceba, está sentado em cima de mim segurando um pequeno vidro de óleo. Deve ter trazido escondido. Ele pensa em tudo!

— Não gosto de mais ninguém fazendo massagem em você, só eu. — Ele derrama óleo nos meus ombros. O cheiro é delicioso, almiscarado e sensual. Inspiro de prazer enquanto ele me cobre de óleo e o espalha com movimentos firmes que me fazem tremer.

— Sabe, você é muito habilidoso, Sr. Parr — digo, com a voz trêmula de desejo. — Poderia até montar um spa.

— Só quero uma cliente. — Ele começa a massagear meus mamilos, minha barriga, mais para baixo... Imediatamente, estou gemendo de desejo. Eu o quero tanto, tanto...

— Está gostando disso? — Os olhos dele estão atentos.

— Estou toda formigando. É insuportável.

— Eu também. — Ele se inclina para me beijar, descendo as mãos para entre as minhas coxas...

— Ah, Deus. — Estou sem fôlego. — Estou mesmo formigando.

— Eu também.

— Ai! — Não consigo evitar uma careta.

— Sei que você gosta de um pouco de brutalidade. — Ele ri, mas acho que não consigo rir também. Estou formigando demais. Tem alguma coisa errada.

— Podemos parar por um momento? — Eu o empurro. Minha pele parece coberta de insetos. — Estou meio dolorida.

— Dolorida? — Os olhos dele brilham divertidos. — Gata, nós nem começamos.

— Não é engraçado! Está doendo! — Olho aflita para o meu braço. Ficou vermelho. Por que está vermelho? Ben vem para cima de mim de novo, e me esforço para gemer de prazer quando os lábios dele descem pelo meu pescoço. Mas na verdade são gemidos de dor.

— Pare! — digo desesperada. — Tempo! Parece que estou pegando fogo!

— Eu também — ofega Ben.

— É sério! Não posso ir em frente! *Olhe* pra mim!

Ben por fim recua e me olha, com olhos tomados de desejo.

— Você está linda — diz ele brevemente. — Está maravilhosa.

— Não, não estou! Estou toda vermelha. — Observo meus braços, cada vez mais alarmada. — E estou inchando! Olhe!

— Eles estão mesmo inchando. — Ben aninha um dos meus seios com apreciação. Ele não está *ouvindo*?

— Ai! — Afasto o braço dele. — É sério. Acho que estou tendo uma reação alérgica. O que tem naquele óleo? Não é óleo de amendoim, né? Você *sabe* que sou alérgica a amendoim.

— É só óleo. — Ben parece evasivo. — Não sei o que tem nele.

— Tem que saber! Deve ter olhado o rótulo quando comprou. — Há um silêncio breve. Ben parece meio irritado, como se tivesse sido pego no flagra.

— Eu não comprei — diz ele por fim. — Nico me deu, cortesia do hotel. É da marca da casa, sei lá.

— Ah. — Não consigo evitar a decepção. — E você não verificou? Mesmo sabendo que sou alérgica?

— Eu tinha esquecido, tá? — Ben parece abalado. — Não consigo me lembrar de cada detalhezinho!

— Não acho que a alergia da sua esposa seja "cada detalhezinho"! — digo furiosa, sentindo uma vontade incomum de bater nele. Tudo estava indo tão bem. *Por que* ele precisou me besuntar com óleo de amendoim do mal?

— Olha, talvez se a gente acertar o ângulo, você não sinta tanta dor. — Ben olha ao redor desesperadamente e puxa as cortinas. — Experimente ficar de pé naquelas pedras.

— Tudo bem. — Estou tão ansiosa quanto ele para fazer dar certo. Se minimizarmos o contato corporal... Subo nas pedras, tentando não me encolher demais. — Ai...

— Assim não...

— Ai! Pare!

— Experimente do outro lado...

— Se você pudesse virar um pouco... Oof!

— Isso foi você fungando?

— Não está dando certo — digo, depois de escorregar das pedras pela terceira vez. — Eu poderia experimentar me ajoelhar nas pedras se tivesse alguma coisa acolchoada...

— Ou na beirada da cama...

— Vou ficar por cima... Não! Ai! Desculpe — digo, fazendo uma careta —, mas isso dói muito.

— Você consegue colocar a perna atrás da cabeça?

— Não, não consigo — respondo ressentida. — Você consegue?

O clima se desintegrou completamente com a tentativa de uma posição acrobática após a outra. Estou ofegante, mas não pelas razões certas. Minha pele já está muito inflamada. Preciso de algum creme calmante de base aquosa, urgentemente. Mas também preciso fazer sexo. É insuportável. Tenho vontade de chorar de frustração.

— Vamos lá! — digo para mim mesma com irritação. — Já fiz canal no dente. Consigo fazer isso.

— Canal no dente? — Ben parece mortalmente ofendido. — Sexo comigo é como fazer *canal no dente*?

— Não foi o que eu quis dizer!

— Você está evitando fazer sexo comigo o tempo todo — rosna ele, perdendo a calma de repente. — Que tipo de lua de mel maldita é essa?

É uma acusação tão injusta que me encolho de choque.

— Eu não evitei sexo! — exclamo. — Quero tanto quanto você, mas... é tão doloroso. — Lanço um olhar desesperado ao redor. — Podemos tentar sexo tântrico?

— Sexo *tântrico*? — Ben soa desdenhoso.

— Ah, funciona pro Sting. — Estou à beira das lágrimas de decepção.

— Sua boca está doendo? — pergunta Ben, com uma nota de esperança na voz.

— Sim, estou com óleo nos lábios. Estão muito sensíveis. — Entendo o que ele pretendia. — Desculpe.

Ben desemaranha a perna da minha e senta na cama com os ombros encolhidos. Apesar de tudo, não consigo deixar de sentir alívio por ele não estar mais se esfregando em mim. Foi pura tortura.

Por um tempo, ficamos ali sentados em infelicidade pétrea. Minha pele ainda está inchada e vermelha. Devo parecer uma cereja açucarada gigante. Uma lágrima rola pela minha bochecha, depois outra.

Ele nem me perguntou se minha alergia é perigosa. Não que seja, mas mesmo assim. Ele não está muito preocupado, não é? Na primeira vez que Richard me viu ter uma reação a amendoim, ele quis me levar imediatamente para o pronto-socorro. E sempre toma cuidado ao verificar cardápios e caixas de refeições prontas. Ele é muito atencioso...

— Lottie. — A voz de Ben me faz dar um salto de um quilômetro de culpa. Como posso estar pensando em meu ex-namorado no meio da lua de mel?

— Sim? — Eu me viro rapidamente, para o caso de ele ter adivinhado meus pensamentos. — Só estava pensando em... nada específico.

— Me desculpe. — Ben abre as mãos em um gesto franco. — Não foi o que eu quis dizer, eu só estou desesperado por você.

— Eu também.

— É muito azar.

— Parecemos estar tendo mais do que nossa cota de azar — digo com tristeza. — Como um casal pode passar por uma série de desastres dessa?

— Menos "lua de mel" — debocha ele —, mais "lua de fel".

Sorrio pela piada ruim, sentindo-me mais tranquila. Pelo menos ele está se esforçando.

— Talvez seja o Destino — digo, sem realmente querer dizer isso, mas Ben se agarra à ideia.

— Talvez você esteja certa. Pense bem, Lottie. Vamos voltar à pensão amanhã. Vamos voltar ao local onde começamos. Talvez seja *lá* que a gente deva consumar nosso casamento.

— Seria bem romântico. — A ideia começa a tomar conta de mim. — Poderíamos encontrar o mesmo local, naquela caverninha...

— Você ainda lembra?

— Sempre vou me lembrar daquela noite — falo em tom sincero. — É uma das minhas melhores lembranças de todos os tempos.

— Talvez possamos fazer melhor — diz Ben, com o bom humor recuperado. — Quanto tempo você vai ficar inativa?

— Não sei. — Olho para minha pele de lagosta. — A reação está bem ruim. Provavelmente até amanhã.

— Tudo bem. Então apertamos o botão de pausa. Combinado?

— Combinado — digo agradecida. — Neste momento, estamos apertando o botão de pausa.

— E amanhã apertaremos o play.

— E o de voltar e o play de novo. — Dou um sorriso malicioso para ele. — De novo. E de novo.

Consigo perceber que estamos ambos animados com o plano. Ficamos olhando para o mar, e me sinto gradualmente acalmada pelo barulho repetitivo das ondas, pontuado pelo grito de pássaros e, ao longe, o som de música que vem da praia principal. Uma banda está tocando lá hoje. Talvez possamos dar uma volta para tomar um coquetel e ouvir.

Parece que nos acertamos. Enquanto estamos ali sentados, Ben passa o braço com cuidado por trás de mim e curva-o como se para aninhar minhas costas, mas sem me tocar. É como um abraço fantasma. Minha pele formiga de leve em resposta, mas não me importo. Todo meu ressentimento desapareceu; na verdade, não consigo lembrar por que fiquei ressentida.

— Amanhã — diz ele. — Nada de óleo de amendoim. Nada de mordomos. Nada de harpas. Só nós.

— Só nós — concordo. Talvez Ben esteja certo. Talvez estivesse escrito que nosso casamento deveria ser consumado na pensão. — Eu te amo — acrescento impulsivamente. — Mais ainda por causa disso.

— Eu sinto o mesmo. — Ele me dá aquele sorriso torto, e meu coração incha. De repente, me sinto quase eufórica, apesar da pele formigando, da libido frustrada e da dor no tornozelo por tentar subir nas pedras. Porque, afinal, aqui estamos nós, de volta a Ikonos depois de tantos anos. E amanhã, fecharemos o ciclo. Amanhã voltaremos ao lugar mais importante de nossas vidas: a pensão. O lugar onde encontramos o amor, vivenciamos eventos sísmicos e mudamos nossos destinos para sempre.

Ben estica a mão como se fosse segurar a minha, e dobro os dedos para baixo, sem tocá-lo (minhas mãos também estão inchadas). Não preciso dizer o quanto essa visita à pensão é importante para mim. Ele entende. Ele compreende como ninguém. E é por isso que fomos feitos para ficar juntos.

18
Fliss

Não. Nãããoo! Que disparate é esse?

Ben me compreende em um nível profundo. Ele acha que é nosso Destino, e eu também acho. Fizemos tantos planos pro nosso futuro. Ele quer fazer exatamente as mesmas coisas que eu. Provavelmente vamos morar na França, em uma fazenda...

Clico rapidamente para ler as próximas três mensagens de texto com consternação crescente.

... clima incrível com cortinas brancas perto do mar, e tudo bem que não deu certo, mas isso não é importante...

... Não estávamos nos tocando, mas eu conseguia SENTI-LO, é como uma ligação espiritual, você sabe o que quero dizer...

... nunca fui tão feliz..

Eles não transaram, mas, ainda assim, ela nunca foi tão feliz. Bem, se eu estava tentando separá-los, falhei absurdamente. Acabei aproximando os dois. Bom trabalho, Fliss. Maravilhoso.

— Tudo bem? — diz Lorcan, observando minha expressão.

— Tudo ótimo — respondo quase rosnando e, irritada, viro as páginas do cardápio de coquetéis com capa de couro.

Meu humor anda terrível desde que pousamos em Sofia. Agora, ele está despencando até o fundo do poço. Tudo o que planejei teve resultado contrário, estou exausta, meu frigobar não tinha água tônica, e agora estou cercada de prostitutas búlgaras.

Tudo bem, talvez nem *todas* sejam prostitutas búlgaras, avalio, lançando outro olhar observador para o bar do terraço do hotel. Algumas podem ser modelos búlgaras. Outras, executivas. A luz está baixa, mas reluz em todos os diamantes, dentes e fivelas Louis Vuitton à mostra. O City Heights não é um lugar muito discreto. Embora, para crédito deles, meu nome tenha sido reconhecido e eu nem tenha precisado pedir um quarto melhor. Estou na suíte mais pomposa que fiquei nos últimos tempos, com dois quartos enormes, uma sala de estar com tela de cinema e um enorme banheiro espelhado, estilo art déco. Talvez eu queira mostrá-la para Lorcan mais tarde.

Sinto um aperto por dentro pela expectativa. Não sei bem como estão as coisas entre nós. Talvez depois de alguns drinques eu descubra.

O bar também é meio pomposo, com janelas do chão ao teto e cercado por uma piscina estreita de azulejos pretos, olhada com desdém por todas as pessoas bonitas/modelos/executivos. Ao contrário de Noah, que está pulando sem parar e pedindo para eu deixá-lo entrar.

— Sua sunga está na mala — repito pela quinta vez.

— Deixa ele nadar de cueca — diz Lorcan. — Por que não?

— É! — grita Noah, encantado com a ideia. — Cueca! Cueca! — Ele está pulando sem parar, totalmente pilhado depois do voo. Talvez nadar um pouco não seja tão má ideia.

— Tudo bem — concordo. — Pode nadar de cueca. Mas *quietinho*. Não jogue água em ninguém.

Ansioso, Noah começa a tirar as roupas com naturalidade.

— Cuida da minha carteira, por favor — diz ele com seriedade adulta e me entrega a carteira da companhia aérea que ganhou no voo. — Quero uns cartões de crédito pra botar aí dentro — acrescenta ele.

— Você não tem idade pra ter cartão de crédito — respondo, dobrando a calça dele e colocando em um banco com estofamento de veludo.

— Tome um — diz Lorcan, entregando um cartão do Starbucks para ele. — Vencido — explica para mim.

— Legal! — exclama Noah com prazer e guarda o objeto na carteira. — Quero que fique cheia, igual à do papai.

Estou prestes a fazer um comentário ácido sobre a carteira cheia do papai, mas me controlo bem a tempo. Isso seria amargo. E não sou mais amarga. Sou doce e leve.

— Papai dá duro pra ganhar dinheiro — digo com doçura. — Temos que ter *orgulho* dele, Noah.

— Gerônimo! — Noah está correndo para a piscina. Um momento depois, cai dentro dela como uma bomba e espalha água para todos os lados. Voam respingos na loura de minivestido ali perto, e ela se encolhe horrorizada, tirando as gotas das pernas.

— Desculpe — grito com jovialidade. — É o risco de beber ao lado de uma piscina!

Noah começou uma versão extremamente exagerada de nado de crawl e está atraindo olhares de consternação das pessoas bonitas e da igualmente bela equipe de garçons.

— Quer apostar que Noah é a primeira pessoa a nadar nessa piscina, desde *sempre*? — diz Lorcan, achando graça.

Enquanto observamos, Richard entra no bar com um grupo que reconheço do avião. Parece mais cansado do que antes, e sinto uma pontada de pena dele.

— Oi — diz ele, nos cumprimentando, e se senta em um banco. — Teve notícias de Lottie?

— Tive, e a boa notícia é que eles ainda não fizeram! — digo para alegrá-lo.

— Ainda? — Lorcan coloca o copo na mesa fazendo um som de incredulidade. — Qual é o *problema* deles?

— Incidente alérgico. — Eu dou de ombros com desinteresse. — Eles usaram óleo de amendoim ou alguma coisa assim em Lottie e ela ficou inchada.

— Óleo de amendoim? — Richie ergue o olhar, repentinamente preocupado. — E ela está bem? Chamaram um médico?

— Acho que está bem. De verdade.

— É que essas reações podem ser perigosas. Por que usaram óleo de amendoim, meu Deus? Ela não avisou?

— Eu... não sei — digo de forma evasiva. — O que é isso? — pergunto, tentando mudar o assunto, e indico o pedaço de papel que Richard está segurando.

— Não é nada — responde Richard de forma defensiva enquanto Noah se aproxima, enrolado em uma toalha preta chique. — Nada de mais.

— Deve ser alguma coisa.

— Bem... tudo bem. — Richard olha intensamente de Lorcan para mim, como se estivesse nos desafiando a rir. — Comecei a escrever um poema em francês. Para Lottie.

— Que bom! — digo para encorajá-lo. — Posso dar uma olhada?

— Está em andamento. — Contrariado, ele me entrega o papel, e eu o balanço enquanto limpo a garganta.

— *Je t'aime, Lottie, Plus qu'un zloty.* — Eu hesito, sem saber o que dizer. — Bem, é um começo...

— "Amo você, Lottie, mais do que um zloty"? — traduz Lorcan com incredulidade. — Sério?

— Lottie é difícil de rimar! — diz Richard de forma defensiva. — Tenta só!

— Você podia rimar com "bote" — sugere Noah. — Amo você, Lottie, remando em um bote.

— Obrigado, Noah — diz Richard mal-humorado. — Agradeço.

— Está muito bom — digo rapidamente. — Além do mais, o que vale é a intenção.

Richard pega o papel da minha mão e resolve dar uma olhada no cardápio. Na capa está escrito *Especialidades Búlgaras Deliciosas*, e dentro há listas de "petiscos e refeições leves".

— Boa ideia. Coma alguma coisa — digo de forma tranquilizadora. — Você vai se sentir melhor.

Richard olha rapidamente o cardápio e chama uma garçonete, que se aproxima com um sorriso.

— Senhor? Posso ajudar?

— Tenho algumas perguntas sobre suas "Especialidades Búlgaras Deliciosas" — diz ele com olhar duro. — Salada tricolor. Isso é uma especialidade búlgara?

— Senhor. — O sorriso da garota se alarga. — Vou verificar.

— E o *korma* de frango. É uma especialidade búlgara?

— Senhor, vou verificar. — A garota está rabiscando no bloquinho.

— Richard — digo —, pare.

— Club sandwich — insiste ele. — *Isso* é especialidade búlgara?

— Senhor...

— Batatas fritas em espiral. De que parte da Bulgária isso vem?

A garota parou de escrever e está olhando para ele perplexa.

— Pare! — sussurro para Richard, e depois olho para a garota. — Muito obrigada. Vamos precisar de mais alguns minutos.

— Eu só estava perguntando — diz ele quando ela se retira. — Querendo esclarecimentos. Posso, não posso?

— Só porque você não consegue escrever poemas de amor em francês não significa que possa descontar sua frustração em uma garçonete inocente — repreendo-o com severidade. — De qualquer forma, olhe. *Meze*. Isso é uma especialidade búlgara.

— É grega.

— E búlgara.

— Até parece que você sabe de tudo isso. — Ele olha para o cardápio com ressentimento e depois o fecha. — Na verdade, acho que vou pra cama.

— Você não vai comer?

— Vou pedir serviço de quarto. Vejo vocês de manhã.

— Durma bem! — grito quando ele sai andando, e ele acena de forma sombria por cima do ombro.

— Pobre sujeito — diz Lorcan quando Richard não está mais por perto. — Ele realmente a ama.

— Acho que sim.

— Ninguém escreve um poema assim a não ser que esteja tão apaixonado que tenha ficado com as faculdades mentais temporariamente afetadas.

— "Mais do que um zloty" — cito, com um ataque repentino de risadinhas. — *Zloty?*

— "Remando em um bote" ficava melhor. — Lorcan ergue as sobrancelhas. — Noah, você talvez tenha futuro como poeta premiado.

Noah sai correndo para pular de volta na piscina e, por um momento, nós dois o observamos nadar.

— É um bom menino — diz Lorcan. — Inteligente. Equilibrado.

— Obrigada. — Não consigo evitar um sorriso ao ouvir o elogio. Noah *é* inteligente. Mas não tenho tanta certeza quanto a "equilibrado". Crianças equilibradas se gabam de transplantes imaginários de coração?

— Ele parece muito feliz. — Lorcan pega um punhado de amendoins. — A custódia foi amigável?

Ao ouvir a palavra *custódia*, meu radar interno entra em ação, e sinto meu coração disparar automaticamente, pronto para a batalha. Meu corpo está se enchendo de adrenalina. Mexo nervosamente no pen drive. Tenho discursos prontos na mente. Discursos longos, eruditos, mordazes. Além disso, estou com vontade de socar alguém.

— É que alguns amigos tiveram momentos bem difíceis, brigando pela guarda dos filhos — acrescenta Lorcan.

— Certo. — Estou tentando manter a compostura. — Certo. Aposto que sim.

Difíceis?, tenho vontade de exclamar. *Você quer saber sobre momentos difíceis?*

Mas, ao mesmo tempo, a voz de Barnaby soa em meus ouvidos como os acordes de um sinal de alerta. *Você disse que, fizesse o que fizesse, não acabaria amarga.*

— Mas você não sofreu? — pergunta Lorcan.

— Nem um pouco. — Do nada, tirei o sorriso mais relaxado e sereno do mundo. — Na verdade, foi tudo fácil e direto. E rápido — acrescento. — Bem rápido.

— Você tem sorte.

— Muita sorte. — Eu concordo com a cabeça. — Tenho tanta, tanta sorte!

— E você e seu ex se dão bem?

— Somos assim. — Eu entrelaço os dedos.

— Você é incrível! — diz Lorcan com tom maravilhado. — Tem certeza de que quer ficar divorciada dele?

— Na verdade, estou super feliz de ele ter encontrado a felicidade com outra mulher. — Dou um sorriso ainda mais doce. Minha capacidade de mentir está irritando até a mim mesma. Essencialmente, estou dizendo o oposto da verdade. É quase um jogo.

— E você se dá bem com essa nova companheira?

— Eu a adoro!

— E Noah também?

— É como uma grande família feliz!

— Quer outro drinque?

— Não, eu detestaria! — De repente, lembro que Lorcan não sabe que estamos jogando esse jogo. — Quero dizer, adoraria — corrijo.

Enquanto Lorcan chama um garçom, eu como alguns amendoins e tento elaborar mais algumas mentiras relacionadas ao divórcio. Mas, quando as estou criando (*Jogamos pingue-pongue juntos! Daniel vai batizar o bebê em minha homenagem!*), minha cabeça começa a doer. Meus dedos estão mexendo cada vez mais no pen drive, e com mais agitação. Não gosto mais desse jogo. Minha Fada Boa interior está perdendo o brilho. A Fada Má está despertando e quer se pronunciar.

— Ah, seu marido deve ser um cara ótimo — diz Lorcan depois de fazer o pedido. — Pra vocês dois terem um relacionamento tão especial.

— Ele é demais! — concordo com dentes trincados.

— Deve ser.

— Ele é tão atencioso e gentil! — Estou apertando as mãos fechadas ao lado do corpo. — É tão carismático, charmoso, altruísta, cuidadoso... — Eu paro de falar. Estou ofegante. Vejo estrelas de verdade diante dos meus olhos. Elogiar Daniel faz mal para minha saúde; não consigo mais fazer isso. — Ele é um... um... um... — É como um espirro. Tem que sair. — *Cretino.*

Há uma leve pausa. Consigo ver uns homens em uma mesa próxima olhando com interesse.

— Um cretino de um jeito bom? — sugere Lorcan. — Ou... ah. — Ele vê meu rosto.

— Eu menti. Daniel é o maior pesadelo que qualquer esposa divorciada poderia aguentar, e estou amarga, tá? Estou amarga! — O mero ato de falar é um alívio. — Meus ossos estão amargos, meu coração está amargo, meu sangue está amargo... — Uma coisa surge em minha mente. — Espere. Você fez sexo comigo. Você sabe que estou amarga.

Não tem como ele não ter percebido isso em nossa noite juntos. Eu estava bem tensa. Acho que falei muitos palavrões.

— Eu fiquei na dúvida. — Lorcan inclina a cabeça de forma afirmativa.

— Foi quando gritei: "Dane-se, Daniel" quando gozei? — Não consigo evitar a piada, mas logo levanto a mão. — Desculpe. Piada de mau gosto.

— Não precisa pedir desculpas. — Lorcan nem pisca. — A única forma de sobreviver ao divórcio é fazendo piadas de mau gosto. O que você faz quando não acerta a esposa? Mire melhor na próxima vez.

— Por que o divórcio é tão caro? — ofereço automaticamente. — Porque vale cada centavo.

— Por que os homens divorciados se casam de novo? Memória ruim.

Ele espera que eu ria, mas estou perdida em pensamentos. Minha onda de adrenalina já baixou, deixando para trás os detritos de velhos pensamentos familiares.

— A questão é... — Eu esfrego o nariz com força. — A questão é que *não* sobrevivi ao divórcio. "Sobreviver" não implicaria que sou a mesma pessoa que antes?

— Então quem é você agora? — pergunta Lorcan.

— Não sei — respondo depois de uma longa pausa. — Eu me sinto queimada por dentro. Com queimaduras de terceiro grau. Mas ninguém consegue vê-las.

Lorcan faz uma careta, mas não responde. Ele é uma daquelas raras pessoas que conseguem esperar e escutar.

— Comecei a me perguntar se estava ficando louca — digo, olhando para o copo. — Será que Daniel podia *mesmo* ver o mundo daquele jeito? Podia *mesmo* dizer aquelas coisas horríveis e as pessoas ainda acreditarem nele? E a pior coisa, ninguém está envolvido junto com você. O divórcio é como uma explosão controlada. Todo mundo que está de fora está bem.

— Todo mundo que está de fora — assente Lorcan vigorosamente. — Você não *odeia* essas pessoas? Dizendo pra você não pensar nisso.

— É! — Eu concordo com a cabeça. — E dizendo: "Seja positiva! Pelo menos você não foi desfigurada horrivelmente em um acidente de grandes proporções!"

Lorcan cai na gargalhada.

— Você conhece as mesmas pessoas que eu.

— Eu só queria, mais do que qualquer outra coisa, que ele estivesse fora da minha vida. — Eu expiro e apoio a testa nas mãos por um breve momento. — Eu queria que fosse possível... Sei lá. Fazer laparoscopia para remoção de ex-marido. — Lorcan dá um sorriso de apreciação, e tomo um gole de vinho. — E você?

— Foi bem feio. Foi um pouco complicado em relação a dinheiro, mas não tivemos filhos, então acabou ficando mais simples.

— Você tem sorte de não terem tido filhos.

— Na verdade, não — responde ele sem inflexão na voz.

— Não, sério, tem mesmo — insisto. — Quando começa o problema de guarda de filhos, é um outro...

— Não, na verdade, *não* tenho. — Há um tom áspero na voz dele que não ouvi antes, e de repente me lembro do quanto sei pouco sobre sua vida particular. — Não conseguimos — acrescenta ele brevemente. — Eu não posso. E diria que esse fato contribuiu em uns oitenta por cento para o nosso rompimento. Melhor dizendo, cem por cento. — Ele toma um grande gole de uísque.

Estou tão chocada que não sei o que dizer. Naquelas poucas palavras, ele revelou uma história tão triste que sinto uma culpa imediata por ter reclamado do meu problema. Porque pelo menos tenho Noah.

— Sinto muito — acabo por dizer.

— É. Eu também. — Ele dá um sorriso sardônico e gentil, e percebo que consegue ver que me sinto culpada. — Embora, como você diz, fosse complicar ainda mais as coisas.

— Eu não quis dizer... — começo. — Eu não percebi...

— Tudo bem. — Ele levanta a mão. — Está tudo bem.

Reconheço o tom dele; é um que eu mesma uso. Não está tudo bem. Apenas está.

— Sinto muito mesmo — repito com fraqueza na voz.

— Eu sei. Obrigado.

Por um tempo, ficamos em silêncio. Pensamentos giram na minha cabeça, mas não ouso compartilhar nenhum com ele. Não o conheço bem o bastante. Podem inadvertidamente acabar magoando-o.

Decido voltar para um território seguro e próximo e começo a falar sobre Lottie e Ben.

— A questão é... — Eu expiro. — Só quero salvar minha irmã do mesmo tipo de sofrimento que vivenciamos. Só isso. É por isso que estou aqui.

— Posso fazer uma pequena observação? — pergunta Lorcan. Ele torce a boca, achando graça, e percebo que quer aliviar o clima. — Você nem conhece o Ben.

— Não preciso — respondo. — O que você não sabe é que há um histórico aqui. Toda vez que Lottie termina com alguém, ela faz um gesto burro, apressado e insano que depois ela tem que desfazer. Costumo chamar de Escolhas Infelizes.

— "Escolhas Infelizes." Gostei. — Lorcan levanta uma sobrancelha. — Então você acha que Ben é a Escolha Infeliz dela.

— Ah, você não acha? Falando *sério*. Se casar em cinco minutos, fazer planos de viver em uma fazenda...

— Fazenda? — Lorcan parece surpreso. — Quem disse isso?

— Lottie! Ela não para de falar. Eles vão criar bodes e galinhas, e vamos ter que visitá-los e comer baguetes.

— Isso não tem nem um pouco a cara do Ben — diz Lorcan. — Galinhas? Tem certeza?

— Precisamente! Parece um castelo no ar ridículo. E vai desmoronar, e ela vai acabar divorciada e amarga como eu... — Tarde demais, percebo que estou quase gritando. Os homens da mesa ao lado estão me olhando de novo. — Como eu — repito mais baixo. — E isso seria um desastre.

— Você faz um desserviço a si mesma — diz Lorcan. Acho que ele está tentando ser gentil. Mas não estou com humor pra elogios.

— Você *sabe* o que quero dizer. — Eu me inclino para a frente. — Você desejaria o inferno que é um divórcio para alguém que ama? Ou tentaria impedir?

— Então você vai aparecer de repente e dizer a ela para anular o casamento e se casar com Richard. Acha que ela vai ouvir?

Eu balanço a cabeça.

— Não vai ser assim. Por acaso, acho Richard ótimo e perfeito para Lottie, mas não vou lá com a bandeira do *Time Richard*. Ele vai ter que cuidar de si mesmo. Estou no *Time Não Estrague Sua Vida*.

— É providencial pra você que eles estejam tendo uma lua de mel tão horrenda — diz Lorcan, erguendo uma sobrancelha.

Há uma pausa curta e carregada, na qual me pergunto se devo contar a ele sobre minha operação secreta, mas decido que é melhor não.

— Sim — digo com o máximo de indiferença que consigo.

— Sorte.

Noah vem pulando de novo, e os pés deixam marcas molhadas no tapete cinza e fofo. Ele se aninha em meu joelho, e imediatamente me sinto mais leve. Noah carrega a esperança junto de si como uma aura, e sempre que toco nele, um pouco dela penetra em mim.

— Aqui! — De repente, ele está acenando para alguém. — Nesta mesa!

— Aqui está. — Uma garçonete aparece com uma bandeja de prata, na qual há um sundae. — Para o garotinho corajoso. Você deve sentir *tanto* orgulho — acrescenta ela para mim.

Ah, Deus. De novo, não. Sorrio em resposta, com uma expressão cuidadosamente vaga, tentando esconder meu constrangimento. Não faço ideia de aonde isso vai levar. Pode ser o transplante de coração. Pode ser de medula óssea. Pode ser o cachorrinho.

— Treinar durante três horas diariamente! — Ela aperta o ombro de Noah. — Admiro sua dedicação! Seu filho estava me contando sobre a ginástica olímpica — acrescenta ela para mim. — Vocês estão pensando nas Olimpíadas de 2024, não é?

Meu sorriso fica paralisado. *Ginástica?* Tudo bem, não posso mais adiar isso. Vamos ter A Conversa agora mesmo, bem aqui.

— Muito obrigada — consigo dizer. — É maravilhoso. Muito obrigada. — Assim que a garçonete desaparece, eu me viro para Noah. — Querido. Me escute. É importante. Você sabe a diferença entre a verdade e a mentira, não sabe?

— Sei — diz Noah com segurança.

— E sabe que não devemos contar mentiras.

— Exceto para ser educado — diz Noah. — Como "Gostei do seu vestido!".

Isso vem de outra Conversa Importante que tivemos, uns dois meses atrás, depois que Noah foi incrivelmente sincero sobre a comida da madrinha dele.

— Sim. Mas de um modo geral...

— E "Que torta de maçã deliciosa!" — Noah se apega ao tema. — E "Queria comer mais, mas estou satisfeito!".

— É! Tudo bem. Mas a questão é que na *maior* parte das vezes temos que falar a verdade. E não, por exemplo, dizer que fizemos transplante de coração quando não fizemos. — Observo Noah com atenção para identificar alguma reação, mas ele não parece afetado. — Querido, você não fez transplante de coração, fez? — pergunto delicadamente.

— Não — responde ele.

— Mas falou pra tripulação do avião que fez. Por quê?

Noah pensa por um minuto.

— Porque é interessante.

— Certo. Hum. Vamos ser interessantes e *verdadeiros*, certo? De agora em diante, quero que você fale a *verdade*.

— Tudo bem. — Noah dá de ombros como se não fosse com ele. — Posso comer meu sundae agora? — Ele pega a colher e começa a comer, espalhando granulado de chocolate para todos os lados.

— Muito bem — diz Lorcan baixinho.

— Não sei. — Eu suspiro. — Só não *entendo*. Por que ele diz essas coisas?

— Imaginação fértil. — Lorcan dá de ombros — Eu não me preocuparia. Você é uma boa mãe — acrescenta ele com tanta certeza que me pergunto se ouvi certo.

— Ah. — Não sei como reagir. — Obrigada.

— E você é como uma mãe para Lottie também, não é? — Ele é bem perceptivo, esse Lorcan.

Eu concordo.

— Nossa mãe não foi muito eficiente. Sempre tive que cuidar dela.

— Faz sentido.

— Você entende? — Levanto o olhar, querendo de repente ouvir a opinião verdadeira dele. — Entende o que estou fazendo?

— Que parte?

— Tudo. — Abro bem os braços. — Isto. Tentar salvar minha irmã do maior erro da vida dela. Estou certa ou estou louca?

Lorcan fica em silêncio por um tempo.

— Acho que você é muito leal e muito protetora, e respeito você por isso. E sim, você é louca.

— Cala a boca. — Dou um empurrão nele.

— Você perguntou. — Ele também me empurra, e sinto um pequeno choque elétrico junto com uma lembrança de nossa noite juntos. É tão clara que suspiro. Ao olhar para a forma como a boca de Lorcan se comprime, acho que ele está se lembrando exatamente da mesma parte.

Minha pele começou a formigar em uma mistura de lembrança e expectativa. Aqui estamos nós, os dois, em um hotel. Óbvio. A questão com relação ao sexo excelente é que é um dom de Deus que deve ser aproveitado ao máximo. É minha teoria, pelo menos.

— Sua suíte é grande? — pergunta Lorcan, como se lendo minha mente.

— Tem dois quartos — respondo de forma negligente. — Um pra mim, um pra Noah.

— Ah.

— Tem muito espaço.

— Ah. — Os olhos dele se prendem aos meus com uma promessa de mais, e sinto um tremor involuntário. Não que pudéssemos correr lá para cima e arrancar as roupas imediatamente. Há a pequena questão do meu filho de 7 anos sentado ao meu lado.

— Devemos... comer? — pergunto.

— Sim! — Noah, terminando o sundae, se liga rapidamente na conversa. — Quero um hambúrguer com batata frita!

Uma hora depois, nós três já tínhamos comido um club sandwich, um hambúrguer, uma tigela de batatas normais, uma tigela de batatas doces fritas, um prato de tempura de camarão, três brownies de chocolate e uma cesta de pão. Ao meu lado, Noah está meio adormecido no banquinho. Ele se divertiu muito correndo pelo bar, fazendo amizade com todas as prostitutas búlgaras, ganhando refrigerantes e sacos de batatas fritas e até um pouco de dinheiro búlgaro que, para sua consternação, o fiz devolver na hora.

Agora, todos estão ouvindo uma banda de seis integrantes tocar. As luzes estão mais baixas do que antes, e me sinto bem alegre e mais calma, depois de três taças de vinho. As mãos de Lorcan ficam roçando nas minhas. Temos uma noite vazia, deliciosa e inteira à nossa frente. Estico a mão para pegar a última batata doce frita da tigela e vejo a preciosa carteira da companhia aérea de Noah no assento ao lado dele. Está cheia do que parecem ser cartões de crédito. Onde diabos ele conseguiu aquilo?

— Noah? — Eu o cutuco para despertá-lo. — Querido, o que tem na sua carteira?

— Cartões de crédito — diz ele com a voz sonolenta. — Eu achei.

— Você *achou* cartões de crédito? — Meu sangue congela. Ah, Deus. Ele roubou cartões de crédito das pessoas? Pego a carteira e tiro os cartões, consternada. Mas não são cartões de crédito, afinal. São...

— *Cartões magnéticos!* — diz Lorcan quando tiro sete de uma vez. A carteira toda está lotada de cartões magnéticos de quartos. Ele deve estar com uns vinte.

— Noah! — Eu o sacudo para acordá-lo. — Querido, onde você arrumou isso?

— Já falei, eu *achei* — diz ele com ressentimento. — As pessoas colocaram nas mesas. Eu queria uns cartões de crédito pra minha carteira... — Os olhos dele já estão se fechando de novo.

Olho para Lorcan, com as mãos cheias de cartões magnéticos de quartos, espalhados como cartas de baralho.

— O que faço? Tenho que devolver.

— São todos iguais — observa Lorcan e dá uma gargalhada repentina. — Boa sorte com isso.

— Não ria! Não é engraçado! Vai dar a maior confusão quando as pessoas descobrirem que não vão poder entrar nos quartos... — Olho de novo para os cartões e de repente dou uma gargalhada também.

— Apenas coloque de volta — diz Lorcan de forma definitiva.

— Mas *onde*? — Olho para as mesas de pessoas bonitas e bem-vestidas, todas apreciando a banda, sem perceber minha agitação. — Não sei qual cartão é de quem e não tenho como descobrir sem ir até a recepção...

— O plano é o seguinte — diz Lorcan com segurança. — Vamos espalhá-los pelo salão como ovos de Páscoa. Todos estão vendo a banda. Ninguém vai reparar.

— Mas como vamos saber qual cartão é de quem? São idênticos!

— Vamos adivinhar. Vamos usar poderes sobrenaturais. Eu fico com metade — acrescenta ele e começa a pegar cartões magnéticos dentro da carteira.

Lenta e cuidadosamente, nós nos levantamos. As luzes estão baixas e a banda toca Coldplay, nem um fio de cabelo se move. Lorcan anda de forma autoritária em direção ao bar, se inclina um pouco para a esquerda e coloca um cartão magnético em uma mesa.

— Desculpe. — Eu o ouço dizer de forma charmosa. — Perdi o equilíbrio.

Sigo a ideia dele, me aproximo de outro grupo, finjo olhar para uma das lâmpadas e derrubo três cartões na superfície espelhada da mesa. O som que os cartões fazem ao cair é disfarçado pela banda e ninguém repara.

Lorcan está colocando cartões sobre o longo balcão principal do bar, movendo-se rapidamente, esticando a mão com destreza entre bancos e por trás dos hóspedes.

— Acho que você deixou cair isso — diz ele quando uma garota vira um rosto inquisitivo para ele.

— Ah, obrigada! — Ela pega o cartão da mão dele, e minhas entranhas se contraem. Estou meio chocada e meio encantada pelo que parece ser uma grande pegadinha. Não tem *como* aquele ser o cartão do quarto dela. Mais tarde, alguns hóspedes vão ficar muito nervosos...

Agora Lorcan está perto do palco, inclinado sobre uma moça loura, jogando um cartão magnético abertamente na mesa dela. Ele olha para mim e pisca, e sinto vontade de gargalhar. Livro-me dos meus outros cartões o mais rapidamente que consigo e corro de volta para Noah, que agora dorme profundamente. Chamo o garçom e rabisco uma assinatura em nossa conta, depois pego Noah nos braços e espero que Lorcan se junte a nós.

— Se eu for descoberta, todos vão ficar *furiosos* comigo — murmuro.

— Na Bulgária — observa Lorcan —, cuja população é de 7,5 milhões de pessoas? Seria o mesmo que as pessoas em Bogotá ficassem furiosas com você.

— Bem, eu também não ia querer que as pessoas em Bogotá ficassem com raiva de mim.

— Por que não? Pode ser que já estejam. Você já foi a Bogotá?

— Na verdade, já — informo a ele. — E posso dizer que as pessoas de lá *não* têm raiva de mim.

— Talvez tenha sido por educação.

Essa conversa é tão ridícula que não consigo evitar um sorriso.

— Vamos então. Vamos fugir antes de sermos atacados por hóspedes furiosos.

Quando estamos saindo do bar, Lorcan estica os braços.

— Posso carregar Noah se você quiser. Ele parece pesado.

— Não se preocupe. — Dou um sorriso automático. — Estou acostumada.

— Não quer dizer que ele não seja pesado.

— Ah... Tudo bem.

A sensação de entregar Noah para Lorcan é estranha. Mas a verdade é que meu ombro está doendo, e acaba sendo um alívio. Chegamos em nossa suíte e Lorcan carrega Noah direto para a cama. Ele está tão profundamente adormecido que nem se mexe. Tiro os sapatos dele e mais nada. Ele pode escovar os dentes e colocar o pijama amanhã à noite se quiser.

Apago a luz do quarto de Noah e sigo para a porta, e por um momento Lorcan e eu ficamos ali de pé, parecendo os pais.

— Então — diz Lorcan, e uma expectativa deliciosa começa a crescer dentro de mim de novo. Consigo sentir um despertar interno; aquela dancinha de músculos desejando serem usados. *Estou me saindo melhor do que Lottie no front sexual* pisca na minha cabeça, o que me dá uma pontada de culpa, mas bem pequena. É para o bem dela. Ela pode ter outra lua de mel em outro momento.

— Bebida? — pergunto, não por querer uma, mas para prolongar o momento. A suíte é o cenário perfeito para um festival de sexo, com muitos espelhos sedutores e esfumaçados, tapetes macios e sensuais, e uma lareira (falsa) crepitando atrás da grade. E já tinha observado que há também várias peças de mobília convenientemente localizadas.

Depois de servir um uísque para Lorcan, eu me sento com uma taça de vinho em uma poltrona incrível. É feita de veludo roxo, com braços largos arredondados, assento fundo e uma curva sensual no encosto. Espero proporcionar uma bela visão quando me encosto, permitindo que meu vestido suba um pouco, e me reclino com provocação em um dos braços. Há um latejar delicioso e urgente dentro de mim. Mas não vou apressar nada. Podemos conversar primeiro. (Ou apenas olhar um para o outro com uma vontade desesperada. Também é bom.)

— Queria saber o que Ben e Lottie estão fazendo. — Lorcan rompe o silêncio. — Ou presumivelmente *não* estão fazendo... — Ele dá de ombros de forma significativa.

— Não.

— Pobres coitados. Seja como for, é um tremendo azar.

— Acho que é — digo com indiferença, e tomo um gole de vinho.

— Imagine, nada de sexo na lua de mel.

— Terrível. — Eu concordo com a cabeça. — Pobres coitados.

— *E* eles esperaram, não foi? — O rosto dele se enruga ao lembrar. — Jesus. Era de se pensar que transariam no banheiro e acabariam logo com isso.

— Eles tentaram, mas foram pegos.

— Não é possível. — Ele olha para mim assustado. — Está falando sério?

— Em Heathrow. Na sala de espera da classe executiva.

Lorcan joga a cabeça para trás e dá uma gargalhada alta.

— Vou zoar Ben por causa disso. Então sua irmã conta tudo pra você, é? Até a vida sexual?

— Somos bem próximas.

— Pobrezinha. Pega no flagra no banheiro de Heathrow. É muito azar.

Não respondo imediatamente. O vinho que estou tomando é mais forte do que as coisas que bebi antes e está subindo à cabeça. Me deixando fora de controle. Minha cabeça está um turbilhão. Lorcan fica falando de "azar", mas ele está enganado. O azar não tem nada a ver com isso. Ben e Lottie não consumaram o casamento por *minha* causa. Por causa do meu poder. E, de repente, sinto necessidade de contar isso para ele.

— Não foi tanto *azar*... — Deixo a palavra no ar e, sem dúvida nenhuma, Lorcan capta imediatamente.

— O que você quer dizer?

— Não é coincidência Ben e Lottie ainda não terem feito sexo. É armação. Armação *minha*. Estou no comando da coisa toda. — Eu me reclino com orgulho, sentindo-me a rainha do controle remoto da lua de mel; toda poderosa em uma poltrona de imperadora.

— O quê? — Lorcan parece tão surpreso que sinto outra pontada de orgulho.

— Tenho um agente me ajudando no local — explico. — Dou as ordens e ele executa.

— Do que diabos você está falando? *Agente?*

— Um integrante da equipe do hotel. Ele está cuidando para que Ben e Lottie não fiquem juntos até eu chegar lá. Estamos atuando em equipe. E está funcionando! Eles não fizeram sexo.

— Mas como...? O quê...? — Ele esfrega a cabeça, estupefato. — Quero dizer, como se impede um casal de fazer sexo?

Deus, ele é lento.

— É fácil. É só criar uma confusão com as camas, batizar as bebidas, segui-los aonde quer que forem. Teve também a massagem com óleo de amendoim...

— Foi *você*? — Ele parece atônito.

— *Tudo!* Eu orquestrei tudo! — Pego meu celular e balanço para ele. — Está tudo aqui. Todas as mensagens de texto. Todas as instruções. Eu consegui isso tudo.

Segue-se um longo silêncio. Estou esperando que ele diga o quanto sou brilhante, mas ele parece perplexo.

— Você sabotou a lua de mel da sua própria irmã? — Tem alguma coisa na expressão dele que me deixa um pouco desconfortável. E também a palavra "sabotou".

— Foi a única forma! O que mais eu podia fazer? — Alguma coisa nessa conversa está indo mal. Não gosto da expressão dele, nem da minha. Sei que pareço na defensiva, o que não é uma boa posição. — Você *entende* que eu precisava impedi-los? Depois que eles tivessem consumado, seria tarde demais para anular o casamento. Então eu tinha que fazer alguma coisa. E essa era a única forma...

— Você está *louca*, mulher? Perdeu a *cabeça*? — O tom de Lorcan é tão intenso que me encolho, chocada. — É claro que não era o único jeito!

— Bem, era o melhor jeito. — Eu projeto o maxilar.

— Não era o melhor jeito. Nem com muita imaginação era o melhor. E se ela descobrir?

— Ela não vai descobrir.

— Pode ser que descubra.

— Bem... — Eu engulo em seco. — E daí? Eu estava pensando no bem dela...

— Mandando que ela fosse massageada com óleo de amendoim? E se ela tivesse tido uma reação extrema e morrido?

— Cala a boca — digo com desconforto. — Ela não morreu.

— Mas você está feliz com ela passando uma noite de sofrimento.

— Ela não está sofrendo!

— Como você sabe? *Jesus.* — Ele apoia a cabeça nas mãos por um momento e ergue o olhar. — E se ela descobrir? Você está preparada pra perder a amizade dela? Porque é o que vai acontecer.

A suíte fica em silêncio, embora as palavras ainda pareçam ecoar nos espelhos; palavras duras e acusatórias. A atmosfera erótica se desintegrou. Não consigo encontrar palavras para responder a Lorcan. Elas estão em algum lugar do meu cérebro, mas me sinto lenta e meio confusa. Pensei que ele ficaria impressionado. Pensei que entenderia. Pensei...

— Você fala de Escolhas Infelizes — diz Lorcan de repente. — Bem, que diabos é isso?

— O que você quer dizer? — Olho para ele com raiva. Ele não tem permissão para falar de Escolhas Infelizes. Elas são coisa *minha*.

— Você passa por um divórcio doloroso, e por isso corre e decide salvar sua irmã do mesmo destino estragando a lua de mel dela. Parece uma porra de Escolha Infeliz pra mim.

Estou quase sem ar de tanto choque. O quê? *O quê?*

— Cala a boca! — consigo dizer em meio à minha fúria. — Você não sabe nada sobre isso. Eu não devia ter te contado.

— A vida é dela. — Lorcan olha para mim com uma expressão implacável. — *Dela*. E você está cometendo um grande erro ao interferir. Um erro do qual pode acabar se arrependendo.

— Amém — digo com sarcasmo. — Acabou o sermão?

Lorcan só balança a cabeça. Ele toma o uísque em dois goles, e sei que é o fim. Ele vai embora. Ele anda até a porta e faz uma pausa. As costas dele estão contraídas, consigo perceber. Acho que se sente tão constrangido quanto eu.

Pensamentos desconfortáveis me atormentam. Sinto uma dor intensa na boca do estômago. Parece culpa, não que eu fosse admitir para ele. Mas tem uma coisa que preciso dizer. Uma coisa que preciso deixar clara.

— Só para o caso de você querer saber. — Espero que ele vire a cabeça. — Gosto muito de Lottie. Muito mesmo. — Minha voz treme de forma traiçoeira. — Ela não só é minha irmã, é minha amiga. E fiz isso tudo por *ela*.

Lorcan olha para mim por um momento com expressão ilegível.

— Sei que você pensa que está agindo pelos motivos certos — diz ele. — Sei que sofreu muito na vida e quer proteger Lottie desse tipo de dor. Mas isso é errado. Muito errado. E você sabe, Fliss. Sabe, sim.

Os olhos dele estão mais suaves. De repente, percebo que ele sente pena de mim. *Pena* de mim. Não consigo suportar.

— Bem, boa noite — digo simplesmente.

— Boa noite. — Ele usa o mesmo tom que eu e sai do quarto sem dizer mais nada.

19

Lottie

Era para acontecer! É meu cenário estrelado, dourado, dos sonhos. Ben e eu em um barco de novo. Singrando as ondas do Egeu. A caminho da felicidade plena.

Graças a Deus saímos do Amba. Sei que é luxuoso e cinco estrelas, mas não é a Ikonos de verdade. Não é *a gente*. Assim que saltamos no porto movimentado para passar o dia fora, senti alguma coisa enterrada dentro de mim ganhar vida. É *disso* que me lembro de Ikonos. Casas brancas e antigas com persianas, ruas arborizadas, mulheres idosas de preto sentadas em esquinas, e o porto para pegar a balsa. O porto estava lotado de barcos de pesca e táxis aquáticos, e o cheiro intenso de peixe despertou meus sentidos. Eu me lembro daquele cheiro. Eu me lembro de tudo.

No céu matinal de um azul intenso, o sol queima minhas pálpebras, como sempre. Estou deitada no táxi aquático, como fazia quando tinha 18 anos. Meus pés estão no colo de Ben, que mexe em meus dedos, e só há uma coisa em nossas mentes.

Minha pele se recuperou perfeitamente da reação alérgica e Ben estava disposto a uma transa rápida de manhã. Mas eu o convenci a não fazermos isso. Como poderíamos consumar nosso casamento em uma cama velha e entediante de hotel quando temos a enseada, onde fizemos amor pela primeira vez, esperando por nós? O romantismo da situação me faz querer abraçar a mim mesma. Aqui estamos, depois de tantos anos! Voltando para a pensão! Casados! Eu me pergunto se Arthur vai estar lá, se vai nos reconhecer. Acho que não mudei *tanto*. Até estou vestindo o mesmo short *tie-dye* que usava aos 18 anos e rezando desesperadamente para não rasgar.

As ondas respingam no meu rosto conforme avançamos, e posso sentir o delicioso gosto do sal nos lábios. Observo a costa durante a viagem, me lembrando de todos os vilarejos que exploramos naquela época, com as vielas estreitas de pedra e tesouros inesperados, como a estátua de um cavalo de mármore, parcialmente destruída, que encontramos no meio de uma praça deserta. Levanto o olhar para compartilhar esse pensamento com Ben, mas ele está absorto no iPad. Consigo ouvir o som de rap saindo dele e sinto uma pontada de irritação. Ele precisa ouvir isso *agora*?

— Você acha que Arthur ainda está lá? — Tento atrair a atenção dele. — E aquela velha cozinheira?

— Acho que não. — Ben ergue brevemente o olhar. — Eu queria saber o que aconteceu com Sarah.

Sarah de novo. Eu conheço essa garota?

A música parece ficar mais alta, e agora Ben está cantando junto. Ele não sabe cantar rap. Estou sendo uma esposa apaixonada e amorosa, mas ele manda muito mal.

— É lindo e tranquilo aqui, não é? — digo com irritação na voz, mas ele não se toca. — Será que podemos ficar um pouco sem a música?

— É DJ Cram, gata — diz Ben e aumenta o volume. *Fuck yo brudder* soa alto pelo belo mar, e faço uma careta.

Ele é um abusado egoísta.

O pensamento surge na minha mente sem aviso e me deixa levemente em pânico. Não. Eu não quis dizer egoísta. Nem abusado. Está tudo bem. E feliz.

Não me importo com o rap. E podemos conversar mesmo com a música.

— Não consigo *acreditar* que vou voltar pro lugar onde tudo aconteceu — digo, tentando uma nova abordagem. — Aquele incêndio foi o ponto de virada da minha vida.

— Quer parar de ficar falando daquele maldito incêndio? — diz Ben com irritação, e olho para ele com mágoa e choque.

Acho que eu não devia estar surpresa. Ben nunca se interessou pelo incêndio. Ele tinha ido mergulhar do outro lado da ilha durante alguns dias quando aconteceu, então perdeu a história toda e sempre se irritou com isso. Mas não precisava ser grosseiro. Ele sabe que foi importante para mim.

— Ei! — exclama ele de repente. Está olhando para o iPad, e consigo ver que acabou de receber uma mensagem de texto. Estamos nos aproximando da costa, então o sinal deve ter começado a pegar.

— Quem é?

Ben parece estar explodindo de orgulho e empolgação. Será que ganhou alguma coisa?

— Já ouviu falar de um cara chamado Yuri Zhernakov? Ele quer um encontro particular comigo.

— Yuri Zhernakov? — Olho para ele boquiaberta. — Por quê?

— Ele quer comprar a empresa.

— Uau! E você quer vender?

— Por que não?

Minha mente já está em torvelinho. Isso seria incrível! Ben receberia um monte de dinheiro, poderíamos comprar uma fazenda antiga na França...

— Yuri quer falar *comigo*. — Ben parece totalmente arrogante. — Pediu para ser comigo pessoalmente. Vamos nos encontrar no super iate dele.

— Que incrível! — Aperto o braço dele.

— Pois é. É *mesmo* incrível. E Lorcan pode... — Ben para de falar. — Deixa pra lá — diz ele com mau humor.

Tem alguma energia estranha no ar que não consigo entender, mas não ligo. Vamos nos mudar para a França! E estamos finalmente prestes a fazer sexo! Esqueci minha irritação anterior. Estou super feliz de novo. Quando bebo alegremente um gole da minha Coca, lembro-me de repente de uma coisa que estou querendo dizer para Ben há dias.

— Ei, ano passado conheci uns cientistas em Nottingham que estavam pesquisando uma nova forma de fazer papel. Mais ecológica. Era alguma coisa sobre um processo de filtragem especial. Você já ouviu falar?

— Não. — Ben dá de ombros. — Mas Lorcan deve ter ouvido.

— Ah, você devia fazer contato com eles. Ajudar com o custeio, sei lá. Mas se vai vender a empresa... — Eu também dou de ombros.

— Não importa. É uma boa ideia. — Ben me cutuca. — Você tem muitas ideias boas assim?

— Milhões. — Eu dou um sorriso.

— Vou contar para o Lorcan agora mesmo. — Ben começa a digitar no iPad. — Ele está sempre falando sobre pesquisa e desenvolvimento. Acha que não estou interessado. Bem, não é nada disso.

— Conta também sobre a reunião com Zhernakov — sugiro. — Talvez ele tenha um bom conselho.

Imediatamente, os dedos de Ben param e sua expressão se fecha.

— Não tem a menor chance — diz ele e me lança um olhar ameaçador. — E você não vai dizer uma palavra pra ninguém. Nem uma palavra.

20
Fliss

A manhã seguinte é sempre um inferno.

Em Sofia, Bulgária, depois de taças de vinho demais, uma briga excruciante e uma noite de frustração sexual, a manhã seguinte atinge um novo nível de infernalidade.

Pela expressão de Lorcan, ele sente a mesma coisa. Noah correu com alegria para cumprimentá-lo assim que entramos no restaurante, e é por isso que estou sentada com ele, *não* por escolha. Ele está passando manteiga com violência em uma torrada, enquanto eu despedaço um croissant. Em nossa conversa aleatória, estabelecemos que nós dois dormimos muito mal, que o café é péssimo, que o lev búlgaro corresponde a 2,4 libras, e que o voo para Ikonos de hoje não está atrasado, pelo que pudemos ver no site da companhia aérea.

Temas que *não* abordamos: Ben, Lottie, o casamento deles, a conduta sexual deles, política búlgara, o estado da economia mundial, minhas tentativas de sabotar a lua de mel da minha irmã e o risco consequente de perder meu relacionamento com ela para sempre. Dentre outras coisas.

O restaurante é adjacente ao bar em que estávamos na noite anterior, e consigo ver um funcionário limpando a água impecável da piscina com uma rede. Não faço ideia de por que se dão ao trabalho. Imagino que Noah tenha sido a única pessoa a nadar naquela piscina o ano todo. Embora, para ser justa, ele talvez tenha urinado lá dentro.

— Posso nadar? — pergunta ele, como se lesse meus pensamentos.

— Não — digo simplesmente. — Vamos para o aeroporto daqui a pouco.

Lorcan está com o BlackBerry na orelha de novo. Ele passou todo o café da manhã telefonando, mas sem conseguir completar a ligação. Acho que consigo adivinhar para quem, e isso é confirmado quando ele diz "Ben, *até que enfim*" e empurra a cadeira para trás. Observo com um pouco de ressentimento quando ele se afasta em direção à lateral da piscina e para na entrada da sauna. Como vou conseguir xeretar assim?

Tento ignorar minha tensão cortando uma maçã para Noah. Quando Lorcan volta, eu me controlo para não agarrar as lapelas dele e exigir informações. Em vez disso, pergunto disfarçando minha urgência:

— E aí? Eles fizeram?

Lorcan me lança um olhar incrédulo.

— É só nisso que você está interessada?

— É — respondo em tom desafiador.

— Bem, não fizeram. Acabaram de chegar na pensão. Acho que estão planejando fazer lá.

Na *pensão*? Olho para ele horrorizada. Não consigo impedi-los lá. Não tem o Nico. Está fora da minha zona de poder. Merda. *Merda*. Vou chegar tarde demais...

— Sua irmã é impressionante — prossegue Lorcan com animação. — Ela deu uma ideia excelente para a empresa. Estamos fracos demais na área de pesquisa e desenvolvimento, e já sei disso faz um tempo. Mas ela sugeriu que nos juntemos a um projeto de pesquisa de Nottingham que ela conhece. É uma equipe pequena, e foi por isso que não ouvimos falar dela, mas parece totalmente relevante para nós. Poderíamos unir forças e subsidiá-los. É brilhante.

— Ah, sim — digo ainda preocupada. — Ela saberia sobre isso. Ela trabalha em uma empresa farmacêutica. Conhece cientistas toda hora.

— O que exatamente ela faz?

— Recrutamento.

— Recrutamento? — Vejo que os olhos dele se iluminaram. — Precisamos de uma nova chefe de RH! É perfeito!

— O quê?

— Ela poderia chefiar o RH, continuar dando boas ideias, se envolver com a propriedade... — Consigo ver a mente dele trabalhando a toda. — É *exatamente* disso que Ben precisava! Uma esposa que também possa ser parceira de trabalho. Uma assistente. Uma pessoa pra ficar ao lado dele e...

— Pode parar! — Coloco a mão na mesa. — Você *não* vai carregar minha irmã pra ir brincar de Família Feliz em Staffordshire.

— Por que não? — pergunta Lorcan. — Qual é o seu problema com isso?

— Meu problema é que não faz sentido! É ridículo!

Lorcan olha para mim em silêncio por um momento, e sinto um leve tremor sob o olhar dele.

— Você é mesmo impressionante — diz ele por fim. — Como sabe que não está estragando o grande amor de sua irmã? Como sabe que não é a chance dela de ter uma vida fantástica e feliz?

— Ah, pelo amor de Deus. — Eu balanço a cabeça com impaciência. Não vou nem responder a essa pergunta de tão idiota que é.

— Acho que Ben e Lottie têm todas as chances de serem felizes — diz ele com firmeza. — E eu, por exemplo, vou encorajá-los.

— Você não pode mudar de lado! — Olho para ele com fúria.

— Nunca estive do seu lado — retruca Lorcan. — Seu lado é o lado louco.

— O lado louco. — Noah presta atenção nisso e decide que é hilário. — O lado louco! — Ele rola dando gargalhadas. — Mamãe está do lado louco!

Olho para Lorcan com mais intensidade, mexendo meu café com força. Traidor.

— Bom-dia, pessoal. — Vejo Richard se aproximando da mesa. Ele parece tão alegre quanto o restante de nós, ou seja, nem um pouco.

— Bom-dia — respondo. — Dormiu bem?

— Horrivelmente. — Ele faz uma expressão de desagrado e se serve de café, depois olha para o meu celular. — E aí, eles já fizeram?

— Pelo amor de Deus! — Desconto um pouco do meu ressentimento nele. — Você está obcecado!

— Olha quem fala — murmura Lorcan.

— Por que vocês ficam perguntando se eles fizeram? — pergunta Noah alerta.

— É, você também não está obcecada? — diz Richard.

— Não, não estou *obcecada*. E não, eles não fizeram. — Eu livro Richard de sua agonia.

— Fizeram o quê? — pergunta Noah.

— Colocaram a salsicha no bolinho — diz Lorcan, bebendo o café todo.

— Lorcan! — exclamo com irritação. — *Não* fale coisas assim!

Noah explode em gargalhadas.

— Colocar a salsicha no bolinho! — grita ele. — A salsicha no bolinho!

Que ótimo. Olho com raiva para Lorcan, que devolve o olhar, impávido. E *bolinho*? Nunca ouvi esse apelido.

— Imagino que você deva achar engraçado. — Richard direciona a ira para Lorcan. — Imagino que seja uma grande brincadeira pra você.

— Ah, dá um tempo, Sir Lancelot. — Lorcan perde a paciência. — Não está na hora de dar o fora? Você deve querer desistir a essa altura. Nenhuma mulher vale tanto lenga-lenga.

— Lottie valeria dez vezes essa "lenga-lenga", como você chama. — Richard projeta o queixo na direção de Lorcan. — E não vou desistir estando a seis horas de vê-la. Fiz as contas exatas. — Ele pega uma torrada na bandeja. — Seis horas.

— Desculpe — digo, colocando a mão na dele —, mas você precisa saber: vai ser mais que isso. Eles não estão mais no hotel. Foram pra pensão.

Richard me encara com os olhos arregalados de horror.

— *Droga* — diz ele por fim.

— Eu sei.

— Eles vão transar lá, com certeza.

— Talvez não — digo para convencer a mim mesma tanto quanto a ele. — E *cuidado com a linguagem*, por favor. Pequenos ouvidos. — Gesticulo na direção de Noah.

— Eles vão. — Richard se encolhe, pessimista. — Aquele lugar é a terra da fantasia de Lottie. É a estrada de tijolos amarelos dela. É *claro* que ela... — Ele para de falar bem a tempo. — Vai colocar a salsicha no pãozinho.

— Bolinho — corrige Lorcan.

— Cala a *boca*! — digo exasperada.

Quando estamos todos sentados em silêncio, uma garçonete se aproxima da mesa com um livro de colorir para Noah, e ele aceita com alegria.

— Você pode desenhar sua mamãe ou seu papai — sugere ela, entregando-lhe uma caixa de giz de cera.

— Meu pai não está aqui — explica Noah educadamente, e aponta para Lorcan e Richard. — Nenhum deles é meu pai.

Que ótimo. Que tipo de impressão ele está passando?

— É uma viagem de negócios — digo, sorrindo rapidamente.

— Meu pai mora em Londres — explica Noah com alegria. — Mas vai se mudar pra Hollywood.

— Hollywood!

— Sim. Ele vai morar ao lado de uma estrela de cinema.

Meu estômago despenca de consternação. Ah, Deus, ele está fazendo de novo. Mesmo depois que tivemos a Grande Conversa. Assim que a garçonete se afasta, eu me viro para Noah, tentando esconder minha agitação.

— Noah, querido. Você se lembra do que conversamos sobre falar a verdade?

— Lembro — diz ele com tranquilidade.

— Então por que disse que papai vai se mudar pra Hollywood? — Estou perdendo a calma, mas não consigo evitar.
— Você não pode falar coisas assim, Noah! As pessoas vão acreditar.
— Mas é verdade.
— Não, não é! Papai não vai se mudar pra Hollywood.
— Vai, sim. Olhe, aqui está o endereço dele. Diz Beverly Hills. Papai diz que é a mesma coisa que Hollywood. Ele vai ter uma piscina, e vou poder nadar nela! — Noah enfia a mão no bolso e tira um pedaço de papel. Olho sem acreditar. É a caligrafia de Daniel.

NOVO ENDEREÇO

Daniel Phipps **e** Trudy Vanderveer
5406 Aubrey Road
Beverly Hills
CA 90210

Pisco várias vezes sem acreditar. Beverly Hills? O quê? Falando sério... *O quê?*
— Espere um minutinho, Noah — digo em uma voz que não parece a minha. Já estou ligando para Daniel e afastando a cadeira.
— Fliss — responde ele com a voz irritada de: "Estou na ioga, e você?"
— Que história é essa de Beverly Hills? — Minhas palavras estão se embolando umas com as outras. — Você vai se mudar pra Beverly Hills?
— Gata, se acalme — diz ele.
Gata?

— Como posso me acalmar? É verdade?

— Então Noah contou pra você.

Meu coração despenca como se fosse um objeto metálico. É verdade. Ele vai se mudar pra Los Angeles e nem me contou.

— É o trabalho de Trudy — está dizendo agora. — Você sabe que ela é advogada de mídia? Uma ótima oportunidade surgiu pra ela, e tenho dupla nacionalidade...

As palavras dele se espalham, mas somem em ruídos sem sentido. Por algum motivo, estou me lembrando do dia do nosso casamento. Tivemos um casamento muito legal. Com todas as viradas irônicas e os detalhes divertidos como coquetéis feitos ao gosto do cliente. Eu estava tão preocupada em fazer com que meus convidados se divertissem que me esqueci de verificar um pequeno detalhe, se estava me casando com o homem certo.

— ... corretora maravilhosa, e ela apareceu com um lugar *abaixo* do nosso orçamento...

— Mas Daniel. — Eu o interrompo no meio do fluxo de palavras. — E Noah?

— Noah? — Ele parece surpreso. — Noah pode ir nos visitar.

— Ele tem 7 anos. Ainda está na escola.

— Nas férias, então. — Daniel parece despreocupado. — Vamos pensar em alguma coisa.

— Quando você vai?

— Na segunda.

Segunda?

Fecho os olhos e respiro com força. A dor que estou sentindo por Noah é indescritível. É uma dor física que me faz ter vontade de me encolher em posição fetal. Daniel vai se mudar para Los Angeles sem nem pensar em como vai manter o relacionamento com o único filho, o nosso filho. Nosso filho precioso, encantador, criativo. Ele vai colocar 8 mil quilômetros entre os dois num piscar de olhos.

— Certo. — Tento me recompor. Não faz sentido dizer mais nada. — Daniel, tenho que desligar. Falo com você em breve.

Eu desligo e me viro, pretendendo me juntar aos outros. Mas tem alguma coisa estranha acontecendo comigo. Uma sensação nada familiar e assustadora. De repente, um som escapa dos meus lábios. Uma espécie de choramingo, um som que um cachorro faria.

— Fliss? — Lorcan se levanta da cadeira. — Tudo bem?

— Mamãe? — Noah parece preocupado.

Os dois homens fazem um breve contato visual e Richard assente.

— Ei, amigão — diz Richard tranquilamente para Noah. — Vamos comprar chiclete pro voo.

— Chiclete! — grita Noah com euforia e vai atrás dele.

Dou outro gritinho involuntário, e Lorcan me segura pelos cotovelos.

— Fliss... você está *chorando*?

— Não! — respondo imediatamente. — Eu nunca choro durante o dia. É minha regra. Eu nunca nunca chooooooro. — A palavra se desintegra em um terceiro desses gritinhos estranhos e agudos. Tem alguma coisa molhada em minha bochecha. É uma lágrima?

— O que Daniel disse? — pergunta Lorcan delicadamente.

— Ele vai se mudar pra Los Angeles. Vai nos deixar... — Consigo ver pessoas nas outras mesas me olhando. — Ah, Deus. — Escondo a cabeça entre as mãos. — Não consigo... tenho que parar...

Dou um quarto gritinho, que parece mais um soluço. Parece que tem uma coisa crescendo dentro de mim; uma coisa implacável e violenta, e alta. A última vez que me senti assim foi quando estava dando à luz.

— Você precisa de um lugar reservado — diz Lorcan rapidamente. — Vai ter um colapso nervoso. Pra onde devemos ir?

— Já fiz check-out do meu quarto — murmuro entre ofegos. — Devia ter uma sala de choro aqui. Que nem tem pra fumar.

— Já sei. — Lorcan segura meu braço e me leva por entre as mesas até a área da piscina. — Sauna. — Ele não espera uma resposta, abre a porta de vidro e me empurra para dentro.

A atmosfera é tão densa que tenho que tatear em busca de um lugar para sentar. O ar está tomado de vapor e há um aroma suave de erva.

— Chore — diz Lorcan no ar enevoado. — Ninguém está vendo. Ninguém consegue ouvir, Fliss. Chore.

— Não consigo. — Eu engulo em seco. Tudo em mim está resistindo. O gritinho estranho ainda escapa, mas não consigo me render.

— Então me conte. Daniel vai se mudar pra Los Angeles — diz ele.

— Sim. Ele não vai ver mais Noah e nem *liga*... — Um tremor toma conta de mim. — Ele nem me contou.

— Pensei que você o quisesse fora da sua vida, não? Foi o que você disse.

— Foi — respondo, momentaneamente confusa. — Eu quero. Acho que quero. Mas isso é tão definitivo. É uma rejeição a nós dois... — Alguma coisa está crescendo em mim de novo. Uma coisa vibrante e poderosa. Acho que pode ser dor. — Quer dizer que acabou. Nossa família acabooooou. —

E agora, a vibração ameaça me consumir. — Nossa família toda acabooooou...

— Vem cá, Fliss — diz Lorcan baixinho, e oferece um ombro. Eu imediatamente me encolho.

— Não posso *chorar* em você — falo com voz trêmula. — Olhe pro outro lado.

— É claro que você pode chorar em mim. — Ele ri. — Nós já fizemos sexo, lembra?

— Aquilo foi sexo. Isto é *muito* mais constrangedor. — Eu engulo em seco. — Afaste o olhar. Vá embora.

— Não vou olhar pra lugar nenhum — diz ele com firmeza. — E não vou a lugar nenhum. Venha.

— Não consigo — digo desesperada.

— Vamos *lá*, mulher idiota. — Ele estica o braço vestido com terno, coberto de gotas de vapor. E, por fim, agradecida, desabo nele em um vulcão de soluços.

Ficamos assim por um tempo, eu tremendo, chorando e tossindo, e Lorcan massageando minhas costas. Por algum motivo, fico me lembrando do parto de Noah. Foi uma cesárea de emergência e fiquei apavorada, mas o tempo todo Daniel ficou ao meu lado, vestido com um uniforme verde de hospital, segurando minha mão. Nunca duvidei dele na época. Nunca duvidei de nada nem por um minuto. E isso me faz querer chorar de novo.

Por fim, levanto o olhar e tiro o cabelo do rosto suado. Consigo sentir que meu nariz está inchado e meus olhos também. Não choro assim desde que tinha uns 10 anos, provavelmente.

— Me desculpe... — começo a falar, mas Lorcan levanta a mão.

— Não. Nada de desculpas.

— Mas seu terno! — Começo a perceber exatamente o que estamos fazendo. Estamos sentados em uma sauna, os dois completamente vestidos.

— Todo divórcio tem vítimas — justifica Lorcan. — Pense no meu terno como uma das vítimas do seu. Além do mais — acrescenta ele —, vapor faz bem pros ternos.

— Pelo menos sua pele vai ficar limpa — digo.

— Isso aí. Um monte de vantagens.

Um mecanismo escondido no canto está bombeando mais vapor no pequeno aposento, e o ar fica ainda mais opaco. Coloco os pés no banco de mosaico e abraço os joelhos com força, sentindo como se o vapor fosse uma barreira protetora. Este é um local íntimo, além disso, está bastante vazio.

— Quando me casei, eu sabia que a vida não seria perfeita — digo em meio à neblina. — Eu não esperava um jardim com flores. E quando me divorciei, também não esperava um jardim com flores. Mas esperava pelo menos ter... Sei lá. Um pátio.

— Um pátio?

— Você sabe. Um terracinho. Uma coisa pequena com umas poucas plantas pra cuidar. Uma coisa com um tantinho de otimismo e amor. Mas o que tenho é uma zona de pós-guerra nuclear.

— Bom assim? — Lorcan dá uma risadinha.

— E você? Como é a sua vida?

— É tipo um território alienígena — diz ele depois de uma pausa. — Como uma paisagem da lua.

Nossos olhos se encontram na atmosfera turva e não precisamos dizer mais nada. Nós entendemos.

O vapor ainda está se espalhando e nos envolvendo. A sensação é de cura. Parece que está arrastando os pensamentos perturbados para longe e deixando uma espécie de clareza. E quanto mais tempo fico sentada ali, mais claras as coisas parecem para mim. Tem um peso crescente no meu estômago. Lorcan estava certo. Não só agora, mas ontem à noite. Ele estava certo. Isso tudo foi um erro.

Tenho que abrir mão da missão agora mesmo. Está piscando no meu cérebro como uma manchete de TV. *Desista. Desista.* Não posso seguir em frente. Não posso correr o risco de perder Lottie.

Sim, quero proteger minha irmã da mesma dor que senti. Mas a vida é dela. Não posso fazer escolhas por ela. Se Lottie romper com Ben, que seja. Se ela passar por um divórcio, que seja. Se eles ficarem casados por setenta anos e tiverem vinte netos, que seja.

Sinto como se uma espécie de loucura estivesse me impulsionando para um caminho insano. A questão era mesmo Lottie, ou éramos Daniel e eu? Lorcan está certo? Será que essa foi a minha Escolha Infeliz? Ah, Deus, o que estou *fazendo*?

De repente, percebo que murmurei essas últimas palavras em voz alta.

— Me desculpe — digo. — Acabei... de perceber... — Levanto a cabeça, me sentindo abjeta.

— Você tem feito o melhor que pode pra ajudar sua irmã — diz Lorcan quase com gentileza. — De uma forma completamente enganosa, surtada e errada.

— O que... — Coloco a mão sobre a boca. — Ah, Deus. E se ela descobrir? — O pensamento é tão apavorante que quase desmaio. Eu estava tão determinada a ter sucesso que jamais considerei uma consequência negativa. Fui uma idiota.

— Ela não precisa saber — diz Lorcan. — Não se você der meia-volta, for pra casa e nunca disser nada. Eu não vou contar.

— Nico também não vai contar. Ele é meu amigo no hotel. — Estou respirando com força, como se tivesse escapado por pouco. — Acho que estou bem. Ela nunca vai saber.

— Então a campanha de sabotagem da lua de mel foi cancelada?

— A partir deste momento — eu confirmo. — Vou ligar pro Nico. Ele vai ficar aliviado. — Olho para Lorcan. — Nunca mais vou interferir na vida da minha irmã — digo com ênfase. — Pode me cobrar. Pode cobrar minha promessa.

— Combinado. — Ele assente com seriedade. — E o que você vai fazer agora?

Eu balanço a cabeça.

— Não sei. Vou para o aeroporto. Lá eu vejo. — Mexo no cabelo suado e lembro de novo que estou em uma sauna, e completamente vestida. — Devo estar uma beleza.

— Concordo — diz Lorcan com seriedade. — Você não pode pegar o avião assim. É melhor tomar uma ducha gelada.

— Ducha gelada? — Olho para ele sem acreditar.

— Fecha os poros. Revigora a circulação. Acaba com as marcas meleqüentas de lágrimas.

Ele está tirando sarro com a minha cara. Eu acho. Será?

— Eu vou se você for — digo, desafiando-o.

— Por que não? — Ele dá de ombros. Sinto uma risada crescendo. *Não podemos* estar planejando fazer isso.

— Tudo bem, aqui vai. — Abro a porta e a seguro educadamente para Lorcan. Consigo ver os olhares e as cutucadas dos hóspedes do hotel ao verem duas pessoas vestidas saindo da sauna, uma delas de terno.

— Depois de você. — Lorcan aponta para a ducha gelada.

— Eu ligo se você quiser.

— Pode ligar, então. — Começo a gargalhar quando entro embaixo. Um momento depois, um jato de água congelante cai em mim e dou um gritinho.

— Mamãe! — Uma voz aguda me chama com euforia. — Você tomou banho *de roupa*. — Noah está me olhando da mesa com Richard, com o rosto iluminado de surpresa.

É a vez de Lorcan, e ele levanta o rosto para a ducha.

— Pronto — diz ele para mim quando termina. — Não é refrescante? A vida não parece melhor? — Ele balança a manga molhada do terno.

Faço uma pausa, querendo responder com sinceridade.

— Sim — digo por fim. — Muito melhor. Obrigada.

21
Lottie

Não sei bem como reagir. Aqui estamos nós. De volta à pensão. E tudo está exatamente como era. Ou quase isso.

Assim que descemos do táxi aquático, Ben atendeu uma ligação de Lorcan, o que *realmente* me irritou. É nosso grande momento romântico e significativo, e ele está no telefone. É como se Humphrey Bogart dissesse "Nós sempre teremos... Desculpe, amor, preciso atender esta ligação".

Enfim. Seja positiva, Lottie. Aproveite o momento. Venho pensando nesse lugar há *15 anos*. E aqui estou eu.

De pé no píer de madeira, fico esperando que ondas de nostalgia e inspiração tomem conta de mim. Acredito que vou chorar e talvez pensar em alguma coisa comovente para dizer a Ben. Mas o estranho é que não sinto vontade de chorar. Sinto-me meio vazia.

De onde estou, consigo apenas vislumbrar a pensão, bem acima. Consigo ver a familiar pedra ocre e algumas janelas. É menor do que me lembro, e uma das venezianas está torta. Meu olhar desce para o penhasco. Há degraus entalhados na pedra, bifurcados na metade de baixo. Um lado leva ao píer onde estamos, e o outro leva à praia principal. Colocaram corrimões de metal, o que estraga um pouco o visual. E uma grade no alto do penhasco. E tem uma placa de alerta. *Placa de alerta?* Nunca tivemos placa de alerta.

Enfim. Seja positiva.

Ben se junta a mim, e seguro a mão dele. A praia fica depois de uma pedra, então ainda não consigo ver se mudou. Mas como uma praia pode mudar? Uma praia é uma praia.

— O que vamos fazer primeiro? — pergunto baixinho. — Pensão? Praia? Ou enseada secreta?

Ben aperta minha mão.

— Enseada secreta.

E agora, finalmente, começo a sentir ondas de excitação. A enseada secreta. O lugar onde despimos um ao outro pela primeira vez, tremendo de um desejo ardente, insaciável, adolescente. O lugar onde fazíamos três, quatro, cinco vezes por dia. A ideia de revisitá-lo (em todos os sentidos) é tão excitante que começo a tremer.

— Vamos ter que alugar um barco.

Ele vai me levar até a enseada como sempre fazia, e vou ficar com os pés na lateral do barco. E vamos arrastar o barco até a areia e encontrar aquela área protegida, e...

— Vamos pegar um barco. — A voz de Ben está grave, e consigo ver que ele se sente tão excitado quanto eu.

— Você acha que ainda tem barcos pra alugar na praia?

— Só tem um jeito de descobrir.

Com alegria repentina, puxo-o na direção da escada. Vamos direto para a praia, vamos pegar um barco, tudo vai acontecer...

— Venha! — Estou pulando nos degraus de pedra, com o coração disparado de empolgação. Estamos quase na bifurcação da escada. A qualquer momento vamos avistar aquela área familiar de areia, bela e dourada, esperando por nós depois de todo esse tempo...

Ah, meu Deus.

Olho para a praia em estado de choque. O que aconteceu com ela? Quem são essas *pessoas*?

Quando ficamos na pensão, a praia parecia um espaço enorme e vazio. Havia uns vinte hóspedes, no máximo, e costumávamos nos espalhar na areia, e ninguém ficava em espaços apertados.

O que estou vendo agora parece uma ocupação. Ou a manhã seguinte a um festival. Há umas setenta pessoas, ocupando a areia em grupos confusos, algumas ainda acomodadas em sacos de dormir. Consigo ver os restos de uma fogueira. Há algumas barracas. Depois de observar, notei que muitos são estudantes. Ou estudantes eternos, talvez.

Enquanto estamos ali de pé, inseguros, um cara jovem com cavanhaque começa a subir a escada e nos cumprimenta com sotaque sul-africano.

— Oi. Vocês parecem perdidos.

Tenho vontade de responder que *me sinto* perdida, mas só dou um sorriso.

— Só estamos... olhando.

— Estamos visitando — diz Ben, à vontade. — Viemos aqui anos atrás. Mudou.

— Ah. — A expressão do rosto do sujeito muda. — Vocês são *daqueles*. Da era de ouro.

— Era de ouro?

— É assim que chamamos. — Ele ri. — Tem tanta gente da idade de vocês voltando, nos contando como era antes de construírem o albergue. A maior parte passa o tempo todo resmungando sobre o quanto o local está estragado. Vocês vão descer?

Enquanto o seguimos, fico um pouco irritada com as palavras dele. *Resmungando* é meio agressivo. E *idade de vocês*? O que isso quer dizer? É óbvio que somos um pouco mais velhos que ele, mas ainda somos jovens, no sentido amplo da palavra. Ainda estou na mesma *categoria*.

— Que albergue? — pergunta Ben quando chegamos à praia. — Vocês não são hóspedes da pensão?

— Alguns são. — O cara dá de ombros. — Não muitos. É uma pensão meio vagabunda. Acho que o coroa acabou de vender. Não, estamos no albergue. Fica algumas centenas de metros de distância. Foi construído talvez... dez anos atrás? Fizeram uma campanha publicitária grande. Deu certo. Esse lugar é tão incrível — acrescenta ele quando se afasta. — Os pores do sol são inacreditáveis. Se cuidem.

Ben sorri para ele, mas estou com vontade de explodir de fúria. Não consigo acreditar que construíram um albergue. Estou irada. Este era nosso lugar. Como ousam anunciar?

E veja só como tratam o local. Tem lixo para todo lado. Consigo ver latas vazias e pacotes de salgadinhos e até algumas camisinhas usadas. Ao vê-las, meu estômago se retorce. Estão fazendo *sexo* em todos os cantos. É tão *nojento*.

Quero dizer, sei que nós fazíamos sexo na praia, mas era diferente. Era *romântico*.

— Onde está o cara do barco? — digo, olhando ao redor. Havia um homem que parecia um lagarto e que alugava seus dois barcos todos os dias, mas não consigo vê-lo em parte alguma. Tem um cara alto e forte empurrando um barco para a água, e corro na areia até o mar.

— Oi! Com licença! Espere um minuto. — Ele se vira, com o sorriso branco no rosto bronzeado, e coloco a mão no barquinho dele.

— Você pode me informar se ainda alugam barcos aqui? Este barco é alugado?

— Sim — responde ele. — Mas você precisa chegar cedo. Foram todos alugados. Quer tentar amanhã? A lista está no albergue.

— Entendo. — Faço uma pausa e acrescento com lástima na voz. — O problema é que só vamos ficar aqui hoje. Meu marido e eu. Estamos em lua de mel. E queríamos muito um barco.

Fico em silêncio, desejando que ele seja galante e ofereça de alugar o barco dele. Mas ele não faz isso. Só continua empurrando-o para a água, e diz em tom agradável:

— Que pena.

— A questão é que isso é muito especial pra nós — explico, indo atrás dele na água. — Queremos muito, muito ir passear de barco. Queríamos visitar a pequena enseada secreta que conhecemos...

— A enseada daquele lado? — Ele aponta para o outro lado da praia.

— É! — respondo. — Você conhece?

— Não é preciso barco pra ir até lá. — Ele parece surpreso. — Dá pra ir pelo passadiço.

— Passadiço?

— Fica mais pra dentro da ilha. — Ele aponta. — Uma enorme passarela de madeira. Construíram alguns anos atrás. Abriram a área toda.

Olho para ele, horrorizada. *Construíram uma passarela até a enseada secreta?* Isso é profanação. É chocante. Vou escrever uma carta furiosa para... alguém. Era o nosso segredo. Era para permanecer em segredo. Como vamos poder fazer sexo lá agora?

— Então todo mundo vai pra lá?

— Ah, vai. É bem popular. — Ele sorri. — Cá entre nós, é aonde as pessoas vão pra fumar um.

Fumar um? Olho para ele ainda mais horrorizada. Nossa enseada perfeita, romântica e idílica agora é a central das drogas?

Esfrego o rosto, tentando me ajustar a essa nova e triste imagem.

— Então... vai ter gente lá agora?

— Ah, vai. Teve uma festa lá ontem à noite. Mas devem estar todos dormindo agora. Tchau. — Ele empurra o barco e solta a vela.

Então é isso. Nosso plano já era. Ando no raso até onde Ben está.

— Era tão perfeita — falo em desespero. — E agora, estragaram. Não consigo suportar. Olha. — Gesticulo loucamente. — Está horrível! Está um inferno!

— Pelo amor de Deus, Lottie! — diz Ben com certa impaciência. — Você está exagerando. A gente fazia festa na praia, lembra? A gente deixava lixo espalhado. Arthur vivia reclamando.

— Não camisinhas usadas.

— A gente provavelmente também deixou. — Ele dá de ombros.

— Não, nós não deixamos! — respondo com indignação. — Eu tomava pílula!

— Ah. — Ele dá de ombros de novo. — Eu esqueci.

Ele *esqueceu*? Como você pode esquecer quando usava camisinhas ou não com o amor da sua vida?

Tenho vontade de dizer "Se você realmente me amasse, lembraria que não usávamos camisinha", mas mordo a língua. Uma discussão sobre o uso de camisinha não é o que você quer na lua de mel. Então deu de ombros e olho com tristeza para o mar.

Estou tão decepcionada que sinto vontade de chorar. Isso não é nada como eu imaginava. Para ser sincera, acho que imaginei a praia sem ninguém. Imaginei que a teríamos completamente para nós. Correríamos pela areia deserta e pularíamos a espuma das ondas, caindo em um abraço perfeito enquanto violinos tocavam. Talvez isso tenha sido um *tantinho* sonhador. Mas o que temos é o extremo oposto.

— Bom, o que vamos fazer? — pergunto por fim.

— Ainda podemos nos divertir. — Ben me puxa para perto e me dá um beijo. — É bom voltar mesmo assim, não é? Ainda é a mesma areia. Ainda é o mesmo mar.

— É. — Mergulho no beijo dele, agradecida.

— Ainda é a mesma Lottie. Ainda o mesmo short sexy. — Ele aperta minha nádega, e sinto uma necessidade repentina de exigir ao menos parte da minha fantasia.

— Se lembra disso? — Dou minha bolsa para ele segurar. Respiro fundo enquanto me preparo, depois dou um saltinho para o alto e outro para a frente, e inicio o que era para ser uma série impecável de estrelas na praia.

Ai. Ui.

Argh. Merda. Minha *cabeça*.

Não sei o que aconteceu, só que meus braços dobraram sob meu peso, houve alguns gritos de alarme ao meu redor, e caí com tudo sobre a cabeça. Agora estou espalhada em uma posição desajeitada na areia, com a respiração entrecortada de choque.

Meu braço está latejando de dor e minha mente está latejando de humilhação. Não consigo mais dar estrela? Quando é que *isso* aconteceu?

— Querida. — Ben se aproxima, parecendo constrangido. — Não vai se machucar. — O olhar dele se desvia para o meu short. — Acho que houve um pequeno acidente.

Sigo o olhar dele e sinto um choque de consternação. Tem um rasgo no meu short *tie-dye*. Eu o rasguei no pior lugar possível. Quero *morrer*.

Ben me levanta, e eu esfrego o braço, fazendo uma careta. Devo ter torcido, ou alguma coisa assim.

— Você está bem? — pergunta uma garota de short jeans e sutiã de biquíni, que parece ter uns 15 anos. — Você precisa começar com mais impulso. Assim. — Ela se lança com leveza e dá uma estrela perfeita, com um salto mortal em seguida. Vaca.

— Obrigada — murmuro. — Vou me lembrar disso. — Pego minha bolsa da mão que está com Ben, e há um silêncio constrangedor. — Então... o que vamos fazer? — pergunto por fim. — Ver a enseada?

— Preciso de café — diz Ben com firmeza. — E quero ver a pensão, você não?

— É claro! — Sinto uma pontada final de esperança. Mesmo com a praia estragada, a pensão talvez não esteja. — Só que você sobe na frente — acrescento.

Se meu short está rasgado, *não* vou deixar que ele vá atrás de mim.

Não sei se foi o fiasco da estrela, ou se o monitor cardíaco da academia anda mentindo para mim, mas não estou tão em forma quanto achei que estivesse. E 113 degraus é muita coisa. Começo a agarrar o corrimão e usá-lo para me puxar para cima, e fico feliz de Ben não conseguir me ver. Estou com o rosto vermelho, meu cabelo escapou do elástico e estou bufando de uma maneira nada sexy. O sol começa a brilhar no alto, e evito olhar para cima, mas quando chegamos perto do alto, levanto o olhar e pisco de surpresa. Vejo a silhueta de uma pessoa no alto. Uma garota.

— Olá! — diz ela com sotaque britânico. — Vocês são hóspedes?

Quando chego mais perto, percebo que é uma garota linda. Com peitos extraordinários. Todos os clichês surgem na minha mente. Os peitos dela parecem duas luas marrons, lutando contra a camiseta branca de alça. Não, dois filhotes de cachorro marrons e cheios de vida. Até *eu* fico tão fascinada que tenho vontade de tocar neles. Ela está inclinada para nos cumprimentar quando chegamos ao alto, e consigo ver bem dentro das profundezas cavernosas do decote.

O que significa que Ben também consegue.

— Muito bem — diz ela, rindo, quando chegamos. Estou tão ofegante que não consigo falar. Nem Ben, mas ele parece estar tentando me dizer alguma coisa. Ou seria para essa garota de corpo escultural?

É para a garota de corpo escultural.

— Puta merda! — consegue dizer ele, e parece completamente perplexo. — Sarah!

22
Lottie

Minha mente está em turbilhão. Não sei no que me concentrar. Não sei onde começar.

Antes de tudo, há a pensão. Como pode estar tão diferente do que lembro? Tudo está menor, mais gasto e menos *icônico*. Estamos sentados na varanda, que é bem menos impressionante do que me lembro e foi pintada de um tom bege muito feio, que está descascando em tiras. O bosque de oliveiras não passa de uma área pequena com umas poucas árvores esparsas. A vista é bonita, mas não é diferente de nenhuma outra vista de ilha grega.

E Arthur. *Como* pude ter me impressionado com ele? *Como* pude me sentar aos pés dele, absorvendo as pérolas de sabedoria? Ele não é inteligente. Não é sábio. É um pervertido alcoólatra de 70 e poucos anos. Já tentou me apalpar duas vezes.

— Não voltem — diz, balançando o cigarro que ele mesmo enrolou. — Eu sempre digo pra todos vocês, jovens. Não venham visitar. A juventude ainda está onde você a deixou e é lá que deve ficar. Vocês estão voltando pra quê? Qualquer coisa que valesse a pena ser levada na jornada da vida já vai estar com você.

— Pai. — Sarah revira os olhos. — Já chega. Eles voltaram. E fico feliz que tenham voltado. — Ela pisca para Ben. — Chegaram bem na hora. Acabamos de vender. Vamos embora mês que vem. Mais café?

Quando ela se inclina para servir o café, não consigo deixar de olhar. De perto, ela não tem formas menos extraordinárias. Tudo nela é reluzente e sedoso, e os seios lutam contra a camiseta como se estivessem em uma Aula de Yoga Peitoral e se exibissem na frente de todo mundo.

E esse é o outro motivo para minha mente estar em turbilhão. Vários motivos, na verdade. Número um: ela é linda. Número dois: está bem claro que ela e Ben tiveram alguma história aqui na pensão antes de eu chegar. Eles ficam fazendo referências e rindo, e mudando de assunto. Número três: ainda existe uma fagulha entre os dois. Se eu consigo ver, eles devem conseguir, não? Devem sentir. O que isso quer dizer?

O que essas coisas *significam*?

Pego o café que Sarah oferece, e minhas mãos estão trêmulas. Pensei que voltar à pensão fosse ser o final glorioso de nossa lua de mel, onde todas as pontas soltas se uniriam em um grande e satisfatório nó. Mas parece que vários tipos de nós novos apareceram e nada está amarrado. Principalmente Ben. Ele parece se afastar de mim. Não olha nos meus olhos, e quando coloquei o braço ao redor dele, ele se afastou. Sei que Sarah viu porque ela teve a delicadeza de se virar.

— Nós envelhecemos. — Arthur ainda está tagarelando. — A vida atrapalha os sonhos. Os sonhos atrapalham a vida. Sempre foi assim. Alguém quer um uísque? — Ele se alegra de repente. — Já está na hora grega, já posso.

— Eu aceito o uísque — responde Ben, para minha consternação. O que ele está fazendo? São onze da manhã. Não quero que ele comece a virar copos de uísque. Lanço um olhar de "tem certeza de que é uma boa ideia, querido?", e ele me devolve com uma expressão que tenho a sensação horrível de que quer dizer "Não se meta e pare de tentar estragar a minha vida".

E mais uma vez, Sarah está delicadamente olhando para o outro lado.

Ah, Deus, isso é tortura. Outras mulheres olhando para o outro lado enquanto você troca olhares ressentidos com o marido é a experiência mais humilhante do mundo. Está empatada com shorts *tie-dye* que rasgam enquanto você tenta dar uma estrela.

— Um bom homem! Venha escolher um *single malt*. — Arthur leva Ben para dentro da pensão e fico com Sarah na varanda. O ar parece tenso entre nós, e não sei por onde começar. Quero desesperadamente saber ... o que, exatamente?

— Que café delicioso. — Eu me refugio na cortesia.

— Obrigada. — Ela sorri para mim, depois suspira. — Lottie. Só quero dizer... — Ela abre as mãos. — Não sei se você sabe que Ben e eu...

— Eu não sabia — digo depois de uma pausa. — Mas agora sei.

— Foi um caso muito curto. Eu estava aqui visitando papai, e tivemos um clique. Durou umas duas semanas, ou até menos. Por favor, não pense... — Mais uma vez, ela faz uma pausa. — Eu não iria querer que você...

— Eu não estava pensando nada! — eu a interrompo alegremente. — Nada!

— Que bom. — Ela sorri de novo deixando dentes perfeitos à mostra. — É muito legal que vocês tenham voltado. Muitas lembranças boas, espero.

— Sim, um monte.

— Foi um verão incrível. — Ela toma um gole de café. — Foi o ano em que Big Bill esteve aqui. Você o conheceu?

— Sim, conheci Big Bill. — Eu relaxo um pouco. — E Pinky.

— E os dois Neds? Eles foram presos uma noite em que eu estava aqui — diz ela sorrindo. — Foram jogados na cadeia, e papai teve que pagar a fiança.

— Eu *ouvi* algo sobre isso. — Eu me sento, apreciando de repente a conversa. — Você soube do naufrágio do barco de pesca?

— Meu Deus, soube — diz ela. — Papai me contou. Contando com o incêndio, foi o ano dos desastres. Até o pobre Ben pegou gripe.

O que ela disse? Gripe?

— Gripe? — repito, com voz estrangulada. — Ben?

— Foi horrível. — Ela puxa os pés bronzeados para cima da cadeira. — Fiquei muito preocupada. Ele ficou delirante. Tive que cuidar dele durante uma noite inteira. Cantei músicas da Joni Mitchell. — Ela ri.

Meu cérebro está girando de pânico. Foi *Sarah* quem cuidou de Ben quando ele ficou gripado. Foi *Sarah* que cantou para ele.

E ele acha que fui eu.

E aquele foi o momento em que ele "soube que me amava". Ele contou isso para uma plateia inteira.

— Certo! — digo, tentando parecer relaxada. — Uau. Muito bem. — Engulo em seco. — Mas não faz sentido viver o passado, né? Então, er... quantos hóspedes vocês têm no momento?

Quero sair logo do assunto, antes de Ben voltar. Mas Sarah me ignora.

— Ele disse as coisas mais estranhas quando estava delirante — relembra ela. — Ele queria sair voando. Eu dizia: "Ben, você está doente! Fique deitado!" Ele dizia que eu era o anjo da guarda dele. Ficava repetindo isso sem parar. Que eu era o anjo da guarda dele.

— Quem é o anjo da guarda? — A voz de Ben chega até nós. Ele aparece na varanda, segurando um copo. — Seu pai está atendendo uma ligação. Quem é o anjo da guarda? — repete ele.

Meu estômago se revira. Tenho que acabar com essa conversa agora mesmo.

— Vejam aquela oliveira! — digo com voz estridente, mas Ben e Sarah me ignoram.

— Você não se lembra, Ben? — Sarah ri com facilidade e joga a cabeça para trás. — Quando você pegou gripe e cuidei de você a noite toda? Disse que eu era seu anjo da guarda. Enfermeira Sarah. — Ela o cutuca com o pé de forma provocadora. — Se lembra da enfermeira Sarah? Se lembra das músicas de Joni Mitchell?

Ben parece quase paralisado. Ele olha com intensidade para mim, depois para Sarah, e para mim de novo. A testa dele está contraída de confusão.

— Mas... mas... *você* cuidou de mim, Lottie.

Minhas bochechas estão vermelhas. Não sei o que dizer. Por que aceitei os méritos por ter cuidado dele, *por quê*?

— Lottie? — diz Sarah surpresa. — Mas ela nem estava aqui! Fui eu, e *eu* vou ganhar o ponto das escoteiras, obrigada! Fui eu quem ficou sentada secando sua testa até o amanhecer. Não me diga que se esqueceu disso — acrescenta ela com falsa reprovação.

— Eu não *esqueci* — diz Ben com a voz repentinamente intensa. — Jesus! É claro que não esqueci. Sempre me lembro daquela noite. Pensei que tivesse sido... — Ele olha para mim com acusação.

Estou toda arrepiada. Preciso falar. Todos estão esperando.

— Talvez eu tenha me confundido. — Eu engulo em seco. — Com... outra ocasião.

— Que outra ocasião? — pergunta Ben. — Só tive gripe uma vez. E agora descubro que não foi você quem cuidou de mim, foi Sarah. E acho isso confuso. — A voz dele está dura e implacável.

— Sinto muito. — Sarah olha de um para o outro, como se tivesse captado a vibração tensa entre nós. — Isso não é nada.

— É, sim! — Ben leva o punho à cabeça. — Você não percebe? *Você* me salvou. *Você* foi meu anjo da guarda, Sarah. Isso muda... — Ele para.

Olho para ele, indignada. Isso muda o quê? Eu era o anjo da guarda dele até três minutos atrás. Não se muda de anjo da guarda de repente porque deu vontade.

— Isso de novo, não! — Sarah balança a cabeça, sorrindo. — Eu te falei — acrescenta ela para mim, como se tentando aliviar o clima. — Ele disse todo tipo de coisa doida sobre anjos e tal. Enfim. — Ela claramente quer acabar com o assunto. — E então? O que vocês fazem?

Ben olha para mim com raiva e toma um gole de uísque.

— Eu faço papel — começa ele.

Enquanto ele explica sobre a fábrica de papel, tomo meu café morno, tremendo um pouco. Não consigo acreditar que minha mentira branca boba foi descoberta. Mas também não consigo acreditar no quanto Ben está levando isso a sério. Pelo amor de Deus. Quem liga para quem cuidou de quem? Estou tão distraída que me desligo da conversa, mas desperto quando ouço as palavras "mudar para o exterior" vindas de Ben. Será que ele está falando sobre a França?

— Eu também! Ainda vou velejar ao redor do Caribe por um tempo — Sarah está dizendo. — Dar umas aulas pra ganhar dinheiro. Ver no que dá.

— Também é o que eu quero fazer. — Ben está assentindo vigorosamente. — Velejar é minha paixão. Se tem uma coisa que quero fazer nos próximos dois anos é passar mais tempo no meu veleiro.

— Você já velejou pelo Atlântico?

— Eu quero. — Os olhos de Ben se iluminam. — Quero montar uma tripulação. Quer participar?

— Mas é claro! E depois, uma temporada velejando no Caribe?

— Está combinado!

— Combinado. — Eles batem na mão um do outro e dão gargalhadas. — Você veleja? — acrescenta Sarah educadamente para mim.

— Não. — Estou olhando para Ben, furiosa. Ele nunca mencionou velejar no Atlântico. E como isso vai se encaixar com nossa compra da fazenda francesa? E o que foi esse tapinha na mão, cheio de intimidade? Quero falar sobre isso tudo imediatamente, mas não na frente de Sarah.

De repente, desejo que nunca tivéssemos voltado aqui. Arthur estava certo. Não devemos voltar.

— Então vocês estão vendendo? — pergunto para Sarah.

— É — confirma ela. — É uma pena, mas a festa acabou. O albergue acabou com o nosso negócio. Vão comprar nossa terra. Vão construir mais unidades.

— Filhos da mãe! — diz Ben com raiva.

— É. — Ela dá de ombros com segurança. — Pra ser sincera, o negócio nunca mais foi bom depois do incêndio. Não sei como papai conseguiu levar por tanto tempo.

— O incêndio foi *terrível* — digo, feliz por mudar para um assunto sobre o qual sou capaz de falar. Estou torcendo para alguém mencionar a forma como eu brilhantemente assumi o comando e salvei muitas vidas, mas Sarah só diz:

— É, que drama.

— Foi culpa de um fogão defeituoso, não foi? — pergunta Ben.

— Ah, não. — Sarah balança a cabeça, e os brincos fazem barulhinhos metálicos. — Foi o que pensaram no começo. Mas acabaram descobrindo que foram as velas de alguém. Em algum quarto. Velas aromáticas. — Ela olha para o relógio. — Preciso tirar a comida do forno. Com licença.

Quando ela desaparece, Ben toma um gole de uísque, mas quando olha para mim, sua expressão muda.

— O que foi? — Ele franze a testa. — Lottie? Você está bem?

Não, não estou bem. Estou em frangalhos. A verdade é tão horrível que nem consigo contemplá-la direito.

— Fui eu — sussurro por fim, me sentindo enjoada.

— O que quer dizer com foi você? — Ele olha para mim sem entender.

— Sempre coloquei velas aromáticas no quarto! — sussurro com selvageria. — Lembra? De todas as minhas velas? Devo ter deixado acesas. Ninguém mais tinha velas aromáticas. O incêndio foi culpa minha!

Estou tão chocada e perturbada que lágrimas surgem nos meus olhos. Meu grande momento de triunfo... virou pó. Não fui a heroína do momento. Fui a vilã insensata e estúpida.

Estou esperando que Ben passe os braços ao redor do meu corpo, ou que exclame alguma coisa, ou que me faça mais perguntas, ou *alguma coisa*. Mas ele parece desinteressado.

— Ah, foi há muito tempo — diz ele por fim. — Não importa mais.

— Como assim, não importa? — Olho para ele sem acreditar. — É *claro* que importa! Estraguei o verão de todo mundo! Estraguei o negócio! É horrível!

Sinto-me doente de culpa. E mais que isso, sinto como se estivesse errada, estupidamente errada, durante todo esse tempo. Todos esses anos. Venho apreciando a lembrança errada. Sim, fiz diferença naquela noite, mas foi uma diferença desastrosa. Eu podia ter matado alguém. Podia ter matado um monte de gente. Não sou a mulher que pensei que fosse. *Não sou a mulher que pensei que fosse.*

Solto um soluço repentino. Sinto como se tudo estivesse desmoronando.

— Devo contar pra eles? Devo confessar tudo?

— Pelo amor de Deus, Lottie — diz Ben com impaciência. — É claro que não. Deixa pra lá. Foi há 15 anos. Ninguém se machucou. Ninguém liga.

— Eu ligo! — falo chocada.

— Então devia parar. Você só fica falando e falando sobre aquele *maldito* incêndio...

— Não fico, não!

— Fica, sim.

Alguma coisa dentro de mim estala.

— Ah, você fica falando e falando sobre velejar! — grito magoada. — De onde veio tudo isso?

Olhamos um para o outro com raiva e uma espécie de incerteza chocada. É como se estivéssemos avaliando um ao outro para um jogo, mas não tivéssemos certeza das regras. Finalmente, Ben dispara em um golpe final.

— Basicamente, como posso confiar em qualquer coisa que você diz agora? — pergunta ele.

— *O quê?* — Eu me encolho de puro choque.

— Você não cuidou de mim quando eu estava gripado, mas me deixou pensar que sim. — O olhar dele é cruel. — Por que alguém faria isso?

— Eu estava... confusa. — Eu engulo em seco. — Me desculpa, tá?

A expressão de Ben não muda. Filho da mãe hipócrita.

— Ah, tudo bem. — Disparo em um contra-ataque. — Já que estamos na hora da verdade, posso perguntar como você planeja uma temporada velejando no Caribe se vamos nos mudar pra França?

— Nós *talvez* nos mudemos pra França — responde ele com impaciência. — Talvez não. Só estávamos avaliando algumas ideias. Meu Deus!

— Não estávamos "avaliando ideias"! — Olho para ele horrorizada. — Estávamos fazendo planos! Eu estava baseando minha vida toda neles!

— Tudo bem? — Sarah se junta a nós de novo na varanda, e Ben imediatamente abre um sorriso encantador e torto.

— Ótimo! — diz ele, como se nada tivesse acontecido. — Estamos só relaxando.

— Mais café? Uísque?

Não consigo responder. Percebo a horrível verdade: estou baseando minha vida toda nesse cara sentado à minha frente. Esse cara com sorriso encantador e jeito tranquilo que de repente parece estranho, nada familiar e simplesmente *errado*, como acordar no quarto de hóspedes da casa de alguém. Eu não só não o conheço como também não o entendo, e estou começando a achar que não *gosto* muito dele.

Não gosto do meu marido.

É como um estalo metálico nos meus ouvidos. Um dobre de finados. Cometi um erro monumental, gigantesco e apavorante.

Sinto uma saudade instintiva e desesperada de Fliss, mas, ao mesmo tempo, percebo que nunca, *nunca* posso admitir isso para ela. Vou ter que ficar casada com Ben e fingir que tudo está bem até o fim dos meus dias. É constrangedor demais. Tudo bem. Então esse é o meu destino. Estou bastante calma quanto a ele. Me casei com o homem errado e vou ter simplesmente que viver com isso e ser infeliz para sempre. Não tem outro jeito.

— ... ótimo lugar pra uma lua de mel — Sarah está dizendo quando se senta. — Vocês estão se divertindo?

— Ah, sim — diz Ben com sarcasmo. — Muito mesmo. Demais. — Ele me lança um olhar antagônico, e eu me irrito.

— O que isso quer dizer?

— Ah, não estamos aproveitando os tradicionais "prazeres da lua de mel", não é?

— Não é minha culpa!

— Quem me afastou hoje de manhã?

— Eu estava esperando a *enseada*! Era pra gente fazer na *enseada*!

Percebo que Sarah não está à vontade, mas não consigo parar. Sinto como se estivesse fervendo.

— Sempre tem alguma desculpa — rosna Ben.

— Não estou dando desculpas! — exclamo, completamente lívida de raiva. — Você por acaso pensa que não *quero*... você sabe?

— Não sei o que pensar! — responde Ben, furioso. — Mas não fizemos, e você não parece nada incomodada! Faz as contas!

— Estou incomodada! — grito. — É claro que estou!

— Esperem — diz Sarah, olhando cautelosamente de Ben para mim. — Vocês não...?

— Não houve oportunidade — diz Ben com tensão na voz.

— Uau — diz Sarah baixinho, com aparência incrédula. — Isso é... incomum pra uma lua de mel.

— Nosso quarto estava com problemas — explico de forma sucinta — depois Ben ficou bêbado, fomos perseguidos por mordomos e tive uma reação alérgica, e basicamente...

— Tem sido um pesadelo.

— Pesadelo.

Nós dois estamos curvados e tristes, sem energia.

— Bom — diz Sarah com uma piscadela —, temos quartos vazios lá em cima. Camas. Até preservativos.

— É sério? — Ben levanta a cabeça. — Tem uma cama lá em cima? Uma cama de casal particular que a gente possa usar? Você não faz *ideia* do quanto queríamos ouvir isso.

— Muitas delas. Estamos com metade dos quartos ocupados.

— Isso é ótimo! Ótimo! — O humor de Ben melhorou consideravelmente. — Podemos fazer bem aqui, na pensão! Onde nos conhecemos! Venha, Sra. Parr, deixe-me satisfazê-la.

— Não vou prestar atenção — brinca Sarah.

— Você pode participar se quiser! — diz Ben, depois acrescenta para mim rapidamente: — Brincadeira. *Brincadeira*.

Ele estica as mãos para mim, com o sorriso encantador de sempre. Mas a magia não está funcionando. A fagulha se apagou.

O silêncio parece se prolongar por uma eternidade. Minha mente está em turbilhão. O que quero? O que *quero*?

— Não sei — digo depois de uma longa pausa, e ouço Ben inspirar com intensidade.

— Você não *sabe*? — Ele parece no limite da paciência. — Você não *sabe*, porra?

— Eu... preciso dar uma volta. — De repente, empurro a cadeira e me afasto antes que ele possa dizer qualquer outra coisa.

Sigo para os fundos da pensão e subo a colina que fica atrás dela. Consigo ver o novo albergue, uma construção de concreto e vidro bem no local onde os rapazes jogavam futebol. Passo direto por ele e continuo a andar colina abaixo até não conseguir mais vê-lo. Estou em uma área baixa de terra, cercada de oliveiras, com uma cabana abandonada da qual me lembro vagamente, do passado. Tem lixo aqui também, latas velhas e pacotes de salgadinhos e restos de um pão sírio. Olho para aquilo, sentindo uma onda de ódio por quem o deixou ali. De impulso, vou até a pequena clareira e recolho tudo, trabalhando com muita energia. Não tem lata de lixo por perto, mas junto tudo e coloco ao lado de uma pedra grande. Minha vida pode estar uma confusão, mas ao menos consigo limpar um pequeno terreno.

Quando acabo, me sento na pedra e olho para a frente, sem querer refletir sobre meus pensamentos. Estão confusos e assustadores demais. O sol bate na minha cabeça, e consigo ouvir o balir distante de bodes. Isso me faz sorrir com lembranças. Algumas coisas não mudaram.

Depois de um tempo, o som de um ofegar me faz virar a cabeça. Uma loura de vestido cor-de-rosa está subindo a colina. Ela me vê na pedra, sorri e, aliviada, segue até o mesmo lugar.

— Oi — diz ela. — Posso...?

— Vá em frente.
— Calor. — Ela limpa a testa.
— Muito.
— Você veio ver as ruínas? As ruínas antigas?
— Não — digo, me justificando. — Só estou de bobeira. Estou em lua de mel — acrescento como desculpa.

Lembro-me vagamente das pessoas falando sobre as ruínas na época em que me hospedei aqui. Pretendíamos ir lá olhar um dia, mas, no final, nenhum de nós acabou indo.

— Também estamos em lua de mel. — Ela sorri. — Estamos no Apollina, mas meu marido me arrastou pra cá pra ver essas ruínas. Falei pra ele que precisava me sentar e que iria encontrá-lo em um minuto. — Ela pega uma garrafa de água e toma um gole. — Ele é assim. Fomos à Tailândia ano passado, quase morri. Entrei em greve no final. Falei: "Não outro maldito templo. Quero ficar deitada na praia." Afinal, o que há de errado em ficar deitada na praia?

— Eu concordo. — Faço um movimento afirmativo de cabeça. — Fomos pra Itália e foram igrejas sem fim.

— Igrejas! — Ela revira os olhos. — Nem me fale. Foi assim em Veneza. Eu falei pra ele: "Você vai à igreja na Inglaterra? Por que o interesse repentino, só porque estamos de férias?"

— Foi exatamente o que falei pro Richard! — digo com ansiedade.

— Meu marido também se chama Richard! — exclama a mulher. — Não é engraçado? Richard o quê?

Ela sorri para mim, mas fico olhando para ela, surpresa. O que estou *dizendo*? Por que meus pensamentos foram imediatamente para Richard, e não para Ben? O que tem de *errado* comigo?

— Na verdade... — Esfrego o rosto e tento acalmar meus pensamentos. — Na verdade, meu marido não se chama Richard.

— Ah. — Ela parece surpresa. — Me desculpe. Pensei que você tivesse dito... — Ela me olha com mais atenção, consternada. — Você está bem?

Ah, Deus. Não sei o que há de errado comigo. Lágrimas estão escorrendo dos meus olhos. Muitas lágrimas. Eu as seco e tento sorrir.

— Me desculpe. — Engulo em seco. — Terminei com um namorado recentemente. Ainda não superei.

— *Namorado*? — A mulher olha para mim, desconcertada. — Pensei que você tivesse dito que está em lua de mel.

— Estou. — Eu choro. — Estou em lua de mel! — E agora, estou chorando de verdade: são soluços enormes, que me fazem tremer, como os de uma criança.

— Então qual deles é o Richard?

— Não o meu marido! — Minha voz se torna um grito angustiado. — Richard não é meu marido! Ele nunca me pediu em casamento! Ele nunca me pediiiiiiiu!

— Vou te dar um pouco de privacidade — diz a mulher constrangida, e desce da pedra. Quando ela desaparece rapidamente, me entrego ao choro mais barulhento e desenfreado da minha vida.

Sinto saudade de casa. Saudade de Richard. Sinto tanta falta dele. Parece que, quando nos separamos, ele arrancou um pedaço do meu coração. Por um tempo, a adrenalina da situação me manteve seguindo em frente... mas agora, percebo o quanto estou ferida. Meu corpo todo lateja com a dor, que não está nada próxima de passar.

Sinto saudade dele, sinto saudade dele, sinto saudade dele. Sinto saudade do bom humor e da sensatez dele. Sinto saudade dele na cama. Sinto saudade de trocarmos olhares em meio a uma festa e saber que estamos pensando a mesma coisa. Sinto saudade do cheiro dele. Richard tem o tipo de cheiro que todo homem deveria ter. Sinto saudade da voz dele e dos beijos dele e até dos pés dele. Sinto saudade de tudo.

E estou casada com outra pessoa.

Dou outro soluço desesperado. Por que me casei? O que eu estava pensando? Sei que Ben é gostoso, divertido e encantador, mas de repente tudo isso parece sem sentido. Parece vazio.

Então o que eu sei? Afundo a cabeça nas mãos e sinto a respiração gradualmente diminuir o ritmo. Giro a aliança de casamento no dedo. Nunca senti tanto medo na vida. Cometi erros antes, mas nunca nessa escala. Nunca com essas repercussões.

Não posso fazer nada quanto a isso, meu cérebro me diz. *Estou presa. Entalada. É minha culpa.*

O sol bate com força na minha cabeça. Eu devia descer da pedra e ir para a sombra. Mas não consigo me mover. Não consigo mexer um músculo. Não até ter me resolvido. Não até ter tomado algumas decisões.

Quase uma hora se passa até eu me mexer. Pulo da pedra, me limpo e sigo rapidamente na direção da pensão. Ben não se deu ao trabalho de tentar me encontrar e ver se eu estava bem, eu reparo. Porém nem ligo mais.

Vejo-os antes de eles me verem. Ben está sentado perto de Sarah na varanda, com a mão ao redor do ombro dela, brincando de leve com a alça da blusa. O que está acontecendo é tão óbvio que sinto vontade de gritar. Mas apenas sigo na direção da pensão, silenciosa como um gato.

Se beijem, estou desejando. *Se beijem*. Confirmem o que acredito secretamente.

Fico ali de pé, quase sem respirar, com os olhos fixos neles. É como observar Ben e eu quando nos encontramos no restaurante, sei lá quantos dias atrás. Eles estão revisitando o caso adolescente. Não conseguem evitar. Os hormônios emanando deles são tão fortes que são quase *visíveis*. Sarah ri de alguma coisa que Ben está dizendo, e ele brinca com o cabelo dela agora, e eles estão com aquele olhar intenso de casal, e...

Houston, temos uma aterrissagem.

Os lábios deles estão grudados. A mão dele explora o interior da roupa dela. Antes que isso possa prosseguir, ando na direção da varanda, sentindo-me como uma atriz de novela que está um pouco atrasada na fala.

— Como você *pôde*? — Quando grito as palavras, percebo que há uma tormenta genuína entre eles. Como ele *pôde* me trazer aqui, o cenário do caso adolescente dele, anterior a mim e que ele nunca mencionou? Ele devia saber que Sarah estaria aqui. Devia saber que os hormônios adolescentes seriam despertados. Será que fez de propósito? É um jogo?

Pelo menos, eu os abalei. Eles pulam um para longe do outro, e Ben bate o tornozelo no banco e diz um palavrão.

— Ben, precisamos conversar — digo simplesmente.

— É. — Ele olha para mim com raiva, como se fosse *minha* culpa, e fico ressentida. Sarah tem a delicadeza de ir para dentro da pensão, e me junto a Ben na varanda.

— Então. Não está dando certo. — Olho para longe, na direção do mar, com o corpo todo incrivelmente contraído. — E agora vejo que você prefere outra pessoa, de qualquer modo.

— Puta que pariu — diz ele com irritação. — Um beijo...

— É nossa *lua de mel*!

— Exatamente! — diz ele em tom furioso. — Você acabou de me dispensar! O que um sujeito pode fazer?

— Eu não dispensei você — respondo, mas percebo imediatamente que sim, eu o dispensei. — Tudo bem — recuo. — Bom, sinto muito. Eu só...

Eu só não queria fazer com você. Queria fazer com Richard. Porque ele é o homem que eu amo. Richard, meu amado Richard. Mas nunca mais vou vê-lo. E agora, vou chorar de novo...

— É difícil dizer isso — consigo falar, e pisco para esconder novas lágrimas. — Mas acho que nosso casamento foi rápido demais. Acho que nos precipitamos. Acho... — Expiro e tremo. — Acho que foi... um erro. E culpo a mim mesma. Eu tinha acabado de sair de um relacionamento. Foi cedo demais. — Eu abro as mãos. — Minha culpa. Desculpe.

— Não — diz Ben imediatamente. — Minha culpa.

Ficamos em silêncio enquanto absorvo as palavras dele. Então nós dois achamos que foi um erro. Uma enorme sensação de fracasso ocupa meu peito. Junto com alívio. *Fliss estava certa*, penso, e me encolho. Esse pensamento é doloroso demais para eu ter que lidar com ele agora.

— Não quero morar na França — diz Ben abruptamente. — Odeio a porra da França. Eu não devia ter deixado você pensar que eu estava falando sério.

— Ah, e eu não devia ter pressionado você pra isso — falo, querendo ser justa. — E não devia ter feito você participar do Jogo de Casais.

— Eu não devia ter ficado bêbado na primeira noite.

— Eu devia ter aceitado fazer sexo com você — digo com remorso. — Aquilo foi grosseria. Me desculpe.

— Deixa pra lá. — Ben dá de ombros. — Aquelas camas fazem muito barulho mesmo.

— Então... acabou? — Mal consigo dizer as palavras. — Vamos encerrar, sem ressentimento?

— Poderíamos nos candidatar ao divórcio mais rápido do mundo — diz Ben impassível. — Talvez a gente conseguisse o recorde mundial.

— Devemos avisar Georgios pra cancelar o álbum da lua de mel, então? — Dou uma risada quase dolorosa.

— E a noite de karaoke dos recém-casados? Ainda devemos participar?

— Ganhamos o Jogo de Casais — digo. — Talvez pudéssemos anunciar nosso divórcio na premiação de gala. — Olho para ele, e de repente nós dois estamos tendo um ataque de gargalhadas histéricas incontroláveis.

É preciso rir. Afinal, qual é a alternativa?

Quando nos acalmamos um pouco, abraço os joelhos e olho para ele.

— Esse casamento foi real pra você em *algum momento*?

— Ah, não sei. — Ele faz uma careta, como se eu tivesse tocado em um ponto sensível. — Nada parece real pra mim nos últimos anos. A morte do meu pai, a empresa, desistir da comédia... Acho que preciso resolver minha vida. — Ele bate com o punho na cabeça.

— Também não foi real pra mim — digo com sinceridade. — Parecia uma fantasia. Eu estava tão mal, e você me ergueu, e era tão gato...

Ele ainda é gato. É magro e bronzeado e firme. Mas, aos meus olhos, perdeu alguma coisa. Tem uma característica meio sintética, como refrigerante de laranja no lugar de suco fresco de fruta. É laranja e tem borbulhas e sacia a sede, mas deixa um gosto amargo no final. E não faz bem pra saúde.

— O que vamos fazer? — As gargalhadas sumiram, e a raiva também. Sinto-me estranhamente distanciada. Isso é surreal. Meu casamento acabou antes de começar. *E nem fizemos sexo.* O quanto isso é ridículo? Que tipo de jogo distorcido e cruel o Destino andou fazendo conosco? Nossa lua de mel foi um desastre tão inacreditável que parece que alguém Lá Em Cima não *quer* que fiquemos juntos.

— Não sei. Aproveitar a viagem? Decidir depois? — Ben olha para o celular. — Tenho o encontro com Yuri Zhernakov. Você sabe que ele veio de barco especialmente pra me ver?

— Uau! — Olho para ele, impressionada.

— Eu sei. — Ele se empertiga um pouco. — Quero vender a empresa. Faz sentido. Lorcan acha que não devo — acrescenta ele —, o que me dá um motivo ainda *melhor* pra vender.

O rosto dele foi tomado por uma expressão irritada já familiar. Já ouvi vários discursos de que Lorcan é maníaco por controle, que é um aproveitador cínico e, uma vez, aleatoriamente, que é péssimo jogador de pingue-pongue. Não estou ansiosa para ouvir outra, então me apresso para mudar o assunto.

— Então você vai parar completamente de trabalhar? — A mim, parece uma má ideia, mas quem liga para o que eu acho? Sou só a futura ex-esposa.

— É claro que não vou *parar* — diz Ben, parecendo meio magoado. — Yuri disse que vai me manter como conselheiro especial. Vamos começar alguns projetos novos juntos. Vamos brincar com algumas ideias. Yuri é um cara ótimo. Quer ver o iate dele?

— É claro que quero. — É melhor aproveitar os benefícios de ser esposa dele enquanto posso. — E depois disso? E você e a garotinha? — Aponto criticamente com a cabeça para a pensão, e um olhar de arrependimento surge no rosto de Ben.

— Não sei o que aconteceu. Me desculpe. — Ele balança a cabeça com tristeza. — Foi como se Sarah e eu tivéssemos 18 anos de novo de repente, todas as lembranças voltaram com tudo...

— Tudo bem — digo, deixando de lado. — Eu sei. Foi igual com a gente, lembra?

Não consigo acreditar em quanto dano foi causado só pelo reencontro dos nossos amores adolescentes. Concluo que as pessoas nunca deviam retomar contato com seus primeiros amores. A regra devia ser: você rompe com seu amor adolescente e pronto. Um dos dois tem que emigrar.

— Não ligo pra o que você fizer com ela — digo. — Divirta-se.

— É sério? — Ele me encara. — *Sério?* Mas... estamos casados.

Se tem uma coisa que não sou é hipócrita.

— Podemos ser no papel — digo. — Podemos ter assinado papéis e trocado alianças. Mas você não se comprometeu comigo e eu não me comprometi com você. Não do jeito certo. Não *ponderadamente*. — Dou um suspiro. — Nem namoramos direito. Não vejo como posso ter algum poder sobre você.

— Uau. — Ele parece não acreditar. — Lottie, você é incrível. É a pessoa mais generosa... de mente aberta... Você é *fantástica*.

— Que nada. — Dou de ombros.

Por um tempo, fico em silêncio. Posso estar calma na frente de Ben, mas por dentro me sinto maltratada por tudo. Quero cair no ombro de alguém e chorar. Tudo em que acreditava está de cabeça para baixo. Meu casamento acabou. Eu provoquei o incêndio. Fracasso, fracasso, fracasso.

Fico sentada com o corpo tomado pela tensão. Sinto como se meu cérebro fosse uma nuvem confusa que gira, com apenas alguns poucos raios de claridade. Me empurrando, como pequenas cutucadas, em uma determinada direção. A questão é...

A questão é a seguinte. Ben é lindo. E bom de cama. E estou absolutamente desesperada. E talvez me ajudasse a esquecer brevemente que quase matei vinte estudantes inocentes.

Ben também está em silêncio, olhando para a área seca das oliveiras, e acaba se virando para mim com um novo brilho nos olhos.

— Acabei de ter uma ideia — diz ele.

— Eu também, na verdade — falo.

— Primeira e última transa? Pelos velhos tempos?

— Exatamente o que pensei. Mas não aqui. — Eu torço o nariz. — Os colchões sempre foram nojentos.

— No hotel?

— Pra mim está bom. — Eu concordo com um movimento de cabeça, sentindo uma pontada de excitação despertar em mim, como um pouco de consolo nessa confusão horrível. Merecemos isso. Precisamos disso. Primeiro, será um encerramento, segundo, vai me distrair do coração dolorido, e terceiro, estou querendo fazer isso há quase três semanas e vou ficar *louca* se não fizer.

Se simplesmente tivéssemos transado até cansar quando nos encontramos, nada disso teria acontecido. Tem uma lição aí em algum lugar.

— Vou dizer pra Sarah que vamos embora e me despedir. — Ben entra na pensão.

Assim que ele some, pego o celular. Naquele momento, quando Ben estava falando, tive um vislumbre estranho e mediúnico sobre Richard. Foi como se eu conseguisse senti-lo pensando em mim em algum lugar do mundo. Foi tão real que estou esperando ver o nome dele no meu celular. Meus dedos estão trêmulos quando aperto as teclas; meu coração bate com uma esperança repentina.

Mas é claro que não tem nada. Nenhuma ligação, nenhuma mensagem, nada, mesmo depois de eu verificar duas vezes. Estou sendo idiota. Por que haveria alguma coisa? Richard está em São Francisco, ocupado com a nova vida. Posso sentir saudade dele, mas ele não sente saudade de mim.

Meu ânimo despenca com tanta força que sinto lágrimas fazendo meus olhos arderem. Por que estou pensando em Richard? Ele já era. *Já era.* Não vai me mandar uma mensagem de texto. Não vai me ligar. Muito menos vir voando do outro lado do mundo para declarar o amor eterno que sente por mim e dizer que quer se casar comigo, afinal (minha fantasia secreta, estúpida, que nunca vai acontecer).

Infeliz, olho de novo as outras mensagens e reparo que tem um monte da Fliss. Sinto arrepios só de ver o nome dela. Fliss me avisou sobre esse casamento. Estava certa. Por que ela sempre está *certa*?

A ideia de contar a verdade para ela é excruciante. Humilhante demais. Não consigo. Ao menos, não imediatamente.

Começo uma nova mensagem de texto, com uma sensação desesperada e infantil de desafio, uma determinação de provar que ela está errada.

> Oi, Fliss. Tudo maravilhoso aqui. Adivinha, Ben vai vender a empresa pra Yuri Zhernakov e vamos passear no iate dele!!

Quando olho para as palavras, elas debocham de mim. Feliz, feliz, feliz. Mentiras, mentiras, mentiras. Meus dedos acrescentam uma nova mentira:

Estou tão feliz de ter me casado com Ben.

Uma lágrima pinga no meu BlackBerry, mas ignoro e continuo a digitar.

Somos tão felizes juntos! É perfeito.

Mais lágrimas pingam, e seco os olhos de qualquer jeito. E então, meus dedos começam a digitar de novo, e desta vez não consigo parar:

Imagine o melhor casamento do mundo. O meu é melhor. Somos tão sintonizados, estamos tão animados com o futuro. Em comparação a Richard, Ben é uma maravilha de homem. Não pensei em Richard uma única vez...

23
Fliss

Nunca me senti tão humilhada na vida. Finalmente consigo ver a luz. A verdade. A realidade. Eu estava errada. Cem por cento, completamente, totalmente, absolutamente *errada*. Como meus instintos puderam se enganar tanto? Como posso ser tão *idiota*?

Não me sinto apenas censurada: me sinto arrasada. Destruída. Estou no aeroporto de Sofia lendo a mensagem de texto de Lottie, toda arrepiada enquanto penso no que a fiz passar nos últimos dias. A lua de mel dela foi infernal, e mesmo assim ela e Ben parecem mais unidos do que nunca.

Essa farsa idiota era sobre a minha história com Daniel. Eu estava cedendo às minhas próprias necessidades. Estava olhando para o mundo por óculos tortos, e Lottie foi a vítima inocente. O único alívio é que ela não sabe o que eu fiz, e nunca vai saber. Graças a *Deus*.

Volto para a mensagem de Lottie e ignoro a chamada para Ikonos. Não vou para Ikonos. Não vou chegar nem perto da lua de mel da minha irmã. Já causei mal demais. Vou encontrar um belo voo de volta para Londres para mim e para Noah. Essa palhaçada ridícula *acabou*.

> Imagine o melhor casamento do mundo. O meu é melhor. Somos tão sintonizados, estamos tão animados com o futuro. Em comparação a Richard, Ben é uma maravilha de homem. Não pensei em Richard uma única vez, e não consigo nem me lembrar de que eu gostava nele. Ben tem tantos planos maravilhosos para o futuro!! Ele vai trabalhar com Yuri Zhernakov em projetos conjuntos!! Vamos viajar e velejar no Caribe, depois comprar a fazenda na França!! Ben quer que nossos filhos sejam bilíngues!!!

Enquanto leio, sinto uma pontada de inveja. Esse Ben deve ser o Super-homem. A visão que Lorcan tem dele parece muito imprecisa.

> O único ponto baixo aconteceu na pensão. Descobri que fui eu quem provoquei o incêndio todos aqueles anos atrás. Foram minhas velas aromáticas. Foi um choque. Mas fora isso, é a lua de mel perfeita e dos sonhos. Que sorte a minha!!!!!

Olho chocada para o celular. Ela provocou o incêndio? O incêndio que mudou a vida dela? Não consigo deixar de exclamar em voz alta, e Richard ergue o olhar rapidamente.

— O quê?

— Nada — digo automaticamente. Não posso compartilhar a mensagem particular de Lottie com ele. Posso?

Ah, que se dane. Preciso contar para alguém que entenda.

— Lottie provocou o incêndio — digo resumidamente. Para minha satisfação, ele entende imediatamente, como eu sabia que entenderia.

— Você está *brincando*. — A expressão dele muda.

— Eu sei.

— Mas isso é horrível. Ela está bem?

— Ela diz que está. — Aponto para o telefone, mas ele balança a cabeça com segurança.

— Ela está bancando a durona. Tenho certeza de que está péssima. — A expressão dele muda para raiva protetora. — Esse Ben percebe? Será que vai cuidar dela?

— Acho que sim. — Dou de ombros com constrangimento.

— Ele parece estar indo bem até agora.

— Posso ver a mensagem?

Faço uma pausa de apenas um instante. Já fomos longe demais nessa aventura para começarmos a ser tímidos agora.

Ele lê em silêncio, mas consigo ver pelos ombros caídos o quanto está sofrendo. Consigo vê-lo lendo a mensagem de novo, depois uma terceira vez. Por fim, ele ergue o olhar.

— Ela está apaixonada por ele — diz, e há uma espécie de brutalidade na forma como ele fala, como se estivesse se punindo. — Não está? Está apaixonada pelo cara, e eu não quis enfrentar isso. Tenho sido um grande *idiota*.

— Richard...

— Tive um sonho imbecil de que chegaria lá, diria o que sinto, a tomaria nos braços e ela fugiria comigo... — Ele balança a cabeça, como se o simples pensamento fosse doloroso. — Em que *planeta* estou? Isso precisa terminar. Agora.

Quase não consigo suportar vê-lo desistir, apesar de estar fazendo a mesma coisa.

— Mas e quanto a contar pra ela o que você sente? E a competição? — Estou tentando reacender seu entusiasmo, mas ele balança a cabeça.

— Acho que perdi a competição faz tempo, Fliss — diz ele. — Há quinze anos, pra ser preciso. Você não acha?

— Talvez — falo depois de uma pausa. — Talvez você esteja certo.

— Ela está casada e feliz com o amor da vida dela. Que bom pra ela. Agora, preciso cuidar da minha vida.

— Acho que nós dois precisamos cuidar das nossas vidas — digo lentamente. — Sou tão culpada quanto você. Eu o encorajei.

Quando olho nos olhos dele, sinto uma tristeza repentina ao perceber que é um adeus. Se ele e Lottie terminaram, então nós também terminamos. Terminamos como amigos. Terminamos como cunhados.

Há outra chamada aos passageiros para o voo de Ikonos, mas eu a ignoro.

— Hora de ir — diz Lorcan, erguendo o olhar do Black-Berry. Ele está sentado em uma cadeira de aeroporto ao lado de Noah, que lê alegremente um folheto de segurança em búlgaro. — O que vocês estão fazendo? — Ele percebe o rosto sofrido de Richard. — O que aconteceu?

— Tenho sido um idiota. Foi isso que aconteceu — revela Richard com intensidade repentina. — Finalmente vejo isso. *Finalmente.*

— Eu também. — Suspiro. — É exatamente como me sinto. *Finalmente* vejo.

— Nós vemos.

— Nós dois.

— Certo. — Lorcan parece estar avaliando a situação. — Então… só eu vou pra Ikonos?

Richard pensa por um momento, depois pega a recém-adquirida bolsa esportiva do City Heights Hotel.

— Talvez eu vá. Provavelmente nunca vou ter outra oportunidade de visitar Ikonos. Quero ver o pôr do sol. Lottie sempre falava que era o melhor do mundo. Vou encontrar um lugar tranquilo para ver e depois volto para São Francisco. Ela nem vai saber que estive lá.

— E quanto a você e Noah? — Lorcan se vira para mim. Estou prestes a dizer que nem cavalos selvagens conseguiriam me arrastar para Ikonos agora quando o BlackBerry dele apita.

— É Ben. Só um minuto. — Ele começa a ler a mensagem de texto, e uma expressão estranha surge em seu rosto. — Não acredito — murmura ele por fim.

— O que houve?

Lorcan ergue o olhar em silêncio. Parece genuinamente estupefato.

— Lorcan, o que houve? — Sinto uma pontada de preocupação. — Lottie está bem?

— Nunca vou entender Ben — diz ele lentamente, sem responder minha pergunta. — Nunca.

— Lottie está bem? — insisto. — O que aconteceu?

— Não é o que aconteceu... — Uma espécie de expressão de nojo surge no rosto de Lorcan. — Não vou protegê-lo — diz ele, como se pensando em voz alta. — Isso passa dos limites.

— Me conte! — exijo.

— Tudo bem. — Ele expira. — Ele está casado há dois dias e já marcou um encontro com outra mulher.

— *O quê?* — Richard e eu falamos ao mesmo tempo.

— A assistente dele está de férias, então ele quer que a minha reserve um hotel por um fim de semana na Inglaterra. Para ele e uma mulher chamada Sarah. Nunca o ouvi falar dela. Ben está dizendo... — Ele me passa o celular. — Ah, vejam o que ele está dizendo.

Pego o aparelho e leio a mensagem. Fico tão estressada que só consigo absorver uma a cada três palavras, mas entendo a essência.

Nos encontramos depois de tantos anos... corpo incrível... você precisa conhecê-la.

— *Filho da puta!* — Meu grito furioso ecoa pelo aeroporto de Sofia. Minha raiva é tão grande que posso entrar em combustão espontânea a qualquer momento. — Minha irmãzinha ama esse homem! E é assim que ele a trata!

— Mesmo pra Ben, é muito baixo. — Lorcan está balançando a cabeça.

— Ela entregou o coração pra ele. Entregou o corpo e a alma. — Estou tremendo de raiva. — Como ele *ousa*? Onde eles estão agora? — Consulto a mensagem de texto de novo. — Ainda na pensão?

— Sim, mas aparentemente vão sair de lá depois do almoço e voltar para o hotel.

— Certo. Richard. — Eu me viro para ele. — Precisamos salvar Lottie desse homem pérfido e odioso.

— Espere só um minuto! — diz Lorcan. — O que aconteceu com "Nunca mais vou interferir na vida da minha irmã"? O que aconteceu com "Pode me cobrar"?

— Isso foi *antes* — respondo. — Foi quando eu estava *errada*.

— Você ainda está errada!

— Não estou!

— Está. Fliss, você perdeu a perspectiva. Teve por uns cinco minutos, mas já perdeu de novo. — Lorcan parece tão calmo e racional que eu surto.

— Minha perspectiva é que percebi que filho da mãe de duas caras seu melhor amigo é! — Olho para ele de forma acusatória, e ele balança a cabeça.

— Não me venha com isso. Não é *minha* culpa.

— Você quer ler essas mensagens? — Bato no meu BlackBerry com a mão para enfatizar. — Minha pobre e confiante irmã está absolutamente enlouquecida por Ben. Está planejando morar na França com ele. Não está ciente do fato de que ele está marcando um encontro com uma garota do passado, de corpo incrível. — Estou quase chorando. — Eles estão em *lua de mel*, pelo amor de Deus. Que tipo de verme baixo é infiel na lua de mel, antes mesmo de consumar o casamento?

— Quando você coloca assim... — diz Lorcan, cedendo.

— Bem, não vou deixar passar. Vou salvar minha irmã. Richard, você está dentro?

— Dentro? — Ele balança a cabeça com determinação. — Não estou dentro de nada. Lottie é dona da própria vida. Ela não me quer. Deixou isso bem claro.

— Mas o casamento dela com Ben está indo de mal a pior! — grito de frustração. — Você não *vê*?

— Não temos certeza disso — diz Richard. — E o que você espera que eu faça, que cate os cacos? Lottie escolheu Ben, e eu vou ter que viver com isso. — Ele coloca a bolsa no ombro. — Você pode fazer o que quiser, mas eu vou seguir meu caminho. Vou encontrar um pôr do sol pra assistir e tentar ficar em paz.

Olho para ele sem acreditar. *Agora* ele vem bancar o Dalai Lama para cima de mim?

— E você? — Eu me viro para Lorcan, que levanta as mãos e também balança a cabeça.

— Não é da minha conta. Estou aqui apenas por questão de negócios. Quando os papéis da reestruturação estiverem assinados, vou deixar Ben em paz.

— Então os dois estão me abandonando? — Olho com raiva para ambos. — Tudo bem. *Tudo bem*. Vou salvar o mundo sem vocês. — Estico a mão. — Venha, Noah. Vamos pra Ikonos, afinal.

— Tudo bem. Eles já fizeram? — acrescenta ele em tom casual enquanto junta todos os folhetos búlgaros que pegou.

— Fizeram o quê? — Fico momentaneamente perplexa.

— Lottie e Ben. Eles já colocaram a salsicha no pãozinho?

— Brioche — diz Richard.

— Bolinho — corrige Lorcan.

— Calem a boca, vocês dois! — digo desesperada. Sinto como se estivesse perdendo controle de tudo. Tenho que ter a conversa sobre os fatos da vida com meu filho de 7 anos agora, no aeroporto de Sofia?

Além disso, e ainda mais importante, é uma boa pergunta. Eles fizeram?

— Não sei — digo por fim, e passo um braço ao redor de Noah. — Não sabemos, querido. Ninguém sabe.

— Na verdade, eu sei. — Lorcan levanta o olhar do BlackBerry. — Acabei de receber uma mensagem nova de Ben. — O rosto dele se contorce um pouco. — Aparentemente, a noite de núpcias está de pé. Eles estão indo para o hotel para... — Ele olha para Noah. — Vamos colocar assim: a salsicha está a caminho do bolinho.

— Nããããão! — Meu grito agonizado sobe até o teto do aeroporto, e alguns passageiros se viram para olhar para mim. — Mas ela não faz ideia do rato traidor que ele é! — Olho com agitação de rosto em rosto. — Temos que impedi-los!

— Fliss, calma — diz Lorcan.

— *Impedi-los?* — Richard parece chocado.

— Ela está sabotando a lua de mel deles inteira — explica Lorcan resumidamente. — Você não se perguntou por que eles estavam tendo tanto azar?

— Meu Deus, Fliss. — Richard parece chocado.

— Precisamos embarcar — diz Noah, puxando minha manga, mas nós três o ignoramos. A determinação corre pelas minhas veias como aço derretido. Um atacante não poderia estar mais determinado a partir para o ataque do que eu agora.

— Aquele filho da mãe *não* vai partir o coração da minha irmã. — Estou ligando para Nico. — Richard, preciso de ajuda. Você tem a informação direta, pode ajudar. Quais são as coisas que desestimulam Lottie?

— Precisamos embarcar — repete Noah, e nós três o ignoramos de novo.

— Não vou contar pra você! — Richard parece escandalizado. — É informação particular!

— Ela é minha *irmã*... — Paro de falar quando Nico atende.

— Alô? — diz ele cauteloso. — Fliss?

— Nico! — exclamo. — Graças a Deus você está aí! Precisamos elevar a ação ao próximo nível. Repito, próximo nível.

— Fliss! — Nico parece agitado. — Não posso prosseguir com nossa combinação! A equipe está se perguntando o que estou tramando. Estamos despertando desconfiança!

— Você precisa continuar — digo com firmeza. — Eles estão voltando pro hotel e logo vou chegar aí. Impeça que eles sigam pra cama enquanto isso. Lute com Ben corpo a corpo se precisar. O que for necessário!

— Fliss...

— Precisamos embarcar, mamãe...

— O que for necessário, Nico! O que for necessário!

24

Lottie

Nem consigo acreditar que seja verdade. Nossa suíte no hotel está vazia. Não tem funcionários andando de um lado para o outro. Não tem mordomos. Não tem harpas. Quando olho para a mobília elegante e silenciosa, consigo sentir um tremor de expectativa no ar. É como se os aposentos estivessem esperando que os preenchêssemos com barulho e calor, gemidos e sexo simplesmente delicioso.

Chegamos ao hotel e subimos direto para cá. Nenhum de nós disse nada. Estou bloqueando tudo agora. Todos os pensamentos sobre nosso casamento. Todos os pensamentos sobre Richard. Todos os pensamentos sobre Sarah. Minha vergonha, minha tristeza, minha humilhação... Estou bloqueando tudo. A única coisa em que estou me concentrando é na pulsação insistente que sinto dentro de mim desde que botei os olhos em Ben naquele restaurante. Eu o quero. Ele me quer. Merecemos isso.

Quando ele vem na minha direção, seus olhos estão escuros, e consigo perceber que ele sente o mesmo que eu. Por onde começar? Temos a experiência inteira à nossa frente, como uma deliciosa caixa de bombons.

— Você colocou o aviso de *Não Perturbe*? — murmuro quando os lábios dele tocam meu pescoço.

— É claro.

— E trancou a porta?

— Eu por acaso sou idiota?

— Então isso está mesmo acontecendo. — Minhas mãos descem pelas costas dele até mais embaixo, até se aninharem nas nádegas firmes, e desejo que as minhas fossem firmes assim. — Hummm.

— Hummm. — Ele se solta e tira a camisa. Deus, eu desejo esse homem. E sei que ele não vale nada. Sei que vai para os braços de Sarah, ou mesmo de alguma outra garota, amanhã mesmo. Mas agora, nesse glorioso momento, ele é todo meu.

Ele desabotoa minha blusa lentamente. Graças a Deus estou usando um sutiã caro e trabalhado. Richard nunca reparou na minha lingerie, só tirava muito rápido. Um dia, falei que isso me magoava e ele passou ao outro extremo, sempre murmurando "sutiã lindo" ou "calcinha sexy". O querido Richard.

Não. Pare, Lottie. Nada de pensamentos sobre Richard. Estão banidos.

Ben está fazendo coisas deliciosas com a língua na minha orelha, e dou um gemido desesperado enquanto estico a mão para o cinto dele, depois desabotoo a calça jeans. Pensei que quisesse que isso fosse demorado e prolongado e épico; o tipo de coisa que nunca se esquece. Mas agora que está acontecendo, percebo que não ligo se não for demorado e prolongado. Eu o quero agora. Agora. *Agora*. Rápido e épico já vai estar ótimo para mim.

Ben está ofegante e eu estou ofegante, e consigo sentir que ele está tão desesperado quanto eu, e eu nunca quis alguém tanto na vida...

— Madame? Um drinque?

Mas que porra!

Nós dois damos um pulo tão alto que parece que somos dançarinos irlandeses fazendo um *pas de deux.*

Estou semidespida. Ben está semidespido. E Georgios está a um metro de distância, segurando uma bandeja de prata com uma garrafa de vinho e várias taças.

— O quê? — Ben mal consegue formular as palavras. — O que foi?

— Uma taça de vinho? Ou água gelada? — diz Georgios apreensivo. — Cortesia da gerência?

— Foda-se a gerência! *Foda-se a porra da gerência!* — explode Ben. — Coloquei o aviso de *Não perturbe.* Você não sabe *ler*? Não consegue ver o que estamos *fazendo*? Já ouviu falar do conceito de *privacidade*?

Georgios está mudo. Apreensivo, ele dá um passo para a frente e oferece a bandeja de prata.

— Tudo bem! — Ben parece ter chegado ao limite da paciência. — Fique aqui! Assista!

— *O quê?* — Olho para ele sem acreditar.

— Ele não vai nos deixar sozinhos. Então pode nos assistir. Vamos consumar nosso casamento — acrescenta ele por cima do ombro para Georgios. — Acho que vai ser legal.

Ele estica a mão para abrir meu sutiã, e coloco as mãos por cima dos seios.

— Ben!

— Não preste atenção no mordomo — diz Ben furiosamente. — Finja que é uma coluna.

Ele está falando sério? Espera que façamos sexo com o mordomo olhando? Isso não é contra a lei?

Ben começa a passar o nariz entre meus seios, e lanço um olhar para Georgios. Ele colocou uma das mãos sobre os olhos, mas ainda está segurando a bandeja.

— Champanhe? — pergunta ele, parecendo perturbado. — Preferem champanhe?

— Por que você não vai embora? — digo com irritação. — Nos deixe em paz!

— Não posso! — Ele parece desesperado. — Por favor, madame. Pare ao menos para beber alguma coisa.

— Por que isso importa pra você? — Levanto a cabeça de Ben dos meus seios e me viro para encarar Georgios. — Você está tentando nos impedir... sabe... durante toda a lua de mel.

— Madame! — Outra voz nos chama, e me viro sem acreditar. — Por favor! Mensagem urgente!

Não consigo lidar com isso. É Hermes. Ele também está a um metro de distância, segurando um pedaço de papel. Pego das mãos dele e leio as palavras *Mensagem urgente*.

— Que mensagem urgente? — pergunto. — Não acredito em você.

— Vem cá, Lottie — rosna Ben, que está fora de si. — Ignore-os! Nós vamos fazer isso. Vamos em frente. — Ele arranca meu sutiã, e eu dou um grito.

— Ben! Pare!

— Madame! — grita Georgios impetuosamente. — Eu vou salvá-la! — Ele coloca a bandeja em uma mesa e agarra Ben pelas costas, enquanto Hermes joga um copo de água gelada em nós dois.

— Não somos malditos *cachorros*! — grita Ben. — Me solte!

— Eu não quis dizer "Pare, *pare*" — digo, igualmente furiosa. — Eu quis dizer "Pare, não tire meu sutiã na frente dos mordomos!".

Ben e eu estamos ofegantes, mas isso não é bom. Estamos pingando de suor também, mas isso não é bom. Georgios solta Ben, que massageia o pescoço.

— Por que vocês estão tentando nos impedir? — Olho com raiva para Georgios. — O que está acontecendo?

— Você está certa. — Ben fica alerta de repente. — Não pode ser coincidência isso tudo. Tem alguém *por trás* disso?

Eu sufoco um gritinho.

— Tem alguém mandando vocês fazerem isso? — Minha mente imediatamente se volta para Melissa. Talvez ela queira nossa suíte. Ela é o tipo de pessoa que tentaria todos os tipos de truque sujo. — Vocês estão deliberadamente tentando estragar nossa noite de núpcias desde o começo? — pergunto.

— Madame. Senhor. — Georgios olha com dúvida para Hermes. Os dois parecem estudantes culpados.

— Respondam! — diz Ben.

— Respondam! — ecoo furiosamente.

— Sr. Parr. — O tom familiar de Nico interrompe a conversa. Ele entrou no quarto tão silenciosamente que nem reparei, mas aqui está ele. Nem pisca pelo fato de eu estar sem sutiã, e entrega um envelope para Ben. — Uma mensagem de um Sr. Zhernakov.

— Zhernakov? — Ben se vira. — O que ele diz?

Ele rasga o envelope, e todos esperamos sem respirar, como se isso fosse a resposta a tudo.

— Tudo bem, tenho que ir. — Ben começa a olhar ao redor. — Onde estão minhas camisas? — Ele se dirige a Hermes. — Onde você as colocou?

— Vou encontrar uma camisa para o senhor, é claro. De que cor? — Hermes parece aliviado por ter alguma coisa para fazer.

— Você *vai*? — Olho para Ben sem acreditar. — Você não pode ir!

— Zhernakov quer me ver imediatamente no iate.

— Mas estávamos no meio de uma coisa! — digo com frustração. — Você não pode pular fora!

Ben me ignora e segue com Hermes para o quarto de vestir. Fico olhando e tremendo de raiva. Como ele pode ir embora? Estávamos fazendo *sexo*. Pelo menos, quase. Ele é tão mau quanto aqueles mordomos interrompendo o tempo todo.

Falando nisso, onde está Nico?

Eu o vejo no saguão da suíte e, segurando a blusa contra o peito de forma ineficaz, vou atrás dele. Pretendo dizer o que penso, mas para a minha surpresa, ele está de pé no canto, sussurrando ao telefone.

— Eles pararam. Eu garanto. Estão separados.

Fico toda tensa. Ele está falando de mim e Ben? Com quem está falando? *Com quem ele está falando?* Minha mente trabalha desesperadamente. Ele está falando com a pessoa por trás disso tudo. A pessoa que está tentando nos sabotar. *Sei* que é Melissa.

Aprendi artes marciais na escola, e ocasionalmente isso é útil. Em silêncio, me aproximo por trás de Nico até estar com a mão posicionada, pronta para agir.

— Estou na área, e posso assegurar que não houve nenhum tipo de acasalamento nem relação de qualquer tipo vai acontecer... ai! — Nico dá um gritinho quando tiro o telefone dele com primor. Levo-o à orelha sem dizer nada e escuto com o máximo de atenção que consigo.

— Estou quase aí, Nico. Você está fazendo um ótimo trabalho. Só mantenha os dois separados, custe o que custar.

Uma voz enérgica, autoritária e totalmente familiar chega ao meu ouvido. Por um momento, penso que estou tendo uma alucinação. Meu queixo caiu. Minha cabeça está girando. Não pode ser. Não *pode* ser.

Nico tenta pegar o celular, mas eu me viro e fujo dele.

— Fliss? — digo, e sinto uma onda repentina e intensa de fúria. — *Fliss?*

25

Fliss

Merda.

Ah, merda.

Estou com calor e com frio. Não me preparei para isso. Nunca achei que a essa altura ela fosse descobrir. Estamos na ilha. Estamos quase lá. *Estamos tão quase lá.*

Estamos em frente ao aeroporto de Ikonos, com a bagagem empilhada. Lorcan está na fila do táxi, negociando uma tarifa até o Amba Hotel, e faço um gesto para ele ficar de olho em Noah.

— Oi, Lottie — consigo dizer, mas minha voz parou de funcionar. Engulo várias vezes, tentando recuperar o controle. O que digo? O que posso dizer?

— Era você. — A voz dela é dilacerante. — Você vem tentando impedir que Ben e eu fiquemos juntos, não é? Você estava por trás dos mordomos e camas de solteiro e óleo de amendoim. Quem mais saberia sobre o óleo de amendoim além de você?

— Eu... — Eu esfrego o rosto. — Escute. Eu... Eu só...

— Por que você faria isso? Por que qualquer pessoa faria uma coisa assim? É minha lua de mel! — A voz dela vira um grito de sofrimento e fúria. — Minha *lua de mel*! E você a *estragou*!

— Lottie. Escute. — Eu engulo em seco. — Eu pensei... Fiz isso pelo seu bem. Você não percebe...

— Para o meu bem? — grita ela. — *Para o meu bem?*

Certo. Vai ser difícil explicar nos trinta segundos que tenho, antes que ela grite de novo.

— Sei que você provavelmente nunca vai me perdoar — começo a dizer depressa. — Mas você ia tentar engravidar de um bebê na lua de mel, e eu tinha tanto medo de ser um erro, e sei como é do outro lado, pós-divórcio, é uma infelicidade só, e não consegui suportar que isso acontecesse com você...

— Eu estava prestes a fazer o sexo mais quente da minha vida! — grita ela. — O sexo mais quente da minha vida!

Ok, ela não ouviu uma palavra, ouviu?

— Me desculpe — digo com voz fraca, desviando de um homem que está arrastando uma mala enorme, amarrada com fios de vime.

— Você sempre tem que interferir, Fliss! Só porque acha que sabe mais. Você sempre foi igual, minha vida toda, interferindo, me dizendo o que fazer, me dando ordens...

De repente, as palavras dela me ferem. Não fiz isso por benefício próprio.

— Olha, Lottie. Sinto muito ser a pessoa que tem que dizer isso — recomeço com o máximo de calma que consigo —, mas como estamos falando no assunto, Ben não está planejando ser um marido fiel. Ele está marcando de trair você com uma garota chamada Sarah. Lorcan me contou.

Há um silêncio curto e chocado. No entanto, se eu estava esperando que ela mudasse de ideia por causa dessa notícia, me enganei.

— E daí? — diz ela. — O que é que tem? Talvez... — Ela hesita. — Talvez a gente tenha um casamento aberto! Você não pensou *nisso*, pensou?

Fico tão perplexa que minha boca se abre como a de um peixe. Ela está certa. Eu não pensei nisso. Casamento aberto? Caramba. Nunca pensei em Lottie como alguém do tipo que aceita um casamento aberto.

— E, além disso, o que Lorcan sabe sobre as coisas? — diz Lottie, com energia renovada. — Lorcan é um controlador louco que vive se metendo e quer roubar a empresa de Ben.

— Lottie... — Ainda estou tão confusa com essa visão de Lorcan que não sei o que dizer. — Tem certeza?

— Ben me contou. É por isso que ele vai vender a empresa, porque Lorcan disse pra ele não vender. Então não vamos confiar na palavra de *Lorcan*, está bem? — Ela cospe a palavra "Lorcan" como se fosse uma coisa desprezível.

Há mais silêncio. Estou sentindo tantas emoções conflitantes que fico quase paralisada. Há uma perplexidade insistente pela versão de Lottie para Lorcan, mas o sentimento mais forte é remorso. Onda após onda de remorso. Ela está certa, eu não sabia nada sobre a situação. Fiz suposições demais.

Talvez eu não conheça minha irmãzinha de verdade, afinal.

— Me desculpe — digo enfim, com voz baixa e infeliz. — Sinto muito. Só pensei que você talvez não tivesse esquecido Richard ainda. E que poderia descobrir que Ben não era o homem certo pra você. Pensei que podia se arrepender de repente de ter se casado com ele. E pensei que, se as coisas fossem longe demais e você concebesse um bebê, a confusão seria enorme. Mas eu estava errada. Obviamente. Por favor, por favor, me perdoe. Lottie? — Há silêncio na linha telefônica. — Lottie?

26
Lottie

Eu a odeio. Por que ela está sempre certa? *Por que ela está sempre certa?*

Lágrimas surgiram nos meus olhos. Quero contar toda a história horrível para ela. Quero contar que Ben *não é* o homem certo para mim e que *não* esqueci Richard, e que nunca me senti tão infeliz na vida.

Mas ainda não consigo perdoá-la. Não posso deixar que ela escape ilesa. Ela é a irmã mais controladora e mandona do mundo e merece punição.

— Me deixe em paz! — digo, com a garganta travando. — Só me deixe em paz pra sempre!

Eu desligo. Um momento depois, consigo vê-la ligando de novo, então desligo o telefone e o devolvo para Nico.

— Tome — digo simplesmente. — E pode parar de receber ligações da minha irmã. Pode parar de se meter na minha vida. Pode nos deixar em paz.

— Sra. Parr — começa Nico com delicadeza. — Em nome do hotel, eu gostaria de pedir desculpas pela pequena confusão que você teve a infelicidade de vivenciar em sua lua de mel. Como recompensa, ofereço um fim de semana de luxo para dois em uma de nossas suítes premium.

— Isso é tudo que você consegue dizer? — Olho para ele sem acreditar. — Depois de tudo que passamos?

— O fim de semana de luxo para dois inclui todas as refeições e uma experiência de mergulho com snorkel — diz Nico, aparentemente sem me ouvir. — Além disso, devo lembrá-la que, como vencedores de nosso Jogo de Casais, você e seu marido estão convidados para nossa Cerimônia de Premiação de Gala esta noite, onde receberão seu troféu de Casal Feliz da Semana. — Ele faz uma pequena reverência. — Parabéns.

— Troféu de Casal Feliz da Semana? — pergunto, praticamente gritando. — Você está de brincadeira? E *pare* de olhar para o meu peito! — eu acrescento, percebendo de repente que minha blusa escorregou.

Pego o sutiã e começo a prender atrás enquanto Nico sai discretamente. Minha mente parece um furacão. Muitos pensamentos e emoções estão disparados, rodopiando, e sinto que alguns deles podem provocar danos. *Meu casamento com Ben é um fracasso. Ele não conseguiu nem ficar até o fim da nossa consumação. Fliss é uma VACA intrometida. Ainda sinto saudade de Richard. Sinto muita saudade de Richard. Eu provoquei o incêndio. Fui eu. Eu provoquei.* Sinto uma pontada de dor e dou um soluço incontrolável. Isso parece ser o pior: eu provoquei o incêndio. Durante 15 anos, aquela lembrança foi reconfortante para mim sempre que a vida dava errado: pelo menos naquela vez eu salvei a situação. Mas agora, sei que não salvei. Eu *estraguei* tudo.

— Oi. — Ben entra no quarto, completamente vestido, arrumado e com ar de quem conseguiu tomar um banho rápido.

— Oi — digo com tristeza. Não faz sentido compartilhar meus pensamentos com Ben. Ele não entenderia. — Só pra você saber, temos que ir a uma cerimônia de premiação hoje à noite pra pegar nosso troféu. Somos o Casal Feliz da Semana.

— Eu vou pro iate de Zhernakov — afirma Ben, me ignorando. — Vão mandar um barco me buscar — acrescenta ele, sentindo-se importante.

— Eu também vou — digo com determinação repentina. — Me espere. — Não vou perder o super iate de um oligarca. Vou com Ben, vou encontrar o bar e afogar as mágoas, uma a uma, em uma série de mojitos.

— Você vem?

— Sou sua esposa — digo com firmeza. — E quero ver o iate.

— Tudo bem — concorda ele com má vontade. — Acho que você pode vir. Mas pelo amor de Deus, coloque uma roupa.

— Eu não estava planejando ir de *sutiã* — respondo com irritação.

Estamos discutindo como um casal que está junto há muito tempo, mas nem conseguimos fazer sexo. Que maravilha.

27
Fliss

Casamento aberto?

Estou tão perplexa que me sentei na mala, bem no meio da calçada quente e poeirenta, ignorando o fluxo de passageiros que precisa desviar de mim.

— Pronta? — diz Lorcan, se aproximando com Richard e Noah, com os olhos apertados contra o sol quente da Grécia. — Já combinei a tarifa. Precisamos ir.

Estou confusa demais para responder.

— Fliss? — diz ele.

— Eles têm um casamento aberto — revelo. — Você consegue acreditar?

Lorcan ergue as sobrancelhas e assobia.

— Ben vai gostar disso.

— *Casamento aberto?* — Richard está com os olhos arregalados. — *Lottie?*

— Exatamente!

— Não consigo acreditar.

— É verdade. Ela acabou de me contar.

Richard fica em silêncio por alguns momentos, respirando fundo.

— Isso confirma tudo. Não a conheço de verdade — diz ele por fim. — Tenho sido um idiota. Está na hora de botar um fim nisso. — Ele estica a mão para Noah. — Tchau, amiguinho. Foi bom viajar com você.

— Não vá, tio Richard! — Noah joga os braços apaixonadamente ao redor das pernas de Richard, e por um momento desejo poder fazer a mesma coisa. Vou sentir falta dele.

— Boa sorte. — Eu o abraço. — Se algum dia eu for pra São Francisco, vou te procurar.

— Nem uma palavra sobre o que fiz pra Lottie — diz ele com intensidade repentina. — Ela nunca pode saber.

— Nem mesmo sobre "Amo você, Lottie, mais do que um zloty"? — pergunto, tentando ficar séria.

— Cala a boca. — Ele chuta minha mala.

— Não se preocupe. — Eu toco no braço dele. — Nem uma palavra.

— Boa sorte. — Lorcan aperta a mão de Richard. — Foi um prazer conhecer você.

Richard segue para o ponto de táxi, e sufoco um suspiro. Se Lottie soubesse. Mas não tem nada que eu possa fazer sobre isso. Minha única prioridade agora é fazer o maior pedido de desculpas do mundo. Já estou praticamente de joelhos.

— Muito bem, vamos — diz Lorcan. Ele consulta o celular. — Ben não está respondendo minhas mensagens. Você sabe onde eles estão?

— Não faço ideia. Eles estavam prestes a fazer sexo quando interrompi. — Faço uma careta, decepcionada por minha própria conduta. Gradualmente, minha névoa de loucura está sumindo. Consigo ver o quanto tenho me comportado mal. E daí se eles fizerem sexo? E daí se eles conceberem um bebê na lua de mel? A *vida é deles*.

— Você acha que algum dia ela vai me perdoar? — pergunto quando entramos no táxi. Tenho esperanças de que Lorcan vá dar uma resposta tranquilizadora, do tipo: "Claro, o laço entre irmãs é forte demais para ser rompido por uma coisa à toa assim." Mas ele franze o nariz e dá de ombros.

— Ela é do tipo que perdoa?
— Não.
— Bem. — Ele dá de ombros de novo. — Improvável então.

Meu coração despenca. Sou a irmã mais velha mais incompreendida que existe. Lottie nunca mais vai falar comigo. E é minha culpa.

Ligo para o número dela e cai direto na caixa postal.

— Lottie — digo pela zilionésima vez. — Sinto muito, muitíssimo. Preciso explicar. Preciso ver você. Estou indo para o hotel. Vou ligar quando chegar, tá? — Guardo o celular e bato impacientemente com os dedos. Estamos na estrada principal, mas, pelos padrões gregos, seguimos a uma velocidade razoável. Eu me inclino para o motorista. — Podemos ir mais rápido? Preciso ver minha irmã imediatamente. Podemos ir mais rápido?

Eu tinha me esquecido como o Amba Hotel fica longe do aeroporto. Parece que várias horas se passaram (provavelmente menos que duas) até chegarmos, sairmos do táxi, fecharmos as portas e subirmos os degraus de mármore.

— Vamos deixar nossas malas com o carregador — digo sem fôlego. — Pegamos mais tarde.

— Tudo bem. — Lorcan chama um carregador e coloca nossas malas no carrinho. — Vamos.

Ele está quase mais impaciente do que eu. Foi ficando cada vez mais agitado e irritado no carro, consultando o relógio e tentando fazer contato com Ben.

— Estamos quase no limite — repete ele. — *Preciso* dessas assinaturas digitalizadas e enviadas.

Agora, quando chegamos ao familiar saguão de mármore, ele se vira para mim com expectativa.

— Onde eles estão?

— Não sei! — respondo. — Como eu poderia saber? Na suíte?

Pelas portas de vidro nos fundos do saguão, consigo ver o azul cintilante e convidativo do mar, e Noah também já viu.

— O mar! O mar! — Ele puxa minha mão. — Vem! O mar!

— Eu sei, querido! — digo. — Em um minuto.

— Podemos tomar um smoothie? — acrescenta ele ao ver um garçom carregando uma bandeja com vários drinques cor-de-rosa, que parecem smoothies.

— Mais tarde — prometo. — Vamos tomar smoothies e vamos ao bufê e você pode nadar no mar. Mas primeiro, precisamos encontrar a tia Lottie. Fique de olhos bem abertos.

— Ben — diz Lorcan ao telefone —, estou aqui. Onde você está? — Ele desliga e se vira para mim. — Onde é a suíte deles?

— Lá em cima. Acho que lembro... — Eu o conduzo rapidamente pelo piso de mármore. Estamos desviando de um grupo de homens bronzeados vestindo ternos claros quando uma voz chega aos meus ouvidos.

— Fliss? Felicity?

Eu me viro e vejo uma pessoa familiar e gorducha correndo pelo lobby com sapatos de marca. Merda.

— Nico! — digo, tentando manter o queixo erguido. — Oi. E obrigada por tudo.

— "Obrigada por tudo"? — Ele parece quase apoplético. — Você percebe o dano que causei ao tentar seguir suas vontades? Nunca vi uma farsa assim. Nunca vi tanta tramoia.

— Certo. — Eu engulo em seco. — Er... me desculpe. Obrigada.

— Sua irmã, ela está fora de si de raiva.

— Eu sei. — Eu faço uma careta. — Nico, eu sinto muito. Mas vou expressar minha gratidão com uma matéria bem grande sobre você na revista. Muito grande. Muito elogiosa. De duas páginas. — Faço a promessa de eu mesma escrever. Sem nenhuma crítica negativa. — Só tem mais uma *coisinha* que você pode fazer para nos ajudar...

— Ajudar vocês? — A voz dele sobe com indignação. — *Ajudar vocês?* Tenho a Cerimônia da Premiação de Gala para preparar! Já estou atrasado. Fliss, tenho que ir. Por favor, não crie mais caos no meu hotel.

Com expressão ofendida, ele sai andando, e Lorcan ergue a sobrancelha para mim.

— Você fez um amigo aqui.

— Ele vai ficar bem. Vou amansá-lo com uma crítica maravilhosa. — Estou olhando desesperadamente pelo saguão, tentando me lembrar. — Certo, acho que a Suíte Oyster é na cobertura. E os elevadores são por aqui. Venha!

Quando estamos subindo pelo elevador, Lorcan tenta o telefone de Ben de novo.

— Ele *sabia* que eu estava vindo — murmura ele sombriamente. — Devia estar pronto para assinar. Isso não é bom.

— Estaremos lá em um minuto! — respondo com irritação. — Pare de se estressar.

Quando chegamos à cobertura, saio correndo do elevador, arrastando Noah pela mão e sem parar para verificar as placas. Sigo para a porta no final do corredor e bato nela com o máximo de força que consigo.

— Lottie! Sou eu! — Reparo em uma pequena campainha e toco também, para garantir. — Saia! Por favor! Quero pedir desculpas! Sinto muito! SINTO MUITO! — Bato na porta de novo, e Noah, achando muita graça, se junta a mim.

— Saia! — grita ele, batendo na porta. — Saia! Saia!

De repente, a porta é aberta, e um homem estranho enrolado em uma toalha olha para mim.

— Sim? — diz ele mal-humorado.

Olho para ele, desconcertada. Ele não se parece com a foto que vi de Ben. Nem um pouco.

— Er... Ben? — tento, mesmo assim.

— Não — diz ele friamente.

Minha mente está em disparada. Ela tem um casamento aberto. Será que isso quer dizer... Ah, meu Deus. Será que eles estão fazendo um *ménage*?

— Você está com... Ben e Lottie? — pergunto com cautela.

— Não, estou com minha esposa. — Ele olha para mim com raiva. — Quem é você?

— Esta *é* a Suíte Oyster?

— Não, é a Suíte Pearl. — Ele aponta para uma placa discreta ao lado da porta, que me passou despercebida.

— Ah. Certo. Desculpe. — Eu recuo.

— Pensei que você conhecesse este lugar — diz Lorcan.

— Eu conhecia. Conheço. Eu tinha certeza... — Paro de falar quando algo chama minha atenção em uma janela próxima. É uma janela estreita com vista para o mar, e consigo visualizar um píer decorado com flores. No meio do píer há um casal que parece muito familiar...

— Ah, meu Deus, são eles! Estão renovando os votos! Rápido!

Agarro Noah de novo, e nós três saímos em disparada pelo corredor. O elevador desce insuportavelmente devagar, mas, mesmo assim, logo estamos do lado de fora, correndo por gramados e caminhos, em direção ao mar. O píer está à frente, decorado com flores e balões, e no centro estão os dois, o casal feliz, de mãos dadas.

— Nadar! — grita Noah com alegria.

— Ainda não — respondo ofegante. — Só precisamos... — Eu paro de falar ao olhar de novo para o casal no píer. Eles estão de costas para nós, mas tenho certeza de que é Lottie. Eu *acho* que é Lottie. Só que...

Um momento. Esfrego os olhos, tentando enxergar melhor. Preciso ir ao oftalmologista.

— São eles? — pergunta Lorcan.

— Não sei — confesso. — Se eles ao menos se virassem...

— Aquela não é a tia Lottie! — diz Noah com desdém. — É uma moça diferente.

— Não parece mesmo Ben — confirma Lorcan, apertando os olhos. — Alto demais.

Naquele momento, a garota vira a cabeça, e percebo que ela não se parece em nada com Lottie

— Ah, *Deus*. — Eu afundo em uma espreguiçadeira ali perto. — Não são eles. Não consigo mais correr por aí. Podemos tomar alguma coisa? — Eu me viro para Lorcan. — Você já deve ter perdido seu prazo. Resolva isso de manhã. Tome alguma coisa. Lorcan? Qual é o problema?

Olho para ele com expressão surpresa. De repente, seu rosto parece feito de pedra. Ele está olhando para alguma coisa atrás do meu ombro, e me viro para ver o que é: uma praia normal de hotel de luxo, com espreguiçadeiras, ondas batendo na areia, pessoas nadando no mar, e mais adiante, alguns veleiros e, atrás deles, um iate enorme, ancorado em águas profundas. Percebo que é para isso que ele olha.

— É o iate de Zhernakov — diz ele com firmeza. — O que ele está fazendo aqui?

— Ah! — Eu sufoco um gritinho quando junto as peças. — É claro. *É lá* que eles estão. Eu me esqueci.

— Você se *esqueceu*?

Ele parece tão crítico que sinto uma pontada de ressentimento.

— Lottie me contou mais cedo, mas me esqueci. Ben vai vender a empresa. Foi se encontrar com Yuri Zhernakov no iate.

— Ele foi fazer *o quê*? — O rosto de Lorcan perde toda cor. — Ele não pode fazer isso. Nós combinamos que ele não ia vender. Ainda não. E não pra Zhernakov.

— Talvez tenha mudado de ideia.

— Ele não pode mudar de ideia! — Lorcan parece fora de si. — Por que outro motivo eu estaria com um acordo de refinanciamento na pasta? Por que outro motivo teria atravessado metade da Europa atrás dele? Temos planos em andamento para a empresa. Planos animadores. Passamos semanas ajustando. E agora ele aceita um encontro com Zhernakov? — De repente, ele olha para mim. — Você tem certeza disso?

— Aqui. — Procuro até encontrar a mensagem e mostro para Lorcan, cujo rosto fica paralisado enquanto lê.

— Ele foi ver Zhernakov sozinho. Sem conselheiros. Vai levar um *golpe. Tolo* idiota.

Alguma coisa na reação dele me incomoda. Ele me manda ficar calma quanto a Lottie, mas agora surta por causa de uma empresa que nem é dele?

— Ah, bem — digo despreocupada. — A empresa é dele. O dinheiro é dele. E daí?

— Você não entende — diz Lorcan zangado. — Isso é um desastre.

— Você não acha que está exagerando um pouco?

— Não, não acho que estou exagerando! Isso é importante!

— Quem perdeu a perspectiva agora? — replico.

— Isso é *completamente* diferente...

— Não é! Se quer saber, você está envolvido demais com a empresa, e Ben se ressente disso, e é uma situação que não pode acabar bem!

Pronto. Falei.

— Ele não se ressente! — Lorcan parece totalmente incrédulo. — Ben *precisa* de mim a bordo. Sim, tivemos desavenças...

— Você não faz ideia! — Estou tão frustrada que sacudo o celular para ele. — Lorcan, você não faz ideia! Sei mais sobre seu relacionamento com Ben do que você! Lottie me contou!

— Lottie contou o quê? — A voz de Lorcan diminui de repente, e seu rosto fica imóvel. Olho para ele, nervosa pelo que estou prestes a dizer. Mas tenho que dizer. Ele precisa saber a verdade.

— Ben se ressente de você — digo por fim. — Ele acha você um maníaco controlador. Acha que arrumou uma mamata. Que você está tentando se meter e roubar a empresa dele. Você confiscou o celular dele em público uma vez?

— *O quê?* — Lorcan me olha sem entender.

— Aparentemente.

A testa dele fica franzida por um momento... depois se alivia.

— Ah, Deus, *aquilo*. Foi depois que o pai dele morreu. Estávamos em Staffordshire, e Ben atendeu a uma ligação no meio do discurso de um dos funcionários mais antigos. — O rosto de Lorcan se contorce. — Foi absurdamente grosseiro. Tive que arrancar o celular dele e acalmar os ânimos. Jesus. Ele devia *agradecer*.

— Ah, ele ainda sente raiva disso.

Ficamos em silêncio. Lorcan está tremendo de tensão, com o olhar distante.

— Mamata? — explode ele, observando-me com uma expressão acusadora. — *Mamata?* Você sabe o quanto fiz por ele? Pelo pai dele? Pela empresa? Coloquei minha carreira em suspenso. Recusei propostas de grandes firmas de Londres.

— Tenho certeza que sim...

— Fundei a Papermaker, reestruturei as finanças, dei tudo... Não consigo mais ouvir isso.

— Por quê? — interrompo de repente. — Por que fez isso?

— O quê? — Ele me olha boquiaberto, como se não entendesse a pergunta.

— Por que você fez isso? — repito. — *Por que* você foi pra Staffordshire? *Por que* ficou próximo do pai de Ben? *Por que* recusou propostas de emprego em firmas de Londres? *Por que* ficou tão emocionalmente envolvido com uma empresa que não é sua?

Lorcan parece estar com dificuldade de responder.

— Eu... Eu precisava me meter — começa ele. — Precisei assumir o controle...

— Não precisava.

— Precisava! A coisa toda estava uma confusão...

— Você não *precisava*! — Respiro fundo e organizo minhas ideias. — Não precisava fazer nada disso. Você *escolheu* fazer. Estava mal depois do fim de um relacionamento. Estava triste. Com raiva. — Isso é difícil de dizer, mas vou dizer. — Você só estava tentando fazer o mesmo que Lottie. E o mesmo que eu. Consertar seu coração partido. E escolheu fazer isso tentando salvar a empresa de Ben pra ele. Mas não foi a maneira certa de agir. — Observo os olhos dele e acrescento delicadamente: — Foi sua Escolha Infeliz.

Lorcan está respirando com dificuldade. Ele aperta as mãos, como se ele estivesse se preparando para alguma coisa. Consigo ver a dor surgindo em seu rosto, e lamento ter provocado isso. Mas, ao mesmo tempo, não lamento.

— Vejo você mais tarde — diz ele abruptamente e sai andando antes que eu possa responder. Não faço ideia de se ele vai voltar a falar comigo. Ainda assim, estou feliz por ter dito o que disse.

Olho com carinho para Noah, que está esperando pacientemente o fim da nossa conversa.

— *Agora* posso ir nadar? — pergunta ele. — *Agora* posso? Penso na sunga dele, que está lá dentro da mala, lá no saguão. Penso no trabalho que vai dar para ir buscar. Penso que só temos uma hora ou duas de luz do sol.

— Nadar de cueca? — Eu levanto as sobrancelhas para ele. — *De novo?*

— Cueca! — grita ele com alegria. — Cueca! Viva!

— Fliss! — Levanto o olhar e vejo Nico atravessando a praia, com a camisa branca engomada de sempre e os sapatos brilhando sobre a areia. — Onde está sua irmã? Preciso conversar sobre os procedimentos da cerimônia de gala. Ela e o marido são o Casal Feliz da Semana.

— Ah, boa sorte com isso. Ela está lá. — Aponto para o iate.

— Você pode fazer contato com ela? — Nico parece incomodado. — Pode ligar pra ela? Precisamos fazer um ensaio para a cerimônia, tudo está uma bagunça...

— Nadar? — implora Noah, que já tirou todas as roupas e jogou na areia. — Nadar, mamãe?

Quando olho para o rostinho ansioso dele, uma coisa parece perfurar meu coração. E de repente, sei o que é importante na vida. Não são cerimônias de gala. Não são noites de núpcias. Não é salvar minha irmã. E certamente não é Daniel. Está bem aqui, na minha frente.

Minha lingerie é lisa e preta. Pode muito bem passar por biquíni.

— Com licença — digo com alegria para Nico, e começo a tirar a roupa até ficar de calcinha e sutiã. — Não posso. Vou nadar com meu filho.

Depois de meia hora nadando com Noah nas ondas turquesa do Egeu, tudo no mundo parece certo. O sol do fim da tarde está torrando meus ombros, estou com os lábios salgados da água, e minhas costelas doem de tanto rir.

— Sou um tubarão! — Noah está vindo para cima de mim pela água rasa. — Mamãe, sou um tubarão que joga água! — Ele respinga água em mim furiosamente, e eu retribuo, depois nós dois caímos no fundo macio de areia do mar.

Ele vai ficar bem, eu me vejo pensando enquanto aninho seu corpo leve e pequeno. Vamos ficar bem. Daniel pode ir morar em Los Angeles se quiser. É um bom lugar para ele, na verdade. As pessoas lá parecem feitas de plástico.

Dou um grande sorriso para Noah, flutuando ao meu lado.

— Não é divertido?

— Onde está tia Lottie? — pergunta ele. — Você disse que a gente ia ver a tia Lottie.

— Ela está ocupada — respondo, tranquilizando-o. — Mas sei que vamos vê-la.

Todas as vezes que olho para o iate enorme, flutuando na baía, me pergunto vagamente o que está acontecendo a bordo. O bizarro é que quando eu ainda estava na Inglaterra, as coisas que Lottie estava fazendo pareciam tão próximas e importantes e imediatas. Mas agora que estou aqui, elas parecem distantes.

Não é minha vida. *Não* é minha vida.

De repente, ouço algo que parece meu nome. Eu me viro instintivamente e vejo Lorcan de pé na beira da água, parecendo inadequado com seu terno.

— Tenho uma coisa pra te dizer! — grita ele indistintamente.

— Não consigo ouvir! — grito, sem sair do lugar.

Não vou mais sair correndo. Mesmo se ele quiser me contar que Lottie teve gêmeos com Ben, que na verdade é um nazista, posso ouvir depois.

— Fliss! — grita ele de novo.

Faço um gesto com a mão que é para significar "Estou ocupada com Noah, depois a gente se fala", mas não sei se ele entende.

— Fliss!

— Estou *nadando*!

Uma emoção parece surgir no rosto de Lorcan. Com um movimento abrupto, ele larga a pasta na areia e entra na água, ainda de sapatos e terno. Ele anda a passos largos pelas ondas até chegar onde eu e Noah estamos, e para. Está com água até as coxas. Fico tão boquiaberta que não sei o que dizer. Noah, que começou a ofegar quando Lorcan se aproximou, agora desaba em um ataque de gargalhadas.

— Você realmente não sabe o que é uma sunga, né? — digo, tentando permanecer fria.

— Tenho uma coisa pra te dizer. — Ele olha para mim com raiva, como se tudo fosse minha culpa.

— Vá em frente, então.

Há um longo, longo silêncio, fora o barulho das ondas e as conversas na praia e o grito de uma gaivota. Os olhos de Lorcan estão com uma carga extra de intensidade, e a mão mexe no cabelo constantemente, como se tentando organizar os pensamentos. Ele respira fundo uma, duas vezes, mas não fala.

Um barquinho de borracha cheio de crianças se aproxima e depois se afasta. E Lorcan *ainda* está mudo. Acho que vou ter que falar por ele.

— Me deixa adivinhar — digo delicadamente. — Sem ordem específica: você percebeu que eu estava certa. Acha isso difícil. Gostaria de falar sobre o assunto em algum momento. Está se perguntando o que faz aqui, correndo atrás de Ben, quando ele está traindo tudo que você ama. De repente, está olhando para sua própria vida de um jeito diferente e pensando que certas coisas precisam ser mudadas. — Faço uma pausa. — E você queria ter trazido sua sunga.

Mais um longo silêncio. Um pequeno músculo treme na bochecha de Lorcan, e fico apreensiva de repente. Será que fui longe demais?

— Quase — diz ele por fim. — Mas deixou passar umas coisas. — Ele dá um passo no mar, com a água batendo nas pernas. — Ninguém nunca entendeu as coisas como você. Ninguém nunca me *desafiou* como você. Estava certa sobre Ben. Estava certa sobre minha foto no site. Fui dar outra olhada, e sabe o que vi? — Ele faz uma pausa. — "Quem diabos é você? Está olhando o quê? Não tenho tempo pra isso."

Não consigo deixar de sorrir.

— E você está certa, a Dupree Sanders não é minha empresa — continua ele, com o maxilar tenso. — Talvez eu quisesse que fosse, mas não é. Se Ben realmente quiser vender, ele deve vender. Zhernakov vai fechar a operação toda em seis meses, mas que seja. Nada dura pra sempre.

— Você não vai se sentir amargo se acontecer? — Não consigo deixar de cutucar mais um pouco. — Você se dedicou tanto.

— Talvez — concorda ele com seriedade. — Por um tempo. Mas até a amargura acaba sumindo. Nós dois temos que acreditar nisso. Não temos? — Olha nos meus olhos, e sinto uma onda de empatia por ele. Investimento emocional é o jogo mais difícil de todos. — Mas você estava errada quanto a uma coisa — acrescenta Lorcan com energia repentina. — Completamente errada. Estou *feliz* por não ter trazido minha sunga.

Com isso, ele tira o paletó e joga na margem. Ele cai sobre as ondas, e Noah mergulha na direção dele alegremente.

— Aqui! — Ele ergue o paletó. — Peguei! — E olha com alegria enquanto Lorcan tira um sapato, depois o outro, e também joga os dois para a margem. — Eles *afundaram*! Seus sapatos afundaram!

— Noah, você pode mergulhar pra pegar os sapatos de Lorcan — digo, rindo — e depois colocá-los na praia? Acho que ele vai nadar de cueca.

— Cueca! — grita Noah. — Cueca!

— Cueca. — Lorcan sorri para ele. — É o único jeito.

28
Lottie

Consigo ver os pequenos nadadores no mar quando olho para a praia. O sol do fim da tarde lança sombras compridas na areia. Crianças gritam, casais se abraçam, e famílias brincam juntas. E de repente desejo de todo o coração ser uma delas. Pessoas em férias comuns, sem vidas complicadas, sem maridos excêntricos e egocêntricos, sem decisões desastrosas que precisam desfazer.

Odiei o iate assim que subimos a bordo. Iates são *horríveis*. Tudo é coberto de couro branco, e estou morrendo de medo de deixar alguma mancha. Além disso, Yuri Zhernakov acabou de me lançar um olhar como se dissesse: "Não, você não preenche os requisitos para ser minha quinta esposa." Fui imediatamente banida para a companhia de duas mulheres russas com lábios e seios inflados. Elas têm tanto silicone que me fazem pensar em balões com formato de animais, e não falaram nada além de: "Que marca de pó compacto de grife, de edição limitada, *você* usa?"

O meu é da Body Shop, então a conversa não foi longe.

Tomo um gole de mojito e espero que minhas preocupações sumam. Mas em vez de sumir, elas rodopiam em meu cérebro, cada vez maiores. Tudo é uma catástrofe. Tudo é terrível. Percebo que estou com vontade de chorar. Mas não posso chorar. Estou em um superiate. Tenho que ficar alegre e animada e aumentar meu decote de alguma maneira.

Eu me inclino sobre a amurada do deque em que estou e me pergunto qual é a distância até a praia. Será que consigo pular?

Não. Eu poderia me machucar.

Só Deus sabe por onde anda Ben. Ele está insuportável desde que chegamos, se exibindo e se enchendo de pompa, dizendo para Yuri Zhernakov umas 15 vezes que pretende comprar um iate para si.

Enfio a mão no bolso. Tem um pensamento esperando na minha mente como uma pessoa muito paciente que não vai desistir. O mesmo pensamento simples. Está lá há horas. *Eu poderia ligar para Richard. Eu poderia ligar para Richard.* Estou ignorando, mas agora não consigo me lembrar de todos os motivos pelos quais é uma má ideia. Parece uma ideia empolgante. Uma ideia alegre. Eu poderia ligar para ele. Agora.

Sei que Fliss me mandaria não ligar, mas a vida não é dela, é?

Não sei exatamente o que quero dizer para ele. Na verdade, acho que não quero dizer nada. Só quero fazer uma ligação. Como quando você estica a mão para segurar a de outra pessoa e apertar. É isso: quero apertar a mão dele através de uma chamada telefônica. E se ele afastar a mão, então eu vou saber.

Consigo ver as duas russas se aproximando e corro para o outro lado para elas não me verem. Pego o celular, olho para ele por um instante e toco o teclado com o dedo. Quando o telefone dele toca, meu coração começa a disparar, e sinto um enjoo.

— Alô, é Richard Finch falando.

Foi para a caixa postal. Meu estômago se retorce de pânico e eu desligo. Não posso deixar recado. Um recado na caixa postal não é uma mão apertada. É um envelope na palma da mão. E não sei o que quero colocar no envelope. Não exatamente.

Tento visualizar o que ele pode estar fazendo agora. Não tenho ideia de como é a vida dele em São Francisco. Acordando, talvez? Tomando banho? Nem sei como é o apartamento dele. Richard se afastou de mim. Lágrimas fazem meus olhos arderem de repente, e olho com tristeza para o celular. Devo tentar de novo? Isso seria uma perseguição?

— Lottie! Aí está você! — É Ben, com Yuri. Coloco o celular no bolso e me viro para olhar para eles. Ben está com o rosto rosado por causa da bebida, e meu coração despenca. Ele parece enlouquecido, como uma criança pequena que ficou acordada até tarde. — Vamos selar o acordo com champanhe — diz ele animadamente. — Yuri tem um Krug vintage. Quer se juntar a nós?

29
Arthur

Jovens! Com sua pressa e preocupação e vontade de ter todas as respostas *agora*. Eles me cansam, os pobres estressadinhos.
Não voltem, eu sempre digo para eles. *Não voltem.*
A juventude ainda está onde você a deixou e é lá que deve ficar. Qualquer coisa que valha a pena ser levada na jornada da vida já vai estar com você.
Há vinte anos eu digo isso, mas eles escutam? Escutam nada. Lá vem mais um agora. Ofegando e bufando quando chega ao alto da colina. Trinta e tantos anos, eu diria. Bastante atraente com o céu azul ao fundo. Se parece um pouco com um político. Eu disse isso mesmo? Talvez um astro de cinema.
Não me lembro do rosto dele do passado. Não que isso queira dizer alguma coisa. Atualmente, quase nem me lembro do meu próprio rosto quando tenho um vislumbre no espelho. Consigo ver o olhar desse sujeito avaliando o ambiente, me observando, sentando-se em minha cadeira sob minha oliveira favorita.
— Você é o Arthur? — pergunta ele abruptamente.
— Na mosca.

Eu o examino com atenção. Parece abastado. Está usando uma daquelas camisas polo de grife. Provavelmente a fim de alguns uísques duplos.

— Você deve querer um drinque — ofereço de maneira agradável. Sempre ajuda levar a conversa na direção do bar desde cedo.

— Não quero um drinque — diz ele. — Quero saber o que aconteceu.

Não consigo deixar de sufocar um bocejo. Tão previsível. Ele quer saber o que aconteceu. Outro banqueiro de investimentos em crise de meia-idade, voltando à cena da juventude. A cena do crime. Deixe onde *estava*, eu quero responder. Dê meia-volta. Volte para sua vida adulta e problemática, porque você não vai resolver nada aqui.

Mas ele não acreditaria em mim. Eles nunca acreditam.

— Querido rapaz — digo com gentileza. — Você cresceu. Foi isso que aconteceu.

— Não — nega ele com impaciência e esfrega a testa suada. — Você não entende. Estou aqui por um motivo. Me escute. — Ele se aproxima alguns passos, uma altura e forma impressionantes contra o sol, com o belo rosto tomado de determinação. — Estou aqui por um motivo — repete ele. — Eu não ia me envolver, mas não consigo evitar. Tenho que fazer isso. Preciso saber *o que exatamente aconteceu na noite do incêndio.*

30
Lottie

Quando faço a palestra intitulada "Como fazer seu emprego trabalhar em seu favor!" para funcionários da Blay Pharmaceuticals, um dos meus temas é: *Podemos aprender com tudo.* Pego uma situação simples de ambiente de trabalho, fazemos um *brainstorm* e faço uma lista intitulada "O que você aprendeu com isso".

Depois de duas horas no iate de Yuri Zhernakov, minha lista seria a seguinte:

- Nunca vou colocar silicone nos lábios.
- Na verdade, eu não me importaria de ter um iate.
- Krug é ambrosia dos céus.
- Yuri Zhernakov é tão rico que eu tenho vontade de chorar.
- A língua de Ben estava praticamente pendurada para fora. E todas aquelas piadas bajuladoras e constrangedoras?
- Independentemente do que Ben possa pensar, Yuri não está interessado em "projetos em conjunto". A única coisa sobre a qual ele queria falar era a casa.

- Se você quer saber minha opinião, Yuri vai acabar com a fábrica de papel. Ben não parece perceber isso.
- Acho que Ben talvez seja meio burro.
- Nunca, nunca devíamos ter voltado pela praia.

Esse foi nosso grande erro. Devíamos ter pedido ao barco para nos deixar um quilômetro e meio costa acima. Porque assim que descemos, fomos abordados por Nico.

— Sr. e Sra. Parr! Bem na hora da cerimônia!

— O quê? — Ben olha para ele com uma certa grosseria. — Do que você esta falando?

— Você sabe. — Eu o cutuco. — Casal Feliz da Semana.

Não havia nada que pudéssemos fazer para fugir. Agora estamos andando em meio a vinte outros hóspedes do hotel, tomando coquetéis e ouvindo uma banda tocar "Some Enchanted Evening". Todos falam sobre o fato de o iate de Yuri Zhernakov estar ancorado na baía. Ouvi Ben contar para pelo menos cinco grupos de pessoas que fomos lá mais cedo e bebemos champanhe Krug. Todas as vezes eu me encolho. E a qualquer momento, vamos ter que subir no palco para receber o troféu de Casal Feliz da Semana. O que é uma loucura.

— Você acha que a gente consegue se livrar disso? — murmuro para Ben enquanto a conversa prossegue. — Vamos encarar, não somos o Casal Feliz da Semana.

Ben olha para mim sem entender.

— Por que não?

Por que *não*? Ele existe mesmo?

— Porque já estamos falando em divórcio! — sussurro.

— Mas ainda estamos felizes. — Ele dá de ombros.

Feliz? Como ele poderia estar feliz? Olho com raiva para ele, com vontade de lhe dar uma porrada. Ele nunca se envolveu nesse casamento. Nunca. Foi só uma distração. Um desvario. Como quando comecei a gostar de malha escandinava e comprei uma máquina de tricô.

Mas um casamento não é uma máquina de tricô! Quase tenho vontade de gritar isso para ele. Essa coisa toda é uma piada. Quero ir embora.

— Ah, Sra. Parr. — É Nico de novo, surgindo de repente como se desconfiasse que eu planejava fugir. — Estamos quase prontos para a entrega do troféu.

— Que ótimo. — Meu sarcasmo é tão evidente que ele faz uma careta.

— Madame, eu gostaria de pedir desculpas novamente pelas inconveniências dessa viagem. Como falei, fico feliz em oferecer, como compensação, um final de semana de luxo para dois em uma de nossas suítes premium, com todas as refeições incluídas e uma experiência de mergulho com snorkel.

— Não acho nem um pouco apropriado. — Olho para ele com raiva. — Você estragou nossa lua de mel. Estragou nosso casamento.

Nico baixa os olhos para a areia.

— Madame, estou desolado. Mas devo dizer que não foi ideia minha, não foi vontade minha. Foi um erro enorme de minha parte, um erro do qual sempre me arrependerei, mas a ideia original veio de...

— Eu sei — digo, interrompendo-o. — Da minha irmã.

Nico assente. Ele parece tão envergonhado que sinto uma pontada de pena. Sei como Fliss é. Quando parte para a ofensiva, ninguém consegue dizer não para ela.

— Olhe, Nico — digo por fim —, está tudo bem. Não culpo você. Sei como minha irmã é. Sei que ela ficou puxando as cordinhas lá de Londres, como alguém que manipula uma marionete.

— Ela estava muito determinada. — Ele baixa a cabeça de novo.

— Eu perdoo você. — Estico a mão. — Quem eu não perdoo é *ela* — acrescento rapidamente. — Mas perdoo você.

— Madame, não sou digno. — Nico leva minha mão aos lábios. — Desejo a você toda a felicidade do mundo.

Quando ele sai andando, eu me pergunto o que Fliss está fazendo agora. Ela disse no recado da caixa postal que estava vindo para o hotel. Talvez chegue amanhã. Bem, talvez eu me recuse a vê-la.

Tomo alguns goles de coquetel e tenho uma conversa com uma mulher de azul sobre qual tratamento de spa vale mais a pena, enquanto tento evitar Melissa. Ela fica tentando me interrogar sobre o que *exatamente* Ben e eu fazemos, e se não é um pouco perigoso carregar uma arma na minha bolsa. E então, de repente, a banda para e Nico sobe no palco. Ele bate algumas vezes no microfone e sorri para o grupo reunido.

— Bem-vindos! — diz ele. — Estamos felizes em ver todos vocês em nosso Coquetel e Evento de Apresentação. Assim como Afrodite é a deusa do amor, o Amba é o lar do amor. E esta noite, celebramos um casal muito especial. Eles estão aqui em lua de mel e ganharam o Prêmio de Casal Feliz da Semana: Ben e Lottie Parr!

As pessoas começam a aplaudir ao nosso redor e Ben me cutuca.

— Vai.

— Estou indo! — digo com mau humor. Sigo pela areia até a plataforma e subo, apertando os olhos quando um holofote é apontado para o meu rosto.

— Parabéns, querida dama! — exclama Nico ao me entregar um grande troféu de prata no formato de um coração. — Vou entregar a coroa dos dois...

Coroa?

Antes que eu possa protestar, Nico põe coroas de plástico prateadas em nossas cabeças. Com habilidade, ele coloca uma faixa de cetim por cima do meu ombro e dá um passo para trás.

— O casal vencedor!

A plateia aplaude de novo, e dou um sorriso contrariado para as luzes. Isso é horrível. Um troféu, uma coroa e uma faixa? Sinto-me uma miss, mas sem a beleza.

— E agora, algumas palavras do nosso casal feliz! — Nico passa o microfone para Ben, que imediatamente o entrega para mim.

— Oi, pessoal. — Minha voz soa alta demais, e faço uma careta por causa do som. — Muito obrigada por essa... honra. Bem, obviamente somos um casal muito feliz. Somos muito, muito felizes.

— Muito felizes — diz Ben no microfone.

— Alegres e satisfeitos.

— Tem sido a lua de mel ideal.

— Quando Ben me pediu em casamento, eu não fazia ideia de que acabaria tão... tão feliz. Muito *feliz*.

De repente, sem aviso, uma lágrima desce pelo meu rosto. Não consigo evitar. Quando penso em mim naquele restaurante, concordando alegremente em me casar com Ben, é como olhar para uma pessoa diferente. Uma pessoa louca, iludida, maluca. O que eu estava *pensando*? Casar com Ben era como beber quatro doses duplas de vodca. Por um tempinho, disfarçou a dor e eu me senti maravilhosa. Mas agora estou de ressaca, e não é legal.

Dou um sorriso maior e me inclino para o microfone.

— Estamos muito felizes — repito, para enfatizar. — Tudo está indo muito bem, e não houve um momento tenso sequer entre nós. Não é, querido?

Mais duas lágrimas rolam pelo meu rosto. Estou torcendo para parecerem lágrimas de felicidade.

— Que momentos deliciosos e paradisíacos nós vivemos — acrescento, limpando o rosto. — Que momentos incríveis e idílicos. Foi perfeito de todas as maneiras, e não poderíamos estar mais felizes... — Paro no meio quando vejo um trio de pessoas se aproximando da praia, vindas do mar. Todas estão enroladas em toalhas, mas mesmo assim...?

É...?

Não. Não pode ser.

Ao meu lado, Ben olha na mesma direção, com a boca aberta de perplexidade.

— Lorcan? — Ele pega o microfone da minha mão e diz em voz alta. — Lorcan? Que porra é essa? Há quanto tempo você está aqui?

— Tia Lottie! — grita a pessoa menor de toalha ao me ver de repente. — Tia Lottie, você está de coroa!

Mas é para a terceira pessoa que estou olhando, com o queixo caído.

— *Fliss?*

31

Fliss

Estou paralisada. Só consigo olhar, muda. *Não* era assim que eu planejava que Lottie soubesse que eu estava em Ikonos.

— *Fliss?* — diz ela de novo, e agora há um tom agressivo em sua voz que me faz me encolher. O que digo? O que posso dizer? Por onde começo?

— Fliss! — fala Nico antes que eu possa organizar meus pensamentos, e tira o microfone da mão de Ben. — E aqui temos a irmã do casal feliz! — Ele se dirige à plateia. — Eu gostaria de apresentar Felicity Graveney, editora da *Pincher Travel Review*. Ela está aqui para fazer uma crítica especial de cinco estrelas para o hotel! — Ele sorri com prazer. — Como vocês podem ver, estava aproveitando as delícias do mar Egeu.

A plateia ri. Tenho que tirar o chapéu para Nico. Ele não deixa passar nenhuma oportunidade de marketing.

— Agora vamos reunir a família toda no palco! — Ele está chamando Lorcan, Noah e eu para a plataforma. — Uma foto da família para seu álbum especial de lua de mel. Fiquem juntos!

— Que *diabos* você está fazendo aqui? — O rosto de Lottie está tomado de raiva quando ela se vira para me olhar.

— Me desculpe — digo com voz fraca. — Me desculpe, por favor. Eu pensei... Eu queria...

Minha boca está seca. As palavras me abandonaram. Parece que conseguem sentir minha culpa e correram para bem longe.

— Oi, tia Lottie! — Noah a cumprimenta com entusiasmo. — Viemos visitar você nas suas férias!

— Vejo que você também recrutou Noah — diz Lottie com desprezo. — Legal.

— Um sorriso, pessoal! — diz o fotógrafo. — Olhem para cá!

Tenho que me controlar. Tenho que pedir desculpas. De alguma forma.

— Tudo bem, escuta — começo a falar rapidamente, quando um flash quase me cega. — Sinto muito, muito, muito, muito. Lottie, eu não pretendia estragar sua lua de mel. Eu só queria... não sei. Cuidar de você. Mas percebo que preciso parar. Você é adulta e tem sua própria vida, e cometi um erro enorme, e só espero que possa me perdoar. E vocês formam um casal lindo. — Eu me viro para Ben. — Oi, Ben, é um prazer conhecer você. Sou Fliss, sua cunhada. — Levanto a mão desajeitada. — Espero que nos encontremos em muitos Natais de família, ou outras ocasiões...

— Aqui! — grita o fotógrafo, e nos viramos obedientemente.

— Então você estava por trás de *tudo*? Isso inclui a sala de espera em Heathrow? — Lottie vira a cabeça e vê minha expressão de culpa. — Como você *pôde*? E o óleo de amendoim! Eu morri de dor!

— Eu sei, eu sei! — Eu engulo em seco e estou quase chorando. — Não sei o que deu em mim. Me desculpe. Eu só queria proteger você.

— Você sempre tenta me proteger! Você não é minha *mãe*!

— Sei que não sou. — Há um tremor repentino na minha voz. — Sei disso.

Eu e Lottie nos entreolhamos, e de repente parece que uma série silenciosa de lembranças de irmãs é transmitida entre nós. Nossa mãe. Nossa vida. O motivo de sermos quem somos. E então, algo pisca nos olhos de Lottie e desaparece. O rosto dela está fechado e implacável de novo.

— E sorrisos largos, pessoal... — O fotógrafo balança os braços. — Olhem pra cá!

— Lotts, será que algum dia você vai me perdoar? — Espero a resposta dela sem fôlego. — Por favor?

Há um silêncio longo e agonizante. Não sei que direção isso vai tomar. Os olhos de Lottie estão embaçados, e sei que não devo apressá-la.

— Sorriam! Deem sorrisos lindos e enormes, pessoal! — fica repetindo o fotógrafo. Mas não consigo sorrir, nem ela. Estou contraindo os dedos. Os dos pés também.

Por fim, Lottie vira a cabeça e olha para mim. A expressão dela é de desdém, mas o ódio está um pouco menor. Minha toalha está escorregando, e aproveito a oportunidade para enrolá-la de novo.

— Então — diz ela, olhando para o meu corpo. — Você foi mesmo nadar de *lingerie*?

Comemoro por dentro. Tenho vontade de abraçá-la. Em nosso código, isso é perdão. Sei que ainda não livrei completamente a cara, mas pelo menos há esperança.

— Os biquínis estão tão ultrapassados. — Imito o tom distanciado dela. — Você não sabia?

— Calcinha legal. — Ela dá de ombros com relutância.

— Obrigada.

— Cueca! — grita Noah. — Cueca! Ei, tia Lottie, tenho uma pergunta — acrescenta ele com alegria. — Vocês colocaram a salsicha no bolinho?

— O quê? — pergunta ela, como se estivesse magoada. — Ele está falando... — Ela olha para mim com incredulidade.

— Vocês já botaram a salsicha no bolinho?

— Noah! Isso... isso não é da sua conta! Por que eu não teria colocado? E por que você está me perguntando? — Parece tão aturdida que olho para ela, repentinamente alerta. Pela forma como está se comportando, é quase como... *quase* como...

— Lotts? — digo, erguendo as sobrancelhas.

— Cala a boca! — diz ela freneticamente.

Ah, meu Deus. Ela se entregou completamente.

— Vocês *não fizeram*? — Minha mente está em disparada. Eles ainda não fizeram sexo? Por que não? Por quê?

— Pare de falar sobre isso! — Ela parecia à beira das lágrimas. — Vai pra longe do meu casamento! Pra longe da minha lua de mel! Pra longe de tudo!

— Lottie? — Olho para ela com mais atenção. Os olhos dela estão úmidos e os lábios estão tremendo. — Você está bem?

— É claro que estou bem! — Ela surta de repente. — Por que eu não estaria bem? Tenho o casamento mais feliz do mundo! Sou a garota mais sortuda do mundo, e estou totalmente, completamente, euforicamente... — Ela para de falar e esfrega os olhos, como se não conseguisse acreditar no que está vendo.

Aperto os olhos para ver o que é, tentando enxergar, e de repente percebo para o que ela está olhando. É uma pessoa. Um homem. Andando pela praia em nossa direção, com um balanço inconfundível, pesado, seguro. Lottie ficou tão pálida que estou com medo de ela desmaiar, e não seria surpresa. Olho com incredulidade para a figura familiar, com a mente lotada de possibilidades. Ele prometeu que ficaria longe. Então, que diabos está fazendo aqui?

32

Lottie

Acho que vou ter um ataque cardíaco. Ou ataque de pânico. Ou algum outro tipo de ataque. O sangue desceu da minha cabeça para os pés e voltou para a cabeça, como se não soubesse o que fazer. Não consigo respirar. Não consigo me mexer. Não consigo... *nada*.
É Richard. Aqui.
E não a zilhões de quilômetros de distância, vivendo uma vida completamente nova na qual esqueceu que eu existo. Mas aqui, em Ikonos. Caminhando pela praia, na minha direção. Pisco rapidamente olhando para ele, com as pálpebras quase em espasmos; não consigo falar. Não faz sentido. Ele está em São Francisco. Deveria estar em *São Francisco*.

Ele segue com firmeza, atravessando a plateia. Tremo toda conforme ele se aproxima. A última vez que o vi foi naquele restaurante, quando falei que não aceitava o pedido inexistente dele. Parece que foi há um milhão de anos. Como ele sabia onde eu estava?

Olho intensamente para Fliss, mas ela parece tão perplexa quanto eu.

Ele está em frente ao palco, olhando para mim com aqueles olhos escuros que eu amo, e acho que vou perder o controle. Eu mal estava conseguindo lidar com toda a situação, e agora ele aparece assim...

— Lottie — diz ele, com a voz grave e reconfortante de sempre. — Sei que você está... ca-ca... — Richard parece ter dificuldade para pronunciar a palavra. — *Casada*. Sei que você está casada. E desejo toda a felicidade do mundo. — Ele faz uma pausa e respira pesadamente. Ao redor dele, todas as conversas morreram. A plateia nos observa, arrebatada. — Parabéns. — Ele volta o olhar para Ben e o desvia rapidamente, como se Ben fosse uma criatura odiosa para a qual ele não conseguisse sequer olhar.

— Obrigada — consigo dizer.

— Então não vou atrapalhar vocês. Mas achei que deveria saber de uma coisa. Você não provocou o incêndio.

— O quê? — Olho para ele sem conseguir absorver as palavras.

— Você não provocou o incêndio — repete ele. — Foi outra garota.

— Mas o que... Como... — Eu engulo em seco. — Como você...?

— Fliss me contou que você achava que tinha provocado o incêndio. Eu sabia que estaria arrasada e não consegui acreditar que fosse verdade. Então fui descobrir o que aconteceu.

— Você foi até a pensão? — digo sem acreditar.

— Conversei com seu amigo Arthur. Pedi para ele pegar os relatórios originais da polícia. Ele me deixou espalhá-los na mesa e ler todos. E ficou bem claro. O incêndio não começou no seu quarto. Foi em cima da cozinha.

Por um momento, meus pensamentos estão tão embaralhados que não consigo responder. Não se ouve sequer um sussurro. O único som é o dos enfeites voando na brisa do mar.

— Você foi até a pensão? — repito enfim, com hesitação. — Fez tudo isso? Por *mim*?

— É claro — diz Richard como se fosse óbvio.

— Apesar de eu estar casada com outra pessoa?

— É claro — diz Richard de novo.

— Por quê?

Richard me lança um olhar incrédulo, como se dissesse: *Precisa mesmo perguntar?*

— Porque eu te amo — diz ele sem rodeios. — Desculpe — acrescenta ele para Ben.

33
Fliss

De todos os momentos que vivi na vida, é deste que vou me lembrar para sempre. Estou prendendo a respiração. O local todo está em silêncio. Lottie olha para Richard hipnotizada, com olhos enormes. A faixa de *Casal Feliz da Semana* brilha sob as luzes, e a coroa escorregou.

— Ah... ah... — Ela não parece conseguir formular as palavras. — Ah, eu ainda te amo! — Ela arranca a coroa. — Eu te amo!

Richard treme visivelmente de choque.

— Mas? — Ele gesticula na direção de Ben.

— Foi um erro! — Ela está quase chorando agora. — Foi tudo um erro! Eu só pensava em você, acreditava que ficaria em São Francisco, mas agora está aqui... — De repente, ela se vira para mim, com o rosto manchado de lágrimas. — Fliss? Você trouxe Richard pra cá?

— Er... mais ou menos — digo com cautela.

— Então eu também te amo. — Ela joga os braços ao redor do meu corpo. — Fliss, eu te amo.

— Ah, Lotts. — Lágrimas surgem nos meus olhos agora. — Eu te amo. Só quero que você tenha a vida mais feliz do mundo.

— Eu sei. — Ela me aperta com força, depois se vira e pula do palco direto nos braços de Richard, para o abraço mais apertado que já vi. — Pensei que você tivesse ido embora pra sempre! — diz ela, com o rosto no ombro dele. — Pensei que tivesse ido embora pra sempre. Não consegui suportar! Não consegui *suportar*.

— Eu também não consegui suportar. — Ele olha com cautela para Ben. — A única coisa é que você está casada.

— Eu sei — diz ela com tristeza. — Eu sei. Mas não *quero* estar.

Minha antena está em alerta total. Este é meu momento! Pulo do palco e cutuco Lottie com força.

— Lotts! Me conta. É importante. — Quando ela se vira, seguro-a pelos dois ombros. — Você... — Olho para Noah. — Vocês colocaram a salsicha no pãozinho? Vocês fizeram? Fala a verdade! É importante!

34

Lottie

Qual é o sentido de mentir agora?

— Não! — digo em tom desafiador. — Nós não fizemos! Somos verdadeiras fraudes. Não somos um casal feliz; na verdade, nem somos um casal! Aqui. — Eu me viro para Melissa, que está assistindo avidamente junto com os outros todos. — Tome minha coroa. Tome a faixa. — Arranco a faixa e tiro o troféu de Ben. — Tome tudo! Estávamos mentindo o tempo todo. — Coloco tudo na mão dela, e ela me observa com olhos semicerrados.

— Então, aquele primeiro encontro no necrotério?

— Mentira. — Eu assinto.

— Sexo na mesa do promotor público?

— Tudo mentira.

— Eu sabia! — Ela se vira para o marido com expressão triunfante. — Não falei? — Ela coloca a coroa prateada na cabeça e levanta o troféu. — Isto pertence a *nós*, eu acho. Nós somos o Casal Feliz da Semana, obrigada, pessoal...

— Pelo amor de Deus, Melissa — diz Matt. — Não, não somos.

Enquanto isso, Richard me olha com tensão no rosto.
— Então vocês realmente não...?
— Nem uma vez.
— Vivaaa! — Richard dá um soco no ar com uma euforia que nunca vi. — Isso aí! Vivaaaaa! — Ele está mais agressivo do que em qualquer outro momento que eu tenha presenciado. Deus, eu o amo.
— Você voou metade do mundo por mim. — Eu me aconchego no ombro dele de novo.
— É claro.
— E depois, veio pra Grécia.
— É claro.
Não sei por que alguma vez pensei que Richard não era romântico. Não sei por que terminamos. Minha orelha está apertada contra o peito dele, e consigo ouvir o batimento familiar e tranquilizador de seu coração. É aqui que eu quero ficar para sempre. Desliguei o resto do mundo, embora esteja levemente ciente das vozes dos outros.
— Você pode pedir anulação — fica repetindo Fliss. — Entendeu, Lottie? É perfeito! Você pode pedir *anulação*.
— É colocar a salsicha no bolinho — fica repetindo Lorcan. — *Bolinho*.

35
Fliss

Bem, ela estava certa sobre o pôr do sol. Nunca vi nada tão espetacular na vida. O sol desce lentamente no céu, e não apenas afunda, mas dispara raios rosa e laranja, com uma força tão dramática que me faz lembrar de um dos super-heróis de Noah. *Pôr do sol* parece se referir a uma coisa tão passiva, tão insignificante. Isso é mais um *supersol*! *Olha só isso*!

Olho para o rosto de Noah, todo rosado pela luz, e penso novamente: *Ele vai ficar bem*. Pela primeira vez em séculos, não sinto ressentimento, estresse ou raiva. Ele vai ficar bem. Vai se resolver. Eu vou me resolver. Tudo está bem.

Passamos por momentos ruins. Meio catárticos e desconfortáveis, constrangedores e alegres, estranhos e maravilhosos, tudo ao mesmo tempo. Nico nos levou para uma mesa em um restaurante na praia, e nós cinco nos sentamos, comemos *meze*, que fez com que nossas papilas gustativas cantassem de alegria, e cordeiro assado lentamente, para que nossas entranhas chorassem de êxtase.

A comida aqui *é* muito boa. Preciso aproveitar ao máximo.

Havia muitas perguntas. Muitas histórias. Muitos beijos.

Lottie e eu estamos... bem. Eu acho. Ainda há mágoas e ressentimentos entre nós, mas também houve uma espécie de revelação. Estamos a caminho de uma compreensão gradual de quem somos uma para a outra, que provavelmente examinaremos melhor depois. (Ou nem nos daremos ao trabalho e seguiremos com a vida, o que é mais provável.)

Lorcan foi o herói silencioso. Ele desviava a conversa sempre que ameaçava ficar constrangedora, escolheu um vinho fantástico e me cutucou várias vezes de forma bem-humorada no joelho, o que me agradou muito. Gosto dele. Não só o desejo, eu gosto dele.

Quanto a Ben, ele desapareceu. O que é compreensível. Quando ficou claro que foi publicamente rejeitado em favor de outro homem pela esposa, ele deu no pé. Não posso culpá-lo. Imagino que tenha encontrado consolo em algum bar.

Richard e Lottie foram dar uma volta na praia, e Noah está jogando pedras na água, então estamos só Lorcan e eu, sentados no muro baixo com os pés descalços na areia. O cheiro de comida do restaurante se mistura ao ar salgado do mar e ao leve aroma da loção pós-barba dele, o que me faz reviver todo tipo de lembrança.

Não só gosto dele, eu o desejo. Muito mesmo.

— Ah, espere. Tenho uma coisa pra você — diz ele de repente.

— Você *tem* uma coisa pra mim? — pergunto incrédula.

— Não é nada. Eu guardei... Espere. — Ele segue até o restaurante e eu o observo, intrigada. Alguns momentos depois, ele volta segurando uma planta em um vaso. Uma pequena oliveira em um vaso, para ser mais precisa.

— Pro seu jardim — diz ele, e eu o encaro boquiaberta.

— Você comprou isso pra mim? — Estou tão emocionada que lágrimas surgem nos meus olhos. Não consigo lembrar a última vez que alguém comprou algo para mim.

— Você precisa de alguma coisa — diz ele com tom sério. — Precisa... de um começo.

Ele não podia ter dito melhor. Preciso de um começo. Quando levanto a cabeça, os olhos dele estão tão calorosos que me sinto engasgar.

— Não comprei nada pra você.

— Você já me deu uma coisa. Clareza. — Ele faz uma pausa. — Pensei em te dar paz. — Ele passa o dedo pelas folhas da oliveira. — O que está feito, está feito.

O que está feito, está feito. As palavras ressoam no meu cérebro sem parar. E de repente, fico de pé. Tem uma coisa que preciso fazer agora mesmo. Tiro o pen drive da corrente no pescoço e olho para ele. Toda a dor e raiva que sinto por Daniel parecem estar guardadas nesse pedacinho de metal. Parece tóxico. Está me contaminando. Tem que sumir.

Sigo bruscamente para a água e coloco a mão no ombro de Noah. Quando ele me olha, dou um sorriso.

— Oi, querido. Tenho uma coisa pra você jogar. — Entrego o pen drive para ele.

— Mamãe! — Ele olha para mim com olhos arregalados de choque. — É um negócio de computador!

— Eu sei. — Eu faço que sim com a cabeça. — Mas é um negócio de computador do qual não preciso mais. Pode jogar no mar, Noah. O mais longe que conseguir.

Vejo-o mirar e atirar o objeto. Três quicadas e some no mar Egeu. Sumiu, sumiu, sumiu, sumiu *de verdade*.

Ando lentamente para a praia, na direção de Lorcan, apreciando a sensação dos pés descalços na areia.

— E então. — Ele estica a mão e entrelaça os dedos nos meus.

— E então. — Estou prestes a sugerir uma caminhada na praia quando ouço a voz de Ben atrás de mim.

— Lorcan. Aí está você. *Finalmente.*

Nem preciso olhar para saber que ele está bêbado, e sinto uma pontada de pena. Não deve ser fácil para ele.

— Oi, Ben — diz Lorcan e fica de pé. — Você está bem?

— Eu me encontrei com Zhernakov hoje. No iate dele. — Ben nos olha com expectativa, como se esperando uma reação. — Eu me encontrei com ele no iate dele — repete. — Bebemos Krug, conversamos, sabe como é...

— Que bom. — Lorcan assente educadamente. — Então você vai vender, afinal.

— Talvez. Sim. — Ben parece agressivo. — Por que não?

— Pena que você não me avisou antes de eu passar semanas me dedicando aos acordos de refinanciamento e reestruturação. Ficaram meio irrelevantes agora, não é?

— Não. Quero dizer... sim. — Ben parece confuso. — A questão é... — A arrogância diminui um pouco. — Yuri e eu fizemos um acordo. Um acordo de cavalheiros. Mas agora... — Ele esfrega o rosto. — Ele já me mandou um e-mail que não entendi... — Ele mostra o BlackBerry para Lorcan, que o ignora e fica olhando para Ben, com uma expressão ilegível.

— Você quer mesmo vender — diz ele baixinho. — A empresa que seu pai construiu ao longo de anos e anos. Vai simplesmente deixar pra lá.

— Não é assim. — Ben o encara com raiva. — Yuri diz que nada vai mudar na empresa.

— *Nada vai mudar?* — Lorcan cai na gargalhada. — E você acreditou?

— Ele está interessado em desenvolver novos projetos! — diz Ben emocionado. — Acha a empresa ótima!

— Você acha que Yuri Zhernakov está interessado em criar um novo tipo de papel experimental para o consumidor da classe média? — Lorcan balança a cabeça. — Se você acredita nisso, é ainda mais ingênuo do que pensei. Ele quer a casa, Ben. Mais nada. Espero que você tenha conseguido um bom preço dele.

— Bom, não sei exatamente... Não tenho certeza de que... — Ben esfrega o rosto de novo, claramente perdido. — Você precisa ver isso. — Ele levanta o BlackBerry de novo, mas Lorcan levanta as mãos.

— Não preciso fazer nada nesse momento — diz ele calmamente. — Meu dia de trabalho acabou.

— Mas não sei que acordo fizemos. — Toda ousadia desaparece da voz de Ben. — Dê uma olhada, tá, Lorcan? Resolva.

Há um longo silêncio, e por um momento me pergunto se Lorcan vai se render. Mas ele acaba balançando a cabeça.

— Ben, já resolvi muita coisa pra você. — Ele parece cansado e meio triste. — Tenho que parar.

— O quê?

— Estou pedindo demissão.

— *O quê?* — Ben parece completamente atordoado. — Mas... Você não pode fazer isso!

— Considere isso o meu aviso. Já estou com você há tempo demais. Seu pai morreu e... bom, está na hora de eu seguir em frente também.

— Mas... mas você não pode! Está totalmente envolvido com a empresa! — Os olhos de Ben estão arregalados de pânico. — Mais do que eu! Você ama a empresa!

— Amo. E esse é o problema. — Há uma amargura na voz de Lorcan. Estico a mão e aperto a dele. — Vou ajudar até meu aviso prévio terminar, depois vou embora. E vai ser melhor assim.

— Mas o que *eu* vou fazer? — Ben parece genuinamente apavorado.

— Você vai assumir o controle da situação. — Lorcan dá um passo na direção dele. — Ben, você tem escolha. Pode vender a empresa para Yuri se quiser. Pegar o dinheiro e se divertir. Mas sabe o que mais poderia fazer? Assumir as rédeas. Assumir o controle. É a sua empresa. Sua herança. Faça-a ter sucesso.

Ben parece em choque.

— Você é capaz — acrescenta Lorcan. — Mas será um desafio bem grande. Vai precisar *querer* fazer isso.

— Fiz um acordo de cavalheiros com Yuri. — Os olhos de Ben disparam loucamente para todos os lados. — Ah, Deus. Não sei. O que faço?

— Yuri Zhernakov não é um cavalheiro — diz Lorcan sardonicamente. — Então, acho que você não vai ter problemas. — Ele suspira, depois passa os dedos pelo cabelo, com o rosto indecifrável. — Escute, Ben. Estou com os acordos de reestruturação na pasta e ajudo você a estudá-los amanhã. Vou explicar quais são suas opções, do meu ponto de vista. — Ele faz uma pausa. — Mas não vou dizer o que você deve fazer. Vender, não vender. A escolha é sua. *Sua.*

Ben abre e fecha a boca algumas vezes, aparentemente incapaz de falar. E então, enfim, ele se vira e guarda o BlackBerry enquanto caminha.

— Muito bem. — Aperto a mão de Lorcan de novo quando nos sentamos no murinho. — Você foi corajoso.

Lorcan não diz nada, só inclina a cabeça.

— Você acha que ele vai tentar? — pergunto com hesitação.

— Talvez. — Lorcan expira. — Mas se não for agora, nunca vai acontecer.

— E o que você vai fazer quando for embora?

— Não sei. — Ele dá de ombros. — Talvez eu aceite aquela proposta de emprego de Londres.

— Londres? — pergunto com a voz animada, sem querer.

— Ou Paris — diz ele em tom provocador. — Sou fluente em francês.

— Paris é uma bosta — digo. — Todo mundo sabe.

— Quebec, então.

— Engraçadinho. — Dou um tapinha nele.

— Sou advogado. — O tom provocador de Lorcan desaparece; ele fica pensativo. — Estudei pra isso. É minha carreira. E talvez eu tenha sido desviado do caminho por um tempo. Talvez *tenha* feito a escolha errada. — Ele olha para mim, e concordo com a cabeça. — Mas agora está na hora de voltar pro rumo certo.

— É hora de acelerar.

— Pra frente, a todo vapor — diz ele.

— Você vê a vida como uma viagem de barco? — pergunto com uma incredulidade fingida. — É uma *viagem de carro*, pé na estrada. Todo mundo sabe.

— É uma viagem de barco.

— É *obviamente* uma viagem de carro.

Ficamos ali por um tempo, vendo o pôr do sol passar de laranja e rosa a roxo e anil com raios vermelhos intensos. É uma coisa maravilhosa.

No momento, Lottie e Richard vêm caminhando pela praia e se sentam no muro ao nosso lado. Eles ficam bem juntos, não consigo deixar de pensar novamente. Eles combinam.

— Estou sem emprego — diz Lorcan para Lottie em tom casual —, e é culpa da sua irmã.

— Não é minha culpa! — exclamo imediatamente. — Como pode ser minha culpa?

— Se você não tivesse me feito ver minha vida com novos olhos, eu não teria pedido demissão. — A boca dele treme. — Você é responsável por muita coisa.

— Eu fiz um favor pra você — respondo.

— Ainda é sua culpa. — Os olhos dele brilham.

— Bom... — Olho ao redor. — Não. Não aceito isso. Na verdade, é culpa de Lottie. Se ela não tivesse corrido pra se casar, eu não teria conhecido você e jamais teríamos discutido o assunto.

— Ah. — Lorcan assente. — Boa observação. Então eu culpo você. — Ele se vira para Lottie.

— Não é minha culpa! — diz ela. — É culpa do Ben! Aquele casamento idiota foi ideia dele. Se ele não tivesse me pedido em casamento, eu jamais teria vindo pra cá, e você nunca teria conhecido Fliss.

— Então, Ben é o vilão da história? — Lorcan ergue uma sobrancelha de forma questionadora.

— *É* — dizemos Lottie e eu em uníssono.

— *É* — concorda Richard com firmeza.

O céu está roxo-escuro agora, com tons de azul-marinho. O sol é uma tira de luminosidade laranja no horizonte. Imagino-o deslizando para outra parte do mundo, outro pedaço de céu; brilhando sobre outras Lotties e Flisses, com todos os seus problemas e alegrias.

— Esperem — digo, me sentando ereta para revelar a minha descoberta. — O vilão da história não é Ben, é Richard. Se ele tivesse feito o pedido para Lottie desde o começo, nada disso teria acontecido.

— Oh — diz Richard, e esfrega o nariz. — Ah.

Há um estranho momento de silêncio, no qual me questiono loucamente se Richard vai se apoiar em um joelho na areia e fazer o pedido, mas o momento passa e ninguém diz nada. Ainda assim, há alguma coisa estranha no ar agora; isso é muito constrangedor; eu nunca devia ter mencionado...

— Ah, posso fazer algo em relação a isso. — Lottie está com um fogo estranho nos olhos. — Esperem aqui. Preciso da minha bolsa.

Observamos intrigados enquanto ela corre até o restaurante, vai direto até a nossa mesa e começa a revirar a bolsa. Que diabos ela está fazendo?

E então, de repente, eu entendo. Ah, Deus. Eu sei. Quero me abraçar de alegria, de nervosismo, de expectativa. Isso pode ser incrível, isso pode ser sensacional...

Não faça merda, Richard.

Ela está voltando em nossa direção com o queixo erguido, mas tremendo. Consigo ver exatamente o que ela vai fazer e estou tão, tão, *tão* feliz por estar aqui para ver isso.

Não consigo respirar. Lottie anda lenta e deliberadamente na direção de Richard. Ela se ajoelha diante dele e exibe um anel.

É um anel bem bonito, e fico aliviada ao perceber. Bem masculino.

— Richard — diz ela, e expira com força, aparentando nervosismo. — Richard...

36

Lottie

Estou com lágrimas nos olhos. Não consigo acreditar que estou fazendo isso. É o que deveria ter feito desde o começo.

— Richard — digo pela terceira vez. — Apesar de eu estar atualmente casada com outra pessoa... você quer se casar comigo?

Há um silêncio tenso e inerte. O último raio de luz do sol desliza para o mar e, acima de nós, pequenas estrelas começam a brilhar no céu azul-escuro.

— É claro. É claro. *É claro.* — Richard me envolve em um abraço de urso.

— Quer?

— É claro! É o que quero. Casamento. Com você. Mais nada. Fui um idiota antes. — Ele bate na própria cabeça. — Fui um tolo. Fui um...

— Tudo bem — digo delicadamente. — Eu sei. Então... é um sim?

— É claro que é um sim! Ah, Deus. — Ele balança a cabeça. — É claro que é um sim. Não vou deixar você escapar de novo. — Ele segura minha mão com tanta força que acho que talvez quebre um osso.

— Parabéns! — Fliss passa os braços ao redor do meu corpo enquanto Lorcan dá um soquinho na mão de Richard. — Você está noiva! De verdade desta vez! Precisamos de champanhe!

— E de uma anulação — acrescenta Lorcan secamente.

Estou noiva! De Richard! Sinto-me tonta de euforia e choque. Eu o pedi em casamento? *Eu* o pedi em casamento? Por que não fiz isso antes? Foi fácil!

— Bom trabalho! — diz Lorcan, me dando um beijo. — Parabéns!

— Estou tão feliz. — Fliss abraça o próprio corpo. — Tão, tão, *tão* feliz. É exatamente o que eu torcia para acontecer. — Ela balança a cabeça de incredulidade. — Depois de tudo aquilo. — Ela estica a mão e aperta a minha.

— Depois de tudo aquilo. — Aperto de volta. Um garçom está passando, e Fliss o chama.

— Champanhe, por favor! Temos um noivado para comemorar!

E agora, quando todos nós finalmente respiramos fundo, há uma pausa. Todos olhamos para o anel na palma da minha mão. Richard ainda não o pegou. Devo colocar no dedo dele? Ou entregar para ele? Ou... o quê? O que se faz com anéis de noivado de homens?

— Querida, quanto ao anel — diz Richard por fim. Consigo ver que ele está tentando transformar a expressão em seu rosto de "duvidosa" para "entusiasmada", mas não está funcionando.

— Belo anel — comenta Lorcan.

— É lindo — diz Fliss de forma encorajadora.

— Claro — diz Richard rapidamente. — Muito... reluzente. Muito elegante. É só que...

— Você não precisa *usar* — digo apressadamente. — Não é pra ser *usado*. Você pode deixar na mesa de cabeceira, sei lá... quem sabe em uma gaveta... ou em um cofre...

A expressão de alívio no rosto de Richard é tão palpável que não consigo evitar uma gargalhada. Quando ele me abraça com força de novo, coloco o anel no bolso. Vamos apenas esquecer.

Eu sabia que o anel era um erro.

AGRADECIMENTOS

A todos que ajudaram: obrigada.

Este livro foi composto na tipologia Adobe
Caslon Pro, em corpo 11,5/16, e impresso em
papel off-set 90g/m² no Sistema Cameron da
Divisão Gráfica da Distribuidora Record.